10
18

12, AVENUE D'ITALIE. PARIS XIIIe

Sur l'auteur

Peter Tremayne, de son vrai nom Peter Berresford Ellis, est né le 10 mars 1943 à Coventry, en Angleterre. Ses origines familiales – à la fois bretonne, irlandaise, écossaise et galloise – expliquent sans nul doute sa passion pour la culture celte. Après un premier livre sur le combat pour l'indépendance du pays de Galles en 1968, il devient écrivain à plein temps à partir de 1975. Peter Tremayne est l'auteur de très nombreux pamphlets, nouvelles, biographies et essais. Il est aussi connu pour ses récits fantastiques fondés sur les mythes et légendes celtiques. Son recueil de nouvelles intitulé *Aisling and Other Irish Tales of Terror* lui a valu d'être comparé aux plus grands maîtres irlandais tels que Sheridan Le Fanu ou Bram Stoker. Il a reçu en 1988 l'Irish Post Award en reconnaissance de ses apports importants à l'étude de l'histoire irlandaise. Et, entre 1983 et 1993, il écrit huit thrillers sous le nom de Peter MacAlan, avant de se lancer dans la rédaction des mystères de sœur Fidelma, série qui compte aujourd'hui seize titres.

Peter Tremayne est membre de la Society of Authors ainsi que de la Crime Writers Society.

www.sisterfidelma.com

PETER TREMAYNE

LE SANG DU MOINE

Traduit de l'anglais
par Hélène Prouteau

INÉDIT

10
18

« Grands Détectives »

dirigé par Jean-Claude Zylberstein

Du même auteur
aux Éditions 10/18

ABSOLUTION PAR LE MEURTRE, n° 3630
LE SUAIRE DE L'ARCHEVÊQUE, n° 3631
LES CINQ ROYAUMES, n° 3717
LA RUSE DU SERPENT, n° 3788
LE SECRET DE MÓEN, n° 3857
LA MORT AUX TROIS VISAGES n° 3913
▶ LE SANG DU MOINE, n° 3962

À paraître

ACT OF MERCY (avril 2007)
HEMLOCK AT VESPERS (novembre 2007)

Titre original :
The Monk Who Vanished

ISBN 2-264-04424-1

À Mary Mulvey
et l'équipe du Cashel Heritage Center
pour leur enthousiasme et le soutien
qu'ils ont apporté à sœur Fidelma.

NOTE HISTORIQUE

Les enquêtes de sœur Fidelma se situent au VIIe siècle après J.-C.

Sœur Fidelma n'est pas une simple religieuse ayant appartenu à la communauté de sainte Brigitte de Kildare. Elle est aussi *dálaigh*, avocate des anciennes cours de justice d'Irlande. La plupart des lecteurs risquant d'être dépaysés par l'Irlande de cette époque, je préfère préciser quelques points essentiels à la compréhension de mes romans.

Au VIIe siècle, le pays était composé de cinq provinces. D'ailleurs, en gaélique, le mot qui désigne une province est toujours *cúige*, littéralement un cinquième. Les rois de quatre de ces provinces – Ulaidh (Ulster), Connacht, Muman (Munster) et Laigin (Leinster) – prêtaient allégeance au Ard Rí ou haut roi, qui régnait depuis Tara, dans la cinquième province « royale » de Midhe (Meath), qui signifie « province du milieu ». À l'intérieur même des frontières de chacune de ces provinces dominées par un roi, le pouvoir se divisait entre des petits royaumes et les territoires des clans.

La loi de primogéniture, l'héritage par le fils aîné ou la fille aînée, était un concept étranger à l'Irlande. Les titres attachés au pouvoir, qui allaient du petit chef de clan au haut roi, n'étaient que partiellement héréditaires.

Chaque dirigeant devait prouver qu'il méritait la charge qu'il convoitait. Il était élu par le *derbfhine* de sa famille, composé d'un minimum de trois générations réunies en conclave. S'il s'avérait qu'un dirigeant était indigne de sa tâche, on le destituait. Et donc le système monarchique de l'ancienne Irlande était plus proche d'une république moderne que des monarchies féodales de l'Europe médiévale.

Au VIIe siècle, l'Irlande était gouvernée par un corpus de lois très élaborées qu'on appelait les lois des *Fénechas* ou cultivateurs, plus connues sous le nom de lois des brehons, brehon étant dérivé de *breitheamh* – juge. La tradition veut que ces lois aient été rassemblées pour la première fois en 714 avant J.-C. sur l'ordre du haut roi Ollamh Fódhla. Mais ce n'est qu'en 438 après J.-C. que le haut roi Laoghaire réunit une commission de neuf sages pour étudier, réviser et consigner les lois en caractères latins, l'alphabet romain s'étant peu à peu imposé dans le pays. Saint Patrick, qui deviendra le patron de l'Irlande, faisait partie de ce conseil. Au bout de trois ans d'un travail intensif, la commission remit un texte où étaient consignées les lois dont ce fut la première codification connue.

Le premier manuscrit qui est parvenu jusqu'à nous date du XIe siècle. Et il fallut attendre le XVIIe siècle pour que l'administration coloniale de l'Irlande interdise l'usage du système juridique des brehons. Le simple fait de posséder un exemplaire de ces textes de loi était puni de mort ou de déportation.

Ce système juridique n'était pas statique et tous les trois ans, au Féis Temhrach (le festival de Tara), les juristes et les administrateurs se rassemblaient pour étudier et réviser les lois à la lumière des changements survenus dans la société.

Ces lois irlandaises garantissaient aux femmes plus de droits et de protections qu'elles n'en ont jamais eu jusqu'à aujourd'hui en Occident. Elles pouvaient aspirer à toutes les fonctions à égalité avec les hommes. Dirigeants politiques, guerriers à la tête des troupes dans les batailles, elles exerçaient aussi les professions de médecin, de magistrat, de juriste, de poète et d'artisan. Du temps où vivait Fidelma, le nom de plusieurs femmes juges est arrivé jusqu'à nous – Bríg Briugaid, Áine Ingine Iugaire et Darí, entre autres. Par exemple, Darí n'était pas seulement juge mais auteur d'un texte de loi particulièrement remarquable rédigé au VIe siècle. Les femmes étaient protégées contre le harcèlement sexuel, la discrimination et le viol. Concernant le divorce, elles jouissaient des mêmes droits que les hommes et pouvaient exiger une part des biens de leur mari. Elles héritaient en leur nom propre des propriétés leur venant de leur famille et avaient droit à des compensations si elles tombaient malades. Bref, la loi des brehons ressemblait fort à un paradis féministe.

Pour apprécier le rôle que joue Fidelma dans mes romans, il faut bien comprendre ce contexte, qui formait un contraste éclatant avec les pays voisins de l'Irlande.

Fidelma est née en 636 à Cashel, la capitale du royaume de Muman (Munster), dans le sud-ouest de l'Irlande. Elle est la plus jeune fille du roi Faílbe Fland, qui meurt l'année suivant sa naissance, et elle sera élevée sous la tutelle d'un lointain cousin, l'abbé Laisran de Durrow. Quand elle atteint « l'âge du choix » (quatorze ans), elle part étudier à l'école des bardes du brehon Morann de Tara, en compagnie de nombreuses jeunes filles irlandaises. Après huit années d'études, Fidelma obtient la qualification d'*anruth*, située un degré au-dessous du titre le plus élevé décerné par les collèges de bardes et les universités ecclésiastiques. La qualification suprême, *ollamh*, désigne encore aujourd'hui un professeur en gaélique. Fidelma a étudié le droit, dans le code de droit pénal *Senchus Mór* et dans le code civil, le *Leabhar Acaill*. Elle exerce donc la profession de *dálaigh* ou avocate.

Dans l'Écosse moderne, son rôle pourrait se comparer à celui d'adjoint du shérif, dont le travail est de rassembler et établir les preuves indépendamment de la police, pour voir s'il y a matière à procès. Le juge d'instruction français joue un rôle similaire.

À cette époque, la plupart des membres des corporations de travailleurs manuels ou intellectuels appartenaient aux nouvelles maisons religieuses chrétiennes. Au cours des siècles précédents, les membres de ces mêmes corporations étaient druides. Et donc Fidelma rejoignit la communauté religieuse de Kildare, fondée à la fin du Ve siècle par sainte Brigitte.

Alors qu'en Europe le haut Moyen Âge, dont le VIIe siècle fait partie, est considéré comme une période sombre, il s'agit d'un « âge d'or » pour l'Irlande. Des jeunes gens viennent de toute l'Europe pour étudier dans les universités irlandaises, y compris des fils de rois anglo-saxons. Pas moins de dix-huit nations étaient représentées à la grande université ecclésiastique de Durrow. Dans le même temps, des missionnaires, hommes et femmes, partaient reconvertir une Europe païenne au christianisme, fondant des églises, des monastères et des centres d'études : à l'est jusqu'à Kiev, en Ukraine, au nord jusqu'aux îles Féroé, au sud jusqu'à Tarente, en Italie. L'Irlande était synonyme de savoir et de culture.

Cependant, en ce qui concerne les questions liturgiques, l'Église celtique d'Irlande était en constante opposition avec Rome. Rome avait commencé ses réformes au IVe siècle, changeant les rituels et la date de Pâques. L'Église celtique et l'Église orthodoxe d'Orient refusèrent de suivre cette nouvelle orientation. Entre le IXe et le XIe siècle, l'Église celtique fut progressivement absorbée par Rome, tandis que les Églises orthodoxes d'Orient confirmaient leur indépendance. À l'époque de Fidelma, l'Église celtique d'Irlande était très concernée par ces conflits

Au VIIe siècle, dans les Églises celtique et romaine, la notion de célibat chez les prêtres était controversée. Il y avait des ascètes dans les deux camps, qui sublimaient l'amour physique pour le mettre au service de Dieu, mais il fallut attendre le concile de Nicée, en 325 après J.-C., pour que les mariages cléricaux soient réprouvés sans être interdits. Le concept du célibat dans l'Église romaine sort tout droit du culte rendu à Vesta par les vestales romaines, et à Diane par les prêtres de Diane. Au Ve siècle, Rome avait d'abord interdit aux abbés et aux évêques de partager la couche de leur épouse, puis, peu de temps après, de se marier Quant aux autres membres du clergé, Rome se contenta de les décourager de prendre femme. Il fallut attendre les réformes du pape Léon IX (1049-1054) pour que s'impose le célibat. Jusqu'à ce jour, dans l'Église orthodoxe d'Orient, les prêtres qui ne sont ni abbés ni évêques ont conservé le droit de convoler.

La condamnation du « péché de chair » est restée étrangère à l'Église orthodoxe longtemps après que Rome eut converti l'abstinence en dogme. Dans le monde de Fidelma, les abbayes et les fondations monastiques qui abritaient des personnes des deux sexes s'appelaient *conhospitae*, ou maisons doubles. Les hommes et les femmes y vivaient en élevant leurs enfants au service du Christ.

La maison de sainte Brigitte de Kildare, à laquelle appartient Fidelma, compte parmi celles-ci. Quand Brigitte fonda son établissement à Kildare (Cill-Dara : l'église des chênes), elle invita un évêque du nom de Conlaed à la rejoindre. Sa première biographie, écrite en 650, à l'époque de Fidelma, fut rédigée par un moine de Kildare du nom de Cogitosus, qui établit clairement qu'il s'agissait là d'une communauté mixte.

Il faut également souligner qu'en ces temps éloignés, dans l'Église celtique, les femmes exerçaient elles aussi la fonction de prêtre. Brigitte fut même ordonnée archevêque par le neveu de Patrick, Mel, et son cas n'était pas isolé. Au VIe siècle, Rome rédigea une protestation pour se plaindre des pratiques celtes qui autorisaient les femmes à célébrer le divin sacrifice de la messe.

Pour aider les lecteurs à mieux s'y reconnaître dans l'Irlande du VIIe siècle, dont les divisions politiques sont largement ignorées du grand public, j'ai fourni une carte, ainsi qu'une liste des principaux personnages qui interviennent dans le roman.

D'une manière générale, j'ai préféré garder les noms historiques, tout en me pliant à certains usages modernes : par exemple, Tara au lieu de *Teamhair*, Cashel plutôt que *Caiseal Muman* et Armagh au lieu d'*Ard Macha*. Cependant, je m'en suis tenu à Muman, préférant ce terme à celui qui fut forgé au IXe siècle après J.-C., en ajoutant à Muman le suffixe norrois de *stadr* (place), ce qui donnera Munster. De même, j'ai gardé Laigin, plutôt que la forme anglicisée de Laigin-*stadr*, aujourd'hui Leinster.

Ainsi avertis du contexte historique, nous pouvons nous aventurer dans le monde de Fidelma. Les événements de cette histoire se déroulent au mois de septembre. Au VIIe siècle en Irlande, il s'appelait le mois du milieu (*Meadhón*) de la moisson (*Fogamar*), Meán Fhómhair en gaélique actuel. Nous sommes en l'an 666.

L'histoire du complot et de la rébellion des Uí Fidgente est racontée dans *La Ruse du serpent*[1].

Les lecteurs doivent savoir qu'il ne reste pratiquement rien de l'abbaye-cathédrale de Saint-Ailbe à Imleach Iubhair, « La frontière des ifs », dont le nom anglais est Emly, dans le comté de Tipperary. Aujourd'hui, c'est un petit village situé à une dizaine de kilomètres à l'ouest de la ville de Tipperary (le

1. 10/18, n° 3788.

« Puits d'Ara »). Une église a été édifiée sur le site. La ville d'Emly, dotée d'une cathédrale jusqu'en 1587, était le principal siège épiscopal de Munster, jusqu'à ce qu'elle soit associée à l'évêché de Cashel. Les évêques protestants et catholiques de l'évêché tiennent leur titre d'Emly et Cashel.

Au XIIIe siècle, les bâtiments de l'ancienne abbaye laissent la place à une cathédrale détruite pendant les guerres de 1607, reconstruite à la fin du XVIIe siècle, puis consacrée église anglicane avant de tomber en ruine. En 1827, elle renaît de ses cendres pour être démolie quarante ans plus tard, à la suite du schisme de l'Église anglicane en Irlande. L'Église catholique offre de la racheter mais ses propositions sont rejetées et une partie des pierres transportées à Monard où elles seront utilisées pour édifier la nouvelle église anglicane d'Irlande. L'église catholique moderne verra le jour en 1882. Elle mérite une visite, ne serait-ce que pour ses magnifiques vitraux, dont celui commémorant le célèbre roi-évêque de Cashel, Cormac Mac Cuileannáin (836-908 après J.-C.), poète, écrivain et lexicographe. Un if a été planté au centre de l'église où vous trouverez le Puits de Saint-Ailbe et une croix de pierre très ancienne, dont on dit qu'elle marque le lieu de sépulture du saint. Ses adorateurs, fidèles à la mémoire du patron du grand royaume des Eóghanacht, viennent prier sur sa tombe le 12 septembre, jour de la Saint-Ailbe.

Il n'y a pas moins de cinq puits sacrés à Emly. Tobair Peadair (le Puits de Pierre), dont l'accès est devenu périlleux, a été condamné. C'est de là, dit-on, que partirait un passage souterrain menant du puits à Knockcarron (la colline du Cairn).

PRINCIPAUX PERSONNAGES

Sœur Fidelma de Cashel, *dálaigh* ou avocate des cours de justice dans l'Irlande du VIIe siècle
Frère Eadulf, moine saxon de Seaxmund's Ham, dans les terres du South Folk

À Cashel

Colgú de Cashel, roi de Muman et frère de Fidelma
Donndubháin, *tanist* ou héritier présomptif de Colgú
Donennach mac Oengus, prince des Uí Fidgente
Gionga, commandant de la garde de Donennach
Conchobar, astrologue et apothicaire
Capa, capitaine de la garde de Colgú

Brehon Rumann de Fearna
Brehon Dathal de Cashel
Brehon Fachtna des Uí Fidgente

Oslóir, palefrenier
Della, recluse

Au Puits d'Ara

Aona, aubergiste
Adag, son petit-fils

À Imleach

Ségdae, abbé et évêque d'Imleach, *comarb* d'Ailbe
Frère Mochta, gardien des reliques saintes
Frère Madagan, *rechtaire* ou intendant de l'abbaye
Frère Tomar, responsable des écuries
Sœur Scothnat, *domina* de l'hôtellerie des invités
Finguine mac Cathal, prince de Cnoc Áine
Frère Bardán, apothicaire
Frère Daig, son assistant
Nion, *bó-aire* (petit chef) et forgeron
Suibne, son assistant
Cred, aubergiste
Samradán, marchand de Cashel
Solam, *dálaigh* des Uí Fidgente

Le monde de Fidelma
Muman (Munster), VIIe siècle après J.-C.

CONNACHT
LAIGIN
Loch Derg
Biorra (Birr)
Múscraige Tíre
Sliab mBladma
OSRAIGE
Cill Dalua (Killaloe)
Arada Cliach
Cashel
R. Maigne
Imleach (Emly)
Múscraige Breogain
R. Feoir (R. Nore)
R. Siúr (R. Suir)
Lios Mhór (Lismore)
Abhain Mhór (R. Blackwater)
Uí Liatháin
Corcaigh (Cork)
Aird Mhór (Ardmore)
20 miles

CHAPITRE PREMIER

Un religieux de haute taille, dont le capuchon dissimulait le visage, s'était élancé dans les corridors obscurs. Ses pas pesants résonnaient dans le silence de l'abbaye endormie. Il tenait une chandelle dont la flamme vacillante dansait dans les courants d'air, éclairant d'une faible lueur sa triste figure aux traits émaciés. Dans ce cadre plutôt sinistre, on l'aurait volontiers pris pour une créature de l'enfer plutôt qu'un serviteur de Dieu.

Il s'arrêta devant une lourde porte en bois, y frappa deux fois de son poing fermé, souleva le loquet et pénétra à l'intérieur. Là, il leva sa bougie et scruta la pièce plongée dans la pénombre.

Dans un coin, quelqu'un dormait paisiblement, enroulé dans une couverture sur un lit étroit. Apparemment, le bruit n'avait pas troublé son sommeil.

Le visiteur alla poser sa chandelle sur la table de chevet, se pencha sur le dormeur et le secoua avec rudesse.

— Père abbé ! Réveillez-vous !

L'autre poussa un grognement et battit des paupières. Puis il se tourna vers l'intrus.

— Qu'est-ce que c'est ? Qui est là ?

Le religieux rejeta son capuchon en arrière.

— Frère Madagan ! Pourquoi donc faire irruption dans ma cellule en pleine nuit ? N'aurais-je pas entendu la cloche ?

— Non, pèrc abbé. Elle ne sonnera que dans une heure pour les laudes.

Les laudes marquaient la première heure du jour et les frères commençaient leurs dévotions en se rassemblant dans la chapelle pour y chanter des cantiques.

Ségdae, abbé et évêque d'Imleach, *comarb* ou successeur de saint Ailbe, se redressa sur sa couche en fronçant les sourcils.

— J'espère que vous avez une bonne raison pour me surprendre ainsi en plein sommeil, dit-il d'un ton sévère.

Frère Madagan inclina la tête en signe de respect et de soumission.

— Père abbé, quel jour sommes-nous ?

Ségdae fixa frère Madagan d'un air irrité.

— Celui de la fête du fondateur de notre abbaye, le bienheureux Ailbe, merci de me le rappeler.

— Excusez-moi, père abbé, mais comme vous le savez, après les laudes, nous portons ses reliques de la chapelle jusqu'à sa tombe dans l'enceinte de l'abbaye. Là, vous les bénissez avant que nous remerciions le Seigneur de nous avoir envoyé Ailbe qui a converti cette partie du monde à la foi.

L'abbé Ségdae leva les yeux au ciel.

— Venons-en au fait, frère Madagan.

— *Bona cum venia*, avec votre permission, je vais vous expliquer ce qui m'amène.

— Vous m'en voyez ravi.

— Comme d'habitude, ma fonction d'intendant m'a conduit à la chapelle de l'abbaye tandis que je faisais ma ronde.

Il marqua une pause.

— Le reliquaire du bienheureux Ailbe a disparu.

— Hein ?

— Il s'est évanoui dans la nature.

— Mais il était à sa place pour les vêpres, nous l'avons tous vu !

— Je sais.

— Avez-vous prévenu frère Mochta ?

Madagan fronça les sourcils.

— Non, pourquoi ?

— En tant que gardien des saintes reliques, il aurait dû être le premier averti, s'énerva Ségdae. Allez immédiatement… non, attendez, je vous accompagne.

Il s'assit sur son lit, enfila ses sandales, et alla s'envelopper d'une grande cape en laine accrochée à une patère.

— Prenez cette chandelle et suivez-moi.

Bientôt les deux silhouettes fantomatiques s'éloignaient dans les couloirs.

Dehors, le vent s'était levé, sifflant et gémissant autour de la colline où se dressait le monastère, s'introduisant dans les fissures des murs et les corridors de l'édifice. L'abbé Ségdae respira l'air chargé d'humidité. Le vent soufflait du sud, rassemblant les nuages qui naviguaient au-dessus des montagnes de Ballyhoura. Avec l'aube viendrait la pluie.

— Qu'a-t-il bien pu arriver aux reliques sacrées ? gémit frère Madagan tandis qu'ils pressaient le pas. Croyez-vous qu'un voleur ait pu s'introduire dans l'abbaye pour les subtiliser ?

— *Quod avertat Deus*[1] *!* soupira l'abbé. Espérons que frère Mochta s'est levé tôt et, pour une raison quelconque, a changé les reliques de place afin de préparer le service.

Un espoir bien ténu quand on connaissait le rituel de la messe célébrée en l'honneur de saint Ailbe. Pendant les laudes, les reliques demeuraient dans leur châsse, puis leur gardien s'en saisissait et la communauté le suivait en procession. Arrivé au puits sacré, l'abbé en tirait de l'eau

1. « Dieu nous en préserve ! » (*N.d.T.*)

et bénissait le reliquaire, répétant le geste d'Ailbe qui avait le premier sanctifié l'abbaye fondée par ses soins, un siècle auparavant. On emportait alors la châsse et un calice rempli d'eau de source jusqu'à la croix de pierre qui marquait la tombe du fondateur du monastère. C'est là que la messe était célébrée en plein air.

L'abbé et l'intendant s'arrêtèrent devant une porte. Frère Madagan s'apprêtait à y frapper quand Ségdae l'écarta d'un geste impatient et l'ouvrit.

— Frère Mochta ! s'écria-t-il.

Puis il se figea, les yeux agrandis par la surprise tandis que Madagan essayait vainement de percer les ténèbres par-dessus son épaule.

— Levez votre chandelle, dit l'abbé d'une drôle de voix.

L'intendant s'exécuta. La lumière révéla une cellule dans un désordre indescriptible, avec des vêtements et des affaires de toilette éparpillés sur le sol, une paillasse jetée à bas d'un petit lit et une chandelle éteinte gisant dans une flaque de suif, près d'un bougeoir en bois.

— Qu'est-ce que cela signifie ? murmura frère Madagan, interloqué.

L'abbé ne répondit rien. Il fixait le matelas. Puis il prit la bougie des mains de frère Madagan et s'avança pour examiner plus attentivement une tache qu'il toucha avec répugnance. Il se raidit en regardant son doigt.

— *Deus misereatur*[1], murmura-t-il, du sang…

Frère Madagan tressaillit pendant que l'abbé se recueillait un instant.

— Il faut retrouver frère Mochta, dit-il enfin. Allez réveiller la communauté et lancez des recherches sans plus tarder. Vite ! Sonnez l'alarme ! Seigneur, le démon est à l'œuvre dans cette abbaye…

1. « Dieu nous vienne en aide. » (*N.d.T.*)

CHAPITRE II

La religieuse s'arrêta en haut de l'escalier, observa le ciel du matin d'un air désapprobateur et, fataliste, haussa négligemment les épaules. C'était une jeune femme dont le visage ne manquait pas de séduction, avec de magnifiques cheveux roux et des yeux verts qui en cet instant reflétaient le ciel gris. Franchissant la dernière marche, elle s'engagea sur le chemin de ronde du château fortifié des rois de Muman, le plus grand des royaumes d'Éireann, situé au sud-ouest.

Cashel se dressait à la hauteur impressionnante de deux cents pieds, sur une élévation calcaire dominant les plaines alentour. On y accédait grâce à une route en lacet s'élançant depuis la ville marchande qui avait prospéré dans son ombre. En plus du palais, le rocher abritait de nombreux bâtiments : un dédale d'écuries, de dépendances, d'hôtelleries pour les visiteurs et de bâtiments pour les gardes du roi, sans oublier l'église ronde ou *cathedra*, siège de l'évêché de Cashel. Cette église communiquait avec le château par de nombreux couloirs et était flanquée d'un monastère pour les religieux qui y officiaient.

Sœur Fidelma se déplaçait avec agilité, nullement entravée par ses vêtements de religieuse. Elle était grande et bien proportionnée, marchait d'un pas vif et s'arrêtait de temps à autre pour étudier le ciel. Un vent froid sifflait dans les créneaux. Il avait sûrement plu pendant la nuit, l'air était humide et, dans la lumière du matin, des reflets argent jouaient sur l'herbe des prés en contrebas.

Le jour de la Saint-Matthieu annonciateur de l'équinoxe d'automne n'était pas encore là qu'on avait déjà de gelées matinales, et avec ce ciel couvert, le soleil avait du mal à percer. Au sud-ouest, le sommet des montagnes disparaissait dans les nuages et, de l'autre côté de la vallée, on voyait serpenter la rivière Suir qui coulait vers le sud.

Fidelma se détourna et, un peu plus loin sur le chemin de ronde, elle aperçut un vieil homme, plongé dans une profonde méditation. Elle s'avança vers lui avec un grand sourire.

— Frère Conchobar ! Vous n'allez tout de même pas laisser le mauvais temps assombrir votre humeur ! s'exclama-t-elle d'un ton joyeux.

Le vieux religieux leva vers elle un visage lugubre et fit la grimace.

— Si, justement. Le jour qui s'annonce ne me dit rien qui vaille.

— Il fait un peu frais, je vous l'accorde. Mais ce vent du sud-ouest va bientôt dissiper les nuées.

— Les mauvais augures que je crains ne nous viennent pas des éléments, ma chère petite.

— Auriez-vous étudié la carte des cieux, Conchobar ?

Le moine, médecin et apothicaire de Cashel, tenait une boutique dans l'ombre de la chapelle royale. Mais il était aussi astrologue à ses heures et passait beaucoup de temps à scruter les configurations des étoiles. Ces deux fonctions, loin de s'exclure, se complétaient souvent.

— Je l'étudie chaque jour de l'année, répliqua le vieil homme d'un air maussade.

— Quand j'étais petite, vous aviez l'art de m'intriguer, dit Fidelma pour l'amadouer.

— Je m'en souviens d'autant mieux que j'ai vainement tenté de vous enseigner mon art, soupira Conchobar. Vous étiez très douée et promettiez de devenir une excellente interprète des présages.

Fidelma fronça le nez d'un air espiègle.

— J'en doute.

— Je suis mieux placé que vous pour en juger. N'ai-je pas étudié avec Mo Chuaróc mac Neth Sémon, le plus grand astrologue jamais né à Cashel ?

— Je sais, Conchobar. Et maintenant, racontez-moi quelles tristes pensées vous tourmentent.

— Le mal rôde, Fidelma de Cashel.

Quand il s'adressait à elle, le vieillard lui donnait toujours son titre de fille et sœur de roi, négligeant son état de religieuse.

— L'avez-vous identifié ? lui demanda Fidelma, brusquement intéressée.

D'une manière générale, elle accordait peu d'importance à l'astrologie, science capricieuse qui dépendait beaucoup des talents individuels de ceux qui l'exerçaient. Cependant, les meilleurs de ses adeptes retenaient toujours son attention. L'étude des cieux ou *nemgnacht* était un art ancien, très prisé des Irlandais. Au moment de la naissance de leurs enfants, la plupart de ceux qui en avaient les moyens commandaient une carte du ciel assortie de son interprétation. On appelait cela un *neminditthib*, un horoscope.

— Hélas, je ne puis guère me montrer plus précis. Connaissez-vous l'aspect de la lune aujourd'hui ?

Dans une société aussi proche de la nature, seules les personnes très distraites auraient été incapables de répondre.

— La lune décroît, Conchobar, et elle transite par la maison du Bélier.

— Elle est aussi en carré de Mercure, en conjonction avec Saturne et en sextile à Jupiter. Et où se trouve le soleil ?

— Oh, dans la maison de la Vierge.

— Et en opposition au nœud nord de la lune. Le soleil est en carré de Mars, Saturne en conjonction avec la lune en Capricorne et en carré de Mercure. Quant à Jupiter, il est en conjonction avec le milieu du ciel et en carré de Vénus.

— Qu'est-ce que cela signifie ?

Malgré ses quelques connaissances en la matière, Fidelma était un peu perdue.

— Ça veut dire que cette journée est néfaste.

— Pour qui ?

— Votre frère Colgú a-t-il quitté le château ?

La figure de Fidelma s'allongea.

— Aux premières lueurs de l'aube, il est parti au Puits d'Ara où il a rendez-vous avec le prince des Uí Fidgente, qu'il doit escorter jusqu'ici. Serait-il en danger ?

— Je l'ignore.

Le vieil homme ouvrit les bras en un geste d'impuissance.

— Je ne suis pas sûr de ce que j'avance… mais la menace s'adresse peut-être à votre frère. S'il en est ainsi, le projet de celui qui cherche à lui nuire ne sera pas couronné de succès. Je n'en sais pas plus.

Fidelma le fixa d'un air fâché.

— Vous en dites trop ou trop peu, mon frère. Vous réveillez mes craintes sans me donner les moyens d'agir.

— Ah, Fidelma, ne savez-vous pas que le silence est plus mélodieux que la parole ? Il me serait tellement plus facile de rester muet, et de laisser les étoiles suivre leur cours plutôt que d'essayer de leur extorquer leurs secrets !

— Frère Conchobar, vous m'avez contrariée et maintenant je vais me faire du souci jusqu'au retour du roi.

— Vous m'en voyez désolé et j'espère m'être trompé.

— Qui vivra verra.

— Oui, le temps est un grand révélateur, conclut Conchobar.

Après un bref signe de tête, il s'éloigna à petits pas précautionneux en s'aidant de son bâton d'épine. Fidelma le regarda partir avec un sentiment de malaise. Elle avait toujours connu Conchobar, qui l'avait vue naître, trente ans auparavant. Il avait fidèlement servi son père, le roi Faílbe Fland mac Aedo, dont elle n'avait aucun souvenir car il était mort l'année de sa naissance. Par la suite, Conchobar avait prêté serment aux trois cousins de Fidelma qui avaient tour à tour succédé à Faílbe, puis à son frère Colgú, proclamé roi de Muman quelques mois auparavant. Frère Conchobar était considéré comme l'un des astrologues les plus érudits de son temps.

Fidelma ne manquait jamais de tenir compte de ses avertissements.

Levant les yeux vers le ciel sombre, elle frissonna et rejoignit une des nombreuses cours du palais, qui comprenait également des jardins clos pris dans un réseau de bâtiments imposants à l'abri des remparts de la forteresse. En se dirigeant vers l'entrée de la chapelle royale, elle croisa des enfants qui utilisaient les murs de la chapelle pour jouer à *roth-chless*, la « fête de la roue ». Quand elle était enfant, elle avait beaucoup pratiqué ce jeu que Colgú appréciait d'autant plus qu'il était sûr de la battre. La règle n'en était pas compliquée puisqu'elle consistait à projeter un disque le long d'un mur. Celui qui atteignait le point le plus élevé avait gagné. D'après une ancienne légende, Cúchullain avait jeté son palet si haut qu'il avait disparu derrière le bâtiment.

Les enfants poussèrent des cris de joie quand l'un d'entre eux réussit un lancer particulièrement hardi. Un valet d'écurie aux cheveux grisonnants qui passait par là s'arrêta pour les réprimander en les menaçant du doigt.

— Le silence est plus mélodieux que la parole, déclara-t-il, reprenant sans le savoir le proverbe que Conchobar venait de citer.

Puis il avisa Fidelma et s'inclina avec déférence tandis que deux jeunes garçons faisaient des grimaces dans son dos. La jeune femme feignit de n'avoir rien remarqué.

— Ah, lady Fidelma, ces jeunes sont bien fatigants ! se plaignit le vieux domestique. En vérité, leurs chamailleries troublent la tranquillité des premières heures du jour.

— Ce n'est pas grave, Oslóir, répliqua Fidelma, qui appelait tous les serviteurs du palais par leur nom. Un philosophe grec a dit : « La voie de la gravité passe par le jeu. » Ces enfants auront bien le temps d'apprendre à être sérieux.

— Le silence n'est-il pas préférable au bruit ? protesta l'autre.

— Cela dépend. Trop de silence peut se révéler pesant et trop de miel écœurant.

Elle sourit aux enfants et s'apprêtait à monter les marches conduisant à la chapelle royale quand les portes s'ouvrirent et un jeune religieux vêtu d'une robe de bure apparut. C'était un homme robuste au visage sympathique, avec d'épais cheveux bruns et frisés. Il arborait la *corona spina*, la tonsure circulaire de saint Pierre, et dans ses yeux marron brillait une lueur malicieuse.

— Eadulf ! s'écria Fidelma. Justement, je vous cherchais.

Eadulf de Seaxmund's Ham, du royaume de South Folk, était l'émissaire de l'archevêque de Cantorbéry, Théodore, auprès de Colgú roi de Cashel.

— Je pensais vous retrouver ce matin à la messe, Fidelma.

Elle lui adressa une grimace espiègle.

— Le ton de votre voix ne trahirait-il pas une nuance de reproche ?

— N'est-ce pas le devoir d'une religieuse d'assister le matin à l'office du sabbat ?

L'Église irlandaise considérait le samedi comme le jour du sabbat, ou repos du Seigneur.

— Vous dormiez encore quand j'ai communié aux laudes avant le lever du jour, lança la jeune femme avec vivacité.

Eadulf rougit. Aussitôt, Fidelma posa la main sur son bras d'un air contrit.

— J'aurais dû vous prévenir qu'à la Saint-Ailbe la coutume de notre maison veut que nous assistions aux laudes pour rendre hommage à notre saint patron. Et puis mon frère devait quitter Cashel à l'aube pour se rendre au Puits d'Ara, et nous étions tous deux réveillés de bonne heure.

Eadulf, la mine renfrognée, suivit Fidelma qui se dirigeait vers le grand hall de Cashel.

— Mais pourquoi célébrez-vous ce saint avec autant de ferveur ? maugréa-t-il. J'avoue tout ignorer de sa vie et de ses œuvres.

— Ce qui est assez naturel pour un étranger. Ailbe est le protecteur du royaume de Muman et il a légué à notre peuple un traité de lois qui fait autorité.

— Je comprends mieux. Racontez-moi ce qui le rend si précieux à vos yeux.

Ils traversèrent la salle de réception pratiquement déserte où seuls quelques serviteurs s'affairaient, balayant le sol pavé avec des faisceaux de brindilles, et empilant des bûches dans l'âtre.

— Ailbe est né dans le nord-ouest du royaume dans la maison de Crónán, un chef du clan de Cliach.

— Était-il le fils du chef ?

— Non, celui d'une servante morte en couches. On ignorait le nom du père. Le chef, rendu furieux par la disparition de sa servante favorite, voulut étouffer le nouveau-né. On raconte que le bébé fut emmené loin de Cliach et abandonné dans les bois. Mais une vieille louve le découvrit et l'éleva.

— Pas très original, ironisa Eadulf. J'ai entendu bien des histoires de ce genre.

— Vous n'êtes pas le seul. Toujours est-il qu'Ailbe, quand il atteignit l'âge adulte, entreprit un long voyage et se rendit à Rome où il fut baptisé après sa conversion à la nouvelle foi. L'évêque de Rome lui offrit un magnifique crucifix en argent, symbole de sa fonction, et le nomma évêque d'Irlande, où il retourna. Cela se passait avant que le bienheureux Patrick n'aborde nos rivages. Mon ancêtre Oenghus mac Nad Froích, premier roi chrétien de Muman, fut converti par Ailbe. Celui-ci participa avec Patrick à la cérémonie du baptême sur le rocher de Cashel. Le roi Oenghus déclara alors que Cashel, sa capitale, serait aussi le siège épiscopal et Ailbe le premier berger des fidèles du royaume.

Ils s'assirent près d'une fenêtre, dans la grande salle qui dominait la ville, les plaines et les forêts jusqu'aux montagnes du sud-ouest. Eadulf allongea les jambes, étouffa un bâillement et jeta un rapide coup d'œil à Fidelma perdue dans ses pensées. Les sombres prédictions de Conchobar la poursuivaient et elle s'inquiétait pour la sécurité de son frère. Il avait été proclamé dans tout le pays que Colgú s'était rendu au Puits d'Ara, un gué sur la rivière du même nom, pour y rencontrer l'ennemi juré des rois de Cashel. Aussi loin que remontaient ses souvenirs, les princes des Uí Fidgente s'étaient opposés à sa famille. Bien entendu, Colgú était parti avec sa garde personnelle, ce qui réduisait les dangers sans les éliminer. Elle réalisa avec un temps de retard qu'Eadulf lui avait posé une question.

— Je ne m'explique pas qu'on l'appelle Ailbe d'Imleach et non Ailbe de Cashel. Et en quoi consiste exactement ce traité de lois établi par ses soins ?

Eadulf profitait de toutes les occasions pour parfaire sa connaissance du royaume de Muman et Fidelma lui adressa un sourire destiné à excuser sa distraction.

— Les rois de Cashel décidèrent que seul Ailbe exercerait une autorité ecclésiale dans notre royaume. Puis la ville d'Armagh, située dans le royaume du Nord des Uí Néill d'Ulaidh, est entrée en concurrence avec Cashel. Elle voudrait affirmer sa primatie sur toute l'Irlande, mais à Muman, nous nous en tenons à Imleach, d'où l'importance qu'Ailbe a revêtue pour notre peuple.

— Mais vous venez de dire que la primatie était Cashel ! s'énerva Eadulf, qui avait du mal à suivre Fidelma.

— On raconte qu'à la fin de sa vie Ailbe a été visité par un ange. L'ange lui a ordonné de se rendre à Imleach Iubhair, non loin d'ici, qu'il désigna comme le site de sa résurrection. Un choix symbolique dans la mesure où Imleach était l'ancienne capitale de Muman, avant que le roi Corc n'élise Cashel. Imleach tient son nom de l'if, l'arbre sacré de notre royaume.

Eadulf claqua la langue pour marquer sa désapprobation. Ces allégories païennes l'agaçaient, car, comme la plupart des personnes converties au christianisme à l'âge adulte, il se montrait assez peu tolérant.

— Ailbe quitta Cashel et se rendit à Imleach pour y construire une grande abbaye, poursuivit Fidelma. Il y bénit l'if et une ancienne source sacrée afin de les accommoder aux usages chrétiens. L'abbaye donna alors naissance à une communauté florissante. Quand Ailbe eut terminé sa tâche, le Seigneur le rappela à Lui. Ses reliques sont toujours à Imleach où il est enterré. Selon la légende...

Fidelma marqua une pause. En réalité, elle parlait pour passer le temps car ses pensées ne cessaient de revenir à Colgú et elle était rongée par l'anxiété.

— Je vous écoute, dit Eadulf, qui appréciait les talents de conteuse de Fidelma

Elle n'avait pas son pareil pour donner vie aux dieux et aux héros de la terre d'Irlande.

Fidelma ne répondit pas tout de suite. Elle surveillait la route qui menait à la rivière Suir et, plus loin dans la vallée, au Puits d'Ara.

— Que l'on souscrive ou non à cette croyance, soupira-t-elle, notre peuple, dans sa grande majorité, est convaincu que si on nous dérobait les reliques d'Ailbe, nos terres tomberaient aux mains de nos ennemis. Dans les vieilles légendes, on avait donné le nom d'Ailbe à un molosse qui gardait les frontières du royaume. Certains prétendent que le saint a reçu le nom de ce chien mythique parce qu'il incarnait la protection de notre pays. Si ses reliques disparaissaient d'Imleach, alors la dynastie des Eóghanacht s'effondrerait et le royaume de Muman, avec Cashel sa capitale, serait ravagé par la guerre.

Eadulf parut impressionné par ce récit.

— J'ignorais que de telles superstitions étaient encore aussi vivaces dans votre peuple ! s'exclama-t-il en secouant la tête.

Fidelma fit la moue.

— Ces superstitions me sont indifférentes, mais les gens y croient avec une telle intensité que je détesterais avoir à les combattre.

À cet instant, elle aperçut une troupe de cavaliers qui cheminaient en lisière de la forêt et elle poussa un soupir de soulagement.

— Eadulf, regardez ! Voilà Colgú accompagné du prince des Uí Fidgente.

CHAPITRE III

Par la fenêtre, Eadulf regarda en direction des champs cultivés qui s'étendaient entre la ville et la rivière, à quatre ou cinq milles de là. La route longeait une forêt dont venaient d'émerger des cavaliers. Il jeta un coup d'œil admiratif à Fidelma : elle avait une vue plus perçante que la sienne car, à cette distance, il était bien incapable de reconnaître l'escorte de Colgú.

Ils observèrent en silence la colonne qui se dirigeait vers le château. Maintenant, Eadulf distinguait les bannières de couleurs vives du roi de Muman, mêlées à d'autres oriflammes dont il supposa qu'elles appartenaient au prince des Uí Fidgente.

Soudain, Fidelma lui prit la main et l'attira loin de la fenêtre.

— Descendons en ville pour les regarder arriver, Eadulf. C'est un grand jour pour Muman.

Le Saxon sourit devant l'accès d'enthousiasme de sa compagne et ils sortirent du grand hall au pas de course.

— Pourquoi accordez-vous autant d'importance à la présence ici du prince des Uí Fidgente ? demanda-t-il tandis qu'ils traversaient la cour principale du palais.

Fidelma lâcha la main du moine et arbora l'allure digne et réservée seyant à une religieuse.

— Les Uí Fidgente, qui représentent un des principaux clans de Muman, se sont établis à l'ouest, au-delà de la rivière Maigne. Leurs chefs ont souvent refusé de payer leur tribut aux rois Eóghanacht de Cashel, ils ont même contesté leurs titres. Ils revendiquent des droits sur la couronne de Muman sous prétexte que leurs princes descendraient de notre ancêtre commun, Eóghan Mór.

Ils passèrent devant la chapelle, puis franchirent les portes principales. Les sentinelles les saluèrent avec un respect affectueux, car la sœur du Colgú était aimée de son peuple.

— Leurs revendications sont-elles justifiées ? demanda Eadulf.

Fidelma, comme tous les nobles irlandais, était fière de son lignage. Chaque famille s'attachait les services d'un généalogiste, afin de s'assurer que la succession des générations et les relations qu'elles entretenaient avec leurs pairs étaient correctement consignées. Selon la loi des brehons, les individus éligibles pour assurer le pouvoir devaient être dûment répertoriés. Ensuite, ils étaient soumis à l'approbation du *derbfhine*, un conseil électoral composé de certains membres de la famille.

— Le prince Donennach, qui accompagne aujourd'hui mon frère, affirme qu'il descend en droite ligne par les hommes d'Eóghan Mór, que nous considérons comme le fondateur de notre maison. Il appartiendrait à la douzième génération.

Eadulf, à qui le ton légèrement sarcastique de Fidelma avait échappé, hocha la tête d'un air admiratif devant les connaissances approfondies qu'avaient les Irlandais de leurs lignages respectifs, et de leurs intrications des plus complexes.

— Donc ce prince Donennach représente la branche cadette de votre famille ?

— Oui, si les généalogistes des Uí Fidgente disent vrai. Et « cadette » si l'on considère les décisions du *derbfhine* qui désigne les rois et assigne à chacun sa position.

Eadulf poussa un profond soupir.

— Voilà qui ne simplifie pas les choses. Chez les Saxons, c'est toujours le fils aîné de la branche aînée qui hérite, pour le meilleur ou pour le pire.

— Comme vous dites. Et si ce garçon s'avère mal doté, s'il est pauvre d'esprit ou malintentionné, votre famille saxonne le fera assassiner. Nous, nous essayons de désigner l'homme le plus apte à la tâche qui l'attend, qu'il soit le fils aîné, l'oncle, le frère, le cousin ou le plus jeune fils.

— Et s'il se conduit mal, vous vous retrouvez tout comme nous dans l'obligation de le tuer, maugréa Eadulf.

Fidelma fronça les sourcils.

— Pas du tout. Le *derbfhine* le destitue et désigne un héritier plus convenable. Selon la loi, il est autorisé à se retirer dans ses propriétés sans encourir aucune sanction.

— Il n'incite jamais ceux qui le soutiennent à se rebeller ?

— Il connaît la loi, ainsi que ses partisans. En allant contre les décisions du conseil, ils savent qu'ils seront considérés comme des usurpateurs.

— Mais les hommes étant ce qu'ils sont, il arrive sûrement que ces affaires-là tournent mal.

Fidelma se rembrunit.

— Bien sûr. Et voilà pourquoi la réconciliation avec les Uí Fidgente revêt une telle importance. Nos constants affrontements sont une source de déstabilisation pour les royaumes.

— Expliquez-moi vos désaccords plus en détail.

— Notre famille, celle de Colgú et de mon père Faílbe Fland, remonte à Conall Corc, fils de Luigthech, fils d'Ailill Flann Bec et petit-fils d'Eóghan Mór, fondateur de notre maison.

— Vu ma difficulté à retenir ces noms étrangers, je vous crois sur parole, ironisa Eadulf.

— Les Uí Fidgente se targuent d'être les descendants de Fiachu Fidgennid, fils de Maine Muncháin, un autre fils d'Ailill Flann Bec, petit-fils d'Eóghan Mór. Enfin, si leurs généalogistes disent vrai. Les nôtres estiment que leur généalogie a été inventée de toutes pièces afin de leur permettre de revendiquer le royaume de Cashel. Mais si aujourd'hui est un jour de paix, je m'abstiendrai d'aborder un tel sujet.

Eadulf était très concentré.

— Si j'ai bien compris, ce problème tourne autour de deux frères, Luigthech, l'aîné, et Maine Muncháin, le cadet.

Fidelma sourit en secouant la tête.

— Si leurs généalogistes ont raison, Maine Muncháin, qui a donné naissance à la lignée des Uí Fidgente, était l'aîné d'Ailill Flann Bec, et notre ancêtre Luigthech son second fils.

Eadulf leva les bras.

— Dans ce cas, les prétentions des Uí Fidgente au trône de Cashel ne seraient-elles pas plus valides que les vôtres ?

— Eadulf, souvenez-vous de nos lois dont je vous ai déjà plusieurs fois exposé les particularités. La lignée de Muncháin a été jugée indigne d'être placée à la tête du royaume par le *derbfhine* de la famille.

— Il n'en demeure pas moins que, d'après ce que vous dites, les Uí Fidgente, qui descendent de la branche aînée par les hommes, se réclament de cette primogéniture pour contester les droits de votre famille sur Cashel.

— La primogéniture n'entre pas en ligne de compte dans notre système juridique ! s'impatienta Fidelma. Et tout cela s'est passé il y a environ dix générations.

Sans compter que nos généalogistes affirment que les Uí Fidgente ne descendent pas du tout des Eóghanacht, mais des Dáirine.

Eadulf leva les yeux au ciel.

— Et qui sont-ils, ceux-là ?

— Une ancienne peuplade dont on prétend que, il y a un millier d'années, elle partageait le royaume de Muman avec les Eóghanacht. Les Corco Loígde, un autre clan à l'ouest, affirment eux aussi descendre des anciens Dáirine.

— Eh bien, je crois que ma pauvre tête a eu assez de généalogies et de noms bizarres pour l'instant.

Fidelma se mit à rire.

— N'oubliez pas que votre connaissance de la politique de ce royaume peut vous servir, Eadulf. Rappelez-vous comment, l'hiver dernier, nous avons déjoué un complot des Uí Fidgente qui a amené mon frère à prendre la tête d'une armée pour les affronter à Cnoc Áine. Cela se passait il y a à peine neuf mois.

— Je suis bien payé pour me souvenir de ces événements. N'ai-je pas été capturé par les conspirateurs ? Et cette bataille a vu la mort du dirigeant des Uí Fidgente.

— Oui, mais maintenant, son cousin Donennach lui a succédé. Et il a envoyé des messagers à mon frère pour tenter de négocier un traité avec lui. Donennach vient à Cashel pour restaurer la paix. C'est la première fois depuis des siècles que Cashel et les Uí Fidgente entreprennent une telle démarche.

Ils s'engagèrent sur le chemin escarpé qui descendait le promontoire, puis ils suivirent la route qui conduisait à la ville, située à quelques centaines de yards du rocher de Cashel.

Des gens se rassemblaient déjà pour assister à l'arrivée de leur roi, du prince invité et de leurs escortes. La colonne de cavaliers franchit la porte ouest de la ville tandis que Fidelma et Eadulf atteignaient la porte est et se joignaient à un groupe qui se tenait devant la place du marché.

Sept cavaliers menaient l'escadron. Puis venait le héraut de la bannière de Colgú où le cerf d'or des Eóghanacht de Cashel, tissé sur soie bleue, ondulait au vent. Suivait le roi en personne sur son étalon. C'était un homme grand, avec des cheveux roux, dont les traits révélaient une ressemblance frappante avec ceux de sa sœur. Nul ne pouvait se tromper sur leur lien de parenté.

Ensuite venait le héraut du prince des Uí Fidgente, portant une oriflamme où se détachait un sanglier rouge sur fond blanc. Il précédait le prince, un jeune homme brun au visage volontaire, d'aussi belle prestance que le roi de Muman. Malgré des revendications d'ancêtres communs, les deux hommes étaient aussi différents qu'on pût l'imaginer.

Bon nombre des guerriers qui fermaient le cortège arboraient l'emblème de l'ordre du Collier d'or, la garde d'élite des rois Eóghanacht. L'homme à leur tête n'était pas beaucoup plus vieux que son souverain. Il lui ressemblait un peu, mais ses traits étaient plus durs et sa chevelure noir de jais. Il avait fière allure, chevauchait avec aisance et portait une cape de laine bleue, agrafée à l'épaule par une broche en argent, un soleil à cinq branches incrustées de grenats.

Donndubháin, cousin de Colgú et de Fidelma, était le *tanist* ou héritier présomptif du roi de Cashel.

Le peuple ovationna le cortège. Alors qu'il acclamait le roi de Cashel et le prince des Uí Fidgente, il pensait voir le terme de siècles de rivalités et d'affrontements sanglants, et le début d'une nouvelle ère de paix et de prospérité pour les gens de Muman.

Colgú, souriant et détendu, salua de la main. Quant à Donennach, rigide sur sa monture, il semblait nerveux. Ses yeux noirs surveillaient les alentours, comme s'il craignait des démonstrations d'hostilité.

De temps à autre, il s'autorisait un bref sourire et inclinait la tête devant la foule heureuse et démonstrative.

Les cavaliers traversèrent la place du marché et s'approchèrent du chemin qui menait en haut du promontoire où siégeaient les rois de Cashel. Même Donennach parut impressionné par le château-forteresse.

Donndubháin leva le bras pour faire signe à la colonne de guerriers de prendre le sentier escarpé qui menait au palais.

Pour s'extraire de la foule et aller accueillir son frère, Fidelma joua des coudes, suivie du fidèle Eadulf.

Colgú la repéra aussitôt, lui sourit d'un air espiègle, tira sur les rênes de sa monture et se pencha pour lui adresser quelques mots.

C'est ce qui le sauva.

Au lieu de l'atteindre au cœur, la flèche se planta dans son bras avec un bruit sourd. Il poussa un cri de surprise et de douleur. C'est alors que Donennach vacilla sur sa selle tandis qu'une seconde flèche venait lui transpercer la cuisse. Horrifié, Eadulf le vit basculer et s'effondrer dans la poussière du sentier.

Des hurlements s'élevèrent, les gens fuyaient et se bousculaient.

Les guerriers des Uí Fidgente dégainèrent leurs épées, « À moi ! le prince est touché ! » cria leur chef qui partit au galop vers un groupe de bâtiments de l'autre côté de la place, suivi par deux de ses hommes tandis que les autres entouraient leur maître.

Donndubháin, l'héritier présomptif de Colgú, s'élança derrière les guerriers des Uí Fidgente, épée au clair.

Fidelma ne tarda pas à recouvrer ses esprits. Les flèches destinées à attenter à la vie de Colgú et de son invité avaient miraculeusement manqué leurs cibles. Le chef des guerriers des Uí Fidgente, qui avait repéré leurs trajectoires, était parti débusquer le tireur coupable d'une tentative d'assassinat sur le roi et le prince.

Autant laisser à Donndubháin et aux hommes de Donennach le soin de capturer le meurtrier.

— Allez vous occuper de Donennach, dit-elle à Eadulf qui se fraya aussitôt un chemin jusqu'au prince, malgré les réticences de son escorte.

Puis elle se tourna vers Colgú, toujours en selle. Il étouffait ses gémissements, agrippé à la flèche.

— Vite, mon frère, appuie-toi sur moi et descends de cheval si tu ne veux pas continuer à servir de cible.

— Donennach a-t-il été mortellement atteint ? demanda Colgú, les dents serrées et la main dégoulinante de sang.

— Eadulf est parti lui porter secours. Assieds-toi sur cette pierre pendant que je retire ce trait de ton bras.

Colgú s'exécuta tandis qu'accourait Capa, le capitaine de sa garde, accompagné d'un de ses guerriers. Ils avaient dégainé leur épée, ce qui au vu des circonstances était parfaitement inutile. Consternés, les gens entouraient leur roi, se lamentant et posant des questions qui demeuraient sans réponses. Fidelma les écarta d'un geste impatient.

— Y a-t-il un médecin parmi vous ? demanda-t-elle après avoir examiné la blessure.

Des murmures désolés lui répondirent.

La flèche était profondément enfoncée et elle craignait de déchirer un muscle en la libérant. Fallait-il envoyer chercher le vieux Conchobar ? Non, cela prendrait trop de temps.

— Ne touchez à rien, j'arrive ! cria Eadulf.

Fidelma poussa un soupir de soulagement en se rappelant que le moine saxon était versé dans l'art de la médecine puisqu'il avait étudié au célèbre collège de Tuaim Brecain.

— Comment va Donennach ? s'enquit aussitôt Colgú, qui était maintenant blanc comme un linge et luttait avec courage contre la douleur.

— Pense à toi, mon frère, lui enjoignit Fidelma.

— Un hôte doit toujours faire passer ses invités avant lui, murmura Colgú.

— Sa blessure est mauvaise, reconnut Eadulf. Mais la vôtre n'a rien d'une égratignure. J'ai ordonné que l'on fabrique une litière de fortune afin de transporter le prince au palais : il y sera mieux soigné que sur ce chemin poussiéreux. La flèche est entrée dans la cuisse en suivant un trajet qui la rendra malaisée à extraire. Mais il a eu de la chance... et vous aussi.

— En attendant, ôtez ce trait de mon bras, le pressa Colgú.

Eadulf étudia attentivement les chairs tuméfiées.

— Je crains de vous faire mal et je préférerais attendre que vous ayez rejoint vos appartements.

Le roi de Muman poussa une exclamation d'impatience.

— Inutile de tergiverser plus longtemps. Je veux que mon peuple soit rassuré sur mon état et constate de ses yeux qu'un roi des Eóghanacht supporte la douleur avec vaillance.

Eadulf se tourna vers la foule autour de lui.

— Indiquez-moi la maison la plus proche où brûle un grand feu.

— Je suis le forgeron et je loge de l'autre côté de la rue, dit aussitôt un homme.

— Venez avec moi ! lança Eadulf en se dirigeant à grands pas vers la forge.

Sous le regard intéressé du forgeron, Eadulf sortit son couteau et le passa dans les braises avant de retourner en courant auprès de Colgú.

Le visage du roi était maintenant couvert de sueur.

— Eadulf, débarrassez-moi de ça au plus vite, haleta-t-il.

Le moine hocha brièvement la tête.

— Tenez-lui le bras, Fidelma, ordonna-t-il d'une voix sourde.

Puis il se pencha, dégagea la flèche avec la pointe de son couteau et tira dessus d'un coup sec. Colgú poussa un grognement plaintif, inclina le buste vers l'avant et se redressa aussitôt. Eadulf se saisit d'un linge propre qu'on lui tendait et en entoura la blessure en serrant bien.

— Et voilà. Dès que nous serons de retour à la forteresse, je referai le bandage avec des herbes aux vertus purifiantes qui préviendront toute infection. Dieu merci, l'extrémité de la flèche ne s'est pas brisée.

Fidelma lui prit la flèche des mains, l'examina avec attention et la passa à la cordelière qui lui enserrait la taille. Puis elle se tourna vers son frère, qui s'appuya sur elle.

À cet instant, la foule s'écarta devant le jeune *tanist* qui arrivait à pied, l'air anxieux et le visage enflammé. Il fit face à Colgú qui se tenait debout devant lui, épaulé par Fidelma.

— La blessure est mauvaise ? demanda-t-il.

— Assez, répliqua Eadulf à la place du roi. Mais il survivra.

Donndubháin poussa un soupir de soulagement.

— Les assassins ont été maîtrisés par les hommes de Donennach, annonça-t-il.

— On s'occupera d'eux quand mon frère et son hôte auront rejoint le palais, dit Fidelma. Aide-moi à soutenir le roi.

Eadulf était déjà reparti auprès du prince, maintenant allongé sur une civière. Le moine avait pratiqué un garrot en haut de la cuisse. Après avoir vérifié la solidité du brancard, il fit signe aux guerriers des Uí Fidgente de le lever sans à-coups et de suivre l'escorte de Colgú.

Ils avaient à peine fait quelques pas qu'on entendit un galop de chevaux et un cri s'éleva de la foule.

Les membres de la garde de Donennach traversaient la place. Les corps de deux hommes dont les poignets étaient liés au pommeau de la selle de deux cavaliers traînaient dans la poussière.

Fidelma se tourna vers son frère, indignée que des êtres humains soient traités avec une telle barbarie. Toute personne, même soupçonnée de meurtre, devait être emprisonnée et jugée selon les règles. Mais ses protestations moururent sur ses lèvres quand les cavaliers s'arrêtèrent. L'état des corps et leur inertie ne laissaient aucun doute quant à leur trépas.

Un homme au visage ovale inexpressif et aux yeux bridés que Fidelma reconnut comme le chef des guerriers sauta de son cheval, et se dirigea droit sur la civière du prince. Puis il s'inclina avec raideur, tenant encore à la main son épée rougie de sang.

— Monseigneur, puis-je vous demander de jeter un coup d'œil à ces cadavres ? dit-il d'une voix dure.

— Ne voyez-vous pas que votre prince souffre et que nous l'emmenons au palais pour l'y soigner ? s'énerva Eadulf. Il me semble que le reste peut attendre.

— Étranger, je vous prierai de ne pas me parler sur ce ton quand je m'adresse à mon souverain, répliqua le guerrier avec hauteur.

Colgú, qui s'était arrêté à une courte distance, soutenu par Donndubháin, se retourna, le visage déformé par la souffrance et la contrariété.

— Quant à vous, je vous déconseille de donner des ordres à Cashel où je règne, grommela-t-il, les dents serrées.

Le guerrier des Uí Fidgente resta impassible, le regard fixé sur le visage décomposé de Donennach.

— Monseigneur, il s'agit d'une question d'importance.

Donennach se redressa sur un coude.

— Qu'y a-t-il de si urgent, Gionga ?

Le guerrier fit signe à un de ses hommes, qui traîna les corps jusqu'à la civière.

— Voilà les chiens qui vous ont tiré dessus.

Il en saisit un par les cheveux.

— Je ne le reconnais pas, grommela le prince.

— Sans doute, mais peut-être reconnaîtrez-vous le collier qu'il porte autour du cou ?

Donennach pinça les lèvres et se tourna vers Colgú qui l'avait rejoint.

— Colgú, qu'est-ce que cela signifie ?

Le roi examina attentivement la dépouille tandis que Fidelma et Eadulf faisaient de même. Personne ne put identifier le mort. Cependant, il portait le Collier d'or, emblème de la garde d'élite des rois de Cashel.

— C'est une bien étrange hospitalité que vous m'offrez là, Colgú, dit le prince d'une voix rauque. Des guerriers de votre garde personnelle m'ont pris pour cible et ont essayé de me tuer !

CHAPITRE IV

L'accusation du prince fut accueillie par un lourd silence, que Fidelma choisit de rompre.

— Si les guerriers de Colgú ont agi ainsi, comment expliquer qu'ils aient également attenté à la vie du roi ?

Les yeux sombres et perçants de Donennach examinèrent la jeune femme avec attention, mais ce fut Gionga qui posa la question qui lui brûlait les lèvres.

— Vous osez vous adresser à un prince sans y être invitée ? Comment vous nommez-vous, femme ?

— Je vous présente ma sœur, la princesse Fidelma, religieuse de son état, intervint Colgú d'une voix sourde et entrecoupée. En tant que *dálaigh* des cours de justice qui s'est vu accorder le titre d'*anruth*, elle peut parler devant qui bon lui semble.

Gionga fit une drôle de tête. En Irlande, seul un *ollamh*, titre le plus élevé accordé par les collèges séculiers et ecclésiastiques, avait le pas sur un *anruth*.

Impassible, Donennach plissa les paupières.

— Alors c'est vous, Fidelma de Cashel ? Votre réputation n'est plus à faire au pays des Uí Fidgente.

Fidelma lui adressa un bref sourire.

— Cela ne m'étonne pas. Je me suis déjà rendue là-bas où j'avais été invitée… à un repas empoisonné.

Elle n'ajouta rien à cette déclaration, sachant que Donennach connaissait par cœur les détails de cette histoire.

— Pour en revenir à ce qui nous préoccupe, ma sœur a raison, murmura Colgú d'une voix lasse. Ceux qui verraient ma main derrière cette trahison commettraient une regrettable méprise.

Eadulf prit son courage à deux mains.

— Le temps presse, monseigneur, et il n'est point temps de discuter de cela. Il faut que l'on nettoie vos blessures afin qu'elles ne s'infectent pas.

Colgú se mordit la lèvre, car son bras le faisait beaucoup souffrir.

— Si vous êtes d'accord, nous en resterons là pour l'instant, Donennach.

— Très bien.

— Pendant qu'Eadulf s'occupe de toi, je dirigerai les investigations, lança Fidelma d'un ton ferme à Colgú.

Gionga avança d'un pas, visiblement contrarié, mais Donennach l'arrêta d'un geste de la main.

— Accompagnez Fidelma, Gionga, et collaborez avec elle du mieux que vous le pourrez.

Gionga s'inclina, puis les porteurs soulevèrent la civière du prince et suivirent Colgú, qui s'était engagé sur le chemin escarpé menant au palais, soutenu par Eadulf et Donndubháin.

Fidelma attendit un instant, le visage fermé, les mains glissées dans les manches de sa robe de religieuse. Ses yeux verts brillaient cependant d'un feu qui pour ceux qui la connaissaient indiquait une violente colère.

— Eh bien, Gionga ? demanda-t-elle d'une voix douce.

Mal à l'aise, l'autre se balança d'un pied sur l'autre.

— Eh bien quoi ?

— Si vous n'y voyez pas d'inconvénient, je vous propose que ces deux hommes soient amenés à notre apothicaire. Nous les examinerons plus tard.

— Et pourquoi pas maintenant ? demanda Gionga avec une véhémence tempérée par le respect qu'il devait au rang de son interlocutrice.

— Parce que j'aimerais que vous me montriez où vous les avez trouvés, et comment vous les avez exécutés. Réalisez-vous que cela nous empêche définitivement de les questionner pour connaître leurs motivations ?

Gionga rougit, hésita, puis haussa les épaules et fit signe à deux de ses hommes de s'avancer.

Donndubháin, qui redescendait la colline, les héla. La contrariété se lisait sur son visage.

— Colgú a suggéré que je me joigne à vous, déclara-t-il.

Il avait l'air d'insinuer que le roi n'était pas rassuré de laisser sa sœur en compagnie d'un guerrier des Uí Fidgente.

— Capa et Eadulf s'occupent de lui, précisa-t-il.

Fidelma lui sourit.

— Parfait. Les hommes de Gionga vont porter ces corps à l'officine de notre apothicaire. Tu as quelqu'un pour les guider ?

Donndubháin avisa un guerrier qui passait par là.

— Escortez ces hommes chez frère Conchobar.

— Vous lui direz d'attendre mes instructions, ajouta Fidelma. Je veux examiner ces corps en personne.

Le guerrier s'inclina avec déférence.

— Et maintenant, procédons à nos investigations.

Sans un mot, Gionga et Donndubháin la suivirent jusqu'à la place du marché. Les habitants de Cashel ne s'étaient pas encore dispersés. Ils discutaient à voix basse, réunis en petits groupes, et jetèrent des coups d'œil furtifs au guerrier des Uí Fidgente. Toute leur attitude exprimait une méfiance irrépressible.

Contrairement à ce que Fidelma avait pu espérer, les guerres et les raids qui avaient ensanglanté le royaume ne s'effaceraient pas de leur mémoire avant longtemps.

Ils atteignirent l'endroit où les flèches avaient touché Colgú et Donennach. Gionga signala des bâtiments de l'autre côté de la place.

— Quand la première flèche a atteint le roi, je me suis retourné et j'ai vu quelqu'un sur le toit plat de cette maison. J'ai crié en le voyant décocher sa seconde flèche, mais il était trop tard et le prince est tombé.

— C'est alors que vous avez éperonné votre cheval pour déloger le meurtrier.

— Oui. Et deux de mes hommes m'ont suivi. Quand nous sommes arrivés ici, l'archer avait sauté à terre, son arc à la main. Derrière lui se tenait un autre homme brandissant une épée. Je les ai tous deux terrassés avant qu'ils puissent user de leurs armes contre nous.

Fidelma se tourna vers Donndubháin.

— Toi qui les as suivis de près, cousin, ce témoignage correspond-il au tien ?

L'héritier présomptif haussa les épaules.

— À peu près.

— Mais encore ? Ta réponse manque de précision.

— L'archer a bien sauté à terre pour rejoindre son compagnon, mais ils n'ont pas menacé d'utiliser leurs armes. Ils semblaient attendre que les guerriers les rejoignent.

Gionga poussa une exclamation indignée.

— Vous auriez voulu que nous les approchions de plus près afin de mieux leur servir de cible ?

Fidelma se mit en marche vers le bâtiment.

— Allons voir ce que nous trouverons là-bas.

Donndubháin la regarda d'un air étonné.

— Tu ne verras rien. Les assassins ont tous les deux été exécutés et leurs corps emmenés.

Fidelma ne prit même pas la peine de répliquer.

L'édifice en bois qui les intéressait n'avait qu'un étage, et comportait deux grandes portes sur la façade et une petite porte latérale. Fidelma, qui avait été élevée à Cashel, essaya de se rappeler à qui il appartenait. En tout cas, ce n'était pas une étable… plutôt un genre de réserve à grain.

Portes et fenêtres étaient fermées et la maison semblait déserte.

— Donndubháin, sais-tu à qui appartient cette remise ?

Le *tanist* se mordit la lèvre tout en réfléchissant.

— C'est un des entrepôts de Samradán, le marchand. Il me semble qu'il l'utilise pour y stocker du blé.

— Où est Samradán ?

Son cousin haussa les épaules.

— Aucune idée.

— Débrouille-toi pour le trouver et amène-le-moi ! s'écria Fidelma en tapant du pied.

— Maintenant ? balbutia Donndubháin.

— Oui !

Le *tanist* s'exécuta aussitôt, car même un prince devait obéir à un *dálaigh*, sans compter qu'il s'adressait à la sœur du roi. Fidelma fit le tour du bâtiment, essaya d'y pénétrer par la porte latérale, mais en vain. Les ouvertures étaient hermétiquement fermées, toutefois, à l'arrière de l'entrepôt, une échelle appuyée contre le mur permettait d'accéder au toit.

— C'est là que j'ai surpris les assassins, dit Gionga.

Fidelma lui jeta un rapide coup d'œil.

— Comment cela ? Vous êtes arrivé devant cette grange et non par-derrière !

— J'ai d'abord repéré l'archer, son arc à la main. Il se tenait sur le toit et puis il a disparu. J'ai voulu faire le tour de la grange et je suis tombé sur deux hommes. L'un tenait un arc, l'autre avait dégainé son épée.

— Où exactement les avez-vous frappés ?

Gionga désigna des taches de sang sur le sol qui n'avaient pas encore eu le temps de sécher, à gauche du bâtiment. Cet endroit était visible de la route quand on venait de la place du marché.

Fidelma grimpa à l'échelle et repéra un petit parapet en bois, à l'avant du toit. Deux flèches étaient posées dessus. Elles avaient été disposées avec soin, sans doute pour permettre à l'archer de décocher plusieurs traits avec une grande rapidité. Fidelma compara ces flèches à celle qu'elle avait glissée dans la cordelière de sa robe. Toutes trois avaient le même empennage.

Gionga la rejoignit et l'observa d'un air morose.

— Qu'avez-vous trouvé ?

— Juste des flèches, répondit très vite la jeune femme.

— Fidelma !

Elle se pencha par-dessus le parapet et vit Donndubháin.

— As-tu trouvé Samradán ? lui demanda-t-elle.

— On m'a dit qu'il était parti pour Imleach où il fait du commerce avec l'abbaye.

— Cela m'étonnerait que ce Samradán vive dans ce qui ressemble fort à une grange.

— Sa maison est la sixième sur la route en face de toi. Tu l'as repérée ? Je connais cet homme, j'ai parfois traité des affaires commerciales avec lui.

Il joua distraitement avec la broche en argent qui retenait sa cape.

— Je suis persuadé qu'il n'est pour rien dans cette histoire.

Fidelma contemplait la demeure que le *tanist* lui avait indiquée.

— Nous n'avons pas besoin de ce négociant pour comprendre ce qui s'est passé, intervint Gionga. Les assassins ont repéré cet endroit qui leur offrait un point d'observation stratégique pour tirer sur Donennach. Ils se sont vite rendu compte qu'il s'agissait d'une remise, ont trouvé une échelle et se sont postés sur le toit en attendant le cortège. Mais ils se sont trompés en escomptant qu'ils profiteraient de la confusion pour s'enfuir.

Il se retourna.

— Ils auraient facilement pu s'échapper en rejoignant le petit bois derrière nous. Pourquoi diable…

Son visage s'éclaira.

— Je parie qu'on va y retrouver leurs chevaux attachés à un arbre.

Il s'apprêtait à aller vérifier son hypothèse quand Fidelma le retint.

— Un instant, lança-t-elle d'un ton impérieux.

Elle plissa les paupières tout en mesurant la distance qui la séparait de l'endroit où Colgú et Donennach avaient été frappés.

— Laissez-moi vous dire une chose en ce qui concerne cet archer…

Gionga fronça les sourcils.

— … il n'était pas très doué.

— Pourquoi donc ? s'étonna avec mauvaise grâce le guerrier des Uí Fidgente.

— Parce que, d'ici, il lui était difficile de manquer par deux fois ses cibles. Mon frère le roi a bougé en se penchant vers moi, mais le prince était immobile.

Elle prit les flèches et redescendit l'échelle, escortée de Gionga. Son cousin les attendait en bas.

— As-tu entendu la suggestion de Gionga concernant les montures ? lui demanda-t-elle.

Donndubháin hocha la tête d'un air distrait et ils se dirigèrent vers le bouquet d'arbres, où ils ne trouvèrent aucune trace de chevaux.

— Peut-être avaient-ils un complice qui a été le témoin du sort réservé à ses deux compagnons et a préféré fuir, emmenant les chevaux avec lui ? avança Gionga, désappointé.

— Peut-être, murmura Fidelma qui étudiait le chemin bordant le petit bois.

Mais trop de carrioles et d'animaux étaient passés par là pour qu'on puisse en tirer des conclusions probantes.

Gionga scrutait les alentours, l'air fâché, comme s'il s'attendait que des chevaux se matérialisent brusquement devant lui.

— Et maintenant, que fait-on ? demanda Donndubháin, qui cachait mal sa satisfaction devant la déception du guerrier des Uí Fidgente.

— Maintenant, soupira Fidelma, nous allons nous rendre dans l'officine de frère Conchobar pour y examiner les corps.

Le vieux religieux se tenait sur le pas de sa porte.

— Je vous attendais, Fidelma, dit-il avec une grimace attristée. Ne vous avais-je pas prévenue que de tristes augures assombriraient cette journée ?

— Qu'entendez-vous par là, vieux bouc ? grommela Gionga en l'attrapant par le bras. Auriez-vous eu vent de cette vilenie ?

Donndubháin posa la main sur l'épaule du guerrier.

— Laissez ce vieil homme, qui est un fidèle serviteur de Cashel, lança-t-il d'un ton menaçant.

— Vous n'avez pas le droit de le traiter ainsi, renchérit Fidelma. Ce matin, il a distingué des configurations néfastes dans les étoiles, dont il m'a avertie, voilà tout.

Gionga relâcha Conchobar en affichant une mine dégoûtée.

— Un astrologue ? ricana-t-il.

Le vieux moine remit de l'ordre dans ses habits d'un air de dignité offensée.

— On vous a apporté les cadavres ? s'enquit Fidelma.

— Oui, je leur ai ôté leurs vêtements, je les ai allongés sur la table et je vous ai attendue, suivant en cela vos instructions.

— Quand nous en aurons terminé, vous pourrez les laver et les envelopper d'un linceul, mais j'ignore dans quel lieu nous allons mesurer leurs tombes.

— La terre offre toujours une place aux pécheurs, fit observer Conchobar avec gravité. Mais le temps des lamentations sera court.

En Éireann, les obsèques étaient précédées de douze jours et douze nuits de plaintes et de larmes, les *laithi na caoinnti* ou temps des lamentations.

Au milieu de l'officine trônait une immense table que Conchobar utilisait pour y préparer les morts aux rituels de l'enterrement, car on faisait souvent appel à lui pour cet office. Les meurtriers étaient nus, à l'exception des parties génitales, recouvertes d'un linge.

Fidelma croisa les bras et se planta devant le premier en plissant les paupières.

La première chose qui la frappa, c'est qu'à l'avant du crâne il ne lui restait plus beaucoup de cheveux. Derrière, ils lui tombaient jusqu'aux épaules, comme pour compenser une calvitie déjà bien avancée. Il était grand, mince, et son compagnon petit, corpulent, avec une masse de cheveux gris et bouclés. Ils formaient un contraste qui aurait pu prêter à rire si leurs blessures sanglantes n'avaient rappelé la mort violente qu'ils avaient rencontrée.

— Lequel était l'archer ? demanda Fidelma à voix basse.

— Le chauve, répliqua aussitôt Gionga.

— Où sont leurs armes ?

Conchobar alla dans un coin de la pièce récupérer une épée, un arc et un carquois.

— Les guerriers ont apporté ces objets avec les corps, expliqua le vieux moine.

— Posez-les ici, je les examinerai plus tard.

— Un instant, intervint Gionga. Montrez-moi ce carquois.

Frère Conchobar interrogea Fidelma du regard mais elle ne protesta point. Elle se doutait que, sur le toit, Gionga avait compris ce qu'elle avait tenté de lui dissimuler, et elle renonça à l'empêcher de vérifier son hypothèse. Gionga prit le carquois qu'on lui tendait et en sortit une flèche au hasard, qu'il étudia avec attention.

— D'où pensez-vous qu'elle provienne, *tanist* de Cashel ? demanda le guerrier d'un air innocent en tendant la flèche à Donndubháin.

Celui-ci parut contrarié.

— L'empennage porte la marque des artisans de Cnoc Áine, reconnut-il.

— Exactement, comme toutes les autres.

— Faut-il y accorder une quelconque importance ? intervint Fidelma. Après tout, les flèches s'acquièrent aisément…

Elle sortit un petit couteau de son *marsupium*, un sac en cuir accroché à sa taille.

— Cette lame a été forgée à Rome. Je l'y ai achetée lors d'un pèlerinage et cela ne fait pas de moi une Romaine.

Gionga rougit.

— Inutile de jouer au plus fin avec moi, sœur de Colgú. Je ne manquerai pas de souligner la provenance de cette flèche quand je ferai mon rapport à mon prince.

En entendant l'insulte proférée contre sa cousine, Donndubháin s'empourpra.

— Ici, il n'y a qu'un *dálaigh*, Gionga. Fidelma est la seule habilitée à présenter un rapport.

Gionga émit une exclamation de mépris que Fidelma feignit d'ignorer ; elle s'empara du carquois, qui ne portait aucune marque particulière permettant d'identifier sa provenance. Elle passa alors à l'arc, un instrument solide et de belle facture, mais des plus ordinaires. Puis elle saisit l'épée, vieille, rouillée par endroits, dont le fil n'était même pas aiguisé, et avec des dents d'animaux gravées sur la poignée. Fidelma avait déjà vu ce genre d'épée auparavant, on l'appelait *claideb dét,* et pour autant qu'elle s'en souvienne, une seule région d'Éireann faisait usage de ce motif. Mais malgré ses efforts, son nom lui échappait.

— Bien. Gionga, notre examen des armes vous satisfait-il ?

— Du moment que nous sommes d'accord sur l'origine des flèches, le reste n'a que peu d'importance, répliqua l'autre avec morgue.

La porte s'ouvrit brusquement et frère Eadulf apparut.

— On m'a dit que vous étiez ici, déclara-t-il d'une voix essoufflée.

Aussitôt, Fidelma se tourna vers lui d'un air anxieux.

— Comment vont mon frère et le prince Donennach ?

— Ils sont hors de danger mais il leur faudra quelques jours pour se remettre et, d'ici là, ils risquent de se montrer irritables. Surtout, ne vous inquiétez pas, ils sont très bien soignés.

Fidelma se détendit et lui sourit.

— Alors vous arrivez juste à temps. Il se peut que nous ayons besoin de vos lumières.

Gionga lui lança un regard hargneux.

— Nos affaires ne regardent en rien cet étranger.

— Cet étranger, comme vous dites, est l'hôte de mon frère et il a étudié l'art de la médecine à Tuaim Brecain. Grâce à lui, votre prince ne gardera aucune séquelle de sa mésaventure. Et sa science peut nous servir.

Gionga serra les dents et se retrancha dans une attitude hostile tandis que Fidelma invitait le moine saxon à les rejoindre.

— Venez ici, Eadulf, et dites-nous ce que vous voyez.

Eadulf s'avança.

— Eh bien… le plus grand de ces deux hommes…

Il se pencha et resta un instant silencieux.

— … n'a reçu qu'une seule blessure. Une épée lui a transpercé le cœur.

— J'aurais pu vous en dire autant, c'est moi qui lui ai porté le coup fatal, ricana Gionga.

Eadulf ne lui prêta aucune attention.

— Quant au second, il tournait le dos à son assaillant quand il a été atteint à la nuque et entre les épaules, avant d'être achevé par un coup probablement assené avec la poignée d'une épée qui lui a fracassé le crâne. Cet homme s'enfuyait quand il a été stoppé dans sa course par un homme qui le dominait de toute sa hauteur. À la réflexion, un cavalier.

Le regard pénétrant de Fidelma se porta sur le guerrier qui releva le menton d'un air de défi.

— Peu importe la façon dont on vient à bout d'un ennemi, tant que le danger qu'il représente est éliminé.

— Je croyais que cet homme vous menaçait avec son épée ? s'étonna Fidelma.

— Oui, mais quand il a vu son compagnon à terre, il a voulu s'enfuir.

— Et vous n'étiez pas en mesure de le capturer ? Vous l'avez tué, sachant qu'il pourrait nous fournir des informations de première importance sur les motifs de ses actes ?

Gionga se balança d'un pied sur l'autre d'un air embarrassé.

— De telles considérations n'interviennent pas dans l'esprit de celui qui livre un combat. Cet homme représentait une menace et je l'ai éliminé.

— Une menace ! J'imagine mal qu'un jeune guerrier tel que vous aurait rencontré des difficultés pour désarmer un homme de cet âge et de cette corpulence ! D'autre part, permettez-moi de vous rappeler une chose, Gionga des Uí Fidgente : quand un *dálaigh* vous pose une question, il exige la vérité, et non un mensonge pour excuser ses actes.

Gionga la fixa d'un air furibond mais garda le silence.

Quand Fidelma porta à nouveau son attention sur les cadavres, elle surprit une expression de stupéfaction sur le visage d'Eadulf.

— Qu'avez-vous remarqué ? lui demanda-t-elle.

Eadulf lui fit signe de la rejoindre tandis que Gionga et Donndubháin la suivaient, poussés par la curiosité.

Eadulf avait soulevé la tête maculée de sang séché et les yeux de Fidelma s'agrandirent.

— Eh bien ? dit Gionga. Je ne vois rien d'autre que la blessure que je lui ai infligée, et j'en assume volontiers la responsabilité.

— Ce que frère Eadulf veut nous signaler, Gionga, dit Fidelma d'une voix grave, c'est le cercle de cheveux d'un demi-pouce à un pouce de long au milieu des boucles grises, épaisses et abondantes.

Gionga ne comprenait toujours pas, mais Donndubháin saisit immédiatement de quoi il retournait.

— Cet homme aurait-il appartenu à un ordre religieux, du moins jusqu'à récemment ?

Gionga se pencha aussitôt sur le cadavre.

— Regardez, la *corona spina* de ceux qui suivent la règle de Rome, fit observer Eadulf, qui portait la même tonsure.

— Cet homme serait-il un étranger ? s'exclama Gionga.

Fidelma ferma brièvement les yeux.

— Les cinq royaumes sont pleins de religieux qui ont troqué la tonsure de saint Jean pour celle de saint Pierre, expliqua-t-elle. Maintenant, nous savons que cet homme était ou avait été un membre du clergé, rien de plus.

— En tout cas, il y a environ deux semaines, il arborait encore cette tonsure, déclara Eadulf.

— Deux semaines, vous en êtes certain ?

Le Saxon hocha la tête.

Alors qu'ils se redressaient, Eadulf désigna le bras gauche.

— Avez-vous noté cet étrange tatouage sur l'avant bras ?

Aussitôt, trois têtes plongèrent pour examiner le dessin.

— C'est un oiseau, constata Donndubháin.

— Un *clamhán*, renchérit Fidelma.

— Un quoi ? s'exclama Eadulf.

— Un genre de chouette.

— Je n'en ai jamais rencontré de pareille, maugréa Gionga.

— Cela n'a rien d'étonnant si vous n'avez pas voyagé dans le Nord.

— Contrairement à vous-même, je suppose ? ironisa le guerrier.

— Mais oui, j'en ai vu en Ulaidh et dans le royaume des Dál Riada, quand je me suis rendue au grand conseil convoqué par Oswy de Northumbria.

— Ah ! s'exclama Eadulf d'un air triomphant, maintenant je me souviens. En latin, on appelle ça un *buteo*, une buse. Qu'un religieux ait choisi pareil emblème pour se le faire tatouer sur le bras est fort étrange.

Il poursuivit son examen, accordant une attention toute particulière aux pieds et aux mains.

— Cet homme n'a rien d'un religieux devenu guerrier ou d'un guerrier qui aurait opté pour la religion. Les pieds sont lisses, pas le moindre cal. Et examinez sa main droite, Fidelma, tâtez la chair entre le pouce et l'index.

Surmontant sa répugnance, Fidelma s'exécuta. La main était douce et molle dans la sienne.

Aussitôt, elle se tourna vers Eadulf en haussant les sourcils.

— Quoi encore ? grommela Gionga.

— Ses doigts sont tachés d'encre, répliqua Eadulf. Cela signifie que notre « moine » était un *scriptor*. Et les assassins se recrutent rarement chez ce type de personnes.

— Oui, mais l'archer portait l'insigne des gardes du roi de Cashel, s'énerva Gionga, et utilisait des flèches fabriquées par les gens de Cnoc Áine, un territoire placé sous la juridiction de Colgú.

Fidelma l'ignora.

— Venons-en à l'archer, Eadulf.

Eadulf s'affaira un instant au-dessus du cadavre et se redressa.

— L'homme est musclé et ses mains, bien que soignées, sont habituées aux travaux manuels. Elles ne portent cependant aucune trace de terre, donc il n'était pas un fermier. Les pieds sont endurcis et le corps hâlé. Il porte deux anciennes cicatrices. Une sur la cage thoracique et l'autre sur le bras gauche. Cet homme s'est battu sur les champs de bataille. Il s'agissait d'un archer professionnel.

À ces mots, Gionga éclata d'un rire moqueur.

— On s'en doute, Saxon, c'est moi qui vous ai informé de son état. Arrêtez d'essayer de nous impressionner par vos beaux discours et vos déductions oiscuses. À la vérité, je n'apprécie guère les vantards qui tentent de se faire passer pour des sorciers.

— Je décris ce que je vois, rien de plus, répliqua Eadulf sans s'émouvoir.

Fidelma sourit.

— Expliquez-lui, Eadulf.

— Très bien. Venez par ici, guerrier des Uí Fidgente. Nous commençons toujours par étudier la main gauche, qui tient l'arc. Vous constaterez comme moi des cals sur les doigts, dont la main droite est dépourvue. Par contre, celle-ci présente deux petits cals très caractéristiques au bout du pouce et de l'index, qui servent à pincer l'extrémité de la flèche. Et à l'intérieur du bras gauche, vous trouvez des marques de brûlure, là où la corde de l'arc vibre sur la peau : quand un archer tire des flèches en succession rapide, il ne maîtrise pas toujours la position de l'arc, ce qui entraîne une irritation superficielle.

Gionga s'efforçait de ne pas paraître impressionné.

— Très bien, Saxon, je vous accorde que vos tours ne manquent pas de logique. Mais je savais déjà qu'il était un archer : quand je l'ai abattu, il tenait encore l'arc qui lui avait servi à tenter de tuer mon prince.

— Et le roi de Muman, ajouta Donndubháin. Vous négligez ce point de façon répétée.

— Et si nous parlions des vêtements du meurtrier ? s'obstina Gionga. Comment expliquez-vous qu'il ait été trouvé en possession du Collier d'or, l'emblème de l'élite des guerriers de votre cousin ?

Fidelma saisit la croix et la chaîne, symboles de cet ordre très ancien indissolublement lié aux Eóghanacht de Cashel. Elles ne portaient aucun signe distinctif, tout comme la croix et le collier qu'elle-même avait au cou, en témoignage de la reconnaissance de son frère pour services rendus au roi et au royaume.

— Donndubháin, tu étais très proche de ton père, le roi Cathal, qui a précédé mon frère sur le trône de Cashel. Tu as mieux que personne connu les membres de la garde des rois. Reconnais-tu cet archer ?

— Non, jamais auparavant je ne l'ai rencontré.

Elle lui tendit le collier.

— Et cet emblème ?

— Il est semblable à ceux qu'arborent les membres de l'ordre du Collier d'or, cousine. Toi-même en portes un qui ne se différencie en rien de celui-ci. Il est impossible de les distinguer les uns des autres.

Gionga parut sceptique.

— Je me doutais bien que vous refuseriez d'admettre qu'un de vos gardes du corps était un meurtrier.

Donndubháin pivota vers lui, la main posée sur la poignée de son épée, mais Fidelma l'arrêta d'un geste.

— Assez ! Que vous le croyiez ou non, Gionga, cet homme n'appartient pas à l'ordre du Collier d'or. Ni moi ni mon cousin n'avions jamais posé les yeux sur lui auparavant. Nous vous le jurons solennellement.

— Oui, bien sûr, conclut Gionga, qui s'obstinait dans son attitude méfiante.

— Et si l'archer avait porté cet emblème dans le seul but de vous mystifier ? fit observer Eadulf.

Gionga s'esclaffa.

— L'assassin aurait fomenté son exécution afin que nous trouvions sur lui ce collier qui nous aiguillerait sur une fausse piste ?

Fidelma vola au secours de son ami saxon, qui était resté sans voix.

— Peut-être avait-il l'intention de le laisser tomber là où il savait que nous le trouverions ?

Elle-même n'était guère convaincue par son argument et elle s'empressa de se tourner vers la pile de vêtements.

— Voilà des tissus grossiers dont rien ne permet d'identifier la provenance, deux bourses en cuir contenant des pièces de monnaie sans grande valeur, apparemment nos assassins étaient pauvres et…

Elle s'interrompit. Dans la bourse dont frère Conchobar avait signalé qu'elle appartenait au vieil homme corpulent, ses doigts venaient de tomber sur un objet qu'elle ramena au jour.

C'était un crucifix d'environ trois pouces attaché à une longue chaîne, en argent finement ouvragé qui brillait à la lumière. Le crucifix était incrusté de quatre pierres précieuses, et d'une cinquième en son centre. Des émeraudes de l'eau la plus pure. Ce joyau, d'un dessin très simple, n'était pas l'œuvre d'un artisan irlandais. Les orfèvres d'Éireann préféraient les motifs plus contournés.

— Une telle croix ne peut appartenir à un membre ordinaire d'une communauté religieuse, fit observer Eadulf.

— Ni même à un prêtre, c'est celle d'un évêque de haut rang, murmura Fidelma, saisie d'une crainte révérencielle.

CHAPITRE V

Colgú se reposait dans une chaise en bois sculpté, ses longues jambes étendues devant une énorme cheminée où flambait un grand feu. Il portait son bras droit en écharpe mais avait repris des couleurs.

— Comment te sens-tu, mon frère ? s'enquit Fidelma en pénétrant dans les appartements privés du roi, suivie de frère Eadulf.

— Grâce aux onguents et aux compresses de notre ami saxon, je n'ai pas du tout mal, répondit Colgú avec un sourire.

Il les invita à s'asseoir sur des chaises en face de lui.

— Donnez-moi des nouvelles de Donennach.

— Aucune partie vitale n'a été atteinte, le renseigna Eadulf. Les muscles sont intacts. Il ressentira une certaine gêne pendant quelques jours, mais rien de plus.

— Il a de la chance que sa blessure n'engendre aucune imperfection, lança Colgú en éclatant de rire.

— Sans doute, dit Eadulf d'un air ahuri. Mais en quoi cela vous préoccupe-t-il ?

— C'est toi le juriste de la famille, Fidelma. Explique à notre ami de quoi il s'agit.

— Eh bien, selon nos lois, nous attendons d'un roi qu'il ait un corps intact, sans défaut ni handicap.

— Un roi est-il obligatoirement destitué s'il présente un défaut corporel ? s'exclama Eadulf.

— À ma connaissance, cette clause n'a joué que pour Congal Cáech, roi d'Ulaidh, qui a également régné comme haut roi. En l'aveuglant d'un œil, une piqûre d'abeille lui a coûté son trône de Tara.

— Mais il a conservé celui de sa province, fit observer Colgú, et demeura roi d'Ulaidh jusqu'à ce qu'il trouve la mort sur le champ de bataille à Magh Rath.

— Cela se passait quand ?

— L'année de la naissance de ma sœur. Mais au fait, Fidelma, as-tu découvert le responsable de cette attaque des plus troublantes sur ma personne et celle de Donennach ?

La figure de Fidelma s'allongea.

— Les choses s'annoncent mal.

Elle s'absorba dans la contemplation du plancher.

— Nous sommes en présence d'une tentative d'assassinat. Selon la loi, la sanction contre le crime de *duinetháide* est deux fois plus sévère que pour un crime ordinaire.

— Je ne comprends pas, se plaignit Eadulf.

— Comme vous le savez déjà, quand une personne commet un meurtre, elle est punie par la perte de ses droits et condamnée à payer une compensation à la famille du disparu. Quant au *duinetháide*, il signifie au sens littéral « vol de personne », et l'assassinat d'un prince entre dans cette catégorie.

Colgú se redressa avec impatience.

— Nous connaissons la nature du crime, Fidelma, mais pourquoi te montres-tu si sombre ? Les meurtriers sont morts de la main de Gionga des Uí Fidgente. Maintenant, il suffit de les identifier et d'enquêter pour découvrir leurs complices.

Fidelma poussa un profond soupir.

— Comme tu le sais, un de ces deux hommes arborait l'emblème de l'ordre du Collier d'or.

— J'entends bien, mais qui est-il ? Je ne le connais pas. Et Capa, mon capitaine des gardes que j'ai envoyé à l'officine de Conchobar pour y étudier ce cadavre, pas davantage. Donc il n'appartient pas à l'élite de nos guerriers.

— Je t'accorde que personne ne l'a reconnu. Il n'en demeure pas moins que ses flèches portaient la marque des Eóghanacht de Cnoc Áine.

Les yeux de Colgú s'agrandirent.

— Insinuerais-tu que les assassins servaient notre cousin Finguine, prince de Cnoc Áine ?

— Je dis seulement que celui qui a tiré utilisait des flèches fabriquées par un artisan de Cnoc Áine, et il portait le Collier d'or. Malgré tous nos efforts, Eadulf et moi n'avons relevé aucun indice qui nous permettrait d'orienter nos investigations dans un autre sens. Un *dálaigh* pourrait très bien argumenter qu'il s'agit de preuves indirectes pointant en direction du meurtrier. Gionga laisse déjà entendre qu'il s'agit là d'une conspiration de Cashel pour attirer le prince des Uí Fidgente dans un piège afin de l'assassiner.

— C'est ridicule ! s'exclama Colgú avec colère. J'ai été touché moi aussi !

— Mais Gionga objecte que tu n'as pas été sérieusement blessé.

— Sa blessure est pourtant plus grave que celle du prince, fit remarquer Eadulf.

— Ce qui n'empêche pas Gionga de faire courir le bruit que la flèche ayant frappé mon frère était un leurre destiné à écarter les soupçons de Colgú. Selon lui, la véritable cible était Donennach. Il prétend que s'il n'avait pas réagi aussi vite, les assassins auraient à nouveau frappé avant de disparaître et jamais nous n'aurions su qu'il s'agissait d'hommes de Cashel.

— C'est un conte à dormir debout, grommela Colgú en se rejetant en arrière sur son siège avec une grimace, car dans sa colère il avait fait un faux mouvement qui avait réveillé la douleur.

Son visage exprimait maintenant un profond désarroi.

— Qu'en penses-tu, Fidelma, toi qui as l'expérience de telles affaires ? Comment contrecarrer les calomnies de Gionga ?

— Si Gionga peut étayer ses accusations, alors tu seras considéré comme responsable devant la loi et devras payer des compensations. Et tu perdras ton royaume. Nous nous trouvons dans une situation difficile, où il nous incombe de démontrer que les allégations de Gionga sont fausses, ce qui implique des investigations approfondies.

Tous trois tombèrent dans un profond silence. Puis le jeune roi soupira :

— Si je suis déclaré coupable, Cashel ne sera jamais en paix avec les Uí Fidgente.

— Reprends courage, lui enjoignit Fidelma. Tout d'abord, il nous faut découvrir qui sont réellement ces deux personnes. L'archer avait selon toute vraisemblance usurpé le port du Collier d'or. Pour quelles raisons arborait-il cet insigne au cours d'une telle expédition ? Et si, comme l'affirme Gionga, il désirait s'enfuir sans être identifié, pourquoi a-t-il laissé en évidence sur le toit deux flèches dont l'origine était aisément reconnaissable ?

— Peut-être cela s'explique-t-il par son départ précipité ? avança Eadulf. Rappelez-vous : après avoir tiré, il a vu Gionga traverser la place au galop et il a sauté du toit.

Fidelma lui jeta un regard condescendant.

— L'homme était un archer professionnel, donc peu enclin à semer ses flèches même en situation périlleuse. À mon avis, il les avait placées sur notre chemin pour que nous les trouvions.

Une pensée lui vint brusquement à l'esprit.

— Mais s'il était aussi professionnel que nous le pensons, pourquoi donc a-t-il manqué ses cibles ?

Elle bondit de son fauteuil et ferma les yeux pour mieux revoir la scène.

— Colgú a tiré sur les rênes de son cheval, puis il s'est penché vers moi. Sans ce geste, il était mort. Mais comment se fait-il que l'assassin n'ait pas touché mortellement Donennach, demeuré immobile ?

— Je suppose que même un homme très exercé peut parfois manquer de chance ? proposa Eadulf.

Colgú se pencha vers Fidelma.

— Suggères-tu que les Uí Fidgente seraient mêlés à cette affaire ? Qu'ils s'efforcent de faire porter le blâme à Cashel afin de reprendre les hostilités ?

— Avant d'explorer cette hypothèse, n'oubliez pas que c'est Gionga qui a exécuté les meurtriers, fit remarquer Eadulf. Je l'imagine mal agissant de la sorte s'ils avaient été ses complices.

— Pour l'instant, les circonstances de ces événements sont loin d'être éclaircies, déclara Fidelma. Surtout si nous gardons à l'esprit que le compagnon de cet archer était un ancien religieux. Il y a encore quelques semaines, il arborait la tonsure de saint Pierre dont on voit distinctement la trace sur son crâne. De plus, les taches d'encre sur ses mains révèlent qu'il était un *scriptor*. Et parmi ses possessions personnelles nous avons trouvé ceci…

Elle tendit le crucifix en argent incrusté de pierres précieuses à son frère.

Colgú l'examina en fronçant les sourcils.

— Voilà une pièce magnifique, Fidelma. Elle vaut une fortune. Cela m'étonnerait qu'elle ait été ciselée dans ce royaume car les motifs ne correspondent pas à ceux de nos artisans. Je jurerais l'avoir déjà vue quel que part. Mais où ?

— Essaye de t'en souvenir, je t'en conjure. Pourquoi un ancien frère de la foi devenu un malfaiteur porterait-il sur lui un bijou d'un tel prix ?

Colgú parut songeur.

— Cette histoire me semble de plus en plus trouble.

— Oui, quelque chose sonne faux. Impossible de tirer des déductions fiables à partir des informations que nous avons rassemblées.

Quelqu'un frappa à la porte, qui s'ouvrit sur l'invitation de Colgú.

Comme il en avait le droit par le privilège de son rang, Donndubháin entra dans la pièce et prit la parole sans attendre que Colgú l'y autorise. Il semblait contrarié.

— Le prince des Uí Fidgente te demande audience. Son capitaine, Gionga, l'a convaincu que Cashel est coupable d'un complot visant à l'assassiner.

Colgú poussa un juron bien senti.

— Ne pouvons-nous retarder cet entretien ? Nous n'avons abouti à aucune conclusion probante quant à ces événements.

Donndubháin secoua la tête.

— Le prince t'attend dans le grand hall. Vu son humeur massacrante, je n'ai pas osé le rabrouer pour ses mauvaises manières.

Le protocole voulait que toute personne, et même un prince, patiente dans une antichambre avant d'être invitée à pénétrer dans le grand hall de Cashel où le roi recevait.

Colgú se mit péniblement sur ses pieds. Son bras l'élançait. À son hôte bouleversé par l'attaque dont il avait été l'objet, il pardonnait volontiers ses manquements aux usages.

— Très bien, allons prendre connaissance des exigences du prince, soupira Colgú. Accompagnez-moi, Eadulf. Un solide Saxon de votre stature est tout indiqué pour me soutenir si jamais je me sentais mal.

Quand ils pénétrèrent dans le grand hall, ils trouvèrent le prince des Uí Fidgente assis sur un siège dans une posture figée. La sueur perlait à son front. Derrière lui se tenait Gionga, les traits crispés. Capa, qui appartenait à la garde royale, s'était posté derrière le trône.

Donennach voulut se lever mais Colgú, qui n'était pas très à cheval sur le protocole, lui fit signe de ne pas bouger et alla prendre place sur le fauteuil symbole de sa fonction. Fidelma s'assit à sa gauche et Donndubháin à sa droite, pendant qu'Eadulf restait debout auprès de Capa.

— Eh bien, Donennach, en quoi puis-je vous être utile ?

— Je suis venu vous rappeler qu'en entreprenant ce voyage à votre demande, j'espérais que les Uí Fidgente et les Eóghanacht de Cashel seraient enfin en mesure de former des liens garantissant la paix.

Il marqua une pause et Colgú attendit patiemment qu'il poursuive.

— Cette attaque contre ma personne…

Donennach hésita.

— … et sur la vôtre, soulève un certain nombre de questions.

— Soyez assuré que nous leur recherchons activement des réponses, intervint Fidelma d'une voix mesurée.

— Je n'en doute pas, répliqua Donennach d'un ton sec. Mais Gionga m'a informé d'un certain nombre d'éléments qui m'ont troublé. Il m'a appris que les assassins, exécutés de sa main, sont des hommes de Cnoc Áine, la terre que gouverne votre cousin Finguine. Donc ils étaient placés sous votre responsabilité, Colgú de Cashel. Et j'ai constaté de mes yeux que l'un des deux meurtriers arborait l'emblème de votre corps d'élite.

— Sans doute connaissez-vous le proverbe « *Fronti nulla fides* » ? lui demanda Fidelma.

— Qu'essayez-vous de me dire ? grommela Donennach.

— Qu'il ne faut pas se fier aux apparences. Enfiler un collier ou un manteau à quelqu'un peut très bien servir à égarer les soupçons.

Donennach plissa les paupières.

— Je préférerais que vous laissiez au roi le soin de m'expliquer à quoi correspond cet étrange système de défense.

— Un système de défense implique une accusation, le contra gentiment Colgú. Ne vaut-il pas mieux nous atteler tous deux à découvrir la vérité plutôt que de nous jeter mutuellement nos griefs à la figure ?

Donennach eut un geste las.

— J'écouterai volontiers les explications que vous avez à me fournir.

— Nous ne nions point qu'un des deux hommes tués par Gionga arborait le Collier d'or. Mais cela n'en fait pas pour autant un de mes guerriers. Comme vous le suggérait ma sœur, il semblerait que l'on cherche à nous égarer.

Mal à l'aise, Donennach jeta un bref coup d'œil à Gionga.

— Et comment saurai-je s'il ne s'agit pas d'un complot de Cashel pour détruire les Uí Fidgente ?

À ces mots, Donndubháin rugit de colère et jaillit de son siège, sa main cherchant vainement la poignée de son épée car c'était la règle de déposer les armes avant de pénétrer dans le grand hall d'un roi.

— Ceci est un affront à Cashel ! hurla-t-il. Dommage que je ne puisse faire rentrer dans la gorge des Uí Fidgente des accusations aussi calomnieuses.

Gionga se plaça devant son prince, prêt à en découdre, tandis que Colgú levait la main pour calmer son *tanist*.

— Reprends-toi, Donndubháin, et vous, Donennach, rappelez votre homme. Je vous jure sur la sainte Croix qu'il ne vous arrivera rien tant que vous serez sous ma protection à Cashel.

Donndubháin se laissa retomber sur son fauteuil tandis que, sur un geste de son souverain, Gionga reprenait sa place initiale.

Tous s'observèrent dans un silence pesant.

— Après tout, qu'est-ce qui m'empêche de vous retourner vos accusations ? déclara Colgú d'un ton égal sans quitter le prince des yeux. Cette affaire ne serait-elle pas un complot des Uí Fidgente pour me supprimer ?

— Ici, à Cashel, alors que j'ai failli être tué par la flèche de l'assassin ? ironisa Donennach.

— Au lieu de nous suspecter mutuellement, joignons nos efforts pour découvrir l'identité des coupables, reprit Colgú, maîtrisant à grand-peine son irritation envers le prince.

Donennach éclata d'un rire méprisant.

Fidelma sauta sur ses pieds, alla se placer entre les deux hommes et écarta les bras, les paumes tournées vers les deux adversaires.

Par ce geste symbolique, un *dálaigh* avait le pouvoir d'exiger le silence des personnes en sa présence, fussent-elles des souverains.

— Dans l'affaire qui nous préoccupe, les adversaires manquent des informations et des preuves qui leur permettraient d'argumenter avec la logique nécessaire à un débat contradictoire. Cette querelle exige d'être arbitrée par un tribunal. Nous devons élucider ces mystères et identifier le ou les auteurs de ce forfait. Êtes-vous d'accord ?

Elle se tourna vers Donennach.

Le prince croisa son regard, pinça les lèvres puis se détendit et haussa les épaules.

— Tout ce que je désire, c'est que l'on procède à l'examen des faits.

Fidelma adressa un regard interrogateur à son frère.

— Je consens à un arbitrage, lui dit-il. Comment procédera-t-on ?

— Eh bien, nous nous appuierons sur le recueil de lois des *Bretha Crólige*. Il y aura trois juges. Un de Cashel, un des Uí Fidgente et un troisième choisi à l'extérieur du royaume. Je suggère un juriste de Laighin, suffisamment éloigné des deux parties pour que ses décisions ne soient pas influencées par l'un ou l'autre camp. Selon la loi, les juges se rassembleront d'ici à neuf jours. Nous leur exposerons les faits et ils prononceront leur sentence que nous nous engageons à respecter.

Donennach consulta Gionga du regard, puis se tourna vers Fidelma d'un air suspicieux.

— Qui nommerez-vous juge de Cashel ? demanda-t-il. Pas vous, j'espère. En tant que sœur du roi, il me semblerait regrettable que vous soyez à la fois juge et partie.

— Tranquillisez-vous, d'autres sont mieux qualifiés que moi pour prononcer des jugements au nom de Cashel. Je propose le brehon Dathal. Mais si le roi m'y autorise, j'aimerais le servir en tant qu'avocate, tout comme vous, Donennach, serez libre de nommer le *dálaigh* qu'il vous plaira pour vous représenter.

Le prince des Uí Fidgente, qui craignait un piège, prit un temps de réflexion.

— Très bien, dit-il enfin. Vu le délai qui nous est imparti, la cour siégera donc le jour de la Saint-Matthieu. Colgú, si cet arrangement vous agrée, je vous dépêcherai mon *dálaigh* et mon juge.

Le roi adressa un bref sourire à Fidelma.

— J'adhère à la proposition de ma sœur, qui est l'avocate attitrée de Cashel.

— Parfait, mais quel juriste de Laighin élirons-nous comme juge extérieur ?

— Vous avez un nom en tête ?

— Le brehon Rumann de Fearna, répliqua aussitôt Donennach.

Colgú ne le connaissait pas.

— As-tu entendu parler de cet homme, Fidelma ?

— Oui, il jouit d'une excellente réputation et je ne vois aucun inconvénient à ce qu'il préside le tribunal.

Donennach se leva, aidé de Gionga.

— Je vous en remercie. Pour être le juge des Uí Fidgente, je nomme le brehon Fachtna qui appartient à ma suite et se trouve déjà à Cashel. Notre *dálaigh* sera Solam, que je vais envoyer quérir. Nous attendons la plus grande coopération de votre part afin qu'il ait accès à tous les éléments du dossier et puisse nous représenter dignement.

— Ne craignez rien, répliqua Colgú avec humeur. Notre coopération pleine et entière vous est acquise car nous tenons autant que vous à faire la lumière sur ce complot. Nos scribes se chargeront d'établir le protocole des audiences. En y apposant notre signature, nous serons assurés que toutes les personnes concernées par cette affaire se présenteront au jour dit.

Après le départ du prince, Colgú se renversa sur son siège, visiblement contrarié.

— Je sais que ta proposition est justifiée, Fidelma, mais comme tu l'as souligné tout à l'heure, les apparences sont contre Cashel.

Donndubháin hocha la tête.

— Voilà une mauvaise initiative, cousine.

Fidelma grimaça un sourire.

— Douterais-tu de mes compétences ?

— Du tout, s'interposa Colgú, mais l'excellence d'un *dálaigh* dépend essentiellement des preuves qu'il produit. Connais-tu cet avocat des Uí Fidgente… comment s'appelle-t-il déjà ?

— Solam. Bien que doté d'un caractère difficile, il a la réputation d'être efficace.

— Comment vas-tu t'y prendre pour défendre Cashel ? s'enquit Donndubháin.

— Je sais qu'il ne s'agit pas d'une tentative d'assassinat contre Donennach par Cashel. À partir de là, nous sommes confrontés à trois hypothèses.

— Seulement trois ? ironisa Donndubháin.

— Trois qui soient recevables devant un tribunal. Première hypothèse, les Uí Fidgente complotaient contre Cashel tout en essayant de lui faire porter le blâme pour leurs intentions criminelles. Deuxième hypothèse, les assassins agissaient pour leur propre compte dans le cadre d'une vengeance contre Colgú ou Donennach. Troisième hypothèse : ils cherchaient à anéantir toute perspective de paix négociée entre les Uí Fidgente et Cashel.

— L'une d'elles aurait-elle ta préférence ? demanda Colgú.

— Il me semble que la première est peu vraisemblable.

— Parce que Donennach a lui aussi été blessé ?

— Non. Parce que, malgré le peu de sympathie que je lui porte, il a accepté un arbitrage et désigné le brehon Rumann de Fearna. Je connais Rumann de réputation. C'est un homme juste et peu enclin à se laisser corrompre. Si nous étions confrontés à un complot, les Uí Fidgente auraient proposé un personnage bien disposé à leur égard, car tout repose sur la sentence de ce troisième juge indépendant.

Colgú se tourna vers Donndubháin.

— Je compte sur toi pour élaborer le protocole que je signerai avec Donennach. Puis nous enverrons des émissaires à Rumann de Fearna et à Solam des Uí Fidgente.

Quand Donndubháin eut quitté le grand hall pour s'atteler à sa tâche, Colgú se tourna vers sa sœur.

— Tout cela ne me plaît guère, Fidelma. C'est à nous qu'incombe la charge de nous laver des accusations des Uí Fidgente, ce qui me remplit de crainte.

La réponse de Fidelma n'avait rien de rassurant :

— En tant que *dálaigh* chargé de te représenter, il me revient de mettre au jour de nouveaux éléments qui nous permettront de réfuter ces accusations.

— Oui, mais comment ? À moins de trouver un sorcier pour ressusciter les assassins, j'imagine mal dans quelle direction tu vas orienter ton enquête.

Eadulf, peu accoutumé à de telles plaisanteries, se signa sans que Colgú et Fidelma ne lui prêtent attention.

— Je porterai mes pas là où nous conduit notre unique indice, à savoir dans le pays de notre cousin, Finguine de Cnoc Áine. Peut-être trouverai-je celui qui a fabriqué ces flèches, et par la même occasion le nom de l'archer.

— Mais tu ne disposes que de neuf jours.

— J'en ai conscience.

Soudain, le visage de Colgú s'éclaira.

— L'abbé Ségdae te recevra avec plaisir. De plus, en tant que spécialiste de l'art religieux, il est très bien placé pour te fournir des informations sur ce crucifix qui m'est familier mais dont je ne parviens toujours pas à me rappeler où je l'ai vu.

Fidelma, qui avait déjà songé à contacter Ségdae, hocha la tête.

— Malheureusement, si je suis autorisée à emporter une des flèches, le crucifix, qui est une pièce capitale, doit rester ici à la disposition du *dálaigh* de Donennach. Je vais tout de suite demander au vieux Conchobar, connu pour ses talents d'artiste, de m'en faire un dessin.

— Excellente idée. Je commence à entrevoir une lueur d'espoir dans ce labyrinthe ! s'écria Colgú. Quand comptes-tu partir pour Imleach ?

— Dans une heure environ, le temps que Conchobar parachève son œuvre.

Eadulf émit une toux discrète et Fidelma réprima un sourire.

— Dans l'éventualité où Eadulf souhaiterait m'accompagner…

Colgú se tourna vers le moine saxon.

— Si nous pouvions vous persuader…

Mais Eadulf ne le laissa pas terminer sa phrase.

— Il va sans dire que je suis à la disposition de Fidelma. Je ferai de mon mieux pour lui apporter aide et assistance, déclara-t-il d'un ton solennel.

— Alors marché conclu.

Colgú adressa un bref sourire à sa sœur.

— Mes meilleurs chevaux sont à ta disposition.

— Sommes-nous loin d'Imleach ? demanda Eadulf d'un air anxieux, car la perspective d'un long voyage ne l'enthousiasmait guère.

— Environ vingt milles, mais la route est droite et nous y arriverons avant la nuit, le rassura Fidelma.

Colgú tendit sa main valide vers sa sœur, qui la prit dans la sienne.

— Sois prudente, Fidelma, déclara-t-il d'une voix grave. Celui qui ne recule pas devant la mort d'un roi n'aurait aucun scrupule à t'éliminer. Nous vivons des temps difficiles.

Fidelma serra affectueusement la main de son frère.

— Je veillerai à prendre toutes les précautions mais, de ton côté, méfie-toi. Celui qui t'a manqué de peu pourrait bien attenter à nouveau à ta vie. Tant que nous ignorons qui se cache derrière ce forfait, je ne saurais trop te conseiller de bien choisir ta compagnie. Le danger rôde ici même, mon frère, dans les couloirs du palais de Cashel.

CHAPITRE VI

Sur le chemin des écuries où elle se rendait pour donner des ordres afin de préparer son voyage, Fidelma croisa son cousin Donndubháin. En ce qui concernait les religieux, seuls les évêques ou les abbés possédaient un cheval mais, en tant que *dálaigh* et sœur du roi, Fidelma jouissait de certains privilèges. L'héritier présomptif du trône de Muman sourit à sa cousine en agitant la liasse de feuilles qu'il tenait à la main.

— Le protocole de Colgú. Quel dommage de gâcher un aussi beau papier !

Le papier, dont l'invention venait d'Orient et ne datait que de quelques siècles, coûtait tellement cher que seuls certains rois d'Éireann se souciaient d'en importer. La plupart du temps, ils se contentaient d'un vélin de qualité.

— Cela m'étonnerait qu'il soit gaspillé, dit Fidelma avec gravité.

— Veux-tu y jeter un coup d'œil ? Ton esprit aiguisé de juriste l'appréciera mieux que moi.

— C'est toi le *tanist*, cousin, tu as toute ma confiance. Et puis je suis pressée. Nous ne disposons que de neuf jours pour découvrir la vérité.

— Je ne doute pas un instant de ton succès, encouragea Donndubháin. Je te connais, Fidelma.

Tu es tellement maligne que tu retrouverais une aiguille dans une meule de foin.

— Tu te fais une trop haute idée de mes talents.

Donndubháin, de deux ans plus jeune que Fidelma, avait joué avec elle à Cashel pendant son enfance, avant que Fidelma ne soit envoyée loin de la forteresse pour les besoins de son éducation.

Depuis ces temps éloignés, Fidelma n'avait revu son cousin qu'à de rares occasions, puis elle était revenue à Cashel un an auparavant, quand son frère était devenu roi et Donndubháin son héritier présomptif. Sans jamais se mettre en avant, il appuyait Colgú avec diligence et efficacité. Malgré ses plaisanteries sur l'établissement du protocole, Fidelma lui reconnaissait d'excellentes qualités de juriste et elle savait qu'elle ne découvrirait aucune faute dans les textes établis par ses soins.

Donndubháin jeta un regard circulaire pour s'assurer qu'on ne les écoutait point.

— Parfois, murmura-t-il, il me semble que ton frère ne prend pas sa tâche suffisamment au sérieux.

— Dans quel sens l'entends-tu ?

— Il se fie trop aisément à la parole des gens. Il ne se pose pas assez de questions. Son sens de l'honneur lui donne l'illusion que les autres sont dans les mêmes dispositions que lui. Regarde la façon dont il procède avec les Uí Fidgente : il accorde une trop grande confiance à Donennach.

— Pas toi ? s'étonna Fidelma.

— Je n'en ai pas les moyens. Et si cette affaire n'était qu'un complot de Donennach pour assassiner Colgú ? Quelqu'un doit se tenir prêt à protéger ton frère et Cashel.

Ces préoccupations rejoignaient celles de Fidelma. Il ne s'était pas écoulé neuf mois depuis que les Uí Fidgente avaient tenté de terrasser Cashel. Le sang versé à Cnoc Áine avait à peine eu le temps de sécher et ce brusque revirement de leurs ennemis héréditaires la portait maintenant à la méfiance.

— Avec toi comme *tanist*, cousin, Colgú n'a rien à craindre.

Donndubháin demeurait soucieux.

— Je préférerais qu'une compagnie de guerriers vous accompagne dans votre expédition.

— Mon frère m'a fait la même proposition, que j'ai refusée. Avec Eadulf, nous avons déjà accompli des voyages plus dangereux.

Le visage de Donndubháin s'éclaira d'un sourire.

— En période difficile, notre ami saxon est un excellent soutien et, depuis son arrivée ici, il sert Cashel avec un zèle qui ne s'est jamais démenti. Mais il n'est pas un guerrier, ses réactions manquent de vivacité et il me semble que tu aurais besoin d'une lame plus agile.

Gênée d'avoir à défendre son ami, Fidelma se surprit à rougir.

— Eadulf est un homme brave. Et ce ne sont pas nécessairement les pur-sang qui se conduisent le mieux dans la bataille.

— Je n'en doute pas. Mais méfie-toi de Gionga, je ne l'aime guère et quelque chose chez lui me met mal à l'aise.

— Tu n'es pas le seul, répondit Fidelma en souriant. N'aie crainte, je serai prudente.

— Quand tu verras notre cousin Finguine de Cnoc Áine, transmets-lui mon affectueux souvenir.

— Je n'y manquerai pas.

Fidelma s'apprêtait à rejoindre les écuries quand elle se rappela un détail.

— N'as-tu pas mentionné que ce marchand, Samradán, faisait du commerce avec l'abbaye d'Imleach ?

Donndubháin fronça les sourcils.

— Oui, il s'y rend souvent. Mais les assassins ont certainement choisi le toit de sa grange par hasard.

Cela m'étonnerait qu'il soit impliqué dans cette affaire.

— Tu as déjà traité avec lui, m'as-tu dit ?

Il porta la main à la broche sur son épaule.

— Il m'est arrivé de lui acheter quelques objets en argent, pourquoi donc ?

— Je ne connais pas cet homme. Il est natif de la ville ?

— Il s'est établi ici depuis plusieurs années mais j'ignore d'où il est originaire.

— Aucune importance. Comme toi, je pense qu'il n'est pas impliqué dans cette machination. Et maintenant, il est temps de nous séparer. Rendez-vous ici dans neuf jours.

— Je te promets que ton frère sera sous bonne garde jusqu'à ton retour. Que Dieu t'accompagne, cousine, et reviens-nous vite.

Le temps s'était levé. Des nuages dérivaient dans le ciel d'azur au gré de la brise. Légers et rebondis, ils jouaient avec le soleil qui brillait par intermittence sur les prés verts.

Fidelma et Eadulf venaient d'atteindre le point de jonction de la Suir et d'un de ses affluents, à environ quatre milles de Cashel. En cet endroit, un pont de bois enjambait les flots bouillonnants qui encerclaient une petite île dotée d'une minuscule forteresse. Cette fortification, qui autrefois servait à protéger Cashel en période troublée, était tombée en déréliction, car la capitale des Eóghanacht n'avait pas été menacée depuis de nombreuses années. De chaque côté du pont, le long des rives, des forêts s'étendaient à perte de vue. Eadulf savait que la route qu'ils avaient empruntée était la seule menant à l'ouest. De l'autre côté de la rivière, elle croisait les voies conduisant au nord et au sud.

Fidelma, montée sur une jument blanche, s'arrêta au milieu du pont et, derrière elle, Eadulf tira sur les rênes de son jeune alezan.

— Que se passe-t-il ? demanda-t-il, les sourcils froncés.

Fidelma avait remarqué une présence dans le *ráth*. C'est alors qu'à l'autre bout du pont qui communiquait avec la forteresse deux archers apparurent. Ils avaient bandé leurs arcs et les menaçaient de leurs flèches. Un troisième guerrier, dont le bouclier était frappé de l'emblème d'un sanglier à l'affût, s'avança d'un pas et prit place entre les deux archers. Il portait une épée à la main qu'il pointait négligemment vers le sol.

Fidelma plissa les paupières.

— Attention, Eadulf, dit-elle d'une voix très calme, cet homme arbore le blason des Uí Fidgente.

Elle enfonça les talons dans les flancs de sa monture qui repartit au trot.

— Halte ! s'écria le guerrier en levant son épée.

— Qui êtes-vous pour oser commander sur ce pont alors que l'on voit d'ici le palais de Cashel ?

Le guerrier éclata d'un rire sarcastique.

— Quelqu'un qui s'oppose à ce que vous traversiez.

— Apprenez que je suis un *dálaigh*, vous n'avez aucune autorité sur moi.

— Je vous connais, sœur de Colgú, vous et votre petit chien saxon qui vous suit comme votre ombre.

— Dans ce cas, vous savez aussi bien que moi que vous me devez le passage, Uí Fidgente, et que rien ne vous autorise à barrer une voie publique dans ce royaume.

Le guerrier désigna les archers.

— Ils m'en donnent l'autorisation.

— Et de qui prenez-vous vos ordres ?

— De Gionga, capitaine de la garde du prince Doncnnach. Personne ne franchira ce pont avant le procès à Cashel. Cela pour prévenir toute nouvelle conspiration contre le prince des Uí Fidgente.

Fidelma ouvrit de grands yeux. Les pensées se bousculaient dans sa tête. Ainsi Gionga aurait posté ici ses hommes afin de l'empêcher de se rendre à Imleach ? Le pont permettait d'accéder à la seule route directe menant à l'évêché. Comment Gionga avait-il été informé de son voyage et pourquoi avait-il décidé qu'il devait l'en empêcher ? Que craignait-il qu'elle ne découvre ?

— Et maintenant assez tergiversé, retournez à Cashel ! conclut le guerrier avec morgue.

— La garde de mon frère aura tôt fait de vous repousser, répliqua Fidelma.

Le guerrier regarda autour de lui d'un air ironique.

— Je ne vois personne.

Fidelma étudia attentivement les visages des trois individus qui se tenaient devant elle, et nota qu'au moins une dizaine de Uí Fidgente étaient retranchés dans le *ráth*. Inutile de prolonger la conversation.

Elle fit faire demi-tour à sa jument. Les sabots du cheval résonnèrent sur le pont de bois tandis qu'elle rejoignait Eadulf.

— Suivez-moi, lui dit-elle à mi-voix.

Eadulf lui obéit mais, en tournant le dos aux archers, il ressentit un étrange chatouillement entre les omoplates.

— Cette attitude semble confirmer que nous sommes confrontés à un complot des Uí Fidgente, déclara-t-il quand ils se furent suffisamment éloignés. Gionga cherche à nous empêcher de nous rendre à Imleach dans le pays de Cnoc Áine. Nous tenons là la preuve de sa culpabilité.

— Gionga n'est pas stupide au point d'ignorer qu'il faudrait peu de temps aux hommes de mon frère pour disperser cette compagnie. De tels agissements de la part des Uí Fidgente, cela revient à avouer leur crime, ce qui ne laisse pas de m'intriguer.

— En tout cas, ils ont bel et bien réussi à nous renvoyer à Cashel.

— Détrompez-vous, lança Fidelma d'une voix décidée. Dès que nous aurons passé cette courbe, vous remarquerez un chemin, sur la droite, qui mène vers le sud. Nous allons le prendre.

— Mais je croyais qu'un seul pont enjambait cette rivière sur des milles ?

Fidelma se mit à rire.

— C'est exact. Vite, voilà le sentier.

En réalité, il ne s'agissait que d'une piste à peine visible, où les chevaux avaient bien du mal à progresser au milieu des buissons. Elle plongeait dans un bois très dense qui bordait les berges de la rivière.

— Et maintenant ? cria Eadulf tout en bataillant pour convaincre son jeune étalon d'avancer dans la végétation quasiment impénétrable.

— Dans peu de temps, nous allons déboucher sur un marécage. Là, sur un demi-mille environ, nous devrons avancer avec précaution jusqu'à Athal Asail, le gué de l'âne, connu de très peu de gens. Il ne se laisse pas franchir aisément mais on y arrivera. Je ne veux plus être retardée dans la poursuite de notre enquête.

— Vous êtes sûre que vous n'avez pas d'autre solution ? gémit Eadulf, paralysé à l'avance en songeant aux eaux tumultueuses de la rivière.

Bien qu'il eût affronté quantité de situations périlleuses, rechercher la difficulté n'était pas dans son caractère. Il ne croyait pas au proverbe saxon affirmant que l'angoisse et le plaisir jaillissaient de la même source. Eadulf se rangeait plutôt du côté de Lucrèce. Pour cet aimable philosophe, le plaisir consistait à observer de loin une mer déchaînée tout en jouissant de se sentir en sécurité sur la terre ferme.

— J'ai plus d'une fois traversé ce gué de l'âne quand j'étais enfant. Il ne présente aucun danger si on fait un peu attention, le rassura Fidelma. Si vous voulez distraire votre esprit, essayez donc de deviner comment Gionga a découvert le but de notre expédition.

Eadulf fronça les sourcils.

— Peut-être a-t-il surpris notre conversation avec votre frère ou avec le vieux Conchobar quand vous l'avez prié d'exécuter le dessin du crucifix ? À moins qu'il ne nous ait vus seller nos chevaux ?

Fidelma claqua la langue avec impatience.

— Vous ne m'aidez guère en articulant à haute voix les questions que je me suis déjà posées, soupira-t-elle. J'ai besoin de réponses. En tout cas, Gionga savait que nous partions avant que nous nous mettions en route. Sinon, comment aurait-il eu le temps d'envoyer ses hommes garder le pont ? Et dans l'éventualité où ses guerriers étaient déjà postés dans le *ráth*, il lui fallait leur dépêcher un messager pour les prévenir de notre venue.

— Que voulez-vous, je ne suis pas prophète, grommela Eadulf, irrité par la bruyère qui lui égratignait les pieds et la perspective peu réjouissante de franchir à gué la rivière aux flots bouillonnants. Vous n'avez qu'à consulter ce vieux magicien de vos amis, frère Conchobar.

Fidelma fit la moue.

— Pourquoi le traitez-vous de magicien ?

Eadulf poussa un grognement tandis que des ronces lui écorchaient les chevilles.

— Parce qu'il pratique la divination à partir de l'observation des étoiles. Comment un chrétien peut-il s'abaisser à de telles occupations ?

— Vous croyez vraiment que cette activité entre en conflit avec sa foi ?

— Difficile de prétendre le contraire.

— Élaborer des cartes du ciel et en déchiffrer le sens est une très ancienne tradition sur cette terre.

— La nouvelle foi aurait dû supplanter ces croyances païennes, d'ailleurs interdites dans le livre d'Isaïe :

Qu'ils se présentent donc et te sauvent
ceux qui détaillent le ciel,
qui observent les étoiles,
qui annoncent chaque mois ce qui va fondre sur toi.

Voici qu'ils sont comme fétus de paille,
le feu les brûlera,
ils ne sauveront pas leur vie de l'étreinte de la flamme ;
et ce ne sera pas une braise pour se chauffer,
un foyer pour s'y asseoir[1] *!*

« Voilà pour vos mages.

Fidelma sourit. Quand il parlait de théologie, Eadulf l'amusait. Son adhésion aux nouveaux enseignements de Rome était totale, et ils divergeaient sur de nombreux points. Bien que religieuse, Fidelma n'avait jamais renié sa culture.

— Vous citez un texte de l'ancienne foi judaïque, lui fit-elle remarquer.

— Dont Notre-Seigneur a été le Messie, rétorqua Eadulf.

— Exactement. Et le Seigneur notre sauveur a ouvert aux Juifs de nouvelles voies vers Dieu. Selon Matthieu, qui a été le premier à arriver à Jérusalem après la naissance du Christ ?

Il la regarda d'un air perplexe.

— Les astrologues de l'Orient, Eadulf, en quête de l'enfant divin qui leur avait été annoncé dans la carte des cieux. Et le roi Hérode n'a-t-il pas tenté de les amener à trahir leur savoir ? Oui, Eadulf, les astrologues ont été les premiers à arriver à Bethléem et à adorer Jésus

1. Isaïe, 47, 13-14. (*N.d.T.*)

en lui offrant de l'or, de l'encens et de la myrrhe. Si l'astrologie était maudite, Dieu aurait-il autorisé ses représentants à accueillir Jésus sur cette terre ?

Eadulf s'empourpra. Fidelma excellait dans l'art de la controverse et il parvenait rarement à la dominer lors de leurs polémiques.

— En tout cas, le Deutéronome est très clair, s'obstina-t-il. « Quand tu lèveras les yeux vers le ciel, quand tu verras le soleil, la lune, les étoiles et toute l'armée des cieux, ne va pas te laisser entraîner à te prosterner devant eux et à les servir…

— … Yahvé ton Dieu les a donnés en partage à tous les peuples qui sont sous le ciel[1]. » Auriez-vous eu l'intention de vous arrêter en chemin dans votre citation, Eadulf ? Les astrologues n'adorent pas le soleil, la lune et les étoiles, ils les utilisent comme guides. Les nôtres affirment que nous ne pouvons pas davantage altérer le cours des étoiles que la couleur de nos yeux. Mais nous sommes libres d'agir comme bon nous semble dans un cadre déterminé.

Eadulf poussa un profond soupir. Cette conversation commençait à le fatiguer et il regrettait d'avoir engagé ce débat. Fidelma raffolait de ces joutes verbales au point, parfois, de se faire l'avocat du diable.

— C'est contre les enseignements… reprit-il.

— Donnez-moi une seule référence dans les saintes Écritures interdisant aux chrétiens de se livrer à cette science antique. Pour l'instant, je ne suis guère convaincue.

— Jérémie ! s'écria Eadulf, qui venait brusquement de se rappeler un passage du livre du prophète.

Écoutez la parole que Yahvé vous adresse, maison d'Israël !
Ainsi parle Yahvé :
N'apprenez pas la voie des nations,

1. Deutéronome, 4, 19. (*N.d.T.*)

ne soyez pas terrifiés par les signes du ciel,
même si les nations en éprouvent de la terreur.
Oui, les coutumes des peuples ne sont que vanité[1].

— Les agissements d'Israël avant l'arrivée du Messie ne concernent qu'Israël. Mais nous appartenons aux nations et Jérémie admet qu'on peut lire des signes dans le ciel : ils ne nous effraient point, nous les interprétons et essayons de les comprendre. Et ces signes, qui les a mis là ? N'est-ce pas un blasphème de prétendre qu'ils sont l'œuvre d'un autre que Dieu ?

Eadulf, qui était devenu tout rouge, bouillait de colère rentrée. Puis il se mit à rire.

— Pourquoi diable est ce que je m'obstine à prétendre remporter une controverse avec une juriste ? déclara-t-il d'un air contrit.

Désarçonnée, Fidelma resta un instant interdite puis elle rit avec son ami.

— *Castigat ridendo mores*, dit-elle d'un ton léger. Corrigeons nos mœurs en riant.

Ils émergèrent brusquement du bois et se retrouvèrent devant une étendue marécageuse. Effrayés, des oiseaux s'envolèrent en pépiant, se rassemblèrent au-dessus des roseaux et, d'un seul mouvement, allèrent se cacher un peu plus loin, dans la roselière duveteuse aux tons mauves et dorés.

— Des mésanges à moustaches que nos chevaux ont dérangées, dit Fidelma.

Eadulf percevait le murmure de l'eau non loin de là.

— Les guerriers ne risquent-ils pas de nous voir depuis le pont ?

Malgré la densité des roseaux qui s'élevaient à une hauteur de dix pieds et les protégeaient des regards, le chemin serpentant jusqu'à la rivière se trouvait plus ou moins à découvert. Et les rives de la Suir, à la végétation luxuriante, demeuraient parfaitement visibles.

1. Jérémie, 10, 1-3. (*N.d.T.*)

— Ne craignez rien, nous sommes cachés par une courbe de la rivière. De plus, les guerriers sont persuadés que nous avons rebroussé chemin pour réclamer de l'aide à Cashel.

Elle enfonça les talons dans les flancs de sa jument.

— Restez derrière moi. Le sol semble fiable mais il peut très bien se dérober et s'enfoncer sous votre poids. Des personnes ont déjà été englouties dans des profondeurs boueuses.

Eadulf frissonna en jetant un coup d'œil autour de lui. Fidelma se retourna et fit la grimace en le voyant pâlir.

— Allons, remettez-vous ! Les risques et les dangers sont inhérents à la vie même.

Puis elle encouragea hardiment son cheval à se frayer un chemin dans les roseaux agités par le vent. Ils se détachaient sur l'horizon, entremêlés de marisques[1], de scirpes[2] et de joncs des tonneliers[3] qui avaient depuis longtemps passé la saison de la floraison. Différentes teintes de vert, de brun et de jaune composaient ce paysage.

De temps à autre, un groupe de mésanges à moustaches qui nidifiaient dans cette végétation prenait son envol. Leur couleur fauve, mêlée de noir pour les mâles, les rendait difficiles à repérer.

Le murmure de l'eau s'était amplifié. La rivière grondait, charriant des cailloux le long de bassins peu profonds.

Fidelma guidait sa jument d'une main assurée. Quant à Eadulf, l'élasticité du sol qui collait aux sabots de sa monture ne lui disait rien qui vaille. Il priait pour que l'animal ne le précipite pas dans le bourbier fangeux où serpentait le sentier. Fidelma, qui s'y connaissait en chevaux, savait qu'Eadulf n'était pas un cavalier émé-

1.2.3. Plantes herbacées appartenant à la feuille des Cypéracées proliférant dans les régions humides ou les marais. (*N.d.T.*)

rite. Dans les écuries de son frère, elle avait choisi tout exprès pour son ami un jeune étalon d'une extrême docilité.

Ils sortirent des roseaux bruissant dans la brise pour se retrouver sur une berge spongieuse d'un vert profond. Devant eux s'étendait un bras de la Suir, bouillonnant sur un lit de rocailles. Eadulf évalua la rapidité du courant et contempla d'un air maussade la mousse jaune qui s'était formée à la surface de l'eau.

— C'est profond ?

Fidelma lui sourit.

— Votre cheval en aura jusqu'au poitrail. Lâchez-lui la bride et laissez-le progresser à sa guise. Les chevaux savent d'instinct traverser les hauts-fonds. Je vais passer la première.

Elle caressa l'encolure de sa jument et l'encouragea de la voix. La bête secoua la tête et roula des yeux effrayés. Puis elle commença à avancer, trébucha une fois ou deux et prit de l'assurance. Au milieu de la rivière, les eaux écumantes lui arrivaient au poitrail, tourbillonnant autour de Fidelma qui se retourna et fit signe à Eadulf de la suivre.

Paralysé, le moine contemplait les flots d'un air hagard. Il se mit à trembler sans oser avouer sa faiblesse à Fidelma.

CHAPITRE VII

Marmonnant une prière, Eadulf prit une grande inspiration et enfonça trop brusquement ses talons dans les flancs de l'alezan qui bondit vers l'avant. Ses jambes postérieures glissèrent dans la boue et Eadulf crut sa dernière heure arrivée. Il s'agrippa à l'animal, qui parvint à recouvrer son équilibre, hennissant et renâclant. Le moine lâcha les rênes et se tint raide sur sa selle, les yeux fermés, essayant de s'imaginer sain et sauf sur l'autre rive.

Tanguant dangereusement tandis qu'avec ses sabots le cheval cherchait des appuis sur le fond rocailleux, il sentit l'eau glacée lui lécher les pieds, lui monter aux genoux et, soudain, les flots impétueux le submergèrent jusqu'à la taille. Le souffle coupé, il se cramponna au pommeau de sa selle. Le cheval avait plongé dans la rivière. Quand il le sentit remonter à la surface, Eadulf se risqua à ouvrir à nouveau les yeux et constata avec soulagement qu'il n'était plus qu'à quelques pas de la berge. Fidelma l'y attendait déjà, surveillant sa progression.

Dans un sursaut d'énergie, l'étalon parvint à s'extraire de l'eau et rejoignit la jument.

Eadulf flatta l'encolure de sa monture avec reconnaissance.

— *Deo gratias*, entonna-t-il.

— Et maintenant, éloignons-nous de cet endroit ! s'écria Fidelma. Plus vite nous atteindrons Imleach, mieux cela vaudra.

— Je préférerais m'arrêter un moment pour me sécher, protesta Eadulf. Je suis trempé comme une soupe.

— Je n'en vois pas l'intérêt car on risque de prendre un nouveau bain dans peu de temps, répliqua Fidelma d'un ton léger. Il va nous falloir traverser la Fidhaghta. Et si les Uí Fidgente ont posté des guerriers au gué du Puits d'Ara…

Eadulf poussa un grognement de désespoir.

— Et nous sommes loin de ce Puits d'Ara ?

— Non, environ sept milles.

Sur ces mots, elle pénétra dans la forêt et prit la direction de l'ouest.

— Ici, le chemin s'élargit ! cria-t-elle sans se retourner. On va pouvoir mettre les chevaux au trot !

Elle enfonça ses talons dans les flancs de sa puissante jument blanche qui s'élança, et elle dut tirer sur les rênes pour l'empêcher de partir au galop.

Derrière elle, Eadulf tressautait sur sa selle, claquant des dents après son immersion forcée.

Quand ils atteignirent le sommet d'une petite élévation, le moine était épuisé et d'une humeur massacrante. Ils dominaient une rivière qui s'écoulait d'est en ouest avant de se diriger vers le sud, et tournait quasiment à angle droit là où elle traversait un village.

— Voilà le Puits d'Ara, lança Fidelma avec un grand sourire. Imleach n'en est distant que de quelques milles et je ne vois aucun guerrier de Gionga à l'horizon, ce qui va nous permettre de suivre la rive nord.

Eadulf renifla d'un air maussade.

— Je propose de nous arrêter dans une de ces habitations. Les cheminées fument et nous n'aurons aucune difficulté à nous sécher auprès d'un bon feu.

Fidelma jeta un coup d'œil au ciel.

— Nous devons gagner Imleach avant la tombée de la nuit, mais si vous voulez vous changer et vous réchauffer, il y a une auberge près du gué. Allons-y.

Ils descendirent la colline et se dirigèrent vers les maisons au bord de la Fidhaghta qui Dieu merci, songea Eadulf, ne présentait pas les mêmes tourbillons que la Suir.

Deux garçons pêchaient sur la rive et Fidelma s'approcha d'eux à l'instant où l'un des enfants attrapait une truite brune qu'il ramena à lui d'un air triomphant.

— Jolie prise ! s'écria Fidelma en arrêtant sa monture.

Le garçon, qui n'avait pas plus de onze ans, sourit avant de déclarer avec gravité :

— J'en ai fait de bien plus impressionnantes, ma sœur.

— Je n'en doute pas. Dis-moi, tu habites ici ?

— Oui.

— As-tu rencontré des étrangers dans ton village ?

— Hier soir, le prince des Uí Fidgente est venu avec sa suite, c'est mon grand-père qui me l'a raconté. Ils sont repartis avec le roi qui s'est avancé à leur rencontre.

— Personne n'est resté ici ?

— Non, ils se sont éloignés en direction de Cashel.

— Merci, petit.

Fidelma fit faire demi-tour à sa jument et se dirigea vers la rivière en faisant signe à Eadulf de la suivre. Ils traversèrent le gué sans difficultés car l'eau arrivait à peine jusqu'aux boulets des chevaux. La taverne située en face du Puits d'Ara était facilement repérable grâce à son enseigne qui se balançait devant la porte.

Eadulf se laissa glisser à terre avec soulagement, attacha les rênes de son cheval à un poteau en bois et prit son sac de selle où il avait rangé des vêtements propres.

À cet instant, la porte de l'auberge s'ouvrit et un vieillard en sortit.

— Bienvenue, voyageurs, que la…

Puis il reconnut la religieuse, un large sourire fendit son visage ridé et il se précipita vers elle.

— Lady Fidelma ! Figurez-vous que pas plus tard que ce matin, votre frère…

— … est venu ici même accueillir Donennach des Uí Fidgente. Mon brave Aona, voilà bien longtemps que nos chemins ne s'étaient croisés.

Le vieil homme rayonna de plaisir en constatant que la jeune femme n'avait pas oublié son nom.

— La dernière fois que nous nous sommes rencontrés, lady, vous veniez de célébrer la cérémonie de l'âge du choix. Il y a de cela, attendez, au moins douze ans. C'est gentil de votre part de vous souvenir de moi.

— Vous avez toujours été un loyal sujet. Un membre de la famille des Eóghanacht qui ne se souviendrait pas d'Aona, autrefois capitaine des gardes de Cashel, serait un bien piètre prince. On m'avait informée de votre décision de vous retirer en ouvrant une taverne. J'ignorais qu'elle était située ici.

— Vous…

Le vieil homme s'avisa alors de la présence d'Eadulf, et jaugea d'un rapide coup d'œil sa mise et sa tonsure romaine.

— Je suis très honoré de vous recevoir, vous et votre ami saxon.

— J'apprécierais beaucoup de me changer, grommela Eadulf.

— Seriez-vous tombé par accident dans la rivière ? s'enquit Aona.

— Non, répliqua Eadulf sans prendre la peine de s'expliquer davantage.

— Il y a un bon feu à l'intérieur. Entrez.

Il s'effaça pour laisser passer ses hôtes de marque.

— Malheureusement, nous ne pourrons pas rester longtemps, dit Fidelma. Nous devons être à Imleach avant la tombée de la nuit.

Eadulf se précipita vers le feu, qui ronflait dans la cheminée où les flammes dévoraient allégrement une pile de bûches rougeoyantes.

— Vous mangerez bien quelque chose ?

Eadulf s'apprêtait à acquiescer mais Fidelma secoua la tête avec fermeté.

— Nous n'avons pas le temps. Nous nous contenterons d'une boisson chaude.

Aona parut déçu et Fidelma posa la main sur son bras.

— Espérons que notre voyage nous ramènera vite en ces lieux, et nous ferons alors honneur à votre hospitalité. Pour l'instant, nous sommes chargés d'une mission où se joue la sécurité du royaume et n'avons pas une minute à perdre.

Aona, qui avait servi pendant toute sa jeunesse dans la garde royale des rois de Cashel, se redressa avec solennité.

— Si le royaume est menacé, lady, dites-moi de quelle manière je puis le servir.

Fidelma se tourna vers Eadulf planté devant le feu. De la vapeur s'élevait de ses vêtements trempés.

— Indiquez à mon ami un endroit où il pourrait se changer.

Aona désigna une porte de l'autre côté de la pièce.

— Là-dedans.

Quand Eadulf eut disparu, Aona remplit deux gobelets de *corma* tandis que Fidelma allait s'asseoir près du feu pour faire sécher sa robe de bure.

— Et comment se sont conduits les Uí Fidgente tandis qu'ils attendaient mon frère ? demanda-t-elle à l'aubergiste.

Aona fronça les sourcils.

— Se sont-ils montrés amicaux, ou bien agressifs et grossiers ?

— Ils se sont bien comportés. Pourquoi cela ?

— Auriez-vous par hasard surpris des rumeurs de mécontentement ? Semblaient-ils maussades ? enclins à quelque conspiration ?

Le vieil homme secoua la tête en tendant un gobelet de bière à Fidelma, qui en but une gorgée d'un air pensif.

— Tous les membres de la suite de Donennach se sont-ils rendus à Cashel ? Ici, ont-ils lié connaissance avec d'autres personnes ?

— Nullement. Mais que se passe-t-il donc ?

— Le prince et le roi mon frère ont tous deux été victimes d'une tentative d'assassinat au pied du promontoire de Cashel, sur la place du marché.

Le vieil homme sursauta et parut très alarmé.

— Le roi a-t-il été sérieusement atteint ?

— Il souffre d'une mauvaise blessure qui ne met cependant pas sa vie en jeu. Il guérira vite. Mais certains guerriers des Uí Fidgente ont accusé Cashel de trahison et clament que mon frère est derrière cette affaire malgré l'attaque dont il a lui aussi été l'objet.

Eadulf fit son entrée, ses vêtements mouillés sur le bras.

L'aubergiste les lui prit, les accrocha à une patère près du foyer et tendit au religieux le gobelet qu'il lui avait préparé.

Puis il revint à Fidelma.

— Comment les Uí Fidgente osent-ils porter une telle accusation ? Ils sont fous… à moins que cela ne fasse partie de leur plan.

Eadulf vida son gobelet d'un trait et fut pris d'une quinte de toux : les effets de cette boisson étaient plus puissants qu'il ne l'avait cru tout d'abord.

Aona lui adressa un sourire malicieux.

— Ma *corma* doit se traiter avec plus d'égards, Saxon. Que diriez-vous d'un peu d'eau pour mieux la faire passer ?

Les larmes aux yeux, Eadulf battit des paupières, avala un gobelet d'eau et reprit son souffle.

Fidelma, absorbée dans ses pensées, fixait les flammes. Puis elle releva la tête.

— Vous êtes certain, Aona, de n'avoir rien observé de particulier ?

— Rien, lady, je vous en donne ma parole. Donennach et sa suite sont arrivés hier soir. Le prince et les personnes assignées à son service ont dormi à l'auberge tandis que les guerriers campaient près de la rivière. Tous se sont bien comportés. Ce matin, votre frère est arrivé et tout le monde est reparti en direction de Cashel. Je n'en sais pas plus.

— Vous n'avez pas remarqué un homme de haute taille, un archer, accompagné d'un individu petit et corpulent ?

L'autre secoua la tête.

— Je compte sur vous pour ouvrir l'œil, Aona. Ces Uí Fidgente ne m'inspirent aucune confiance.

— Et si je relève quelque chose de suspect ?

— Vous connaissez Capa ?

Aona se mit à rire.

— Je lui ai tout appris alors qu'il n'était qu'un jeune écervelé. Quand il a rejoint la garde du roi, il n'était pas bien vieux et ne connaissait rien à la guerre…

Fidelma l'interrompit gentiment.

— Votre élève est devenu le capitaine de la garde du roi tout comme vous autrefois. En cas d'urgence, envoyez-lui un message à Cashel. D'accord ?

— Très bien, lady. Y a-t-il autre chose que je puisse faire pour vous ?

Eadulf se racla la gorge.

— Euh… peut-être me servir une autre rasade de cette *corma*. Cette fois-ci, je vous promets d'en faire bon usage.

Aona alla tirer de la bière à un tonnelet et l'apporta au moine. Quand il revint vers ses hôtes, il fronçait les sourcils, comme s'il lui était revenu quelque souvenir.

— Qu'est-ce qui vous inquiète ? s'enquit aussitôt Fidelma.

Le vieil aubergiste se gratta le nez.

— Vous m'avez bien parlé d'un archer et d'un petit homme corpulent ?

Fidelma se pencha vers lui d'un geste vif.

— Si vous les avez rencontrés, vous vous le rappelez forcément. Ils formaient une paire assez incongrue.

— Je les ai vus, confirma l'aubergiste.

Le visage de la jeune femme s'éclaira.

— Vraiment ?

Puis elle se rembrunit.

— Pourtant, quand je vous ai interrogé la première fois, vous avez été catégorique : vous ne les aviez jamais…

— Parce qu'ils n'accompagnaient pas les Uí Fidgente. Cela se passait il y a une semaine.

— Alors ce ne sont pas les bandits que nous recherchons ! s'exclama Eadulf, déçu.

— Pouvez-vous les décrire ? le pressa Fidelma.

Aona se frotta la mâchoire.

— Eh bien, le plus petit lui ressemblait.

Il désigna Eadulf d'un signe du pouce.

Le Saxon en resta la bouche ouverte.

— Qu'est-ce que vous racontez ? s'écria-t-il avec indignation. Je suis grand, pas particulièrement enveloppé et…

Fidelma leva une main impatiente qui le réduisit au silence.

— Aona, quelles similitudes avez-vous remarquées entre Eadulf et cet homme ?

L'aubergiste fit la grimace.

— Leurs statures et leurs traits ne sont pas comparables, mais cet homme arborait une tonsure romaine et non irlandaise. Comme votre ami.

— Ah !

— Et ce qui m'a frappé, c'est qu'elle n'était pas rasée de près comme à l'accoutumée.

— Et à part ça, comment décririez-vous cet individu ?

— Petit, gras, des cheveux gris bouclés... et bien qu'il ne portât pas l'habit d'un religieux, il en avait les manières.

Eadulf jeta un coup d'œil à Fidelma.

— Cela ressemble fort à notre assassin.

Il se tourna vers l'aubergiste.

— Et son compagnon ?

Aona réfléchit un instant.

— Il me semble qu'il était blond, avec des cheveux qui lui tombaient sur les épaules, mais je n'en suis pas certain. Il portait un bonnet, un pourpoint en cuir et un arc à l'épaule. Ainsi qu'un carquois. D'où j'en ai déduit qu'il était un archer professionnel.

Fidelma poussa un profond soupir de satisfaction.

— Vous êtes tombé juste. Et vous affirmez qu'ils sont passés par ici il y a une semaine environ ?

— Oui, et leur image est restée gravée dans ma mémoire pour la raison que vous avez soulignée : ils formaient un couple plutôt amusant.

— Vous ne vous rappelez pas d'où ils venaient ni où ils allaient ?

— Non, je regrette.

La figure d'Eadulf s'allongea.

— Donc nous ne sommes pas très avancés.

La porte s'ouvrit et apparut le jeune pêcheur de truite.

Aona fit un geste dans sa direction.

— Mon petit-fils. Peut-être pourra-t-il vous aider, il les a servis pendant que je m'occupais des chevaux. Dis-moi, Adag, tu te souviens de ces deux messieurs qui sont venus à l'auberge il y a environ une semaine ?

L'enfant posa sa ligne et son panier sur la table et coula des regards anxieux en direction d'Eadulf et de Fidelma.

— N'as-tu rien à nous raconter ? lui demanda Fidelma d'un air enjôleur.

— Sur le gros et l'archer ?

— Oui.

L'enfant haussa les épaules.

— Je les ai servis pendant que mon grand-père soignait leurs montures.

— Donc ils voyageaient à cheval, nota Eadulf. Plutôt inhabituel en ce qui concerne le moine.

Le garçon parut étonné.

— Pourtant, avec la sœur, vous n'allez pas à pied.

Eadulf s'apprêtait à répondre quand Aona le devança.

— Certains religieux ne sont pas soumis à la règle qui veut que ceux de leurs congrégations ne chevauchent point. Cela tient à leur rang, je t'expliquerai cela plus tard. Et maintenant réponds aux questions de lady Fidelma.

Adag détourna les yeux.

— Le gros a donné une bourse à l'archer pendant qu'ils buvaient.

— Et ?

— Rien. Ah si, le gros était un étranger, un homme d'Éireann mais il avait pas l'accent du Sud. Contrairement à l'archer.

— De quoi parlaient-ils ?

— Je sais pas.

— Et ils venaient d'où ?

— Je l'ignore. Mais le gros est arrivé le premier.

— Oui, maintenant je m'en souviens, intervint Aona. Je suis allé m'occuper du cheval du moine pendant qu'Adag le servait. Quand l'archer l'a rejoint, je n'ai pas vu d'où il arrivait car je me trouvais à l'écurie.

— Auricz-vous remarqué quelque signe particulier sur les chevaux ?

Une lueur de triomphe s'alluma dans les prunelles du vieil homme.

— La monture de l'archer portait des cicatrices. Une bête plus très jeune, à la robe baie, qui avait connu les champs de bataille. Un carquois de rechange était attaché à sa selle. Quant au cheval du moine, beaucoup plus fringant, son harnachement était taillé dans un cuir d'excellente qualité.

Fidelma se leva, prit une pièce dans son *marsupium* et la donna à Aona.

— Je crois que vos vêtements sont secs, Eadulf, dit-elle à son compagnon.

L'aubergiste remercia Fidelma tandis qu'Eadulf rassemblait ses affaires et les fourrait dans son sac.

— Faut-il que je prévienne Capa si je revois ces deux hommes, lady ? s'inquiéta Aona.

Fidelma eut un sourire ironique.

— Inutile, ils ont été tués ce matin après avoir tenté d'assassiner mon frère et le prince Donennach.

Sur ces mots, elle leva la main en guise de salut et se dirigea vers les écuries, suivie d'Eadulf.

Quand elle passa devant le vieil homme et son petit-fils qui les observaient depuis la porte, elle leur cria : « Soyez vigilants ! » Puis elle guida sa jument hors de la cour de l'auberge et s'engagea sur le chemin d'Imleach.

Tandis que la lumière commençait à baisser, ils chevauchèrent en silence au bord de la rive nord de l'Ara. Au sud, le pont de bois de Slievenamuck, long et gracile, se détachait sur un ciel bleu tendre tandis que, devant eux, le soleil déclinant flottait au-dessus de la ligne d'horizon. La route, large et droite, se déroulait sur de hautes terres, loin des marais du Puits d'Ara.

Plus au nord s'élevait une chaîne de montagnes peu élevées. Quand Eadulf lui demanda comment elles s'appelaient, Fidelma répondit :

— Les Slieve Felim. Un pays dur et inhospitalier qui nous sépare des terres des Uí Fidgente.

Puis Fidelma s'absorba à nouveau dans ses pensées et le moine se garda de l'interrompre : il connaissait cette expression fermée sur son visage et savait qu'il ne parviendrait pas à la détourner de ses réflexions. Elle méditait très certainement sur les informations qu'elle venait de recevoir.

Quand elle se décida à relever la tête, ils avaient bien parcouru huit milles.

— Nous approchons, annonça-t-elle.

Bientôt, ils émergeaient d'un bois et se retrouvèrent devant un paysage de collines s'étendant à perte de vue. Eadulf repéra sans difficultés un grand bâtiment gris entouré de murs qu'il identifia comme l'abbaye de Saint-Ailbe. Elle dominait une petite ville cernée de verts pâturages bordés de forêts d'ifs. Ces grands ifs irlandais se distinguaient de ceux de son pays par la forme de leurs aiguilles, qui étaient incurvées ; leur cime était circulaire et certains semblaient posséder plusieurs troncs, très anciens, aux formes fantasmagoriques.

— Et voici Imlcach Iubhair, annonça Fidelma. La région limitrophe des forêts d'ifs où règne mon cousin Finguine de Cnoc Áine.

La petite ville paisible, moins importante que Cashel, ressemblait à un gros bourg. Mais l'abbaye et son église avaient favorisé le commerce et les habitants vivaient dans la prospérité. L'endroit était désert et Fidelma supposa que les gens s'étaient attablés pour le repas du soir, après les vêpres.

Devant le monastère se trouvait la place du marché de forme rectangulaire, bordée à l'opposé de maisons qui formaient la ville. En son centre s'élevait un if majestueux de plus de soixante-dix pieds, vénérable sculpture végétale d'un bois sombre qui dépassait même les murailles de l'abbaye.

Eadulf arrêta son cheval.

— Voilà un arbre qui commande le respect ! s'écria-t-il.

Fidelma se retourna sur sa selle.

— Vous n'en avez jamais entendu parler ?

— Non, mais son âge et sa taille en imposent.

— Je vous présente l'arbre sacré des Eóghanacht. Vous vous souvenez ? Je vous ai expliqué son rôle à Cashel.

— Quelle vilaine idée païenne…

— Un crucifix est-il rien d'autre ? Chaque clan, chaque famille a ce que nous appelons un arbre de vie sacré. Voici le nôtre. Quand un roi des Eóghanacht monte sur le trône, il prête serment sous cet arbre.

— Sûrement vieux de plusieurs siècles…

— Et même de plus d'un millénaire, annonça Fidelma avec une satisfaction non dissimulée. On dit qu'il a été planté par Eber Fionn, fils de Milesius, dont descendent les Eóghanacht.

L'obscurité se refermait sur eux. Ils entendaient les hurlements des loups, les aboiements des chiens de garde qui seraient bientôt relâchés pour la nuit.

Fidelma arrêta sa jument devant l'entrée de l'abbaye et tendit la main vers la chaîne de la cloche, qui produisit un tintement sourd.

Un guichet de bois s'ouvrit dans la porte, et une voix les interpella.

— Qui sonne dans la maison de Saint-Ailbe à cette heure ?

— Fidelma de Cashel. Je vous demande le passage.

Il y eut un instant de silence, puis on commença à s'agiter. Le guichet se referma, des barres furent soulevées, des verrous tirés dans un cliquetis de métal, et les lourdes portes en bois s'écartèrent. Avant que Fidelma et Eadulf aient eu le temps d'esquisser un geste, un vieil homme aux cheveux blancs se précipitait vers eux.

Eadulf, qui avait déjà rencontré l'abbé Ségdae à plusieurs reprises, se rappelait un homme grand, digne, d'allure compassée, dont chaque geste dégageait une tranquille assurance. L'homme échevelé qui s'avançait vers lui était en proie à une agitation indicible. Son visage, habituellement serein et qui présentait une ressemblance avec une tête de faucon, exprimait une terrible angoisse. Il leva vers Fidelma les yeux d'un adorateur demandant à une sainte la voie à suivre.

— Vous êtes la réponse à nos prières, Fidelma ! Que Dieu soit remercié de vous avoir envoyée !

CHAPITRE VIII

Frère Eadulf s'étira paresseusement dans son fauteuil, près du grand feu allumé dans les appartements privés de l'évêque d'Imleach. Il n'appréciait guère les voyages pénibles, et même si cette expédition depuis Cashel avait été assez brève, il se sentait épuisé. Il avala avec délice une gorgée du gobelet de vin chaud servi par Ségdae, qui dégageait de délicieux arômes. Celui qui choisissait le vin à l'abbaye était un fin connaisseur.

De l'autre côté de la vaste cheminée de pierre se tenait Fidelma, qui n'avait pas encore touché à sa boisson, posée sur une petite table auprès d'elle. Elle réfléchissait, les mains croisées sur les genoux. Le vieil abbé avait pris place entre eux.

— Je priais pour un miracle quand on m'a averti de votre présence devant les portes, soupira-t-il.

Fidelma se redressa.

— Vous vous retrouvez dans une situation fort attristante, Ségdae.

C'était son premier commentaire depuis que l'abbé leur avait appris que les reliques de saint Ailbe avaient disparu et que leur gardien, frère Mochta, s'était volatilisé. Bien que n'ayant jamais vu ces reliques, elle était mieux placée que quiconque pour juger de leur importance.

— Néanmoins, l'éclaircissement des motifs ayant conduit à la tentative d'assassinat sur deux personnes royales à Cashel prime sur toute autre considération, conclut-elle. Et je n'ai que neuf jours pour résoudre cette énigme.

L'abbé leva sur elle un regard consterné. Il avait servi le père de Fidelma en tant que prêtre et la connaissait depuis sa plus tendre enfance.

— Mais, Fidelma, vous savez aussi bien que moi qu'en apprenant la disparition de ces reliques le peuple va s'alarmer. Il considérera cela comme un mauvais présage pour le royaume de Muman et nos ennemis prendront avantage de son découragement.

— Ils ont déjà essayé de supprimer mon frère et le prince des Uí Fidgente. Dès que j'aurai réglé cette affaire, je vous promets de m'appliquer à retrouver les reliques d'Ailbe. Je suis consciente de ce qu'elles représentent.

Eadulf reposa son gobelet.

— N'avez-vous pas songé que ces deux événements pouvaient être liés ?

Fidelma marqua un mouvement de surprise.

Eadulf possédait l'art d'énoncer des évidences qui avaient échappé à tout le monde.

— Vous croyez vraiment…

Cette suggestion méritait qu'on s'y arrête. Les gens de Muman étaient convaincus que les saintes reliques agissaient comme un bouclier contre les malheurs du royaume. Dans leur esprit, leur perte allait nécessairement engendrer des catastrophes. À partir de là, pouvait-on considérer ces tentatives de meurtre comme une simple coïncidence ?

— Vous n'avez peut-être pas tort, concéda-t-elle. Quelle meilleure façon de décourager un peuple que d'assassiner son roi ?

— Et rappelez-vous que l'un des assassins était un ancien religieux, qui n'ignorait rien de la signification symbolique des reliques.

L'abbé Ségdae sursauta.

— Prétendriez-vous qu'un membre de la foi se serait aventuré à utiliser cette arme contrc son souverain ? Un homme revêtu de la robe de bure aurait eu recours à un tel stratagème pour… vous divaguez !

Fataliste, Eadulf haussa les épaules.

— Ce ne serait pas la première fois que cela arriverait.

— Pas à Muman ! s'indigna Ségdae. Qui était ce fils de Satan ?

— Un étranger au royaume, précisa Fidelma qui avala d'une traite la moitié du gobelet qu'elle n'avait pas encore touché. Le petit fils d'Aona, l'aubergiste du Puits d'Ara, nous a affirmé qu'il parlait avec un accent du Nord.

Eadulf renchérit :

— De plus, il arborait un étrange tatouage sur le bras gauche, représentant un oiseau inconnu dans le Sud et qui niche uniquement sur la côte nord-est.

Les ailes du nez de l'abbé se pincèrent et il se figea. Très pâle, il considérait Fidelma d'un air horrifié, ouvrit plusieurs fois la bouche, mais aucun son n'en sortit.

— Pourriez-vous me décrire ce meurtrier avec plus de précision ? finit-il par articuler.

— Eh bien, il était petit, corpulent, avec des cheveux bouclés grisonnants. Ce tatouage sur son bras représentait un genre de faucon, qu'on appelle communément une buse.

L'abbé Ségdae s'effondra et se mit à gémir, la tête dans les mains.

Fidelma se leva et avança d'un pas hésitant vers le vieil homme.

— Que se passe-t-il ? Êtes-vous malade ?

Pas de réponse. Puis l'abbé fit un violent effort pour retrouver une contenance.

— La personne que vous venez de décrire est frère Mochta, le gardien des saintes reliques qui a disparu de l'abbaye, dit-il d'une voix entrecoupée.

Un profond silence accueillit cette déclaration.

— Vous êtes sûr ? murmura Eadulf, en se sentant un peu niais car il ne pouvait y avoir de méprise.

Ségdae émit une respiration sifflante.

— Mochta était originaire du clan Brasil du nord de l'Ulaidh, et il portait le tatouage d'une buse sur l'avant-bras gauche.

— Le mystère s'approfondit, fit observer Fidelma. Quand avez-vous vu frère Mochta pour la dernière fois ?

— Hier soir aux vêpres.

Les vêpres, qui représentaient la sixième heure canoniale du bréviaire de l'Église, étaient chantées par les religieux quand se levait Vénus, l'étoile du soir.

— Il s'absentait souvent ? demanda Eadulf.

Ségdae secoua la tête.

— À ma connaissance, il n'avait pratiquement jamais quitté l'abbaye depuis qu'il était entré ici en tant que *scriptor*, il y a de cela une dizaine d'années.

Eadulf jeta un coup d'œil entendu à Fidelma.

— Il est venu ici pour travailler sur nos *Annales*, poursuivit l'abbé, puis il a été nommé gardien des saintes reliques.

— N'était-ce point étrange, vu la valeur et la portée symbolique de ces reliques, de désigner un homme d'un autre royaume pour les protéger ? s'étonna Eadulf.

— Frère Mochta était pieux, consciencieux, il remplissait bien ses devoirs religieux et n'avait jamais manifesté un quelconque esprit de parti. Son dévouement à cette abbaye et à son pays d'adoption semblait sans faille.

— Jusqu'à aujourd'hui.

— Il s'occupait des reliques depuis six ans. Insinueriez-vous qu'il les a volées et s'est rendu à Cashel pour y tuer le roi Colgú ? Je ne parviens pas à le croire.

— C'est pourtant bien lui qui repose à Cashel, après avoir été occis alors qu'il tentait de s'enfuir.

L'abbé Ségdae se voûta sous le poids de l'angoisse.

— Mais alors comment expliquer que nous ayons retrouvé sa cellule dans un désordre indescriptible et avec des traces de sang à certains endroits ? Avec frère Madagan, mon intendant, nous avons aussitôt pensé que Mochta avait été attaqué et blessé par celui qui a dérobé les reliques.

Fidelma poussa un profond soupir.

— Voilà le mystère que nous devons résoudre. Il semblerait cependant que nous ayons mis un nom sur l'un des deux assassins tués à Cashel.

— Cela ne nous avance guère, s'énerva Eadulf, parce que si…

Fidelma l'interrompit en sortant de son *marsupium* une feuille de papier qu'elle défroissa et tendit à l'abbé.

— Avez-vous une idée de ce que cela représente ?

C'était le crucifix dessiné par frère Conchobar.

— Qu'est-ce que cela signifie ? s'exclama l'abbé.

— Vous le reconnaissez ?

— Bien sûr. Il s'agit d'une des reliques d'Ailbe, qui fut intronisé évêque à Rome. On raconte que l'évêque de Rome, Zosime le Grec, lui remit ce crucifix ciselé par les meilleurs artisans de Constantinople. Il est en argent, et incrusté de cinq émeraudes de grand prix. D'où vient ce dessin ?

Fidelma replia soigneusement la feuille de papier et la replaça dans son *marsupium*.

— On a trouvé cette croix dans la bourse du frère de votre congrégation après qu'il fut exécuté par Gionga, le capitaine de la garde des Uí Fidgente.

Eadulf se claqua la cuisse.

— Votre frère Mochta a volé les reliques avec le projet d'aller assassiner Colgú et Donennach.

— Le crucifix est-il en sécurité ? s'inquiéta Ségdae.

— Il est conservé à Cashel où il servira d'élément de preuve pour le procès.

— Vous m'en voyez soulagé. Mais où est passé le reste des reliques ?

— Nous l'ignorons.

Fidelma vida son gobelet et se leva.

— Allons examiner la cellule de Mochta. Je suppose que vous n'y avez pas touché depuis ce matin ?

— Nous l'avons laissée en l'état, dit Ségdae en se levant à son tour. Mais je suis encore sous le choc d'apprendre qu'un homme comme lui, si tranquille et discret, ait pu accomplir un tel forfait.

— *Altissima quaeque flumina minimo sono labi*, entonna Eadulf.

Fidelma fronça le nez.

— Il est possible que les rivières les plus profondes soient les plus silencieuses, mais elles laissent des traces de leur passage. Menez-nous à la chambre de frère Mochta.

L'abbé Ségdae prit une lanterne et ils s'engagèrent dans des corridors où résonnait une musique lointaine.

— Les frères pratiquent le *clais-cetul*, expliqua Ségdae quand Eadulf s'arrêta pour écouter.

Le moine parut perplexe.

— Ils chantent en chœur, Saxon. *Clais-cetul* signifie « harmonie des voix ». Ici, nous modulons les psaumes à la manière de nos cousins les Gaulois, un style qui diffère sensiblement du *classis* romain.

Eadulf était fasciné par cet étrange effet acoustique qui, partant de la chapelle, envahissait les moindres recoins des cloîtres. Il parvenait même à comprendre les paroles du texte.

Regem, regum, rogamus
in nostris sermonibus
anacht Nóe a luchtlach
Diluui temporibus...

— « Nous implorons dans nos deux langues, traduisit Fidelma, le Roi des Rois qui a protégé Noé et son équipage pendant le Déluge… »

— C'est la première fois que je perçois de telles vibrations, s'étonna Eadulf. Et cette façon de mêler le latin et la langue d'Éireann dans un même couplet est assez étrange.

— C'est le cantique de Colmán moccu Cluasaif, le *lector* de Cork. Il l'a composé il y a deux ans, quand nous étions menacés par une terrible épidémie de peste jaune, précisa Ségdae.

Ils se recueillirent un instant, hypnotisés par les fluctuations des vagues mélodieuses qui les enveloppaient.

— Je crois que ce chant s'inspire d'une des prières du bréviaire pour recommander une âme à Dieu, dit Fidelma.

— C'est exact, confirma Ségdae. Je suis ravi de constater que votre réputation grandissante en tant que *dálaigh* n'a en rien entravé vos études religieuses, Fidelma.

— Ce qui nous ramène à la raison de notre présence ici.

Aussitôt, l'abbé se remit en chemin dans les couloirs sombres, où les torches plantées dans des supports en fer projetaient des ombres fantasmagoriques.

La nuit était tombée sur l'abbaye et ils progressaient dans une lumière trompeuse, respirant l'odeur âcre du suif.

— Peut-être eût-il été plus raisonnable d'attendre le matin, grommela Eadulf. Cette semi-obscurité ne va pas faciliter notre tâche.

— Il est vrai que la lumière artificielle est souvent infidèle, reconnut Fidelma. Mais je veux sans plus tarder me livrer à un rapide examen des lieux, car tout retard est source d'erreurs et de confusion.

Dans les galeries, les vieux murs de pierre renvoyaient l'écho de leurs pas.

— Le vent souffle à nouveau du sud-ouest, murmura l'abbé tandis que les flammes vacillantes des torches menaçaient à chaque instant de s'éteindre.

Il s'arrêta devant une porte, se pencha pour l'ouvrir et, levant haut sa lanterne qui éclaira une cellule où régnait le chaos, il s'effaça afin de les laisser passer.

— Voilà ce que j'ai découvert ce matin avec frère Madagan. À ce propos…

L'abbé se tourna vers Eadulf d'un air d'excuse.

— J'allais suggérer que vous partagiez sa cellule car, ce soir, nous recevons des pèlerins en route vers la côte où ils embarqueront pour aller adorer le suaire de saint Jacques du Champ des Étoiles. Bien sûr, quand ils seront partis, vous aurez votre chambre.

— Je n'ai aucune objection à cette proposition, le rassura Eadulf.

— Parfait. Dès demain, l'hôtellerie sera pratiquement vide.

— Et qu'avez-vous prévu pour moi ? demanda Fidelma.

— N'ayez crainte, je vous ai fait préparer des appartements.

Fidelma contemplait le capharnaüm étalé sous ses yeux. Eadulf n'avait pas tort, songea-t-elle. Avec cette lumière incertaine, on ne distinguait pas grand-chose. Des indices importants étaient sans doute noyés dans l'ombre. Elle se retourna.

— Peut-être ferions-nous mieux de suivre les conseils d'Eadulf et d'attendre le matin.

— Comme vous voudrez, dit l'abbé. Je vais m'assurer qu'on ne touche à rien.

— Dites-moi, s'enquit-elle tandis que Ségdae refermait la porte, en dehors des pèlerins que vous avez mentionnés, hébergez-vous quelque autre invité ?

— Non. Ah si… Samradán, le marchand. Vous le connaissez ? Il est de Cashel.

— Je ne le connais pas personnellement mais mon cousin Donndubháin m'en a parlé. Que savez-vous de lui ?

— Fort peu de choses. Il fait du commerce avec nous depuis environ deux ans. Il arrive avec ses chariots de marchandises et passe un ou deux jours ici, le temps que nous menions nos négociations avant de conclure un accord.

— Des chariots, dites-vous ? Qui les conduit ?

— Il est escorté de trois charretiers qui préfèrent loger à l'auberge, en ville.

L'abbé renifla d'un air désapprobateur.

— J'ajouterai que cet endroit ne jouit pas d'une très bonne réputation. Il s'agit d'un établissement illégal qui n'a pas obtenu de licence officielle du *bó-aire* local, le magistrat. J'ai dû intervenir une ou deux fois auprès de l'aubergiste, une femme de mauvaise vie du nom de Cred, dont la moralité laisse tellement à désirer que…

Fidelma s'intéressait assez peu aux mœurs de cette femme et elle s'empressa d'interrompre Ségdae.

— Depuis combien de temps Samradán réside-t-il ici ?

— Vous inspirerait-il de la méfiance ?

Fidelma eut un geste impatient de la main.

— Je pensais connaître tous les gens de Cashel et je suis simplement surprise que ce nom m'ait échappé. Mais vous n'avez pas répondu à ma question.

— Il demeure ici depuis une semaine environ. Si vous désirez vous entretenir avec lui, vous le trouverez demain matin au réfectoire, pour le déjeuner. Et maintenant, je vous conduis à vos chambres ?

Eadulf sourit.

— Voilà une excellente suggestion car je suis épuisé. La journée a été riche en événements divers…

— Quand vous vous serez reposés, vous ne refuserez pas de vous joindre à nous pour le service de minuit ?

Il ne remarqua pas l'air abattu d'Eadulf tandis qu'ils traversaient une cour fermée.

— Et voilà notre *domus hospitale*, l'hôtellerie des invités, annonça-t-il en frappant à une porte qui s'ouvrit sur une petite femme.

— Je vous présente notre *domina*, sœur Scothnat.

Eadulf réalisa que l'abbaye d'Imleach était une *conhospitae*, une « maison double », où vivaient et travaillaient des religieux des deux sexes. Ces établissements mixtes étaient plutôt rares chez les Saxons mais Eadulf n'ignorait pas que, dans les monastères des Bretons et des Irlandais, une telle cohabitation n'était pas inhabituelle.

— Scothnat, voici sœur Fidelma.

Scothnat parut intimidée.

— Je vais vous montrer votre chambre, lady, dit-elle d'une voix un peu essoufflée. Je l'ai fait préparer dès que j'ai été informée de votre venue.

Fidelma posa une main légère sur le bras de la jeune femme. Avec ses frères et sœurs de la foi, elle ne se vantait jamais de son lignage. Ce qui ne l'empêchait pas de le rappeler si cela s'avérait nécessaire au cours de ses enquêtes.

— Appelez-moi Fidelma. Nous suivons tous la même règle, Scothnat.

Puis elle revint à Ségdae et à Eadulf.

— À plus tard pour le service de minuit. *Dominus vobiscum.*

— *Dominus tecum*, répondit Ségdae avec solennité.

Les deux hommes traversèrent la cour et s'engagèrent dans un couloir où ils croisèrent un grand religieux qui s'arrêta pour les saluer.

— Madagan, justement je vous cherchais, dit l'abbé. Voici frère Eadulf. Il n'y a plus de place à l'hôtellerie et j'ai pensé que notre ami saxon pourrait partager votre cellule, qui comporte un lit supplémentaire.

Frère Madagan jaugea Eadulf d'un regard froid et, quand il sourit, ses yeux n'exprimaient aucune chaleur.

— Vous êtes le bienvenu, mon frère, susurra-t-il.

— Parfait, grommela Ségdae d'un air morne. Nous nous retrouverons au service de minuit, frère Eadulf.

Et il disparut, l'air préoccupé.

— Je suis l'intendant de cette abbaye, annonça Madagan sur le ton de la confidence, en faisant signe à Eadulf de le suivre. J'espère que ma modeste chambre vous conviendra.

Il ouvrit une porte qui donnait sur une pièce meublée de deux lits, une chaise et une table où brûlait une bougie éclairant un livre relié de cuir. Tout était parfaitement net. Sur une deuxième table, près de la porte, étaient posés une cuvette, un broc d'eau et des pièces de toile pour se sécher.

Frère Madagan désigna une des deux couches.

— Voici votre matelas, frère... excusez-moi, mais je ne me souviens pas de votre nom saxon, difficile à prononcer pour moi, je le crains.

— Ah-dolf.

— Ce nom a-t-il une signification ?

— Oui. Noble loup.

Frère Madagan se frotta pensivement le menton.

— Comment pourrait-on traduire cela en irlandais ? Peut-être Conrí, le roi des loups ?

Eadulf fit la grimace.

— Les noms sont intraduisibles.

— Sans doute. En tout cas, je vous félicite. Vous parlez admirablement notre langue.

Eadulf s'assit sur son lit et en éprouva le confort.

— J'ai étudié à Durrow et à Tuaim Brecain, précisa-t-il.

Madagan parut surpris.

— Pourtant, vous arborez la tonsure d'un étranger.

— Vous voulez parler de la tonsure de saint Pierre ? Elle est très répandue et a la forme de la couronne d'épines de Notre Sauveur.

— Mais dans les cinq royaumes, ainsi qu'en Bretagne, en Armorique et en Écosse, nous ne l'avons pas adoptée.

— Parce que vous ne suivez pas la règle de Rome.

Frère Madagan pinça les lèvres.

— Vous semblez bien fier de votre tonsure, Noble Loup de chez les Saxons.

— Bien sûr. Sinon, je ne la porterais pas.

— Je comprends. Mais ici, elle semble un peu excentrique.

Eadulf s'apprêtait à répliquer vertement, quand il fut soudain frappé par une pensée qui lui fit oublier sa première intention.

— Vous m'étonnez, car vous avez eu l'occasion de la contempler assez souvent.

Frère Madagan, qui versait de l'eau dans la cuvette pour se laver les mains, reposa la cruche et se tourna vers Eadulf d'un air surpris.

— Vous vous trompez. Je ne me suis jamais beaucoup éloigné d'Imleach et je suis né non loin d'ici, sur les pentes de Cnoc Loinge, plus au sud. On l'appelle la colline du navire, à cause de sa forme.

— Mais si vous n'avez jamais vu la tonsure de saint Pierre auparavant, comment décririez-vous celle de Mochta ?

Frère Madagan battit des cils.

— Que voulez-vous dire ?

Dans son irritation, Eadulf tapa du pied.

— Jusqu'à ce qu'il se laisse repousser les cheveux, frère Mochta arborait la même tonsure que moi. Elle vous est donc familière !

— Frère Noble Loup, je vous jure devant Dieu que frère Mochta portait comme nous tous ici la tonsure de saint Jean, qui consiste à se raser l'avant de la tête et à laisser les cheveux longs à l'arrière. Ainsi, quand nous contemplons le visage d'un moine, cette coiffure nous rappelle la couronne d'épines.

Eadulf tomba assis sur son lit.

— Je suis perdu. Vous affirmez donc que la tonsure de frère Mochta et la mienne étaient différentes ?

— Je suis catégorique, répliqua Madagan.

— Et il n'avait pas commencé à se laisser repousser les cheveux ?

— Quand je l'ai vu hier soir aux vêpres, il était rasé de près.

Eadulf le fixait, la bouche ouverte.

Le moine tué à Cashel, malgré le tatouage de la buse sur le bras gauche et une description concordante, n'était pas frère Mochta d'Imleach. Cela dépassait l'entendement.

CHAPITRE IX

Le lendemain matin, Fidelma, le sourire aux lèvres, considérait son compagnon, assis en face d'elle à la table du réfectoire où ils rompaient le jeûne de la nuit.

— Ce mystère concernant frère Mochta semble beaucoup vous affecter, Eadulf, dit-elle en prenant une miche de pain pour s'en couper une tranche.

Le Saxon ouvrit de grands yeux.

— C'est tout l'effet que ça vous fait ? Cette affaire tient de la sorcellerie… ou du miracle.

— Pensez-vous. Le Romain Tacite ne disait-il pas que l'inexplicable passe souvent pour miraculeux ? Mais une fois percé le secret d'un phénomène inconnu, tout rentre dans l'ordre.

— Vous croyez donc qu'il y a une explication logique à cette diablerie ?

Fidelma lui adressa un regard de reproche.

— Mais oui, comme toujours.

Eadulf releva le menton.

— Pour moi, cette histoire sent le soufre.

— Allons donc ! Nous avons résolu bien des énigmes auparavant et aucune n'a jamais dépassé notre entendement. Rappelez-vous, Eadulf, *vincit qui patitur*.

Eadulf détourna la tête afin de dissimuler son exaspération.

— D'accord, nous vaincrons grâce à la patience, mais accordez-moi que nous n'avons jamais affronté de mystère aussi déconcertant.

Il baissa la voix car frère Madagan approchait.

— Voilà le moine qui a donné l'alarme lors de la disparition de Mochta.

Madagan les aborda avec un sourire.

— Belle matinée, n'est-ce pas ? dit-il en s'asseyant à côté de Fidelma. Je suis Madagan, le *rechtaire* de l'abbaye, et j'ai beaucoup entendu parler de vous, lady.

Fidelma soutint le regard scrutateur de l'homme. Sans parvenir à s'en expliquer la raison, elle éprouva envers lui une irrépressible aversion. Il avait pourtant un physique assez avenant, avec un visage anguleux et émacié, mais ses manières étaient trop amicales. Fidelma se réprimanda pour sa réaction trop impulsive.

— Bien le bonjour, frère Madagan, dit-elle poli ment. Ainsi c'est vous qui avez découvert que les reliques saintes s'étaient volatilisées ?

— Oui.

— Et dans quelles circonstances ?

— Je me suis levé tôt car c'était la fête d'Ailbe et…

— Je connais les détails de la cérémonie, l'interrompit Fidelma.

L'autre cligna des yeux et Fidelma comprit que c'était cela qui la dérangeait. Les paupières du religieux s'abaissaient avec une lenteur inaccoutumée et s'immobilisaient une fraction de seconde avant de reprendre leur place initiale, ce qui lui donnait une ressemblance frappante avec un faucon. Le masque de l'amabilité dissimulait une nature peu accessible à un regard extérieur.

— Vous savez que les préparatifs de la cérémonie sont assez compliqués et…

— Venons-en au fait.

Cette fois-ci, Madagan ne sembla pas perturbé par la brusquerie de la religieuse.

— Je me suis rendu dans la chapelle, reprit-il sans ciller.

— Vous n'étiez pourtant pas chargé de veiller sur les saintes reliques. Pourquoi tant d'empressement ?

De sa voix égale, Fidelma avait posé la question avec une certaine brutalité.

— Cette nuit-là, je devais monter la garde, ce qui implique de faire des rondes régulières dans l'abbaye pour s'assurer que tout va bien.

— Avez-vous remarqué quelque chose d'anormal ?

— Non, jusqu'à ce que j'arrive à la chapelle. Là, j'ai constaté que le reliquaire avait disparu du renfoncement où il est habituellement posé sur un socle.

— Il était quelle heure ?

— Environ une heure avant l'aube.

— Quand ce reliquaire avait-il été vu pour la dernière fois ?

— Aux vêpres, où toute la congrégation était présente, y compris frère Mochta.

Eadulf toussa discrètement avant d'intervenir.

— Que contenait le reliquaire ?

Frère Madagan dessina dans l'air une châsse imaginaire.

— Les reliques de notre bien-aimé Ailbe.

— Mais encore ? Nous savons juste qu'il comprenait ce crucifix rapporté de Rome.

Frère Madagan se renversa sur sa chaise d'un air pensif.

— Eh bien, il y avait aussi son anneau d'évêque, son couteau, un livre de la loi d'Ailbe écrit de sa propre main, ses sandales… sans oublier le calice bien sûr.

— Les gens avaient-ils connaissance de cet inventaire ? Dans de nombreuses églises, les reliquaires sont scellés et nul n'est autorisé à contempler ce qu'ils contiennent.

Les lèvres de frère Madagan s'étirèrent en un bref sourire.

— Noble Loup des Saxons, apprenez qu'en ces lieux le contenu du reliquaire est exposé aux regards de tous au cours de la cérémonie annuelle. Il est transporté de la chapelle à la source, où nous recevons une bénédiction, et de là à la pierre qui marque sa tombe.

— À part le crucifix, les autres objets présentaient-ils un intérêt quelconque ?

— La bague en or vaut une fortune. Elle est sertie d'un *smaragdus*, une curieuse pierre verte extraite des mines d'Égypte, qui dans ce cas précis aurait été taillée par les Chaldéens. Ce bijou était un cadeau de Zosime à Ailbe, tout comme le crucifix en argent, une pièce de joaillerie elle aussi incrustée de *smaragdus*.

— Ah, vous voulez parler d'émeraudes, dit tout à coup Fidelma.

— Donc leur valeur commerciale n'est pas négligeable ? insista Eadulf.

— Oui, mais elle n'est rien comparée à leur portée symbolique, tant pour notre abbaye que pour le royaume de Muman, précisa Madagan.

— J'ai déjà expliqué tout cela à frère Eadulf, intervint Fidelma.

Madagan hocha la tête.

— Alors vous comprendrez, Noble Loup, que de la récupération de ce reliquaire dépend le bien-être de notre royaume. Notre peuple accorde une grande importance aux signes. Dans l'esprit des nôtres, la perte des reliques doit nécessairement entraîner des malheurs qu'ils seront incapables de prévenir.

— Et le calice, quel prix lui accordez-vous ?

— Il est en argent, incrusté de pierres semi-précieuses et inestimable lui aussi, tant sur le plan temporel que spirituel.

— Qui a été informé de ces événements dans l'abbaye ? s'enquit Fidelma.

— Hélas, nous n'avons pas été en mesure de dissimuler notre perte à ceux qui demeurent au monastère, et qui attendaient que nous leur présentions les reliques au cours de la cérémonie. L'abbé a exigé que le secret soit gardé, mais la rumeur ne tardera malheureusement pas à se répandre. Les pèlerins partent ce matin pour la côte et ils ne manqueront pas d'en parler. Et puis il y a ce marchand de Cashel et ses charretiers. Avant longtemps, la nouvelle sera colportée dans tout Muman et même au-delà, dans les autres royaumes d'Éireann. Nous entrons dans une période de turbulences et de grands dangers.

Ils étaient nombreux, songea Fidelma, ceux qui désiraient la chute des Eóghanacht. Donennach des Uí Fidgente le premier, force lui était de le reconnaître. Donennach se consolerait très vite du malheur de ses voisins. Avec la disparition des reliques, le peuple de Muman, démoralisé, refuserait de se défendre et se laisserait glisser vers un destin funeste. Cashel devait s'attendre à des attaques de l'extérieur, et à des complots internes. Le poids de ses responsabilités pesait très lourd sur les épaules de Fidelma. Si elle ne résolvait pas promptement ce mystère, Cashel risquait de s'effondrer.

— Comment avez-vous réagi à la disparition du reliquaire ? demanda-t-elle d'une voix sourde.

— Je me suis rendu sans tarder dans les appartements du père abbé, répondit frère Madagan.

— Pourquoi ?

Madagan la regarda d'un air interdit.

— Comment cela, pourquoi ?

— N'aurait-il pas été plus logique d'aller réveiller frère Mochta, le gardien des reliques ?

— Ah ! Dans ces circonstances, on ne maîtrise pas toujours ses réactions. L'abbé m'a posé la même question. Après le choc que j'avais reçu, je me suis sans réfléchir précipité chez l'abbé. J'avais le sentiment qu'il devait être le premier informé de ce qui se passait.

— Très bien. Poursuivez.

— L'abbé m'a alors suggéré d'aller prévenir frère Mochta. Nous nous sommes rendus dans sa cellule et nous avons constaté qu'il avait disparu, laissant derrière lui un incroyable désordre. Et nous avons relevé des traces de sang dans la pièce.

Brusquement, Fidelma se leva, ce qui surprit les deux hommes.

— Je vous remercie, mon frère. Et maintenant, nous allons nous rendre dans la chambre de frère Mochta afin de l'examiner.

Frère Madagan sauta sur ses pieds.

— L'abbé m'a demandé de vous y amener.

Chemin faisant, il ne cessa de bavarder, narrant des épisodes de l'histoire de l'abbaye et signalant des détails architecturaux. Plus tard, Fidelma et Eadulf tombèrent d'accord pour juger assez pénible cette façon de vouloir les distraire à tout prix.

Une fois sur le seuil de la cellule, Fidelma observa les lieux d'un œil acéré. Elle remarqua des vêtements éparpillés sur le sol, la paillasse déplacée qui laissait apparaître le cadre du lit en bois, un bout de chandelle à moitié consumée gisant par terre dans une flaque de suif près d'un bougeoir, et des effets de toilette personnels dispersés un peu partout. Bizarrement, la table de chevet était restée debout et l'objet posé dessus n'avait pas bougé. Il s'agissait de la partie inférieure d'une flèche. Fidelma reconnut aussitôt l'empennage. Du matériel pour écrire ainsi que des feuilles en vélin avaient été repoussés dans un coin.

Frère Madagan guigna par-dessus l'épaule de la religieuse.

— Regardez, ma sœur, sur le matelas… des taches de sang.

— Je vois, le coupa Fidelma sans faire un seul geste vers l'endroit indiqué par le moine. Dites-moi, je suppose que les cellules de part et d'autre de celle-ci sont habitées ?

— Oui, mais les frères qui les occupent sont partis récolter des plantes dans les champs. L'un est notre apothicaire, également chargé de préparer les morts avant l'inhumation, et l'autre lui sert d'assistant.

— N'ont-ils rien entendu au moment de la disparition de frère Madagan ?

— Non, rien.

Fidelma demeura un instant silencieuse. Puis elle congédia frère Madagan :

— Je ne vous retiendrai pas plus longtemps, je suppose que vous êtes très occupé. Où pouvons-nous vous retrouver quand nous en aurons terminé ?

Frère Madagan s'efforça de dissimuler sa déception.

— Au réfectoire, où nous allons prendre congé des pèlerins.

— À plus tard, donc.

Madagan disparut dans le corridor et Eadulf se tourna vers Fidelma, qui se tenait toujours sur le seuil, perdue dans ses pensées. Il attendit, prenant son mal en patience. Puis Fidelma fit un pas dans la cellule, s'appuya au chambranle de la porte et lui lança :

— Eadulf, prenez ma place et faites-moi part de vos impressions.

Un peu surpris, le Saxon s'exécuta.

— Eh bien… à première vue, Mochta a été enlevé après avoir livré un rude combat.

— À première vue… mais je m'étonne que ses voisins n'aient rien entendu.

Eadulf sursauta.

— Vous pensez que… que tout cela n'est qu'une supercherie ?

— Exactement. Regardez le matelas, les objets et les vêtements jetés dans tous les sens : cela indique que cet homme s'est violemment débattu. D'après nos renseignements, cette lutte aurait eu lieu après les vêpres et une heure environ avant l'aube. Si un tel affrontement s'était vraiment déroulé ici, le bruit aurait réveillé le plus endormi des dormeurs. Or personne n'a rien signalé.

— Cela mérite une petite vérification auprès des deux dormeurs.

Fidelma sourit.

— Vous avez raison. D'après mon mentor, le brehon Morann, « Celui qui ne sait rien ne doute de rien ». Mais continuons tout de même à travailler sur la probabilité raisonnable que les voisins de Mochta n'ont pas été dérangés.

Eadulf fit un geste d'impuissance.

— Frère Mochta aurait-il organisé cette comédie ? Oui, mais dans quel but ?

— Quelqu'un d'autre s'en est peut-être chargé. Difficile de tirer des conclusions pour l'instant. Et n'oublions pas que Mochta portait la tonsure irlandaise et non celle de Rome. On ne change pas de coiffure du jour au lendemain. Et l'aubergiste du Puits d'Ara nous a affirmé que l'homme qu'il a vu avait commencé à se laisser repousser les cheveux.

— Mais alors comment expliquer que la description de frère Mochta et celle du corps de Cashel soient à ce point concordantes ? Même les tatouages correspondent !

Les yeux de Fidelma pétillèrent.

— Nous ne sommes absolument certains que d'une chose, Eadulf : ce que nous ne comprenons pas.

Le moine leva les yeux au ciel.

— Encore un précepte du brehon Morann ?

Mais Fidelma, sourde à son ironie, avait déjà repris son inspection.

— Regardez la position de la paillasse. Elle est maculée de taches de sang dont on jurerait qu'elles ont été mises en évidence. Cela manque de naturel. Quant aux vêtements, pourquoi sont-ils éparpillés dans toute la pièce ?

Eadulf suivait attentivement son raisonnement.

— Et vous n'avez pas remarqué la flèche sur la table de chevet ? ajouta Fidelma.

Eadulf poussa une exclamation de dépit.

Il ne s'était pas arrêté à ce « détail », pourtant d'une extrême importance si on considérait les marques sur l'empennage ; cette flèche était semblable à celles utilisées par l'archer auteur de la tentative d'assassinat. Fidelma en possédait une qui avait été identifiée comme provenant de l'atelier d'un artisan de Cnoc Áine.

— Eh bien, Eadulf, vous en pensez quoi ?

— Que c'est la hampe brisée d'une flèche, maugréa le moine, ou plus exactement la partie inférieure, tombée par accident sur la table.

— Comment cela ? s'exclama Fidelma. Ne voyez-vous pas qu'elle a été placée à cet endroit précis pour que personne ne puisse la manquer ? Si elle s'était cassée au cours d'une bagarre, où est la seconde moitié ?

Eadulf examina le sol et ne trouva rien.

— Qu'est-ce que cela signifie ? murmura-t-il.

— Vous êtes aussi bon juge que moi. Mais enfin, si tout ici a été disposé avec tant de soin… quel message est-elle censée nous communiquer ?

Eadulf croisa les bras.

— Devant ce capharnaüm, nous en déduisons que frère Mochta a été arraché à sa cellule au cours d'une lutte sanglante. Quant à cette flèche… mais oui, on veut nous faire croire qu'elle s'est cassée lorsqu'on l'a plongée dans le corps de Mochta. Ensuite, le meurtrier se serait débarrassé de la moitié inférieure en la jetant sur la table.

Il chercha le regard de Fidelma pour obtenir son approbation.

— Excellent, Eadulf. Maintenant, il ne nous reste plus qu'à découvrir ce qui se cache derrière cette mascarade.

Sur ces mots, Fidelma s'avança enfin dans la pièce qu'elle étudia avec un soin méticuleux. Puis elle prit le bout de flèche qu'elle glissa dans son *marsupium.*

— Tant que nous n'aurons pas découvert de faits nouveaux, nous n'irons pas beaucoup plus loin.

Elle examina les feuilles de vélin et les objets qui les accompagnaient.

— Frère Mochta a une belle écriture. Apparemment, il écrivait une *Vie d'Ailbe.*

Elle lut à haute voix :

— « Il fut rappelé à Dieu dans sa centième année, comme cela est rapporté dans les *Annales d'Imleach* qui commencent en l'an 522 après Notre-Seigneur. »

Elle marqua une pause.

— Il semblerait que le reste ait disparu. Mais voici un autre fragment : « L'histoire de son décès a été déformée par les scribes du Nord, qui refusent de reconnaître que la présence d'Ailbe à Muman a précédé celle de Patrick d'Armagh. »

— Ces écrits sont-ils d'une quelconque importance ? s'enquit Eadulf.

— Peut-être.

Fidelma roula les feuilles de vélin qu'elle glissa dans son *marsupium.*

— Et maintenant, partons. Je pense que cette chambre nous a révélé tous ses secrets.

Elle referma la porte avec la clé que frère Madagan lui avait confiée et ils retournèrent au réfectoire. Devant l'entrée s'étaient rassemblés plus d'une dizaine de religieux et de religieuses, un balluchon posé à leurs pieds. Ils étaient revêtus de longs manteaux et s'appuyaient à un bâton. L'abbé Ségdae se tenait face à eux, la main droite levée, pouce et annulaire baissés, car les prêtres irlandais symbolisaient la sainte Trinité avec l'auriculaire, le majeur et l'index.

Il prononça sa bénédiction en grec, la langue des Évangiles.

Puis les pèlerins saisirent leur balluchon et se dirigèrent deux par deux vers les portes de l'abbaye en entonnant un chant joyeux :

Cantemus in omni die
concinnantes uarie,
conclamantes Deo dignum
hymnum sanctae Mariae

— Mêlons chaque jour nos voix en diverses harmonies, clamant vers Dieu un hymne digne de Marie, traduisit Eadulf à mi-voix.

La colonne de pèlerins s'éloigna et leurs voix s'éteignirent, arrêtées par les murailles encerclant le monastère.

C'est alors qu'un homme s'approcha de Fidelma et de son compagnon. Il était de taille moyenne, solidement charpenté, avec une épaisse chevelure grisonnante qui avait été brune. Il portait un pourpoint de cuir sur ses vêtements de travail et une dague à la ceinture. Son visage rougeaud et empâté laissait entrevoir qu'il avait dû être assez beau au temps de sa jeunesse. Son air satisfait, ses manières ostentatoires, les bijoux qu'il arborait et qui juraient avec sa tenue trahissaient une personne à la fortune acquise de fraîche date. Fidelma s'efforça de garder son sérieux. Elle avait eu la vision de ce prétentieux personnage portant autour du cou un écriteau où était écrit « *Lucri bonus est odor* » – l'argent dégage un doux parfum. Une maxime tirée des *Satires* de Juvénal, maintenant ça lui revenait, et que cet homme aurait certainement trouvée à son goût.

— Êtes-vous lady Fidelma ? demanda-t-il en fixant sur la religieuse des yeux vifs et brillants.

Elle inclina légèrement la tête.

— Je suis bien Fidelma de Cashel.

— On m'a rapporté que vous vouliez me parler. Je suis Samradán.

Leurs regards se croisèrent et ce fut le marchand qui le premier détourna ses prunelles bleu pâle.

— Si je puis vous être d'une quelconque utilité... déclara Samradán en se balançant d'un pied sur l'autre.

Fidelma lui adressa un sourire désarmant.

— Vous connaissez frère Mochta ?

— Le moine qui a disparu ? On ne parle que de ça. Non, je ne le connaissais pas. Je mène mes transactions avec frère Madagan, l'intendant de cette abbaye, et bien sûr avec l'abbé. Autant que je me souvienne, je ne pense pas avoir jamais rencontré frère Mochta.

— Vous disposez d'un entrepôt à Cashel ?

Le marchand acquiesça d'un air méfiant.

— Près de la place du marché, lady. Et ma maison est également située en ville.

— Depuis le toit de ce hangar, une tentative d'assassinat contre mon frère le roi et le prince des Uí Fidgente a été lancée.

Samradán pâlit.

— Je suis à Imleach depuis plusieurs jours et j'ignorais tout de ces événements. De plus, n'importe qui peut grimper sur le toit de cette réserve, qui est plat et facilement accessible.

— Mais je ne vous accuse pas, Samradán. J'ai simplement pensé qu'il valait mieux que vous soyez informé de ce drame.

L'homme s'empressa d'approuver :

— Bien sûr, c'est tout naturel.

— Faites-vous du commerce avec les gens de Cnoc Áine ?

— Non, seulement avec l'abbaye.

— Vous m'étonnez. Ou alors vous pratiquez un négoce intensif avec l'abbaye car vous y venez souvent et y restez longtemps.

Samradán parut désarçonné.

— Je suis également en relation avec plusieurs monastères : Lios Mhór, vers le sud, Cill Dalua, plus au nord, et même Armagh. Remonter aussi haut a été une expédition plutôt pénible que j'ai accomplie par deux fois au cours des deux derniers mois.

— Vous faites du troc ?

— Oui, nous échangeons du blé et de l'orge contre de la laine. Autour de Cill Dalua, on trouve de très habiles tanneurs et tailleurs de cuir. Nous achetons des vêtements, des gourdes, des chaussures et d'autres objets que nous écoulons dans le Sud.

— Très intéressant. Échangez-vous aussi des outils ?

— Non, transporter des objets lourds est trop fatigant pour les chevaux, cela alourdit les chariots et ralentit notre marche. Sans compter que les bons forgerons ne manquent pas dans le pays.

— Maintenant, j'y pense… ne trouve-t-on pas des mines d'argent plus au sud ? et aussi des artisans spécialisés dans le travail des métaux précieux ?

— Cela ne m'intéresse pas davantage car ce domaine m'est étranger et je préfère m'en tenir à ce que je connais. La réussite s'appuie sur l'expérience, qui exige qu'on lui consacre beaucoup de temps.

— Voilà des paroles sages, dit Fidelma d'un ton léger, car une bonne idée peut se révéler néfaste si elle n'est pas étayée par l'usage. Vous ne résidez pas à Cashel depuis très longtemps, je crois ?

— Trois ans.

— Et avant cela, où habitiez-vous ?

Le regard du marchand vacilla.

— Je vivais dans les terres des Corco Baiscinn.

— D'où êtes-vous originaire ?

Samradán releva le menton d'un air de défi.
— Exactement.
Fidelma tomba alors dans un profond silence et le marchand, mal à l'aise, finit par s'éclaircir la voix pour attirer son attention.
— Je peux m'en aller ?
Fidelma sourit, comme si cela allait de soi.
— Mais bien sûr. Quand vous rentrerez à Cashel, il est possible que l'on vous pose quelques questions ayant trait aux terribles épreuves que nous venons de traverser. Les brehons souhaitent vous entendre en tant que témoin.
Samradán ouvrit de grands yeux.
— Mais pourquoi m'interrogerait-on ?
— Pour la raison que les assassins ont utilisé votre remise. Une simple formalité.
L'embarras du marchand s'accentua.
— Je ne pensais pas retourner à Cashel avant plusieurs jours, lady, grommela-t-il. Il faut d'abord que je me rende dans le pays des Arada Cliach. Je pars tôt demain matin.
— Bon voyage.
Fidelma le planta là et rejoignit Eadulf.
— Alors ? Racontez-moi, dit le Saxon quand ils se furent suffisamment éloignés.
— Mais il n'y a rien à raconter. Je voulais simplement voir ce Samradán d'un peu plus près.
— Et vous êtes maintenant rassurée ? Je suppose qu'il ne s'agit que d'un commerçant inoffensif ?
— C'est plus compliqué que cela.
Cette réponse énigmatique excita la curiosité du moine et Fidelma, qui le surveillait du coin de l'œil, poursuivit :
— Samradán n'est peut-être qu'un honnête commerçant, mais il appartient tout de même aux Corco Baiscinn.
— Qui sont-ils ?

— Un peuple soumis à la souveraineté des Uí Fidgente, et qui descendrait lui aussi de Cas.

— Ce Samradán participerait-il à une conspiration ?

— Il ne m'inspire aucune confiance, mais s'il fait partie d'un complot, cela m'étonnerait que ce soit à l'instigation des Uí Fidgente. Il a reconnu trop facilement ses origines.

C'est alors qu'ils tombèrent sur frère Madagan en grande discussion avec l'abbé devant les portes du monastère qui étaient ouvertes.

— Avez-vous découvert des éléments intéressants ? demanda aussitôt Ségdae.

— Mes investigations sont trop récentes pour que je puisse en tirer un quelconque enseignement, dit Fidelma en tendant la clé de la cellule de frère Mochta à Madagan. Dès que j'aurai acquis quelque certitude, je ne manquerai pas de vous en faire part.

— Pardonnez-moi, mais j'espérais un miracle ! gémit l'abbé. Enfin, nous avons tout de même récupéré le crucifix d'Ailbe.

Fidelma posa une main rassurante sur le bras de son vieil ami. Elle regrettait de ne pouvoir le réconforter, lui qui avait toujours fidèlement soutenu sa famille.

Ne vous tourmentez point. Je vous promets que nous résoudrons cette énigme.

— Puis-je retourner à mes occupations ? s'enquit Madagan. Naturellement, si je puis vous être d'une quelconque utilité…

— Pas pour l'instant, je vous remercie. Avec frère Eadulf, nous allons nous rendre en ville et ne serons pas de retour avant un moment.

Elle hésita.

— Maintenant que j'y pense… vous avez mentionné que les cellules adjacentes à celle de Mochta étaient occupées.

Frère Madagan tourna la tête.

— Vous avez de la chance, car voilà justement les frères dont je vous ai parlé qui passent les portes.

Fidelma et Eadulf virent l'apothicaire et son assistant qui poussait une brouette pleine d'herbes et de plantes. À l'évidence, ils revenaient de leur cueillette.

La religieuse se dirigea vers eux, Eadulf sur les talons.

— Si on considère que vous avez déjà tiré certaines conclusions de votre enquête, n'aurait-il pas été charitable d'en informer l'abbé ? objecta Eadulf.

Fidelma haussa les sourcils.

— De quelles conclusions voulez-vous parler ?

— N'êtes-vous pas convaincue que frère Mochta a mis en scène son enlèvement pour tromper son entourage ?

Fidelma le toisa d'un air furibond.

— Ce que nous avons découvert doit rester entre nous. Dévoiler ce que nous savons ne servirait qu'à pousser les conspirateurs à recouvrir leurs traces. Pas un mot sur tout cela pour l'instant.

Puis elle héla les deux moines.

— Bonjour, mes frères, je suis Fidelma de Cashel.

Ils reçurent cette déclaration sans sourciller, car la nouvelle de sa venue s'était rapidement répandue.

— On m'a dit que vous dormiez dans les cellules jouxtant celle de Mochta.

Le plus jeune des deux religieux, un adolescent au teint lumineux et aux cheveux blonds, n'avait pas dépassé de beaucoup l'âge du choix. Son compagnon n'était guère plus vieux. Les deux garçons échangèrent des regards craintifs.

— Vous avez des nouvelles de frère Mochta ? demanda le premier. Dans l'abbaye, on ne parle plus que de sa disparition et de celle des reliques.

— Malheureusement, nous en sommes au même point que vous, frère… ?

— Daig, et voici frère Bardán, notre apothicaire, qui prépare aussi les cadavres avant l'inhumation.

Le jeune homme avait fait cette présentation d'un air de fierté naïve, comme si son compagnon était à ses yeux bien plus haut placé que lui-même.

— Au monastère, tout le monde a été averti de votre présence, lady, poursuivit-il.

— Ma sœur, le corrigea gentiment Fidelma.

— Comment pouvons-nous vous aider ? demanda l'autre.

— Vous savez que frère Mochta a disparu de sa cellule après les vêpres et avant l'aube le jour de la Saint-Ailbe ?

— Bien sûr.

Il sembla à Fidelma que ce Bardán la scrutait d'un air suspicieux. C'était un jeune homme au teint basané, avec des cheveux noirs aux reflets bleutés. Ses yeux sombres et mobiles trahissaient la méfiance, comme s'il était entouré d'ennemis. Bien que rasé de près, une ombre de barbe obscurcissait ses joues.

— La nuit du drame, vous dormiez dans votre chambre ?

— Oui, ma sœur.

— Et vous n'avez rien entendu ?

— J'ai un sommeil très profond.

— Moi, j'ai été dérangé, intervint frère Daig.

Surprise, Fidelma se tourna vers lui, non sans avoir remarqué le froncement de sourcils de Bardán, qui ouvrit la bouche et la referma. Fidelma comprit qu'il avait failli réprimander l'adolescent avant de se reprendre.

— Et vous avez rapporté ce dérangement ? insista Fidelma.

— Non, car il s'agissait d'une observation sans grande importance. J'ai le sommeil léger et je me rappelle avoir été réveillé par une porte qui claquait. Aucun moine ne referme ainsi sa porte.

— Et alors ?

— Ben rien. Je me suis rendormi.

Fidelma était déçue.

— Avez-vous identifié la porte en question ?

— Non… mais d'après ce qu'on m'a dit, il y aurait eu une bagarre dans la chambre de Mochta, ce qui me paraît peu vraisemblable.

— Pourquoi donc ?

— Parce que cela m'aurait réveillé.

Frère Bardán eut un sourire sceptique.

— Allons, Daig… à notre âge, on dort même quand souffle la tempête. Comment peux-tu affirmer une chose pareille ? D'après ce qu'on nous a raconté, tout concorde à prouver le contraire.

— Si des hommes s'étaient battus dans la cellule voisine, je t'assure que je m'en serais rendu compte, répliqua Daig avec indignation.

— Eh bien, pas moi.

Fidelma les remercia et s'éclipsa, suivie par Eadulf. Alors qu'ils traversaient la place devant le monastère, elle jeta un coup d'œil derrière elle et fut intriguée de voir frère Bardán qui se disputait avec le jeune moine. Il semblait en colère contre son ami.

— Cette rencontre a-t-elle fait avancer vos affaires ? demanda Eadulf, qui n'avait rien remarqué. Ce témoignage conforte-t-il votre opinion selon laquelle il n'y a pas eu d'affrontement dans la cellule de frère Mochta ?

Fidelma rattrapa son compagnon.

— Mais où cela nous mène-t-il ? lui dit-elle en passant devant le grand if au milieu de la place.

— Comment cela ?

— Si nous étions certains que c'est frère Mochta qui a été tué à Cashel, nous serions sur la bonne voie. Mais d'après Madagan, et bien que tous les autres détails coïncident, la tonsure interdit toute identification entre les deux hommes.

Eadulf ouvrit les mains en un geste d'impuissance.

— Je sais. Et, en l'occurrence, je ne vois pas comment accorder saint Jean et saint Pierre. Frère Mochta a été vu avec la tonsure du premier il y a quarante-huit heures, et il y a vingt-quatre heures, à Cashel avec la tonsure du second, mais qui commençait à repousser sur son crâne depuis quelques semaines.

— Vous avez négligé un point.

— Ah bon ? Lequel ?

— Aona a vu ce même homme il y a une semaine au Puits d'Ara, or Ségdae nous a affirmé que Mochta ne quittait pratiquement jamais l'abbaye. D'où la quasi-certitude que le corps de l'homme de Cashel n'est pas celui de Mochta.

Eadulf poussa un profond soupir.

— Comprenez-vous maintenant, poursuivit Fidelma, l'inutilité de faire part à Ségdae de nos soupçons ? Tant que nous n'aurons pas de réponses à nos questions, mieux vaut rester vigilants tout en gardant nos conclusions pour nous.

Eadulf acquiesça d'un air contrit.

Ils arrivaient maintenant aux premières maisons, granges et divers bâtiments qui constituaient la ville d'Imleach. Au cours du siècle précédent, elle avait prospéré à l'ombre de l'abbaye et de sa cathédrale. Auparavant, cet endroit servait de point de rassemblement, autour de l'arbre sacré des Eóghanacht. Là, les rois venaient prêter serment avant de s'installer sur le trône. Le monastère avait attiré des commerçants, des architectes et des artisans, formant une communauté de plusieurs centaines de personnes qui s'était installée en face des murs du monastère.

Fidelma s'arrêta.

— Et maintenant, qu'est-ce qu'on fait ? demanda Eadulf.

— On cherche un forgeron, ça tombe sous le sens, répliqua Fidelma d'un ton peu amène.

CHAPITRE X

Ils n'eurent pas besoin de demander leur chemin car un ronflement sourd accompagnant le tintement d'un marteau battant le fer les mena jusqu'à la forge, constituée de grosses pierres plates. Dans l'une d'elles, qui était percée, on avait introduit un tuyau relié aux soufflets.

L'haleine brûlante était produite par une pompe à air de quatre chambres au lieu de deux. C'était la première fois qu'Eadulf voyait des soufflets aussi énormes. On lui avait raconté que ce système, s'il était plus difficile à mettre en œuvre, produisait une chaleur plus constante. Le forgeron, qui transpirait à grosses gouttes, était assisté par un solide gaillard dont le travail consistait à actionner deux planches reliées aux extrémités des soufflets. Il marchait sur place, pesant alternativement sur chaque pied, et plus il accélérait la manœuvre, plus les charbons s'embrasaient.

Le forgeron, torse nu, était un homme musclé et bien bâti d'une trentaine d'années, qui portait un pantalon de cuir et un tablier en daim pour se protéger des étincelles. Il se saisit d'une verge de fer avec la *tenn-chair*, la paire de pinces, puis de l'autre main il brandit son marteau, se tourna vers une grande enclume et frappa le fer avant de le plonger dans une auge pleine d'eau, la *telchuma*.

En les voyant approcher, le forgeron se redressa et cracha dans les braises ardentes où sa salive s'évapora avec un bref sifflement.

— Suibne, du charbon de bois ! ordonna-t-il à son assistant sans les quitter des yeux.

Le garçon sauta sur le sol et disparut dans une cabane tandis que l'autre s'essuyait le front du revers de la main.

— Que puis-je faire pour vous ? demanda-t-il en les scrutant avec attention. Et qui demandez-vous ? Le forgeron ou le *bó-aire* de cette communauté ?

Le *bó-aire* était un magistrat local, un chef sans terre dont la richesse était estimée en fonction du nombre de vaches qu'il possédait, d'où son nom de « chef des vaches ». Les petites communautés comme cette ville étaient souvent dirigées par un *bó-aire,* qui prêtait allégeance à un chef plus important que lui.

— Je suis Fidelma de Cashel, dit la jeune femme. Comment vous appelez-vous ?

Elle s'était présentée de manière officielle car le forgeron tenait son rang dans la hiérarchie judiciaire. Aussitôt, il se redressa. Qui ne connaissait pas de nom la sœur du roi ? Lui-même était placé sous l'autorité du propre cousin de Fidelma, Finguine de Cnoc Áine.

— Je m'appelle Nion, lady.

De son *marsupium,* Fidelma sortit le trait de l'assassin et celui qui était brisé.

— Que pensez-vous de ces flèches, Nion ?

Après s'être essuyé les mains à son tablier, le forgeron les examina avec attention.

— Il m'arrive de fabriquer des pointes de flèches. Celles-ci sont de bonne facture. Regardez cette tête en bronze, eh bien, vous remarquerez que la *cro*…

— La quoi ? demanda Eadulf en se penchant.

— La cavité où s'insère la tige en bois… la tête y est fixée par un petit rivet de métal. Voilà de la belle ouvrage, particulièrement soignée.

— Et où pensez-vous qu'elles ont été confectionnées ?

— Vous voyez l'empennage ? Il porte la marque d'un artisan de Cnoc Áine, comme vous n'avez pas manqué de le remarquer, lady.

Fidelma esquissa un sourire.

— Et seriez-vous capable de mettre un nom sur cet artisan, Nion ?

L'autre éclata de rire.

— Mon voisin, dans l'atelier de charpentier à quelques pas d'ici, a fabriqué les hampes et les empennages pendant que moi je m'occupais de forger les pointes et de les assujettir. Cette flèche appartient à une série que j'ai fabriquée il y a une semaine. Je reconnais bien le travail du métal. Pourquoi me demandez-vous cela ?

Son assistant revint vider un sac de charbon sur la fournaise qu'il tisonna avec un bâton.

— J'aimerais en connaître un peu plus sur l'homme à qui vous avez vendu ces flèches.

L'autre plissa les paupières d'un air méfiant.

— Pourquoi donc ?

— Au cas où vous l'auriez oublié, je suis un *dálaigh,* Nion, et vous le magistrat de cette ville.

Nion haussa les épaules.

— Je n'ai rien à cacher. De *bó-aire* à *dálaigh*, lady, je ne connais pas cet homme, que j'ai surnommé le *Saigteóir* parce qu'il avait tout d'un archer professionnel. Il m'a rendu visite il y a plus d'une semaine et m'a commandé deux douzaines de flèches qu'il est passé prendre quelques jours plus tard. Il m'a payé un bon prix et voilà. Je n'en sais pas plus.

— Il faut parfois fouiller dans ses souvenirs pour qu'ils remontent à la conscience. Dépeignez-le-moi.

Nion hésita un instant puis décrivit l'archer exécuté par Gionga. L'identification ne faisait aucun doute : le portrait correspondait trait pour trait.

— Comment s'exprimait-il ? Avait-il un accent ?

Le forgeron se frotta le menton puis ses yeux s'éclairèrent.

— Il avait un parler rude, comme les guerriers, mais il n'appartenait pas à leur caste, hein, il n'était sûrement pas né dans l'élite formée à l'art de la lutte.

— Vous ne lui avez pas demandé ce qu'il faisait ici ? intervint Eadulf.

— Non. Je préfère ignorer à quoi servent les armes d'un soldat.

— Je comprends, reprit Fidelma. Et il ne vous a pas spontanément fait de confidences ?

Le forgeron secoua la tête.

— Il était seul ?

— Oui.

— Vous en êtes certain ? Montait-il un cheval ?

— Oui, une jument baie. Je m'en souviens bien parce qu'un caillou s'était glissé dans un de ses fers arrière qui s'était à moitié détaché et j'ai dû arranger ça.

— Continuez.

Fidelma savait qu'un forgeron était bien placé pour reconnaître les différents styles de fers. Parfois, il parvenait même à situer celui qui avait effectué le travail.

— Ce cheval avait été ferré dans le Nord, expliqua aussitôt Nion. Plus exactement dans le clan Brasil. J'ajouterai que cette bête n'était plus toute jeune et qu'elle avait connu les champs de bataille. Mais ce n'était pas le genre de coursier que monte un guerrier d'un certain rang.

— C'est tout ?

— Ben oui, pourquoi voulez-vous que je me sois attaché à épier ce cavalier et sa monture ?

— Vous êtes le *bó-aire*, fit remarquer Fidelma. Il vous incombe d'observer ce qui se passe sur votre territoire. Ces flèches que vous avez vendues à l'archer ont été utilisées pour une tentative d'assassinat sur la personne du roi de Cashel, mon frère, et sur celle du prince des Uí Fidgente. En aviez-vous été informé ?

Nion la dévisagea, muet de stupeur. À l'évidence, il tombait des nues.

— Je n'ai rien à voir dans cette affaire, lady, dit-il d'une voix altérée. Moi, je me suis contenté de fabriquer ces flèches et de les vendre à un inconnu…

Fidelma leva la main pour le tranquilliser.

— Je voulais simplement souligner l'importance d'observations apparemment anodines mais qui peuvent servir votre fonction de magistrat d'Imleach. Et maintenant, êtes-vous certain de ne pas avoir oublié quelque détail ?

Nion porta la main à son front, fit de son mieux pour se concentrer et secoua la tête d'un air désolé.

— Je regrette, mais rien ne me revient, lady. Cependant, même si cet homme n'habitait point ici, il a forcément logé quelque part. Le temps que sa commande soit prête.

— Vous pensez à une auberge ?

— S'il n'a pas demandé l'hospitalité à l'abbaye, il s'est sûrement adressé à Cred, qui tient une taverne dans la rue qui commence à l'autre extrémité de la place. Cet endroit a mauvaise réputation et je ne lui ai pas accordé de licence, suivant en cela les recommandations de l'abbé qui souhaitait qu'il ferme. Mais par ici, c'est le seul établissement de ce genre. Si vous n'y retrouvez pas la trace de l'archer, il me sera impossible de vous aider davantage.

Fidelma remercia l'homme d'un sourire. Les mains sur les hanches, il regarda les deux religieux s'éloigner d'un air contrarié.

— Si cet archer avait fait ferrer son cheval par un forgeron du clan Brasil, peut-être connaissait-il frère

Mochta ? dit Eadulf. L'abbé n'a-t-il pas signalé qu'il venait du même clan ?

— Bien vu, murmura Fidelma. Sauf qu'on nous a également précisé que l'archer n'avait pas l'accent typique de ces terres du Nord.

Elle réfléchit un instant.

— Cela vaudrait quand même la peine de tenter d'établir une relation entre l'archer et Mochta, à condition que nous éclaircissions le mystère de la tonsure du gardien des reliques.

Ils avaient suivi la rue principale et rejoint l'autre bout de la ville. Fidelma s'arrêta devant un ensemble de petits bâtiments, situés à l'écart des autres.

— Cela ressemble fort à la taverne de Cred.

Elle se retourna.

— Elle est suffisamment isolée pour que l'archer y ait séjourné sans que le forgeron en soit informé.

— Soupçonneriez-vous le *bó-aire* d'avoir menti ?

— Pas vraiment. Mais je vérifie toujours les faits, dans la mesure du possible. Allons parler avec cette Cred qui suscite tant de désapprobation dans cette communauté.

Eadulf la retint pour lui montrer l'enseigne, qui représentait un forgeron musclé abattant un marteau sur une enclume.

— Croyez-vous qu'il s'agisse d'une coïncidence ?

Fidelma sourit.

— Creidne Cred était l'artisan divin des anciens dieux d'Irlande qui travaillaient le bronze, le cuivre et l'or. Au cours de la guerre entre les dieux païens et leurs ennemis, il fabriquait les fourreaux d'épées, les rivets pour les lances, les poignées et les montures des boucliers.

— Encore une chose. L'abbé et le *bó-aire* ont tous deux signalé que cet endroit n'avait pas obtenu de licence. Qu'est-ce que cela signifie ?

— Même si une taverne n'a pas obtenu de licence, l'aubergiste est néanmoins autorisé à brasser sa propre bière, auquel cas elle est désignée sous le nom de *dligtech*.

— Mais en tant qu'officier de la justice locale, le *bó-aire* peut fermer cette auberge quand il veut ?

— Non, car elle n'est pas pour autant considérée comme contraire à la loi, qui se contente de l'ignorer. Mais une personne se rendant dans un tel établissement doit être avertie que si une bagarre éclate, elle ne pourra pas faire appel à la justice.

— Comment cela ?

— Avant d'obtenir sa licence, un aubergiste doit passer plusieurs examens rigoureux authentifiant la qualité de sa bière. S'il s'avère par la suite qu'elle est de piètre qualité, on peut le poursuivre devant un tribunal. Dans une maison illégale, nul n'est habilité à demander réparation s'il estime qu'on l'a grugé. Et maintenant, allons trouver cette Cred.

Ils pénétrèrent dans la taverne qui était déserte. Seuls deux hommes barbus aux vêtements grossiers de paysans buvaient de la bière dans un coin. Ils jetèrent un coup d'œil indifférent à Fidelma et à Eadulf et poursuivirent leur conversation à mi-voix.

Le rideau dissimulant une baie de porte bougea, et, une femme d'amples proportions apparut. L'aubergiste avait connu des jours meilleurs. Sa figure s'éclaira d'un sourire de façade puis s'allongea quand elle vit les deux religieux.

— Ne pensez-vous pas que l'abbaye serait un endroit plus approprié pour recevoir des hôtes tels que vous ? lança-t-elle avec une franchise désarmante. Les gens pieux et bien éduqués n'apprécient guère la rusticité de mon établissement.

Un des deux hommes émit un rire enroué.

— Nous ne vous demandons pas l'hospitalité, répondit Eadulf d'un ton sévère, nous aimerions juste vous poser quelques questions.

La femme renifla avec insolence et croisa ses bras flasques sur sa généreuse poitrine.

— Qu'aurais-je donc à vous apprendre ?

— Nous allons bientôt le savoir.

— Par les temps qui courent, les informations sont rarement gratuites, surtout pour des étrangers, dit la femme en entendant l'accent d'Eadulf.

Et sur ces propos peu amènes, elle examina le moine saxon de la tête aux pieds, comme si elle spéculait sur l'état de ses finances.

— Qu'à cela ne tienne, vous vous confierez à moi, intervint Fidelma d'une voix douce.

La femme tourna vivement la tête et les deux clients s'arrêtèrent de parler pour étudier les nouveaux venus avec une curiosité non dissimulée.

— Si je veux, car je ne suis obligée à rien ! s'exclama l'aubergiste.

— Pas sûr, dit Fidelma avec un grand sourire. Dissimuler des informations à un *dálaigh* est une affaire sérieuse.

Les yeux de chat de la femme lancèrent des éclairs et elle fit la moue. Les clients, embarrassés, tentèrent de renouer le fil de leur conversation mais la tension était palpable.

— Et où est le *dálaigh* qui exige mon témoignage ?

— Vous l'avez en face de vous. Je suppose que vous êtes Cred, la propriétaire d'une auberge sans licence ?

La femme s'empourpra et décroisa les bras. La perplexité se lisait sur son visage. Visiblement, elle avait du mal à ajouter foi aux propos de son interlocutrice.

— Je suis bien Cred, tenancière d'une taverne respectable, avec ou sans licence.

— Les relations que vous entretenez avec votre *bóaire* ne regardent que vous. En attendant, vous allez répondre à mes questions. Il y a une semaine environ, un homme est arrivé dans cette ville. Il avait tout d'un archer professionnel, chevauchait une jument baie avec un fer abîmé et s'est rendu à la forge pour le faire réparer.

Les deux clients avaient écouté sa déclaration avec attention. Tout en surveillant les réactions de son hôtesse, Fidelma vit du coin de l'œil un troisième homme pénétrer dans la taverne et s'arrêter au milieu de la pièce.

Cred continuait de défier la visiteuse du regard.

— Qu'est-ce qui me prouve que vous êtes un *dálaigh* ? s'écria-t-elle. Je n'ai pas à m'incliner devant n'importe quelle inconnue, religieuse ou pas.

Fidelma porta la main à son cou et tira sur une chaîne en or à laquelle était accrochée une croix d'une facture aisément reconnaissable : son symbolisme était célèbre dans tout Muman. L'ordre du Collier d'or, une fraternité nobiliaire, était né dans l'élite de la garde des rois de Cashel. Colgú y avait fait entrer sa sœur pour services rendus au royaume. Cred écarquilla les yeux.

— Qui êtes-vous ? demanda-t-elle d'une voix faible.

— Je suis…

— Fidelma de Cashel ! dit le troisième homme dans un souffle.

Cred ouvrit la bouche et la referma.

Fidelma se tourna vers le nouveau venu. Comme les deux clients, il était vêtu de vêtements grossiers et, à son teint basané, on devinait qu'il travaillait en plein air.

— Moi aussi, je viens de Cashel, lady. Je me suis placé au service de…

Fidelma le devança.

— Samradán le marchand ? Vous et vos compagnons êtes ses trois charretiers ?

L'homme hocha la tête avec empressement.

— C'est cela même, lady.

Et il ajouta à l'adresse de l'hôtesse :

— Fidelma de Cashel n'est pas seulement un *dálaigh*, mais aussi la sœur du roi.

Cred s'inclina à regret.

— Excusez-moi, lady. Je pensais...

— Vous pensiez que vous alliez m'aider en satisfaisant ma requête, la coupa Fidelma avec un signe de tête indiquant à l'homme qu'il pouvait disposer.

Il rejoignit ses compagnons et s'entretint avec eux à voix basse. Tous trois jetaient de temps à autre des regards furtifs en direction de la jeune femme.

— Euh... oui. On l'appelait le *Saigteóir*. Il a passé deux ou trois nuits ici il y a une semaine de cela. Un homme grand, aux cheveux blonds, qui parlait avec un accent rocailleux et décourageait la conversation. Sa seule arme était un arc de belle taille.

— Avez-vous remarqué autre chose ?

— Non. Ce n'était pas le genre à vous faire des confidences et ses exigences étaient aussi limitées que ses paroles.

— Donc il a eu affaire au forgeron ?

— Oui, à cause de ce fer qui gênait sa jument. Je crois qu'il lui a aussi acheté des flèches. Quand il est arrivé, il ne lui en restait presque plus et il est reparti avec un plein carquois.

— Vous avez un œil exercé, Cred.

— Bien obligée, lady. Il y a des clients qui ne se gênent pas pour partir sans payer.

— Il s'est acquitté de son dû sans protester ?

— Oui, et il avait les moyens. Sa bourse était pleine de pièces d'or et d'argent.

— A-t-il effectué des visites ? Par exemple à l'abbaye ? demanda Eadulf.

La femme émit un grognement saccadé qu'on avait du mal à identifier comme un rire.

— Ce n'était pas le genre à hanter les abbayes et les églises. Non, l'ombre de la mort planait sur lui.

— Souffrait-il de quelque maladie ? s'enquit Eadulf.

Cred le toisa comme s'il était simple d'esprit, puis daigna lui expliquer sa pensée.

— Certains vont se battre parce qu'ils n'ont pas le choix. D'autres découvrent qu'ils ont des affinités avec la mort et la destruction, alors ils écument le pays à la recherche de personnes intéressées par leurs talents de guerriers. Seul les intéresse l'argent qu'on leur donnera pour exercer l'unique occupation qui les excite – semer la ruine partout où ils passent. Le *Saigteóir* appartenait à cette espèce-là. Son visage arborait la pâleur de la mort qu'il incarnait. Il était dépourvu de sentiments.

À leur grand étonnement, la grosse aubergiste fit une génuflexion.

— Chez ces hommes-là, l'âme s'est éteinte, ils suivent la trace du sang et des carnages, et ils attendent leur heure.

— Mais s'il ne s'est pas rendu à l'abbaye… dans cette petite ville, on a sûrement repéré ses allées et venues.

— Il n'a pas passé beaucoup de temps ici.

— Vous semblez bien sûre de vous, fit observer Fidelma.

— Oui, pour la bonne raison qu'après avoir dîné et dormi, il se levait à l'aube et ne revenait pas avant le soir. Un de mes voisins l'a vu chevaucher dans les collines au sud, après qu'il eut fait réparer le fer de sa jument.

— Se rendait-il dans une ferme ? dans une autre taverne ?

— Non, il n'y a rien par là-bas. Peut-être allait-il chasser ?

— Et il ne vous a rien raconté de particulier ?

— Non, et personne n'aurait osé l'interroger.

Fidelma poussa un profond soupir de frustration.

— Je vous suis très obligée, Cred.

— A-t-il enfreint la loi ? demanda la femme, dont Fidelma avait éveillé la curiosité.

La religieuse la fixa un instant.

— Il a atteint le but dont vous aviez le pressentiment, dit-elle enfin d'une voix douce.

L'aubergiste parut perplexe.

— Il a rencontré la mort qu'il recherchait avec tant d'ardeur, murmura Eadulf.

Fidelma se tourna vers les trois charretiers, qui essayaient de se donner une contenance.

— Je vous souhaite un bon voyage sur la route qui mène au pays des Arada Cliach.

L'homme qui l'avait identifiée fronça les sourcils.

— Qu'est-ce qui vous fait croire que nous allons là-bas ?

— Samradán me l'a dit.

Les trois hommes se jetèrent des regards anxieux et leur porte-parole se força à sourire.

— C'est exact, lady. Nous vous souhaitons un excellent voyage à vous aussi.

Les deux religieux quittèrent l'auberge du « forgeron des dieux » et reprirent à pas lents le chemin de l'abbaye.

— Eh bien, grommela Eadulf, nous n'avons pas appris grand-chose sur cet archer.

Fidelma l'attrapa par la manche et l'entraîna dans le renfoncement d'une grange, à l'écart de la route.

— Que vous croyez… Attendons ici un instant.

Eadulf semblait tellement désarçonné par son comportement qu'elle eut pitié de lui.

— Nous savons maintenant qu'il était archer professionnel qui n'appartenait pas à la caste des guerriers. Donc il n'était pas noble. Son cheval, une jument baie, avait été ferré dans les terres du clan Brasil. Des artisans d'ici lui avaient fabriqué ses flèches, il ne manquait pas d'argent, et il aimait se promener dans les collines au sud.

— Cela ne nous avance guère.

— Mais enfin, Eadulf, deux de ces éléments soulèvent des problèmes que nous devons résoudre au plus vite ! Lesquels ?

— Trouver l'endroit où il s'est rendu ?

— Et ?

Le moine se frappa la tête du plat de la main.

— Sa jument baie ! Quand il a été tué, il n'avait pas de cheval.

Fidelma sourit.

— Vous êtes la personne la plus illogique que je connaisse. Parfois vous mettez le doigt sur des évidences qui ont échappé à tout le monde et, d'autres fois, vous passez à côté de ce qui crève les yeux. Bien sûr, la jument baie. Où est-elle passée ? Cela signifie qu'un complice attendait les deux assassins avec leurs chevaux. Dès qu'il a compris que l'archer et son ami avaient été tués par Gionga, il s'est enfui avec les bêtes pour les cacher.

— Il y aurait donc un troisième assassin à Cashel ?

— Dans le meilleur des cas. Ils sont peut-être beaucoup plus nombreux à être mêlés à cette conjuration. Quelles autres déductions tirez-vous des informations que nous venons de récolter ?

Eadulf eut beau se creuser la tête, il n'en trouva aucune.

— L'archer et son ami étaient pauvres comme Job quand on les a exécutés ! Or Cred vient de nous apprendre que le *Saigteóir* possédait une bourse bien garnie. Où gardait-il son argent ?

Le Saxon pinça les lèvres.

— Il y a une autre question non résolue, ma sœur. Pourquoi attendons-nous ici ?

Fidelma se retint d'éclater de rire et avança la tête pour guigner dans la rue.

— La réponse est en chemin.

Le charretier de Cashel qui avait reconnu Fidelma venait de sortir de la taverne. Il s'engagea dans la rue d'un pas vif tout en regardant autour de lui.

— Parfois, les attitudes des gens sont très expressives, murmura Fidelma à l'oreille d'Eadulf.

Quand le charretier arriva à leur hauteur, elle toussa et il jeta un coup d'œil surpris dans leur direction, puis il mit un genou en terre comme pour ajuster sa chaussure.

— Surtout, ne vous tournez pas vers moi, souffla-t-il. Il se peut qu'on nous épie.

— Que voulez-vous ? demanda Fidelma, en prétendant parler à Eadulf.

— Nous serons plus tranquilles à la source de Gurteen, au milieu du petit champ qui vient d'être labouré.

— Je ne le connais pas.

— Il est situé à un mille au nord-est. Vous prenez le chemin qui mène aux bois d'ifs et vous arrivez à un champ bordé d'un mur en pierres sèches. Vous ne pouvez pas le manquer.

— Très bien.

— Soyez là-bas à la tombée de la nuit. Ne dites rien à personne, cela nous mettrait tous en grand péril.

Puis le charretier se redressa et s'éloigna.

— Une embuscade ? s'inquiéta Eadulf.

— Pourquoi voudrait-il nous attirer dans une embuscade ?

— Sans doute lui et ses amis s'imaginent-ils que nous en savons plus que nous en avons l'air.

Fidelma réfléchit un instant.

— Non, je ne le crois pas. Sa crainte d'être surpris en train de nous parler semblait sincère.

— Aller là-bas à la tombée de la nuit… cela sent le piège à renard.

— Parfait, le renard n'a jamais trouvé de meilleur messager que moi.

Eadulf fit la grimace.

— À quoi bon montrer les dents si vous ne pouvez pas mordre ? dit-il sur un ton sarcastique.

Fidelma pouffa.

— Eadulf, vous apprenez vite. Mais cela ne m'empêchera pas de me rendre ce soir à la source de Gurteen.

CHAPITRE XI

Quand ils quittèrent l'abbaye, le soleil déclinait à l'horizon. Ils s'assurèrent qu'ils n'étaient pas suivis et empruntèrent l'itinéraire que le charretier de Samradán leur avait indiqué. La journée avait été chaude et la température était brusquement retombée. Un léger brouillard s'élevait des champs autour d'eux et il n'y avait pas un souffle de vent. Les arbres et les buissons demeuraient figés dans un silence impressionnant.

Pour mieux passer inaperçus, ils avaient décidé de partir à pied plutôt qu'à cheval. Eadulf s'était armé d'un gros gourdin qu'il avait trouvé à l'abbaye, sans doute abandonné par un pèlerin. Quand on sortait seul la nuit en terre étrangère, mieux valait prendre ses précautions. La nuit, des bandes de loups rôdaient dans la campagne et il leur arrivait parfois d'attaquer les voyageurs isolés. Dans certaines forêts sauvages, ils étaient tellement nombreux que, si la faim se faisait sentir, ils sortaient du bois et représentaient un terrible danger pour des communautés entières, surtout pour les fermes isolées.

Alors qu'ils progressaient sur le sentier, un hurlement se fit entendre, pas très loin d'eux. Eadulf serra son bâton et regarda en direction de cette plainte qui avait toujours glacé le sang des humains.

— Maintenant, je comprends mieux le sens de *glademain*, le mot irlandais pour désigner une meute.

Ce mot signifiait « le cri des loups ». Il venait de *glaid*, le cri, et de *main*, les loups,

— Leur appel étrange me fascine, dit Fidelma. Parfois, des gens se sont laissé hypnotiser, oublieux du danger. Dans nos contrées, ce sont les seuls animaux vraiment agressifs. Les nobles procèdent souvent à des chasses annuelles pour en réduire le nombre.

Un chien aboya en réponse au hurlement.

— Voilà un autre péril, poursuivit Fidelma. Les chiens de garde dans les fermes sont attachés tôt le matin, et on les détache quand on rentre les vaches afin de protéger les fermes. Parfois, ils se révèlent aussi hargneux que ce « fils de la campagne » que vous entendez.

La plainte monta à nouveau et Eadulf frissonna, attendant qu'elle s'éteigne.

— Pourquoi appelez-vous les loups « fils de la campagne » ? s'étonna-t-il.

— En réalité, ils ont au moins quatre noms. Quand on les désigne par le terme de *mac-tíre*, c'est une allusion au fait qu'ils hantent les endroits déserts.

Elle s'arrêta brusquement.

— Regardez, voilà la parcelle cultivée dont nous a parlé le charretier de Samradán. La source doit être proche.

Dans la lumière du crépuscule, le champ n'avait pas encore disparu malgré le brouillard qui flottait au ras du sol et leur montait jusqu'aux genoux, tournoyant sous leurs pas comme s'ils pataugeaient en eau peu profonde. Eadulf suivit la direction que Fidelma indiquait de son bras tendu, et il distingua un enclos rectangulaire délimité par des arbres. Dans un angle, un érable, taillé par la main de l'homme, émergeait à plus de neuf pieds. À l'une de ses branches recourbées pendaient une corde et un seau.

— Vous avez raison, je crois que nous sommes arrivés.

Ouvrant la voie, Fidelma grimpa sur le muret, sauta sur la terre meuble et s'avança vers la source.

— Je crois que nous sommes les premiers, grommela Eadulf.

À peine avait-il fini sa phrase qu'il vit quelque chose bouger de l'autre côté d'un puits en pierres sèches.

— Qui va là ? dit Fidelma.

Une toux grasse lui répondit et la voix du charretier de Samradán les salua.

Ils trouvèrent l'homme assis contre le puits, les jambes allongées et les bras ballants.

— Je... je vous attendais.

Il leva la tête vers eux.

— Tout va bien ? demanda Fidelma, étonnée par son immobilité.

— Je n'ai pas beaucoup de temps, l'interrompit l'homme avec impatience. Ne m'interrompez pas, je vous prie.

Les deux religieux échangèrent un regard perplexe.

Non loin, le hurlement reprit et d'autres loups se joignirent au premier, comme dans un chœur aux harmonies imprévisibles.

— Alors parlez, l'invita Fidelma en s'asseyant sur la margelle. Que nous voulez-vous ?

Eadulf, appuyé sur son bâton, étudiait avec inquiétude les environs noyés dans une obscurité grandissante.

— Drôle d'endroit pour une rencontre, murmura-t-il. N'aurait-il pas été préférable de choisir un lieu moins exposé ?

L'homme ignora Eadulf.

— Sœur Fidelma... je suis de Cashel mais mon nom ne vous servirait de rien. Sachez seulement que Cred ne vous a pas dit toute la vérité.

— Donnez-moi votre version des événements.

— L'homme qu'elle appelle l'archer a rencontré d'autres personnes à la taverne.

— Pourquoi m'aurait-elle menti ?

— Écoutez-moi. L'archer avait rendez-vous avec un frère de la foi. Quand il est entré, Cred a cru que je ne l'avais pas remarqué parce que je faisais la sieste auprès du feu, après mon repas. Comme le religieux semblait nerveux, j'ai fait semblant de dormir.

— Vous l'avez reconnu ?

— Non. Mais j'ai trouvé étrange qu'un homme de sa condition s'aventure dans un lieu pareil.

— Était-il corpulent avec un visage rond ?

Le charretier hocha la tête.

— Et il avait des cheveux grisonnants et bouclés rasés comme moi sur le sommet de la tête ? intervint Eadulf.

— Non, il arborait la tonsure de saint Jean, celle des moines irlandais.

— Cela s'est passé quand ?

— Il y a moins d'une semaine. Mais je ne me rappelle pas le jour exact.

— Vous l'avez vu quitter la taverne ?

— Eh bien, entre-temps, je m'étais rendu à la forge. Un des chariots avait un essieu brisé et pendant que le forgeron effectuait la réparation, j'ai vu le même moine qui se dirigeait à grands pas vers l'abbaye.

— Frère Mochta ? avança Eadulf.

— Jamais entendu ce nom, dit l'homme.

— Vous êtes certain qu'il avait rendez-vous avec l'archer ? Il aurait pu rendre visite à quelqu'un d'autre.

— À part moi et les deux autres charretiers, seul l'archer résidait à l'auberge. Quand le frère est entré, il a échangé quelques mots avec Cred qui lui a dit : « Il vous attend à l'étage. »

— Votre discours ne manque pas de logique, acquiesça Fidelma.

— Un autre élément confirme que ce religieux était en quête de l'archer.

— Lequel ?

— Quelques jours plus tard, il est revenu à l'auberge accompagné d'un autre membre de sa communauté. Cette fois-ci, cela se passait l'après-midi. Il a demandé à Cred où était passé l'archer. Comme il était absent, le frère est reparti avec son compagnon.

— Vous les avez revus ?

— Non, mais figurez-vous que le jour même de la visite du religieux, l'archer avait un autre rendez-vous. Dérangé dans mon sommeil par des voix sous ma fenêtre, j'ai jeté un coup d'œil dehors. Deux hommes, dont l'un tenait la bride d'un cheval, étaient en grande discussion sous la lanterne de l'auberge.

Que leur établissement soit situé à la ville ou à la campagne, les aubergistes avaient l'obligation, imposée par la loi, de laisser brûler une lumière pour guider les voyageurs pendant la nuit.

Soudain, le charretier fut pris d'une quinte de toux qui sembla lui déchirer la poitrine. Puis il se calma.

— Donc l'un des hommes était l'archer…

— Et l'autre ? le pressa Eadulf.

— Je ne l'ai pas reconnu. Vêtu de riches atours, il portait une cape en laine bordée de fourrure avec un capuchon rabattu sur les yeux. Quant au harnais et à la selle de sa monture, ils étaient d'une rare magnificence. L'archer lui parlait sur un ton très respectueux mais je n'ai pas surpris grand-chose de leur discours.

Le charretier hésita et fut secoué par une nouvelle quinte de toux. Fidelma et Eadulf attendirent patiemment qu'elle cesse.

— Alors le lord a cité un vieux proverbe, poursuivit le charretier. « *Ríoghach gan duadh, ní dual go bhfagthar.* »

— « Tous les royaumes naissent dans la douleur », murmura Fidelma à voix basse.

L'homme se remit à étouffer.

— C'est une mauvaise affection des bronches que vous avez là, fit gentiment observer Eadulf. Vous ne devriez pas rester assis sur cette terre humide.

L'autre poursuivit son récit sans prêter attention à la mise en garde du Saxon.

— L'archer a répondu : « Je ne faillirai point, *rígdomna.* » Ce sont ses paroles exactes.

Fidelma se raidit.

— *Rígdomna* ? Vous êtes certain qu'il a utilisé ce titre ?

— Absolument.

Eadulf se tourna vers Fidelma, qu'il distinguait à peine dans la profonde obscurité qui était descendue sur la campagne.

— C'est ainsi que l'on s'adresse à un prince, non ?

Au sens littéral, ce terme signifiait « matériau de roi ».

Le charretier toussa à fendre l'âme.

— Mais qu'avez-vous ? lui demanda Fidelma, qui commençait à s'interroger sur l'état de santé de cet homme.

Il semblait oppressé et avait du mal à reprendre sa respiration.

— Il faudra que vous m'aidiez à rentrer en ville car je n'y parviendrai jamais tout seul, murmura-t-il dans un souffle.

Il bougea, se racla la gorge, produisit un gémissement étrange et versa sur le sol.

Eadulf laissa tomber son bâton et s'agenouilla dans l'obscurité. À tâtons, il trouva la tête de l'homme et appuya deux doigts à la base de son cou. Le pouls battait irrégulièrement… puis il s'arrêta.

— Que se passe-t-il ? s'impatienta Fidelma.

Eadulf leva les yeux vers elle. Il ne distinguait que sa silhouette.

— Il est mort.

Fidelma sursauta.

— Comment cela ?

Le moine sentit un liquide poisseux couler au coin des lèvres du cadavre.

— Il crachait le sang, soupira-t-il. Nous l'aurions remarqué s'il avait fait jour.

— Mais il semblait lucide.

En tentant de ramener le corps en position assise, Eadulf réalisa que le dos de l'homme était trempé, sa chemise déchirée et la chair entamée.

— *Dabit deus his quoque finem*[1] ! murmura-t-il.

— Hein ?

— Il a été poignardé dans le dos. Alors qu'il s'entretenait avec nous, il souffrait d'une mortelle blessure. D'ailleurs, je ne comprends pas comment il est parvenu à…

Il réfléchit et reprit :

— L'effort qu'il a fait pour se lever a dû provoqué la rupture de quelque vaisseau. S'il était resté immobile, sans doute vivrait-il encore.

Fidelma demeura un instant silencieuse.

— Il aurait dû parler plus tôt, déclara-t-elle enfin avec un froid réalisme. Maintenant nous ne pouvons plus rien pour lui.

Eadulf s'empara du seau plein d'eau et nettoya le sang de ses mains.

— Dois-je ramener le corps à l'auberge ? Il faut prévenir Samradán.

1. « Le dieu donnera une fin également à ces souffrances » (Virgile). (*N.d.T.*)

Fidelma secoua la tête.

— Non. Révéler que nous étions en relation avec cet homme nous empêcherait de tirer profit des informations qu'il nous a fournies.

— Mais il a été assassiné alors qu'il avait rendez-vous avec nous. Quand nous l'avons rencontré cet après-midi, il craignait qu'on le surprenne en notre compagnie. Donc celui qui l'a tué voulait l'empêcher de nous transmettre un message.

— Sans doute avez-vous raison. En tout cas, il paraît plus sage de laisser l'assassin croire que le charretier a été réduit au silence. Quelqu'un trouvera ce malheureux demain matin, en venant puiser de l'eau à la source.

— Je n'aime pas ça, avoua Eadulf. Ce n'est pas très chrétien d'abandonner un cadavre dans cette situation.

— Il ne nous en tiendra pas rigueur car il savait que nous poursuivions une juste cause. Pour ces mêmes raisons, Dieu nous pardonnera Lui aussi. Ce que nous avons appris nous donne l'avantage sur le meurtrier et ses amis, ne l'oubliez pas.

Elle s'agenouilla près du corps et murmura une courte prière.

— *Sic itur ad astra*, murmura Eadulf sur un ton sarcastique. Ainsi s'en va-t-on vers les étoiles.

Les loups continuaient de hurler et ils semblaient même s'être rapprochés pendant leur conversation près du puits. Eadulf ramassa son bâton.

— Il est grand temps de rebrousser chemin.

Fidelma acquiesça. Ils traversèrent le champ, franchirent le petit mur de pierres qui le bordait et reprirent la route. Une lune brillante de début d'automne s'était levée, et les quelques nuages naviguant dans le ciel ne parvenaient pas à en masquer la pâle clarté. Ils étaient maintenant sortis du brouillard qui flottait autour de la source. Tandis qu'ils se dépêchaient de rejoindre les lumières de la ville, la lune projetait des ombres sur le chemin.

Les loups poursuivaient leur concert. Eadulf tressaillit.

— Ils ne sont plus très loin, murmura-t-il.

— Détendez-vous. À moins de souffrir de la faim, ils ne s'attaquent pas aux hommes adultes.

— Mais comment savoir s'ils n'ont pas le ventre vide ?

Sans oser l'avouer, Fidelma partageait les mêmes appréhensions que son compagnon.

Soudain, à vingt pas environ, une ombre passa devant eux, si vite qu'Eadulf ne fut pas certain de l'identifier.

Il s'arrêta net.

— Qu'est-ce que c'est ? murmura Fidelma en scrutant les ténèbres.

— Je n'en suis pas certain mais…

Un grognement sourd les figea sur place, les jambes flageolantes.

L'ombre longue et musclée réapparut, et la pâle lumière de la lune se réfléchit dans des yeux qui semblaient scintiller comme des pointes de feu. Le grondement s'amplifia.

— Placez-vous derrière moi, dit Eadulf d'une voix rauque en levant son bâton.

La bête se rapprocha tout en continuant de grogner.

— Je n'arrive pas à savoir s'il s'agit d'un loup ou d'un chien de garde d'une ferme voisine, murmura Fidelma.

— De toute façon, il est dangereux.

Sans prévenir, l'animal bondit. Si Eadulf n'avait pas eu des réflexes aussi rapides, la bête le prenait à la gorge, mais alors qu'elle décollait du sol, il arma son bras et la reçut par un grand coup sur le museau frappé à l'aveuglette. Il avait eu de la chance. Avec un jappement de douleur, le loup retomba à terre en gémissant et recula de quelques pas. Puis il s'immobilisa et sa plainte se changea en un râle menaçant.

— Ce n'est pas un chien de garde, Eadulf. C'est un loup.

Pour la première fois depuis qu'il la connaissait, le moine perçut la peur dans la voix de la jeune femme.

Le Saxon fixait le loup qui trottait d'avant en arrière tout en gardant ses distances, ses yeux rouges et lumineux observant ses proies.

— On ne peut pas tenir comme ça toute la nuit.

— Mais où… où voulez-vous qu'on aille ? bégaya Fidelma.

— L'arbre, à quelques pas d'ici… pendant que je tiens cette bête en respect, vous allez y grimper.

— Et vous ? Vous ne parviendrez jamais à me rejoindre avant que le loup ne vous rattrape !

— Comme si nous avions le choix ! s'exclama Eadulf, que l'anxiété rendait irascible. Vous tenez vraiment à ce qu'on se fasse dévorer tous les deux ? Je vais détourner cet animal du chemin, ce qui vous laissera le champ libre. À mon signal, courez sans regarder en arrière et montez dans ce chêne aussi haut que vous le pourrez.

Il émanait de lui une telle autorité que Fidelma ne songea pas à protester. Sans compter qu'il avait raison : les options étaient fort limitées.

Le loup recula, surpris par l'audace d'Eadulf qui avançait sur lui. Puis il montra à nouveau les crocs et de la bave coula de ses babines. Eadulf se rapprocha encore, en le menaçant avec son bâton.

C'est alors qu'un étrange gémissement déchira la nuit. Il venait de la source.

Le loup s'immobilisa, leva la tête vers la lune dont les doux rayons éclairaient son museau. Du plus profond de sa gorge s'éleva un son quasiment inaudible qui gagna bientôt en intensité jusqu'à ce qu'il ouvre la gueule. Un hurlement aigu à vous glacer le sang emplit l'espace. Eadulf crut que la bête ne s'arrêterait jamais. Il n'avait pas souvenir d'avoir entendu des cris d'une telle sauvagerie au cœur des ténèbres. Puis le silence se fit.

De la source vint une plainte terrifiante. La réponse que le loup attendait.

Il se détourna et, sans même jeter un regard en arrière, trotta jusqu'au mur en pierres, le longea et disparut.

Eadulf, ruisselant de sueur, agrippa son bâton qui lui glissait des mains.

Fidelma fut la première à reprendre ses esprits.

— Vite, partons, de crainte qu'une autre de ces créatures nous prenne en chasse.

Comme Eadulf restait sourd à ses injonctions, elle le tira par la manche et il la suivit avec des gestes machinaux, tout en jetant de fréquents coups d'œil derrière lui.

— Mais… il se dirige vers le champ où nous avons laissé le cadavre.

— Évidemment. Pourquoi croyez-vous que ce loup se soit ainsi éclipsé ? Sa femelle…

La voix de la religieuse trembla légèrement.

— … a découvert le cadavre. Une proie plus facile que nous. Voilà ce que signifiait cet affreux dialogue. Dans sa mort, ce pauvre homme nous a sauvés. *Deo gratias !*

En comprenant quel horrible festin se déroulait en ce moment à la source, Eadulf fut saisi de nausée. Eux-mêmes auraient pu servir de repas à ces bêtes et il imagina Fidelma… quelle horreur ! Il se mit à réciter la prière des morts :

— *Agnus Dei…*

— Économisez votre salive ! l'apostropha Fidelma. La meilleure manière d'honorer le sacrifice de cet homme est encore d'aller nous mettre à l'abri le plus rapidement possible.

Blessé par la brutalité de la jeune femme, Eadulf se retrancha dans le silence. Après tout, n'était-il pas plus préoccupé de sa sécurité à elle que de la sienne propre ? Quoi qu'il en soit, pour la première fois il avait constaté qu'elle pouvait être dominée par la peur.

Sans plus prononcer un mot, ils rejoignirent la ville. Ils passèrent devant la taverne de Cred, dont la façade était éclairée par la lanterne, et empruntèrent la rue principale. Les quelques personnes qu'ils croisèrent ne leur prêtèrent aucune attention particulière. En longeant la forge, ils s'aperçurent qu'elle était encore en activité.

Malgré l'heure tardive, le forgeron polissait une épée, assis entre les braises rougeoyantes et son enclume. Il releva la tête.

— À votre place, lady, je ne m'aventurerais pas hors de la ville en pleine nuit, lança-t-il.

Fidelma, qui avait retrouvé toute son assurance, le toisa.

— Pourquoi donc ? demanda-t-elle d'une voix égale.

— N'entendez-vous rien ? dit l'homme, impassible.

Dans la tranquillité du soir leur parvenaient les hurlements lointains des loups.

— Si, bien sûr, répliqua Fidelma d'un ton sec.

Le forgeron dodelina du chef sans cesser de fourbir son arme.

— Jamais ils ne se sont approchés si près de la ville. Si j'étais vous, je retournerais prestement à l'abbaye.

Il s'absorba à nouveau dans sa tâche, puis il se redressa.

— En tant que *bó-aire* de ces lieux, il faudra que je commande une chasse demain afin de faire sortir ces bêtes de leurs tanières.

Il n'était pas inhabituel qu'un chef local, un prince ou même un roi organise une chasse pour ramener le nombre de loups à un niveau tolérable. Mais Eadulf crut percevoir un double sens dans les propos du forgeron… à moins que les événements de la nuit ne lui aient troublé l'esprit.

Fidelma tourna les talons et, sans un mot, se mit en marche vers les hautes murailles du monastère. Eadulf se dépêcha de la rejoindre.

— Et maintenant, quelle sera notre prochaine étape dans la conduite de nos investigations ?

— Cela semble évident.

— Interroger Cred, je suppose ?

— Exactement. Un entretien avec cette femme s'impose, parce que si le charretier de Samradán disait vrai, elle en sait bien plus qu'elle ne le prétend.

— Je crois que nous tenons la solution.

Eadulf paraissait très sûr de lui.

— Auriez-vous déjà résolu notre énigme ? s'étonna Fidelma sur un ton où perçait une pointe de sarcasme qui échappa à son compagnon. Voilà qui est très intelligent de votre part.

— Vous avez entendu le charretier ? L'archer recevait ses instructions d'un prince. Combien connaissez-vous de princes ennemis de Cashel ?

— Beaucoup, même si les Uí Fidgente, je l'avoue, ont ma préférence. Mais il nous est impossible d'accuser Donennach au seul motif qu'un charretier a surpris l'archer accordant à un homme le titre de *rígdomna* au cours d'une conversation. De nombreux princes aimeraient assister à la chute des Eóghanacht. Nos plus grands ennemis sont les Uí Néill, et surtout Mael Dúin des Uí Néill du Nord, roi d'Ailech. Notre rivalité remonte à l'ancêtre des Gaels, Míle Easpain. Ses fils Eber et Eremon ont combattu pour la domination d'Éireann. Eber a été tué par les partisans de son frère Eremon, le descendant dont se réclament les Uí Néill.

Eadulf manifesta son impatience.

— Oui, et les Eóghanacht du Sud se réclament d'Eber, je connais cette histoire. Mais vous pensez vraiment que Cashel est menacé par les Uí Néill du Nord ?

— Ce qui pousse dans les os est difficile à extraire de la chair, fit observer Fidelma alors qu'ils arrivaient devant les portes de l'abbaye.

— Je ne comprends pas.

— Cela fait plus d'un millénaire que les Uí Néill haïssent les Eóghanacht et leur envient leur royaume.

C'était frère Daig qui montait la garde. Le jeune garçon au teint lumineux et aux cheveux blonds qu'ils avaient rencontré en compagnie de l'apothicaire parut heureux de les revoir.

— Dieu merci, vous voilà sains et saufs. Ces loups dans les collines qui hurlent depuis plus de deux heures… ce n'est pas le moment de vagabonder.

Il referma les portes derrière eux.

— Nous aussi, nous les avons entendus, laissa tomber Eadulf.

— Les bois et les campagnes des environs sont infestés par ces bêtes. Elles peuvent se révéler très dangereuses.

Eadulf allait répondre qu'il n'en était que trop conscient quand il croisa le regard de Fidelma.

— C'est très aimable à vous de vous soucier de notre sécurité, frère Daig, lança-t-elle. La prochaine fois que nous irons nous promener au crépuscule, nous nous souviendrons de vos avertissements.

— Un repas froid vous attend au réfectoire, ma sœur. Il est tard et je crains que le feu ne soit éteint.

— Aucune importance. Frère Eadulf et moi nous contenterons de ce que l'on nous a préparé. Merci encore pour votre sollicitude.

Alors qu'ils se dirigeaient vers le réfectoire, Eadulf murmura :

— Irons-nous questionner Cred après nous être restaurés ?

— Non, il se fait tard. Cred attendra. Dès que nous aurons mangé, je propose que nous allions nous coucher. Ce fut une rude journée et il sera toujours temps de reprendre nos investigations au matin.

CHAPITRE XII

Fidelma se réveilla au son des cors de guerre, juste avant que sœur Scothnat, la *domina* de l'hôtellerie des invités, ne fasse irruption dans sa chambre en balbutiant d'une voix terrorisée :

— Levez-vous et préparez-vous à vous défendre, lady, nous sommes attaqués !

Fidelma sauta hors de son lit, maintenant pleinement consciente des cris et de l'appel strident des cors. Avançant à tâtons dans l'obscurité, elle alla allumer une chandelle dont la lumière vacillante révéla une sœur Scothnat qui se tordait les mains et pleurait à chaudes larmes.

Fidelma l'attrapa par les poignets.

— Reprenez vos esprits, ma sœur ! Qui nous attaque ?

Scothnat la fixa d'un air égaré, effrayée par le ton cinglant de Fidelma. Puis elle se remit à sangloter.

— L'abbaye est assiégée !

— Oui, mais par qui ?

Sœur Scothnat, trop bouleversée, était incapable de répondre.

Fidelma enfila rapidement ses vêtements. Il faisait encore nuit mais l'aube ne devait pas être loin. Abandonnant l'hôtelière à son désarroi, elle sortit en courant de sa cellule et faillit se heurter à une grande silhouette qui se hâtait dans la direction opposée. Eadulf.

— Je venais vous chercher, lança-t-il. Des guerriers donnent l'assaut au monastère.

— Avez-vous d'autres informations ?

— Non. Frère Madagan m'a tiré de mon sommeil il y a un instant. Il est allé s'assurer que les portes étaient bien barricadées. Je crains que l'abbaye ne soit pas préparée pour un siège et n'ait que ses murailles pour se défendre.

Soudain, la grande cloche se mit à sonner à toute volée. Aux oreilles de Fidelma, elle ne résonnait pas comme un avertissement solennel, mais plutôt comme un frénétique appel au secours.

— Suivez-moi ! cria Fidelma pour couvrir le vacarme, et elle s'engagea dans un couloir.

— Pour leur sécurité, les autres femmes ont été menées dans les cryptes ! fit observer Eadulf en se précipitant derrière elle.

Fidelma ne prit pas la peine de répondre. Elle courait si vite qu'Eadulf avait du mal à ne pas se laisser distancer. Ils traversèrent des cloîtres obscurs où des frères, saisis de panique, couraient en tous sens, incapables de coordonner leurs efforts.

Derrière les murailles, la bataille faisait rage. On entendait des hurlements, des chocs et des beuglements de trompes. En arrivant dans la cour principale, ils virent s'activer un groupe de jeunes moines trapus. Sous les ordres de frère Madagan, le *rechtaire* de l'abbaye, ils s'employaient à renforcer les barres en bois bloquant la porte centrale.

— Que se passe-t-il ? Qui sont les assaillants ? cria Fidelma.

Frère Madagan s'immobilisa.

— De bien étranges guerriers, qui n'ont pas donné l'assaut à l'abbaye mais se sont jusqu'à présent contentés de piller la ville.

— Où est l'abbé ?

Madagan désigna une tour de guet carrée, haute de trois étages, qui s'élevait près des portes.

— Excusez-moi, ma sœur, mais il faut que j'assure notre sécurité.

Avec Eadulf, Fidelma s'était déjà élancée vers la tour. Comme l'escalier étroit ne permettait le passage que d'une seule personne, elle passa la première.

Les étages inférieurs étaient vides. Ils trouvèrent l'abbé Ségdae sur le toit en terrasse entouré d'un mur et qui permettait d'observer les alentours tout en restant protégé.

Il n'était pas seul. Près de lui se tenait le marchand Samradán. Ségdae regardait la place, le dos voûté et les poings serrés. Quant à Samradán, il semblait pétrifié par le spectacle qui s'offrait à ses yeux. Ni l'un ni l'autre ne prêtèrent attention aux deux religieux.

Les incendies éclairaient par intermittence la façade de l'abbaye et se reflétaient dans le ciel bas et nuageux. De nombreux bâtiments de la ville étaient déjà en flammes. Les cris des hommes et les hennissements des chevaux remplissaient l'espace. Devant le monastère, des cavaliers brandissant des épées ou des torches enflammées galopaient en tous sens, pénétraient dans les rues et s'attaquaient aux édifices les plus exposés.

Au milieu des embrasements sinistres, Fidelma distingua des formes sombres sur le sol. Des cadavres. Quant aux vivants, isolés ou en petits groupes, des guerriers à cheval les prenaient en chasse. Des hurlements de terreur s'élevaient, qui s'arrêtaient net quand les épées transperçaient leurs cibles.

— N'y a-t-il aucun moyen de protéger Imleach ? demanda-t-elle à l'abbé d'une voix enrouée.

L'abbé, muet, ne répondit rien. Il n'était maintenant qu'un vieil homme frêle, accablé par le sort. Fidelma le secoua par le bras.

— Ségdae ! Des innocents se font trucider sous nos yeux. N'y a-t-il pas près d'ici des guerriers que nous pourrions aller quérir ?

L'évêque au visage de faucon tourna vers Fidelma des yeux aveugles.

— Les troupes les plus proches sont au service de votre cousin, le prince de Cnoc Áine.

— Comment pouvons-nous le contacter ?

Il désigna la cloche qui continuait de sonner avec frénésie.

— Voilà notre seul espoir.

Toute l'attitude de Samradán, cloué sur place, exprimait une terreur sans nom. Un vers de Virgile, surgi de nulle part, revint à la mémoire de Fidelma : *La peur trahit les âmes de peu de prix.* Rien n'était plus laid que l'effroi quand il se peignait sur un visage d'homme.

Le marchand rougeaud se tourna vers l'abbé.

— Croyez-vous qu'ils parviendront à ouvrir une brèche dans les murs ?

— Nous ne sommes pas dans une forteresse, Samradán, répliqua l'abbé d'un ton sévère. Et nos portes ne sont pas destinées à repousser une armée.

— Je réclame votre protection. Je ne suis qu'un pauvre négociant, je n'ai rien fait et je n'ai suivi aucun entraînement pour la guerre…

Sa voix atone était maintenant montée dans les aigus et exprimait une panique irrépressible qui réveilla Ségdae de sa torpeur.

— Rejoignez les femmes dans les cryptes sous la chapelle ! s'écria-t-il. Et laissez-nous le soin de nous défendre… et vous avec.

Le marchand se mit à trembler. Il inspirait un tel dégoût à Fidelma qu'elle se tourna vers Eadulf.

— Conduisez-le aux cryptes et demandez à frère Madagan de nous rejoindre.

Les ordres lui montaient naturellement aux lèvres. N'était-elle pas une Eóghanacht ? Son peuple avait besoin d'elle.

Eadulf attrapa le marchand par la manche et l'entraîna sans ménagement loin de la scène de mort et de destruction qui se déroulait sous leurs yeux.

Une colère sourde avait envahi Fidelma.

Maintenant, elle distinguait la forge qui crachait de grandes flammes. Les bâtiments environnants étaient déjà détruits. Mais elle eut beau scruter les silhouettes fantomatiques des cavaliers, elle ne parvint pas à les identifier. Le clair-obscur, les heaumes et les cottes de mailles l'en empêchaient, et bien sûr ils n'arboraient aucun emblème.

Quelqu'un grimpa l'escalier en toute hâte, et frère Madagan hors d'haleine fit son apparition.

Il regarda le bourg qui brûlait.

— Ils ont choisi la solution la plus facile ! Quand ils en auront terminé avec la ville, ils attaqueront l'abbaye.

Soudain, l'abbé Ségdae poussa un cri et tomba à la renverse. Ils se tournèrent vers lui. Son front était violacé. Fidelma jeta un rapide coup d'œil autour d'elle et repéra un caillou qu'elle alla ramasser.

— Ceci est l'œuvre d'un lance-pierres. Mieux vaut nous tenir à distance.

Frère Madagan était déjà agenouillé auprès du blessé.

— Je vais envoyer chercher frère Bardán, notre apothicaire. L'abbé a perdu conscience.

Fidelma se baissa et rejoignit le muret. Au passage, un cavalier avait tiré un projectile et, par hasard, atteint sa cible. Cela ne ressemblait pas encore à une attaque concertée sur le monastère. Les assaillants continuaient de faire des allers-retours entre la place et la ville.

— Quand ils se décideront, les murs ne tiendront pas longtemps, murmura frère Madagan, qui avait apparemment lu dans ses pensées.

Fidelma désigna la cloche.

— Nous sera-t-elle d'un quelconque secours ?

— Peut-être, mais nous ferions mieux de ne pas trop compter dessus.

— Et à part Cnoc Áine, nous n'avons aucun guerrier dans un proche périmètre pour nous protéger ?

— Non, Finguine est notre seul espoir.

— D'ici, nous sommes à six milles de la forteresse de mon cousin. Entendra-t-il carillonner cette cloche ?

Frère Madagan fit la grimace.

— La nuit est tranquille et le son porte bien. Il ne nous reste plus qu'à prier.

— Sans trop se faire d'illusions, conclut Fidelma avec amertume.

Elle se tourna à nouveau vers la scène de destruction.

— N'y a-t-il aucun moyen de savoir qui sont ces gens ? Pourquoi agissent-ils ainsi ?

— Je n'en ai aucune idée. Dans toute l'histoire de notre monastère, jamais personne n'a osé attaquer ce territoire sacré.

Soudain, son visage se troubla.

— Quoi donc ? demanda Fidelma.

Frère Madagan détourna le regard.

— Après tout, peut-être que la légende dit la vérité.

Fidelma le fixa sans comprendre, puis elle poussa une exclamation de dépit.

— Vous pensez aux reliques d'Ailbe ? Superstitions que tout cela.

— Les textes affirment cependant que si les saintes reliques disparaissent, Muman tombera. Cela commencera par l'abbaye et…

— Homme de peu de foi ! s'emporta Fidelma, aiguillonnée par ses propres craintes. L'abbaye n'est pas encore détruite, il faut nous appliquer à la défendre.

Eadulf réapparut et vit l'abbé face contre terre.

— Est-il… ?

Il s'étrangla, incapable de finir sa phrase.

— Non, répliqua frère Madagan. Il a été touché par un projectile. Pourriez-vous envoyer chercher notre apothicaire, frère Bardán ?

Eadulf redescendit l'escalier et revint presque aussitôt.

— Il arrive.

— Et comment va Samradán ?

— Sœur Scothnat est occupée à le consoler. Regardez !

Ils concentrèrent à nouveau leur attention sur la place. Une bande de cavaliers avait sauté à terre près du grand if. Ils portaient tous des haches et, à six, ils entreprirent d'abattre le vieil arbre. Ils travaillaient en parfaite coordination, comme si ce projet avait été prémédité de longue date. Cela n'avait rien d'un acte de vandalisme inconsidéré.

Eadulf fronça les sourcils.

— Mais que se passe-t-il ? Au milieu d'un raid, ils interrompent les combats pour couper un arbre ?

— Dieu nous protège ! s'écria frère Madagan d'une voix tremblante. Ne voyez-vous pas qu'ils s'en prennent à l'if sacré ?

— Cela vaut mieux que d'occire les gens, ironisa Eadulf.

— Rappelez-vous ce que je vous ai raconté ! s'énerva Fidelma.

Elle avait pâli.

— Cet arbre, symbole de notre peuple, aurait été planté par Eber Fionn en personne, fils de Milesius, l'ancêtre des Eóghanacht de Cashel. Notre peuple est convaincu que cet if est le symbole de notre bonne fortune. Nous prospérons avec lui et si jamais il est déraciné…

Eadulf demeura silencieux. Une fois de plus, il était confondu par le curieux mysticisme imprégnant ce pays qu'il aimait maintenant d'un amour sincère. Cette terre était plus chrétienne que n'importe quel royaume saxon, et aussi la plus païenne de tous les royaumes chrétiens. À sa grande surprise, Fidelma, esprit rationnel s'il en fut, était profondément troublée par la vision de ces hommes qui coupaient le grand if millénaire. Eadulf comprenait maintenant la vraie signification de ce symbolisme. De tout temps les païens avaient vénéré les arbres parce qu'ils représentaient ce qu'il y avait de plus ancien dans le monde vivant. Abattre cet if, l'arbre de vie des Eóghanacht de Cashel, était bien plus qu'une insulte à la dynastie, cela visait à l'anéantir, elle et le peuple qu'elle représentait.

Le cœur d'Eadulf était plein d'une compassion qu'il ne put exprimer.

Malgré la cloche qui sonnait le tocsin, il entendait distinctement les haches entamant le bois avec un bruit sourd et rythmé. Ces coups retentissaient bizarrement au milieu du fracas de mort et de destruction.

Frère Bardán, l'apothicaire, arriva sur le toit suivi par le jeune frère Daig, son assistant. Bardán s'agenouilla auprès de l'abbé et examina la blessure.

— Il est étourdi, mais sa vie n'est pas en danger. Frère Daig va m'aider à le transporter dans sa chambre.

Il leva les yeux vers Madagan.

— Quelles sont nos chances, mon frère ?

— Assez minces. Ils n'ont pas encore donné l'assaut à l'abbaye mais ils coupent le grand if.

Frère Bardán sursauta et alla regarder par-dessus le muret. Il resta un instant hypnotisé par le spectacle et secoua lentement la tête. Le désespoir se lisait sur son visage.

— Cela explique qu'ils n'attaquent pas directement l'abbaye, dit-il d'une voix sans timbre. Ils n'en ont pas besoin.

— Ah, donnez-moi quelques bons archers ! s'écria Fidelma avec colère.

Frère Daig parut choqué.

— Lady, nous appartenons à la foi.

— Faut-il pour cela se laisser couper en morceaux sans broncher ?

— Mais le Christ ne nous a-t-il pas appris…

Fidelma eut un geste agacé.

— Non, mon frère, être pauvre d'esprit n'est pas nécessairement une vertu. Cela permet surtout aux puissants et aux orgueilleux de dominer les faibles. Soyons fidèles, intègres et déterminés à résister à l'oppression. Sinon, nous ne ferons qu'encourager la canaille. Et je répète que quelques vaillants archers suffiraient à nous sauver.

— Nous n'avons pas d'arcs dans cette abbaye, intervint frère Bardán, et encore moins d'hommes capables d'en user.

Il se tourna vers l'abbé évanoui.

— Allons, Daig, aide-moi.

Ils soulevèrent le vieil abbé et descendirent les marches avec leur fardeau.

Fidelma, Eadulf et Madagan contemplaient en silence les hommes qui abattaient le vieil arbre. Impossible pour Eadulf de partager la rage impuissante qui s'était emparée de Fidelma et de Madagan. Il comprenait, mais restait étranger à l'angoisse qui les étreignait.

Soudain, il vit une ombre se détacher sur les bâtiments en feu. Une femme ! Elle courait vers les portes de l'abbaye.

— Regardez !

— Les portes sont fermées ! s'écria frère Madagan. Il faut descendre ouvrir à cette pauvre créature.

Les deux hommes se précipitèrent vers l'escalier et Fidelma s'élança derrière eux. En bas des marches, ils trouvèrent frère Daig qui revenait de la cellule de l'abbé.

— Ouvrez les portes ! cria frère Madagan. Il y a une femme qui veut entrer.

Le jeune homme hésita.

— Mais nous risquons d'ouvrir le passage aux assaillants !

Eadulf le repoussa et, aidé de frère Madagan, il fit glisser les verrous et les barres de bois, pour la plus grande consternation de frère Daig et de plusieurs moines qui s'étaient rassemblés autour de lui. Les portes tournèrent sur leurs gonds.

La femme n'était plus qu'à quelques pas du monastère. Eadulf se demanda où il l'avait déjà rencontrée. Il s'avança pour l'encourager de la voix et eut un mouvement de recul en voyant qu'un cavalier l'avait prise en chasse et était sur le point de l'atteindre.

Frère Madagan se précipita, brandissant son crucifix.

— *Templi insulaeque !* cria-t-il. *Sanctuarium ! Sanctuarium*[1] *!*

Il s'était glissé entre la femme et le cavalier qui leva son épée dont la lame reflétait les lueurs de l'incendie. Elle s'abattit sur frère Madagan qui pivota sur lui-même, une marque rouge au front. Eadulf tendit la main pour attraper la femme mais l'attaquant l'atteignit le premier, à la nuque. Elle poussa un cri et pénétra dans la cour en titubant.

Entraîné par sa course, son poursuivant se retrouva lui aussi à l'intérieur de l'abbaye, les sabots de son cheval battant les pavés. Ce qui se passa ensuite arriva si vite que personne n'eut le temps de reprendre son souffle.

Dans son élan, le coursier heurta la femme qui alla s'écraser contre un mur avant de glisser au sol. Eadulf s'écarta d'un geste vif et, en se détournant, il saisit la jambe du cavalier et la souleva afin de le désarçonner. Déjà en équilibre précaire à cause des coups qu'il venait de porter, l'homme tomba de sa selle et s'affala

1. « La maison du Seigneur est inviolable ! Asile ! asile ! » (*N.d.T.*)

sur Eadulf, qui se retrouva à moitié assommé, luttant pour reprendre sa respiration.

Le cavalier était un guerrier, trapu et musclé. Vêtu de lin noir, il portait une cotte de mailles, la *luirech iairn*, par-dessus un justaucorps en cuir, et aussi des jambières, ou *asáin*, en cuir cloutées de cuivre et fixées par des lacets. Son visage disparaissait sous un heaume en cuivre dont la visière était abaissée. À la lumière vacillante des torches de l'enceinte, on ne voyait que sa bouche cruelle aux lèvres minces et rouges.

Son bouclier était resté accroché à son cheval, qui soufflait et s'ébrouait, un peu plus loin.

Le guerrier s'accroupit. Il tenait son épée à deux mains et tournait sur lui-même pour évaluer le danger. Il se détendit en voyant six religieux effrayés, serrés les uns contre les autres près des portes, et une religieuse face à lui.

L'homme se redressa et éclata de rire avant de brandir son épée en un geste menaçant vers les moines, qui eurent un mouvement de recul. Cela parut le réjouir. Puis il vit que la femme n'avait pas bronché et se tenait là, les mains sagement croisées devant elle. Elle était grande et bien faite, et avait un joli visage.

— Qui êtes-vous, guerrier ? lui demanda Fidelma sur un ton d'autorité.

L'homme cligna des paupières. Puis il eut un sourire narquois.

— Le contraire de ces eunuques dont vous êtes entourée. Venez avec moi et je vous montrerai ce que c'est qu'un homme et ce qu'il peut accomplir.

Fidelma jeta un regard anxieux à Eadulf, qui était toujours à terre. Sur la place, frère Madagan était probablement mort. De même que la femme inerte, recroquevillée au pied du mur. Elle revint au guerrier qu'elle toisa avec mépris.

— Vous avez déjà montré de quoi vous étiez capable, lança-t-elle d'une voix détachée. Vous avez les meurtres d'un frère de la foi et d'une femme sans défense sur la conscience. Cela ne fait pas de vous un homme. Vous ne valez pas plus que la tourbe que je fais tomber de la semelle de ma chaussure quand j'ai traversé un marais.

Ces propos étaient tellement inconcevables pour le guerrier qu'il continua de sourire bêtement avant de comprendre l'insulte.

Puis son visage se tordit en une expression de rage et il menaça la jeune femme avec son arme.

— Vous allez m'accompagner ou je vous tue sur-le-champ !

Le jeune Daig, encore rouge de confusion à cause du moment de faiblesse qui l'avait empêché d'aller ouvrir les portes, s'avança pour la protéger. Avant qu'il ait eu le temps d'ouvrir la bouche, le guerrier se retourna et plongea sa lame dans sa poitrine. Le garçon poussa un gémissement de douleur et tomba à genoux. Le sang ruisselait sur son habit et il fixa sa blessure d'un air incrédule.

— Vous êtes très brave quand il s'agit de vous attaquer à des femmes et des jeunes gens désarmés, dit Fidelma en avançant d'un pas. Auriez-vous honte de votre nom ?

— Mon nom ne signifie rien pour des gens comme vous. Et si vous vous imaginez que vous pouvez impunément m'insulter, vous vous trompez !

Elle désigna le jeune Daig, les mains pressées contre ses côtes tandis que le sang coulait entre ses doigts.

— Vous avez déjà largement prouvé votre bravoure ! Comme je suis moi aussi désarmée, je ne doute pas que vous ne désiriez compléter votre méprisable tableau de chasse.

Daig leva sur ses frères des yeux remplis de larmes.

— Les… portes…

Elles étaient restées ouvertes. Si d'autres guerriers le remarquaient, ils ne manqueraient pas de s'engouffrer dans le monastère et rien ne pourrait empêcher le massacre de toute la communauté.

— Ne vous avisez pas d'aller les fermer, grommela le guerrier à l'adresse de Fidelma. Vous seriez morte avant de les avoir atteintes. Mes compagnons vont arriver d'un instant à l'autre.

Frère Daig voulut bouger, ce qui lui arracha une plainte.

— Cet homme est seul, mes frères ! s'exclama Fidelma. Il ne peut pas vous tuer tous. Fermez les portes et désarmez-le !

Le guerrier poussa un sifflement de rage et transperça le cou de Daig, qui retomba en arrière. Inutile de vérifier s'il était mort. Son visage et sa position trahissaient son état.

C'est alors qu'Eadulf reprit conscience. Il se redressa maladroitement, mais le guerrier était déjà sur lui.

— Les portes ! s'écria Fidelma à l'adresse des moines terrorisés. L'ordre de votre frère à l'agonie doit être respecté !

— S'ils bougent, je ne donne pas cher de la peau de celui-là, lança le guerrier en piquant l'épaule d'Eadulf avec la pointe de son épée.

— Allez-y ! s'écria Eadulf, dont la colère était plus forte que la peur.

Le guerrier fut momentanément distrait par les moines qui s'étaient enfin décidés à suivre les injonctions d'Eadulf. Celui-ci en profita pour se précipiter vers les portes. Lorsque le guerrier se retourna, épée brandie, il était trop tard : Fidelma se trouvait face à lui.

Le cœur d'Eadulf se mit à battre plus fort quand il reconnut la position que la nonne avait adoptée. La première fois qu'il avait été le témoin de ses talents de lutteuse, c'était à Rome. Maintenant, elle semblait attendre le coup d'épée qui descendait vers sa tête nue. Puis elle attrapa le bras de son assaillant et, sans effort apparent, le projeta contre le mur derrière elle. L'homme vola dans les airs avec un air ahuri et retomba inconscient après avoir poussé un bref grognement.

Fidelma avait expliqué à Eadulf que, dans l'ancienne Irlande, certains sages étaient les dépositaires des philosophies traditionnelles de son peuple. Ils voyageaient sans jamais porter d'armes, car ils refusaient de tuer leur prochain. Pour se protéger des voleurs et des bandits de grand chemin, ils avaient élaboré un art nommé *troid-sciathaigid* – l'affrontement défensif. On l'enseignait aux missionnaires qui partaient pour des contrées lointaines afin d'y prêcher la bonne parole.

— Vite ! Aidez frère Eadulf ! s'écria Fidelma en se précipitant vers les portes.

Elle courut jusqu'à frère Madagan qui gisait sur le sol, à dix pas de l'abbaye.

— Eadulf, venez m'aider !

Le Saxon la rejoignit et ils attrapèrent le moine, l'un par les pieds, l'autre par les épaules, pour le ramener à l'intérieur pendant que les frères s'affairaient à verrouiller les portes. Ils le reposèrent sur les pavés de la cour à l'instant où les barres de bois tombaient en place.

— Désarmez le guerrier et attachez-le ! ordonna Fidelma à l'adresse des religieux qui se tenaient maintenant la tête basse, consternés par leur inertie au moment du danger.

De son côté, Eadulf était déjà en train d'examiner Madagan.

— Il vit, annonça-t-il à Fidelma, la blessure n'est que superficielle. Je pense qu'il a reçu le plat de l'épée sur le crâne. Le sang sur son front provient d'une légère coupure provoquée par la lame. Il devrait bientôt revenir à lui.

— Et vous ? demanda aussitôt Fidelma, effrayée par la tache rouge sur son vêtement, là où le guerrier l'avait piqué avec la pointe de son arme.

Le Saxon porta la main à l'épaule en faisant une grimace.

— Juste une égratignure, j'ai connu pire. Mais quand cet homme est tombé sur moi, j'ai bien cru ne jamais pouvoir me relever. Je vais souffrir de courbatures pendant quelque temps.

Fidelma se dirigea alors à grands pas vers le corps recroquevillé de la femme.

— C'est Cred !

Malgré son visage sanguinolent, Fidelma avait reconnu l'aubergiste.

— Et... elle respire !

Fidelma passa une main sous la tête de la malheureuse. Eadulf l'examina rapidement avant de faire signe à sa compagne qu'il n'y avait plus d'espoir.

À cet instant, Cred ouvrit des yeux remplis de souffrance et de crainte.

— Tranquillisez-vous, lui dit la religieuse d'une voix rassurante. Vous êtes avec des amis.

Cred roula des yeux égarés.

— Je... je sais des choses... articula-t-elle à grand-peine.

Eadulf se tourna vers un des frères.

— Allez chercher de l'eau.

— Reposez-vous, murmura Fidelma. Nous allons prendre soin de vous. Ne bougez pas, surtout.

— J'ai entendu parler l'archer... l'ennemi est à Cashel. Le... prince...

Sa tête versa sur le côté, les yeux grands ouverts. L'aubergiste avait rendu son dernier soupir.

Eadulf fit une génuflexion et Fidelma demeura silencieuse, plongée dans ses pensées.

Le moine arriva avec un pot d'eau. Eadulf le lui prit des mains et commença à ranimer frère Madagan, qui revint lentement à lui.

Eadulf se tourna alors vers un groupe de religieux qui attendaient, l'air accablé.

— Frère Madagan a-t-il un assistant dans sa tâche d'intendant de l'abbaye ?

Des murmures s'élevèrent.

— C'était frère Mochta, se décida un moine.

— Très bien, je le remplacerai jusqu'à ce qu'on trouve une autre solution. L'un d'entre vous va emmener frère Madagan dans sa cellule. Il a reçu un méchant coup sur la tête. Et puis allez quérir l'apothicaire. Je veux aussi des volontaires pour emmener les corps de Cred et de frère Daig à la salle mortuaire, et pour nettoyer le sang sur les pavés.

— Je m'en charge, dit un des moines. Et que doit-on faire du guerrier ?

Eadulf se tourna vers le soudard, maintenant solidement ligoté, le dos au mur. Il avait repris conscience et éprouvait la solidité de ses liens. Quand Eadulf s'avança vers lui, il se figea.

— Vous regretterez de ne pas m'avoir tué, mon frère, siffla-t-il entre ses dents.

— Je crois plutôt que vous regretterez que je ne l'aie pas fait, ironisa Eadulf. Vos complices n'auront pas fini de se gausser de vous quand ils apprendront que vous avez été désarmé et capturé par une sœur de la foi. Fidelma de Cashel vous a assommé à mains nues. Quelle épitaphe pour un guerrier tel que vous ! *Aut viam inveniam aut faciam*, soit je trouverai un chemin, soit je le créerai, telle est notre devise, affirment vos semblables. Vous avez doublement échoué.

L'autre tenta de cracher sur Eadulf, qui lui répondit par un large sourire et se tourna vers le jeune moine qui attendait sa décision.

— Laissons ce vaillant héros là où il est tombé, frère… ?

— Tomar.

— Suivez bien mes instructions, frère Tomar.

Puis Eadulf rejoignit Fidelma qui se tenait toujours auprès de Cred, immobile et songeuse.

— À mon avis, lui dit-elle, Cred ne venait pas chercher du secours à l'abbaye, mais elle désirait me parler.

Elle poussa un soupir.

— Le guerrier vous a-t-il confié quelque chose ?

— Rien. Pas même son nom.

— Nous l'interrogerons plus tard.

Fidelma se tourna vers la tour de guet.

— Allons d'abord voir ce qui se passe à l'extérieur. Si ces guerriers avaient l'intention d'attaquer le monastère, ils ne sont pas pressés. L'aube ne va pas tarder.

Ils retournèrent sur le toit. Les incendies brûlaient avec moins d'intensité et des colonnes de fumée s'élevaient vers le ciel. Quant au grand if, une fois le tronc entamé, on l'avait abattu à l'aide de cordes puis on y avait mis le feu.

Devant ce spectacle, Fidelma, saisie de vertige, ferma les yeux, puis les rouvrit.

— Voilà seize siècles que cet if, planté par Eber Fionn et symbole de notre bonne fortune, se dressait en ces lieux, murmura-t-elle d'une voix faible.

Brusquement, elle fronça les sourcils en constatant que les assaillants se réorganisaient tandis que la cloche continuait de sonner à toute volée. Étrange, comme les drames qui se déroulaient l'avaient rendue sourde à ce tintamarre.

— Il faut arrêter ce carillon, dit-elle à Eadulf. À l'heure qu'il est, personne ne viendra plus à notre secours.

— Je vais demander à frère Tomar de s'en occuper.

Eadulf allait descendre les marches quand Fidelma le rappela.

— Attendez ! Il y a un mouvement de troupes au sud. Les assaillants se rassemblent pour attaquer le monastère.

— Il serait vain de vouloir organiser une quelconque défense. S'ils ont été capables d'abattre l'if avec leurs haches, ils n'auront aucune difficulté à enfoncer les portes en chêne.

— Peut-être pourrions-nous négocier ? proposa-t-elle sans conviction.

Eadulf contempla la ville incendiée et la souche noircie du grand if. L'aube se levait, révélant de nombreux cadavres dispersés çà et là.

Frère Tomar les rejoignit.

— J'ai accompli les tâches dont vous m'aviez chargé, frère Eadulf. Madagan a repris conscience mais il est encore très faible. L'abbé Ségdae s'est lui aussi réveillé. Il essaye tant bien que mal d'organiser la communauté pour affronter nos ennemis avec plus de discipline.

Il jeta un regard gêné en direction de Fidelma.

— Nous ne nous sommes pas très bien conduits quand ce guerrier a fait irruption dans la cour, ma sœur. Et nous nous en excusons.

— Je vous pardonne volontiers, car les frères de la foi ne sont pas entraînés à la guerre.

Tout en parlant, elle suivait avec anxiété les manœuvres d'une troupe de cavaliers.

Frère Tomar suivit son regard.

— Ils se préparent à l'assaut ? demanda-t-il à voix basse.

— Je le crains.

— Dans ce cas, je vais aller prévenir les autres.

Fidelma l'en empêcha.

— Pour quoi faire ? Nous sommes incapables de résister.

— Je crois qu'il existe un moyen d'évacuer les sœurs. Une fois, j'ai entendu l'abbé faire allusion à un passage secret qui mène dans les collines avoisinantes.

— Un passage secret ? Alors, filez chez Ségdae. Si nous pouvons sauver certains d'entre nous avant l'arrivée de ces barbares…

Frère Tomar s'éclipsa et Eadulf attira l'attention de Fidelma en pointant un doigt en silence vers le nord de la ville. Une bande de cavaliers s'enfuyait tandis que d'autres arrivaient de la direction opposée.

— Une partie des assaillants semble abandonner le terrain, dit Eadulf. Je ne comprends pas pourquoi.

Fidelma se détourna des fuyards pour se concentrer à nouveau sur le sud. Le soleil venait de se lever au-dessus des collines à l'est, inondant la forêt de lumière. À l'orée d'un bois, elle vit distinctement une trentaine de cavaliers, donc elle ne s'était pas trompée. L'un d'eux portait une bannière qui ondulait dans le vent.

Un cerf s'y détachait sur un fond bleu roi.

— L'oriflamme des Eóghanacht ! s'écria-t-elle.

La troupe traversa la plaine et se dirigea droit sur l'abbaye.

Transfigurée, Fidelma se tourna vers Eadulf.

— Je crois que ce sont les hommes de Cnoc Áine. Ils ont répondu à l'appel de la cloche !

— Cela expliquerait que nos ennemis aient subitement renoncé à leurs sinistres projets.

Au pied de la tour, ils trouvèrent frère Tomar et l'abbé Ségdae. Ce dernier, pâle et épuisé, portait une marque bleuâtre au front, mais il semblait à nouveau en pleine possession de ses moyens. Une sonnerie de trompette retentit, que Ségdae et Fidelma identifièrent aussitôt.

— *Deo gratias !* murmura l'abbé. Nous sommes sauvés !

Frère Tomar se précipita pour ouvrir les portes et une colonne de cavaliers vint s'arrêter devant eux. Ils étaient conduits par un jeune guerrier aux cheveux noirs, d'une beauté éclatante, et vêtu pour la bataille. Il portait une cape bleue, attachée sur l'épaule par une broche en argent représentant un soleil à cinq branches dont trois étaient incrustées de grenats.

Il repéra tout de suite Fidelma et son visage se fendit en un large sourire.

— *Lamh laidir abú !* lança-t-il en levant un poing fermé.

Eadulf avait séjourné assez longtemps à Muman pour reconnaître le cri de guerre des Eóghanacht : « Nous prêtons main-forte à la victoire ! »

— Tu es le bienvenu, cousin Finguine, répliqua Fidelma en levant le poing à son tour.

— Cependant, il semblerait que j'arrive bien tard, dit-il sur un ton de regret. Mais je remercie le Seigneur d'avoir jeté sur toi Son manteau protecteur, cousine.

— Les assaillants viennent de s'enfuir vers le nord, précisa Eadulf.

— Nous les avons vus.

Le prince remarqua tout de suite la tonsure et l'accent saxon de son interlocuteur.

— Mon *tanist* et la moitié de mes hommes sont déjà partis à leur poursuite. Qui sont-ils ? Des Uí Fidgente ?

Fidelma dut admettre que cette hypothèse ne manquait pas de logique. À peine un an auparavant, dans la capitale de Finguine, à Cnoc Áine, avait été livrée la dernière grande bataille contre les Uí Fidgente.

— Difficile de se prononcer. Le prince des Uí Fidgente s'est déplacé à Cashel pour entamer des pourparlers de paix avec mon frère.

— C'est ce qu'on m'a rapporté.

Le visage de Finguine trahissait son scepticisme quant à l'issue positive d'une telle entreprise. Il se tourna vers Ségdae et remarqua son front violacé.

— Êtes-vous sérieusement blessé, mon père ?

— Une contusion, monseigneur, rien de plus.

— Des frères de la communauté ont-ils souffert de cet assaut ?

— Rien de comparable à ce qu'ont dû supporter la ville et ses habitants. Un frère a été assassiné et un autre blessé, mais rien de grave. Mais les pertes sont importantes au bourg. Et il est arrivé un grand malheur…

Finguine suivit son regard.

— L'if sacré de notre race a été abattu et brûlé ! s'écria-t-il d'une voix où l'horreur se mêlait à l'indignation. Une telle insulte aux Eóghanacht doit se laver dans le sang. La guerre est inévitable.

— Oui, mais avec qui ? Il nous faut d'abord identifier les coupables.

— Qui, à part les Uí Fidgente, peut tirer avantage d'un tel acte ? tonna Finguine.

— Ce n'est qu'une supposition. Il faut bien réfléchir avant d'agir.

— Nous avons capturé un des assaillants, lui rappela Eadulf. Allons le questionner pour qu'il nous révèle le nom de son maître

Finguine parut impressionné.

— Vous avez fait un prisonnier, Saxon ?

— Pas du tout, c'est Fidelma, corrigea aussitôt Eadulf avec une franchise désarmante.

Quand Finguine se tourna vers sa cousine, un sourire amusé jouait sur ses lèvres.

— J'aurais dû m'en douter. Eh bien, où est-il ? Allons voir ce que nous pourrons tirer de ce chien.

Il donna des ordres à ses hommes afin qu'ils parcourent les rues de la ville et s'efforcent dans la mesure du possible de porter secours aux blessés et d'éteindre les incendies. Puis il suivit les religieux dans la cour principale.

— Il est par ici, dit Eadulf en ouvrant le chemin vers l'endroit où il avait laissé le soudard.

L'homme était adossé au mur, les mains liées derrière lui, les jambes allongées et les chevilles entravées. Son menton reposait sur sa poitrine.

— Réveillez-vous ! cria Eadulf. Nous avons quelques questions à vous poser.

Il se pencha et toucha l'épaule de l'homme, qui versa sans un bruit sur le côté.

Finguine s'agenouilla et posa la main sur une veine à son cou.

— Par la couronne de Corc de Cashel ! Quelqu'un s'est vengé sur cet homme. Il est mort.

Fidelma poussa une exclamation de surprise.

Du sang s'était coagulé sur la cotte de mailles du guerrier qu'on avait poignardé en plein cœur.

CHAPITRE XIII

Il s'avéra que le raid avait été moins dramatique qu'ils ne l'avaient cru tout d'abord. Une vingtaine de personnes étaient mortes et une douzaine d'autres blessées. Seuls cinq bâtiments avaient brûlé et ceux qui étaient endommagés pourraient être reconstruits. Dans la petite communauté, les effets de l'assaut n'en étaient pas moins dévastateurs. La forge, l'auberge de Cred et un entrepôt plein de réserves étaient partis en fumée.

L'abbé Ségdae et frère Madagan, arborant des bandages autour de la tête tels des emblèmes honorifiques, avaient célébré une messe pour remercier Dieu d'avoir épargné l'abbaye. Même Samradán, plus congestionné que jamais, était présent. Il se montra irritable et honteux de sa lâcheté. Après la messe, Fidelma, Eadulf et le prince de Cnoc Áine se rendirent dans la ville pour estimer les dommages qui lui avaient été infligés.

On évita de commenter la disparition du grand if dont le bois continuait de se calciner devant le monastère. Sa destruction réveillait des sentiments difficilement exprimables.

La première personne qu'ils croisèrent était Nion, le *bó-aire*. La jambe droite bandée, il s'appuyait à un bâton. Afin de se protéger du froid, il s'était enveloppé dans une grande cape en laine, attachée à l'épaule par une broche en argent en tout point semblable à celle de Finguine : un soleil dont trois branches étaient incrustées de grenats. Le visage fermé, il contemplait ce qui restait de sa forge, tandis que son assistant, Suibne, tentait de sauver quelques objets des décombres. Ça sentait le bois brûlé mêlé à d'autres odeurs, des émanations qu'ils ne purent identifier. L'atmosphère était malsaine et corrosive pour les poumons.

Quand ils s'approchèrent du forgeron, ce dernier ne daigna même pas lever les yeux sur eux.

— Je suis heureux de vous voir sain et sauf, Nion, dit Finguine.

Tout indiquait qu'ils se connaissaient de longue date.

Nion salua distraitement le prince.

— Sans vous, il ne resterait rien de la ville, monseigneur. Nous aurions tous été massacrés si vous n'étiez arrivé à temps.

— Hélas, pas assez vite pour vous épargner les pertes que vous avez subies.

— Oh, je survivrai ! Mais je n'en dirais pas autant de certains habitants. Tout dépendra de ce qu'on pourra tirer des cendres.

Finguine secoua la tête avec tristesse.

— Restaurer votre forge va mobiliser toutes vos forces. Quel dommage ! Pas plus tard qu'il y a deux jours, je voulais faire appel à vos talents pour me ciseler une autre de ces broches en argent.

Il tapota la sienne, l'esprit ailleurs, puis il remarqua la jambe de Nion.

— Vous avez été sérieusement blessé ?

— Oui. Et je ne pourrai pas exercer mon métier avant un bon bout de temps.

— Vous étiez ici quand le raid a commencé ? demanda Fidelma.

— Oui.

— Comment cela s'est-il passé ?

— Il n'y a pas grand-chose à raconter. J'ai été réveillé par des clameurs et un vacarme inhabituel alors que je dormais ici, dans un des appentis. Je me suis précipité et j'ai vu une vingtaine d'hommes chevauchant dans les rues. La taverne de Cred était déjà en flammes et les gens couraient dans tous les sens. Je n'ai pas pu reconnaître les assaillants. Comme il fallait que j'assume mes devoirs en tant que *bó-aire*, j'ai aussitôt attrapé une épée que je venais d'aiguiser, bien décidé à sauver ma forge et la ville. Mais cette bande de couards m'a attaqué par-derrière. J'ai reçu un coup sur la tête et, tout de suite après, une lame m'a transpercé la jambe et la forge était en flammes. Mon assistant, Suibne, m'a mis à l'abri en me tirant par les bras.

Il jeta un coup d'œil embarrassé à Finguine.

— Je vous accorde que je suis censé protéger les habitants… mais pas au mépris de ma vie. Nous n'avons pas de guerriers et nul n'était en mesure de m'aider à repousser l'attaque.

— D'où venaient les assaillants ? le pressa Finguine.

— Du nord, et ils sont repartis par le même chemin.

Le forgeron cracha sur le sol.

— Pour moi, leur identité ne fait aucun doute.

— Mais vous n'avez aucune certitude ? insista Fidelma.

— Qui d'autre, à part les Dál gCais, ces maudits Uí Fidgente, aurait lancé un raid sur Imleach et détruit le grand if ?

— Cependant, rien n'a corroboré vos soupçons ? s'obstina Fidelma.

Le forgeron plissa les paupières et laissa éclater sa colère :

— La prochaine fois que je rencontrerai un Uí Fidgente, je n'aurai pas besoin de preuves pour l'occire. Et si je suis dans mon tort, je serai ravi d'aller en enfer pour le seul plaisir d'entraîner un Uí Fidgente à ma suite ! Regardez ce qu'ils ont fait de ma ville !

Il ouvrit un bras englobant les ruines fumantes.

Le visage grave, Finguine se tourna vers sa cousine.

— La plupart des gens partagent son point de vue. Qui, sinon les Uí Fidgente, se serait livré à une telle barbarie ?

Fidelma l'entraîna avec Eadulf loin du forgeron.

— Voilà ce qu'il me faut démontrer. Pour l'instant, Donennach séjourne à Cashel pour tenter d'établir un traité de paix avec mon frère. Tous deux ont été blessés lors d'une tentative d'assassinat. Au cours du procès qui se tiendra d'ici à quelques jours, nous devrons prouver la duplicité des Uí Fidgente, sinon nous serons considérés comme les agresseurs devant les cinq royaumes d'Éireann. Les théories m'importent peu, il me faut des preuves tangibles.

— Dommage que quelqu'un se soit vengé sur votre captif, il aurait pu nous éclairer, soupira Finguine.

— La seule vengeance explique-t-elle qu'il ait été poignardé avec tant d'empressement ?

L'étonnement se peignit sur les traits de Finguine et d'Eadulf.

— Je ne suis pas certain de te comprendre, dit le prince de Cnoc Áine.

— C'est pourtant simple !

— Vous pensez qu'on a voulu l'empêcher de révéler le nom de ses commanditaires ? demanda Eadulf.

Fidelma hocha la tête.

— Mais alors... cela impliquerait qu'un membre de la communauté du monastère est le complice des assaillants.

— Si ce n'est un moine, du moins quelqu'un travaillant à l'abbaye… où tous les éléments de ce mystère ne cessent de nous ramener.

Eadulf se massa le lobe de l'oreille d'un air pensif.

— Essayons de nous souvenir. Le guerrier était solidement ligoté quand nous sommes retournés dans la tour. Était-il encore en vie quand nous en sommes descendus pour accueillir le prince ? Je n'en jurerais point.

— Moi non plus. A-t-il été tué quand nous étions là-haut ou quand nous avons reçu Finguine ?

— Pendant que nous étions dans la tour, plusieurs frères étaient rassemblés près des portes. Mais il ne faut pas oublier ceux qui ont emporté les corps de Cred et de frère Daig à la salle mortuaire, et aidé Madagan à regagner sa cellule.

Fidelma réfléchit.

— Quand nous avons ouvert les portes, frère Tomar était présent, ainsi que l'abbé Ségdae, et deux frères qui se tenaient à proximité. Nous nous sommes alors empressés d'aller saluer Finguine et quelqu'un a fort bien pu poignarder l'homme à ce moment-là.

— Auquel cas, n'importe lequel des frères peut être soupçonné.

— Tout cela ne nous aide pas beaucoup à identifier les assaillants, intervint le prince. Un mort ne parle pas.

Fidelma observa un instant son cousin et sourit d'un air entendu.

— Au contraire, il arrive qu'un mort ait beaucoup à nous apprendre. Ce mercenaire étant la seule preuve que nous ayons de la présence des attaquants, je vous propose d'aller examiner ses possessions. Peut-être nous livreront-elles quelque indice.

Alors qu'ils retournaient au monastère, un des hommes de Finguine se précipita à sa rencontre et s'entretint avec lui en aparté. Finguine se tourna vers sa cousine et son compagnon avec un sourire de triomphe.

— Je crois que nous savons maintenant avec certitude qui portera le blâme de ce raid. Venez.

Le guerrier les mena jusqu'aux restes calcinés de l'if et désigna une partie de la souche épargnée par les flammes. On y avait grossièrement gravé un sanglier.

— L'emblème du prince des Uí Fidgente, annonça Finguine avec une satisfaction non dissimulée.

Sceptique, Fidelma haussa les sourcils.

— Intéressant qu'en un moment pareil quelqu'un ait pris la peine de nous informer de l'identité des assaillants.

À cet instant, une trompette sonna, aiguë et claire.

Elle annonçait le retour des hommes de Finguine, partis à la poursuite des fuyards.

Ils apparurent, galopant dans la ville sur des chevaux pleins de poussière. Leur chef se dirigea droit sur le prince, s'arrêta et sauta de sa monture. À peine ses pieds avaient-ils touché le sol qu'il secouait la tête d'un air dégoûté.

— Rien, grommela-t-il. Ils nous ont distancés.

Finguine le fixa avec courroux.

— Comment cela ?

— Ils ont traversé la rivière et on a perdu leurs traces.

— Vers où se dirigeaient-ils ?

— Je dirais les montagnes du Nord. Mais après la Dead River, ils ont pu choisir n'importe quelle direction.

— Avez-vous suivi la rive Nord pour déterminer l'endroit où ils se sont écartés du cours d'eau ?

— Nous avons parcouru environ un mille dans les deux sens, mais n'avons rien repéré. Dans cette région, le sol est pierreux.

L'homme semblait contrarié devant ce qu'il prenait pour des remontrances.

— Je n'avais pas l'intention de critiquer la façon dont vous avez mené cette expédition, le rassura Finguine. Allez vous restaurer et prendre un peu de repos.

Le guerrier s'apprêtait à obéir quand il avisa ce qui restait de l'if.

— Voilà un mauvais présage, Finguine, articula-t-il d'une voix sourde.

Le prince de Cnoc Áine pinça les lèvres.

— Laissez donc là les présages. Quant à cet acte de malveillance, les coupables en répondront devant la justice.

— Un instant, intervint Fidelma tandis que le guerrier s'éloignait en tenant son cheval par la bride. Qu'est-ce qui vous fait croire que les cavaliers ont pris la direction du nord ?

L'homme se retourna, hésita et haussa les épaules.

— Pourquoi galoper vers le nord comme si vous aviez le diable à vos trousses si c'est pour changer de cap à la rivière ? Ils étaient visiblement impatients de se mettre à l'abri sur leur territoire.

— À moins qu'ils n'aient opté pour la rivière en sachant qu'elle leur permettrait de semer leurs poursuivants ? proposa Eadulf.

L'autre le toisa d'un air mauvais.

— De même que je ne m'aventurerais pas à prononcer un sermon, il vaudrait mieux que vous renonciez à mener les guerriers à la bataille, frère saxon. Je continue d'affirmer qu'ils se dirigeaient vers le nord.

— Alors peut-être auriez-vous dû poursuivre dans cette direction ? lança Fidelma de but en blanc.

Le guerrier allait répondre quand Finguine le congédia, puis il se tourna vers la jeune femme.

— C'est un brave homme, cousine, dit-il, sur la défensive. Et cela ne se fait pas de mettre en doute les décisions d'un guerrier.

— Il n'empêche qu'il aurait dû se fier à son intuition et continuer vers le nord.

Elle jeta un coup d'œil à la souche de l'if.

— Partout où je regarde, je ne trouve que des suppositions, des doutes et des à-peu-près. Pour me convaincre, il m'en faudrait davantage que ce sanglier gravé sur une souche. N'importe qui peut se livrer à une grossière représentation d'un symbole aussi notoire.

Finguine parut surpris.

— Tu as l'intention d'ignorer cette preuve ?

— Je ne méprise jamais un indice quel qu'il soit, mais celui-ci mérite qu'on le considère avec prudence. Il a très bien pu être laissé à dessein pour nous égarer et nous faire croire à une vantardise des assaillants.

— Et si nous allions examiner le corps du mercenaire ? suggéra Eadulf à Fidelma. Peut-être nous aiguillera-t-il sur une piste intéressante ?

Ils abandonnèrent Finguine à son inspection de la ville et retournèrent à l'abbaye.

— Je suppose que, pour vous, ces événements ne sont pas pures coïncidences, dit brusquement Eadulf.

Fidelma réfléchit.

— Notre voyage à Imleach était motivé par une tentative d'assassinat à Cashel. Or, quand nous arrivons à l'abbaye, nous découvrons que frère Mochta s'est évanoui dans la nature, ainsi que les saintes reliques d'Ailbe dont il avait la garde. On retrouve une des reliques en possession d'un des assassins. Tout d'abord, nous pensons qu'il s'agit de Mochta, sauf que la tonsure nous dissuade d'ajouter foi à cette première hypothèse. Le raid et la destruction de l'if sacré sont peut-être une coïncidence, mais cela semble peu probable.

— En ce qui me concerne, je ne vois pas le lien, protesta Eadulf, qui n'avait pas remarqué le sourire ironique sur les lèvres de Fidelma.

— Très bien. Étudions les liens. D'abord, la découverte du crucifix sur l'assassin, un religieux dont la description correspond à celle de frère Mochta jusqu'au tatouage de la buse sur son bras gauche. Selon vous, s'agit-il d'un pur hasard ?

— Comment résolvez-vous le mystère de la tonsure ? demanda Eadulf en s'arrêtant dans la cour principale de l'abbaye, irrité par la tournure que prenait la conversation.

— Vous oubliez l'archer, surnommé le *Saigteóir*, qui a passé plusieurs jours à Imleach. N'a-t-il pas acheté ses flèches à Nion, le forgeron ? Et pourquoi le charretier de Samradán a-t-il été poignardé ? Pour l'empêcher de nous révéler que l'archer avait ici même rencontré frère Mochta, ainsi qu'un homme auquel il donnait du *rígdomna*, un titre accordé aux seuls princes. Les faits sont incontournables.

— Exact. Mais vous en négligez un : le temps. Là, rien ne va plus. À Imleach, frère Mochta assiste aux vêpres arborant la tonsure de saint Jean. Moins de douze heures plus tard, on le trouve à Cashel avec une tonsure de Rome que l'on distinguait encore malgré une repousse de plusieurs semaines.

Fidelma rejeta l'objection d'un geste de la main.

— Que faites-vous du marchand de Cashel, Samradán ? La tentative d'assassinat est lancée du toit de sa remise et nous le retrouvons à Imleach. Un de ses charretiers nous renseigne sur l'archer ? Il paye cette démarche de sa vie. Ne trouvez-vous pas que, là encore, le hasard fait bien les choses ?

— Peut-être. Et si nous allions nous entretenir avec Samradán ?

Fidelma lui sourit.

— Ce serait une excellente initiative.

— Je crois qu'il faut résister à la tentation de rapprocher des faits qui n'ont pas nécessairement de rapport entre eux, persista Eadulf.

Fidelma se retint d'éclater de rire. Elle appréciait les controverses avec Eadulf, cela l'aidait à réfléchir. Souvent, elle jouait le rôle de l'avocat du diable afin de mettre de l'ordre dans ses pensées, tout en se gardant de révéler sa stratégie à son compagnon.

— En tout cas, nous pouvons être certains d'une chose, conclut Eadulf, c'est que Nion le forgeron a raison sur un point. Je connais mal ces Uí Fidgente mais si la majorité des gens les voit derrière cet assaut, ils ne peuvent pas tous se tromper.

— Eadulf, si devant le tribunal il me suffisait de faire valoir des soupçons, les Uí Fidgente seraient condamnés sur l'heure. Mais nos lois ne fonctionnent pas ainsi. Si mes arguments ne sont pas étayés de preuves, les Uí Fidgente seront innocentés.

Fidelma interpella frère Tomar qui traversait la cour.

— Savez-vous où se trouve le marchand Samradán ?

Tomar secoua la tête. Fidelma avait découvert qu'il était le garçon d'écurie de l'abbaye. Ce jeune homme de la campagne aux manières rudes préférait la compagnie des chevaux à celle des hommes.

— Il a quitté le monastère.

Frère Tomar s'apprêtait à poursuivre son chemin quand Fidelma le retint.

— Il s'est rendu en ville ?

— Non, il est parti à la tête de ses chariots.

— Ses guides ont réussi à échapper au massacre ? Je croyais que la taverne de Cred avait été entièrement détruite.

— J'ai appris de la bouche de l'un d'eux qu'un charretier avait péri, répondit Tomar d'un ton morose. Les deux survivants sont arrivés ici conduisant chacun un chariot, et Samradán s'est joint à eux. Ils se sont dirigés vers le nord.

— Le nord, murmura Fidelma.

— Il vous avait prévenue qu'il partait vers le nord, lui rappela Eadulf.

— Je m'en souviens.

Frère Tomar se balança d'un pied sur l'autre.

— Je l'ai entendu donner l'ordre aux charretiers de rejoindre le gué de la Dead River.

Fidelma remercia le jeune homme et, avec Eadulf, elle se mit en quête de l'apothicaire.

Quand ils pénétrèrent dans la salle mortuaire, ils y trouvèrent frère Bardán, dont les fonctions consistaient aussi à accomplir les rites funéraires. Il mettait la touche finale au linceul de son ami Daig. Il avait les yeux rouges, des traces de larmes sur ses joues creuses, et il se tourna vers les visiteurs avec une colère non dissimulée.

— Que cherchez-vous en ces lieux ?

— Calmez-vous, mon frère, murmura Fidelma d'une voix douce. Je comprends maintenant que vous étiez proche de ce pauvre jeune homme. Nous respectons votre chagrin mais il nous faut examiner les restes du guerrier.

Frère Bardán désigna une table à l'autre bout de la pièce.

— Je ne m'occuperai pas de lui pour sa sépulture, il ne mérite pas de service chrétien.

— C'est votre droit, commenta Fidelma, imperturbable. Gardez-vous aussi la dépouille de Cred ?

— Je l'ai déjà apprêtée et sa famille l'a aussitôt transférée au cimetière de la ville. Beaucoup de personnes tuées pendant le raid seront enterrées aujourd'hui.

Fidelma hocha la tête et se dirigea vers le guerrier.

Son heaume, dont la visière était abaissée, lui couvrait la tête et on ne lui avait pas ôté ses liens.

Fidelma claqua la langue pour marquer sa désapprobation et le découvrit. L'homme, âgé d'une trentaine d'années, avait des traits épais, endurcis par la vie erratique qu'il avait menée, et son front était barré d'une cicatrice. Un coup d'épée, sans doute. Le nez bulbeux et la chair marbrée révélaient qu'il avait abusé de la nourriture et de la boisson.

— Dénouez ses liens, demanda-t-elle à Eadulf, qui s'exécuta.

L'homme avait bien l'apparence d'un guerrier professionnel, comme elle l'avait tout d'abord imaginé.

Elle aida Eadulf à lui ôter la ceinture retenant ses armes, et la cotte de mailles usagée et rouillée par endroits qui lui protégeait le torse. Son justaucorps en cuir suivit, puis sa chemise en lin noire et son kilt. Rien ne permettait de l'identifier ni de savoir d'où il venait.

À l'aide d'un poignard, son meurtrier avait transpercé la cotte de mailles et pénétré dans la cage thoracique. Le décès avait été instantané. Une fois l'homme entièrement déshabillé, Fidelma observa les balafres qui signaient une vie passée sur les champs de bataille.

— Il ne devait pas être très habile au maniement des armes, ironisa-t-elle. Un bon guerrier inflige des blessures mais en reçoit peu.

Eadulf sourit.

— Et je m'étonne qu'il ne porte pas de bourse, poursuivit-elle.

Eadulf fronça les sourcils.

— Vous voulez dire qu'en tant que mercenaire il aurait dû recevoir un paiement pour ses services ?

— Exactement.

— Peut-être a-t-il laissé sa bourse chez lui ?

— Et s'il était loin de son foyer ?

Eadulf haussa les épaules.

— L'aurait-il cachée dans quelque endroit pour la reprendre après le raid ? Non, c'est une pratique dangereuse, les guerriers se séparent rarement de leurs richesses.

Le visage de Fidelma s'éclaira.

— Peut-être possédait-il des sacs de selle ? J'avais oublié son cheval !

Elle regarda en direction de frère Bardán.

— Qu'avez-vous l'intention de faire avec le corps de cet homme ?

— Le laisser pourrir, lança l'apothicaire sur un ton sans réplique.

— Votre vœu sera sûrement exaucé, mais voulez-vous qu'il se décompose ici ou ailleurs ?

— Comme il est hors de question qu'on l'ensevelisse sur les terres de l'abbaye auprès de…

Bardán fit un geste en direction du cadavre de Daig.

— … je vais envoyer chercher Nion, le *bó-aire*, pour qu'il se charge de faire transporter ce triste sire au cimetière de la ville.

— Très bien.

Puis Fidelma se tourna vers Eadulf.

— Allons aux écuries examiner son cheval.

Le moine l'arrêta.

— Vous avez oublié d'étudier son épée.

— Vous avez raison.

Elle était longue de trente-cinq pouces environ, avec des nervures qui partaient de la pointe. La lame se rétrécissait au point de jonction avec la poignée, à laquelle elle était fixée par six rivets.

— Ce n'est pas l'épée d'un homme pauvre, commenta Eadulf en fronçant les sourcils. Et je suis à peu près certain d'en avoir vu une semblable il y a peu de temps…

— C'est une *claideb dét* ! La même que celle d'un des assassins.

— Une épée de dents ? traduisit Eadulf. Pourtant elle est en métal !

Fidelma sourit.

— La poignée est gravée de dents d'animaux. Pour autant que je m'en souvienne, il n'existe qu'un seul territoire des cinq royaumes d'Éireann où les forgerons utilisent de tels motifs. Si seulement je pouvais me rappeler où..

— Vous pensez que cela vous apprendrait d'où vient cet homme ?

— Pas nécessairement, mais nous saurions dans quelle contrée cette poignée a été forgée. Et à propos de coïncidence, vous croyez vraiment que c'est un hasard si l'assassin et ce guerrier possédaient des épées similaires ?

Eadulf réfléchit tout en examinant l'arme avec un nouvel intérêt.

— *Claideb dét,* dites-vous ?

— *Macheram belluinis ornatam dolatis dentibus*, une épée ornée avec les dents sculptées d'un animal. Gardez bien cela en tête, Eadulf, cela pourrait nous servir plus tard.

Elle jeta un dernier coup d'œil à la dépouille.

— Mercenaire au service d'un prince ou simple brigand arpentant le pays en quête de butin, nous avons la confirmation que cet homme n'était pas un amateur. Et ce qu'il portait sur lui peut provenir de n'importe quelle région des cinq royaumes…

— À l'exception de cette poignée.

— Oui, et j'ai beau me torturer l'esprit, le nom du peuple qui use de telles enjolivures m'échappe.

Elle se dirigea vers la porte de la salle mortuaire et, avant de sortir, se tourna vers frère Bardán.

— J'en ai terminé.

L'apothicaire s'inclina avec raideur.

— Ne vous inquiétez pas. On se débarrassera du cadavre de ce bandit.

Une fois dehors, Eadulf manifesta sa désapprobation.

— Frère Bardán a oublié les enseignements de la foi. « Montrez-vous bons et compatissants les uns pour les autres, vous pardonnant mutuellement, comme Dieu vous a pardonnés dans le Christ. » Peut-être devrait-on lui rappeler ce texte ?

— Épître aux Éphésiens, chapitre quatre, dit machinalement Fidelma qui avait reconnu la citation. Frère Bardán est de ceux qui préfèrent confier à Dieu le soin d'absoudre leurs ennemis. Après tout, il n'est qu'un homme, avec ses qualités et ses faiblesses. Daig représentait beaucoup pour lui.

Alors qu'ils repassaient par les galeries, ils tombèrent sur l'abbé Ségdae, la tête ceinte de son bandage. Le cou rentré dans les épaules, il reniflait un petit bouquet de plantes, assis à l'ombre des voûtes. Il esquissa un sourire en les voyant s'approcher.

— Frère Bardán affirme que ces arômes devraient m'aider à faire passer la migraine.

— Votre blessure cicatrise-t-elle ? s'inquiéta Fidelma.

Elle aimait beaucoup le vieil abbé, qu'elle avait toujours associé à sa famille.

— Il s'agit plutôt d'un hématome qui refuse de se résorber. D'où la douleur. Il me faudra prendre mon mal en patience.

— Soignez-vous bien, Ségdae.

L'évêque poussa un profond soupir.

— Je suis un vieil homme, Fidelma. Je me demande si je ne devrais pas céder la place à un moine plus jeune. Dans les annales consacrées à notre ère, on se souviendra de moi comme du *comarb* d'Ailbe qui n'a pas su empêcher le vol des saintes reliques et l'abattage de l'if sacré d'Imleach. On a porté atteinte à l'honneur des Eóghanacht et je n'ai pas été capable de l'empêcher.

— Oubliez vos idées noires et renoncez à vous démettre de vos fonctions, protesta Fidelma, sincèrement désolée.

Elle avait toujours considéré Ségdae comme faisant partie intégrante du royaume.

— Un homme plus jeune se serait abstenu de servir de cible au sommet de la tour de guet, ce qui lui aurait évité ma ridicule mésaventure. Je suis un sot…

— Ségdae, si vous étiez capitaine de soldats, je vous pousserais immédiatement à céder votre place. Mais vous dirigez des âmes et ignorez tout des stratégies de la guerre. Votre rôle est de conseiller, guider et assumer le rôle de père dans votre communauté. La bravoure qu'on cultive pour elle-même n'a pas de sens. Parfois, continuer à vivre est un acte de courage.

L'abbé secoua la tête. Depuis les récents événements, il semblait avoir vieilli de dix ans.

— Je n'ai pas d'excuses, Fidelma. J'aurais dû agir au moment propice. J'ai failli devant ma communauté et devant le peuple de Muman.

— Vous vous jugez avec trop de sévérité. Votre confrérie a plus que jamais besoin de votre sagesse. Je ne parle pas de celle que l'on déploie dans la bataille. Je me réfère au bon sens et à la clairvoyance qui font votre renommée. Surtout, ne prenez pas de décision hâtive.

Le vieil homme soupira et plongea à nouveau le nez dans son bouquet de simples tandis que Fidelma faisait signe à Eadulf de laisser l'évêque à ses méditations.

Dans les granges de l'abbaye où étaient installées les écuries, ils trouvèrent frère Tomar qui nettoyait les stalles.

Tomar parut surpris qu'ils le dérangent pour la seconde fois en aussi peu de temps.

Fidelma alla droit au but.

— Le cheval du guerrier qui a été tué se trouve-t-il ici ?

Le garçon désigna une stalle.

— Le voici. J'en ai pris grand soin, ma sœur. Je l'ai bouchonné et nourri. Après tout, il n'est pas coupable des fautes de son maître.

Fidelma s'y connaissait en chevaux. Elle avait appris à monter alors qu'elle ne marchait pas encore. Elle examina attentivement la pouliche baie, qui exhibait une cicatrice à l'épaule gauche et quelques plaies à l'endroit du mors et du harnais. Si ce guerrier avait été un bon cavalier, il aurait mieux soigné cette jeune jument. La cicatrice, assez ancienne, confirmait qu'elle avait connu les combats.

Fidelma étudia les sabots un par un. L'animal se montrait docile car il comprenait qu'on ne lui voulait aucun mal.

— Vous avez découvert quelque chose ? demanda Eadulf.

— Non, et j'ignore où cette pouliche a été ferrée.

— Allons demander conseil à Nion.

Fidelma avisa un harnais, accroché non loin de là.

— Ce harnais va avec le cheval, frère Tomar ?

Le garçon d'écurie, qui était en train de balayer, releva la tête.

— Oui, ainsi que la selle à votre gauche.

Au contraire des rênes qui passaient sur les côtés, la rêne unique ou *srían,* maintenue en place par un anneau sur le frontal et attachée au milieu de la muserolle, passait entre les yeux et les oreilles de l'animal pour arriver directement dans la main du cavalier.

À la selle en cuir d'une facture ordinaire, posée sur un *ech-dillat*, un tapis de selle, était fixée une sacoche retenue par des courroies.

Fidelma poussa un « ah ! » de satisfaction, se pencha, et à sa grande surprise découvrit qu'elle était vide. Elle ne contenait même pas de vêtements de rechange.

— Frère Tomar, est-ce vous qui avez dessellé la jument ?

— Oui, dit le garçon en s'approchant.

— La sacoche était pleine ?

— J'imagine, car elle pesait lourd. Je l'ai abandonnée là et n'y ai plus touché.

— Quelqu'un est-il entré ici depuis que vous avez mis le cheval à l'écurie ?

Le jeune homme se frotta le menton.

— Beaucoup de monde. Le prince Finguine, des hommes à lui, et de nombreux moines de la communauté.

— En quel honneur ?

— Pour atteindre une des réserves, c'est plus court de passer par les écuries. De nombreux frères les ont traversées pour aller chercher des provisions destinées à porter secours aux habitants nécessiteux.

Fidelma fit la grimace.

— Donc, si ce sac contenait des éléments intéressants, n'importe qui a pu les subtiliser.

— Mais pour quoi faire ?

— Justement, voilà le problème, murmura-t-elle.

— Je vois ! s'écria Eadulf. Celui qui a poignardé le guerrier pendant qu'on regardait ailleurs s'est sans doute emparé de ses possessions. Une fois de plus, nous sommes frustrés dans nos tentatives d'identifier...

Il croisa le regard sévère de Fidelma. De son côté, Tomar l'observait avec curiosité.

— Une mauvaise journée, conclut le garçon.

— Ça va s'arranger, lui assura Eadulf.

— J'en doute, frère saxon. Trop de sang a été versé et cet endroit ne peut plus être purifié. Peut-être qu'Imleach a été maudite... mais le désir de vengeance demeure un sentiment assez compréhensible. Bien des membres de cette congrégation ont été bouleversés par la mort absurde de ce pauvre frère Daig.

— Le temps purifie le théâtre d'événements sanglants, intervint Fidelma. Aucun lieu n'est maudit, frère Tomar, sauf dans la tête des gens.

Elle prit Eadulf par le bras et, après un hochement de tête en direction du garçon d'écurie, guida son compagnon hors de l'étable. Puis elle se tourna vers lui, tout excitée.

— En ce qui concerne l'exécution du guerrier, nous avons manqué l'essentiel.

— Quoi donc ?

— Bardán était très proche du jeune Daig. Frère Tomar a parlé de vengeance. Je pense que nous devrions vérifier où se trouvait frère Bardán au moment où le guerrier a été tué.

CHAPITRE XIV

Quand ils retournèrent dans la salle mortuaire, frère Bardán avait disparu. Le corps de frère Daig reposait sur une table, enveloppé de son linceul, mais le cadavre du guerrier avait été enlevé. En ressortant, ils croisèrent sœur Scothnat, blême et taciturne après les événements de la nuit.

Fidelma se renseigna sur les allées et venues de frère Bardán. Scothnat suggéra qu'il s'était peut-être rendu chez Nion, le forgeron. Elle ajouta que frère Daig serait inhumé dans les terres de l'abbaye le soir même, au coucher du soleil, selon la coutume. Un requiem, l'*écnairc*, serait chanté sur sa tombe.

Fidelma et Eadulf franchirent une nouvelle fois les portes du monastère.

— Je suppose que nous partons à la recherche de frère Bardán ? s'enquit Eadulf.

— Vous avez deviné.

Ils traversèrent la place, saluant au passage des guerriers de Finguine qui se reposaient auprès d'un feu, juste à côté de la souche du vieil if. Puis ils longèrent les ruines fumantes de la forge de Nion et remontèrent la rue principale.

Alors qu'ils constataient avec soulagement que les activités reprenaient, des bruits leur parvinrent et ils tournèrent le coin d'un bâtiment pour s'en rapprocher.

Dans un champ faisant office de cimetière en la circonstance, ils tombèrent sur des hommes de Finguine qui aidaient des habitants à creuser une fosse. Des corps alignés et revêtus de lin blanc attendaient d'être ensevelis. Auprès d'eux, des pleureuses égrenaient des lamentations et frappaient dans leurs mains en signe de deuil.

Aux alentours, des hommes, des femmes et des enfants s'affairaient dans les ruines.

— Je ne vois pas frère Bardán, dit Eadulf.

— Il n'est sûrement pas loin, lui assura Fidelma tandis qu'ils repassaient devant la forge calcinée, et regardaient en direction de l'auberge dont il ne restait que les murs noircis. Prenons cette rue, j'aperçois un rassemblement.

Des gens convergeaient vers une silhouette montée sur un âne. Ils hurlaient des insultes et, sous les yeux des deux religieux, des mains se saisirent de l'homme et le jetèrent à bas de sa monture. Le malheureux poussa un cri aigu, agita les bras et disparut.

Fidelma se mit à courir à l'instant où Finguine et deux de ses hommes émergeaient d'un bâtiment. Derrière eux, elle aperçut Bardán mais ce n'était pas le moment de l'aborder.

— Que se passe-t-il ? demanda Finguine en voyant sa cousine et son compagnon.

— Viens vite et amène ton escorte ! cria Fidelma par-dessus son épaule.

Quand ils atteignirent l'attroupement, des gens injuriaient copieusement l'infortuné qu'ils encerclaient. À peine l'homme était-il parvenu à se remettre debout qu'il était poussé, tiré, frappé…

— Arrêtez ! s'écria Fidelma en tentant de se frayer un chemin dans la foule.

Finguine et ses deux gardes du corps la rattrapèrent et, sans un mot, s'ouvrirent par la force un accès à la victime. En reconnaissant le prince de Cnoc Áine, la foule recula.

Fidelma était parvenue à rejoindre le petit homme.

Il était mince, avait des cheveux gris et la qualité de ses vêtements, maintenant déchirés et tachés de sang, signalait une personne d'un certain rang. Sa cape était bordée de fourrure de renard et, autour du cou, il arborait une chaîne d'or, symbole de sa fonction. Sa pomme d'Adam sur son cou maigre montait et descendait sous l'effet de l'émotion. Avec ses yeux vifs, il faisait penser à un furet, songea Fidelma, choquée par la violence de l'assaut dont il avait été l'objet.

Après s'être assurée que l'homme n'était pas sérieusement blessé, elle se tourna vers la foule et leva la main dans un geste d'apaisement. Mais les gens continuaient de hurler, le visage déformé par la colère… et aussi par la peur.

— Qu'est-ce que cela signifie ?

La voix puissante de Finguine réduisit tout le monde au silence. Puis un homme cria :

— C'est un Uí Fidgente ! Il est venu ici pour se réjouir de notre détresse après le raid de ses complices !

Fidelma observa le petit homme blême dont le visage éclaboussé de sang exprimait une frayeur mêlée de colère.

— Vous êtes un Uí Fidgente ?

Le petit homme se redressa. Sa tête arrivait à peine à l'épaule de la religieuse.

— Oui, mais je suis…

Il fut interrompu par des beuglements.

— Attendez ! tonna Finguine. Laissez-le parler. Vous voyez bien qu'il n'est qu'un voyageur monté sur un âne. Nous vous écoutons, expliquez-vous, étranger.

— Je ne comprends rien à ce qu'ils racontent ! s'indigna le petit homme qui avait décidé de s'adresser à Fidelma. Ils prétendent que des guerriers des Uí

Fidgente les ont attaqués ! Je ne parviens pas à le croire.

— Comme le prince de Cnoc Áine vient de vous le dire, nous avons subi un assaut la nuit dernière, confirma Fidelma d'une voix douce.

Les paroles de l'inconnu furent noyées dans de nouveaux appels à la vengeance.

Puis les gens s'écartèrent devant Nion qui avançait en s'appuyant lourdement sur son bâton.

— Il a admis qu'il était des Uí Fidgente, lança le forgeron d'une voix faussement indifférente. Tuons-le.

Malgré son angoisse, l'autre releva le menton.

— Quel genre d'hospitalité est-ce là ? N'avez-vous donc aucun respect pour la loi ?

— La loi ! ricana Nion.

Il agita la main en direction des ruines.

— Les Uí Fidgente qui se sont livrés à ces horreurs agissaient-ils au nom de la justice et de l'équité ? Venez compter les corps dans le cimetière et osez après cela nous donner des leçons de droit.

Le petit homme semblait abasourdi.

— J'ignore tout de ces événements. Sans compter qu'il vous faudrait m'apporter les preuves de vos accusations.

— Vraiment ? cria un fermier. On va vous en montrer, nous, des preuves. Qu'on aille chercher une corde et qu'on le pende à un arbre !

Aussitôt, Finguine dégaina son épée.

— Personne ne touchera à un cheveu de la tête de cette personne. Le prince de Cnoc Áine respecte la loi et entend qu'elle règne sur ses terres.

Fidelma lui jeta un regard plein de reconnaissance et se tourna vers l'attroupement.

— Retournez à vos affaires. Cet homme est sous la protection du prince. S'il porte une quelconque responsabilité dans ce qui nous est arrivé, il répondra de ses actes devant un tribunal.

Des murmures de mécontentement s'élevèrent, puis la foule se dispersa à regret, impuissante devant Finguine et ses hommes, épée au clair.

Le petit homme, qui essuyait le sang d'une écorchure sur sa joue, avait recouvré une contenance mais il tremblait d'émotion et de colère.

— Des animaux ! Jamais je n'ai été accueilli de cette façon. Si vous êtes le prince de Cnoc Áine, vous me devez des compensations, monseigneur.

Le prince rengaina son épée.

— Je suis bien Finguine, déclara-t-il d'un ton sec. Et vous, qui êtes-vous ?

— Solam des Uí Fidgente.

Fidelma ouvrit de grands yeux.

— Solam le *dálaigh* ?

— Exactement, sœur… ?

— Je suis Fidelma de Cashel.

Solam parvint à contenir sa surprise avec un parfait naturel.

— Ah ! dit-il, et ce « ah » exprimait bien des choses. J'aurais dû me douter que je vous trouverais ici, Fidelma.

— Et vous, qu'est-ce qui vous amène ? s'enquit Finguine.

L'autre pinça les lèvres.

— Cette jeune femme le sait très bien.

— Il est sur le chemin de Cashel où va se tenir le procès, expliqua Fidelma. Le prince Donennach a fait mander Solam pour le représenter devant les brehons de Cashel, de Fearna et des Uí Fidgente.

Eadulf, qui avait pris la bride de l'âne du *dálaigh*, attendait patiemment.

— Après ce chaleureux accueil, j'ai besoin d'un bain, annonça Solam sur un ton véhément. N'y a-t-il pas une auberge, par ici ?

— Vos amis l'ont brûlée et ont tué l'hôtelière, lança un des hommes de Finguine en ricanant.

Les yeux de l'avocat lancèrent des éclairs.

— Prenez garde et cessez d'incriminer les Uí Fidgente. On m'a rapporté que certains tentaient aussi de nous faire porter la responsabilité d'une tentative d'assassinat sur le roi de Muman.

Fidelma l'affronta avec gravité.

— Ces bâtiments n'ont pas pris feu spontanément, Solam. Le grand if, symbole de notre pays, n'est pas tombé tout seul. Et ces cadavres, qui seront bientôt enterrés dans une fosse commune, ne sont pas le résultat d'un suicide collectif. Voulez-vous aller constater leur nombre par vous-même ?

Solam grimaça de dégoût.

— Les Uí Fidgente ne sont pas comptables d'actions menées par des renégats et des hors-la-loi. Quels indices avez-vous pour nous accuser de ces forfaits ?

— Venez avec moi, ordonna Finguine, qui ne lui laissa pas le temps de se dérober.

Il ouvrit le chemin jusqu'à la tombe ouverte où les femmes continuaient de se lamenter et de frapper dans leurs mains. Des guerriers étaient encore occupés à creuser la terre. Ils s'interrompirent dans leur travail en voyant le prince et le juriste qui menait son âne par la bride, encadré par les deux guerriers escortant leur souverain. Fidelma et Eadulf fermaient la marche.

Finguine se dirigea droit vers un corps qui avait été mis à l'écart des autres. Il n'était pas enveloppé du linceul de lin traditionnel, mais recouvert d'une couverture de cheval. Sans quitter Solam des yeux, le prince souleva un coin de la couverture avec la pointe de son épée, révélant le visage du soudard.

— Vous le reconnaissez ?

Solam examina le cadavre avec attention, puis secoua la tête.

— Soit vous dites la vérité, soit vous êtes un très habile menteur, conclut Finguine d'un ton abrupt.

Il laissa retomber le tissu et ajouta :

— À votre place, je poursuivrais mon voyage pour Cashel sans m'attarder plus longtemps en ces lieux.

Solam, à l'évidence d'un tempérament émotif et nerveux, avait déjà démontré qu'il réagissait avec vivacité aux attaques. Un autre de ses traits de caractère était l'entêtement.

— Absurde ! J'ai été injurié, maltraité, injustement accusé et maintenant, alors que je vous demande l'hospitalité que vous êtes tenus de m'accorder en vertu de la loi, on m'intime l'ordre de déguerpir. Ne craignez-vous pas d'apporter de l'eau à mon moulin pour ma plaidoirie à Cashel ?

Fidelma décida d'intervenir.

— Vu que nous n'avons pas de preuves de l'implication des Uí Fidgente dans ce raid, Solam marque un point, cousin. Et il est dans son droit quand il exige qu'on lui accorde le gîte et le couvert.

Solam renifla d'un air dédaigneux.

— Enfin quelqu'un de sensé !

Finguine réprima son mécontentement.

— Très bien, maugréa-t-il. Je n'empêcherai pas Solam de chercher l'hospitalité. Mais comme l'unique auberge de la ville a été détruite, je ne vois pas très bien où il pourrait se restaurer.

— À l'abbaye, bien sûr, trancha Solam.

— Vous n'êtes pas un religieux.

— Aucune importance. Les règles de l'hospitalité sont les mêmes pour tous, s'interposa Fidelma. Rendez-vous au monastère, Solam, vous y serez bien reçu.

Le *dálaigh* sourit avec un rien d'insolence, avança de quelques pas et rebroussa chemin, la réalité ayant brusquement tempéré son obstination.

— Vous n'espérez tout de même pas que je vais traverser cette ville sans protection ? demanda-t-il avec humeur.

Fidelma regarda Finguine qui se tourna à regret vers un de ses guerriers.

— Escortez le *dálaigh* jusqu'aux portes de l'abbaye et rejoignez-moi.

L'autre fronça les sourcils et s'apprêtait à protester mais la mine sévère du prince l'en dissuada.

Quand Solam se fut éloigné, Finguine s'adressa à sa cousine.

— J'espère que tu sais ce que tu fais. Plus ce Solam prolongera son séjour ici, plus il sera en danger. Je ne réponds pas des réactions de ceux qui ont perdu des parents dans le raid.

— Et si les Uí Fidgente sont innocents ?

— Tu crois vraiment que Solam est arrivé ici ce matin par hasard ?

— Nous n'avons aucune raison d'en douter… pour l'instant.

— Pourquoi un voyageur venant du pays des Uí Fidgente passerait-il par Imleach pour rejoindre Cashel ? Ce n'est pas l'itinéraire le plus direct, il s'est égaré vers le sud.

Un bref sourire passa sur les lèvres de Fidelma.

— J'en suis consciente, mais la ruse vaut mieux que la force. Si Solam est ici pour des motifs peu avouables, surveillons-le et voyons où il nous mène. Cela nous permettra peut-être de prendre un loup au piège.

— Les loups, je préfère les attraper par les oreilles plutôt que de les laisser vaguer au milieu des brebis, répliqua Finguine.

— Il ne jouira d'aucune liberté, ce sera un loup en laisse que nous observerons à distance. Ne t'inquiète pas. Moi aussi cela m'étonnerait que sa visite soit une simple coïncidence.

Finguine allait lui répondre quand la jeune femme tourna les talons.

Eadulf la suivit en pressant le pas.

— Tout cela n'a ni queue ni tête, Fidelma. Si les Uí Fidgente étaient vraiment responsables de ce raid, que viendrait faire ce *dálaigh* à Imleach ?

— Les spéculations qui ne sont pas étayées par des faits ne valent rien, Eadulf.

Ils se trouvaient à nouveau dans la rue principale.

— Et maintenant, où donc avons-nous vu frère Bardán pour la dernière fois ? poursuivit-elle.

Eadulf s'en voulut d'avoir oublié le but initial de leur expédition.

— Mais je ne l'ai pas vu, protesta-t-il.

Fidelma eut une moue moqueuse.

— Quand mon cousin et deux de ses hommes sont apparus sur le seuil d'une maison, n'avez-vous pas remarqué frère Bardán derrière eux ?

— J'ai juste repéré l'habitation... d'ailleurs, la voilà.

Les deux religieux traversèrent la rue. La maison en pierre d'un étage avait été épargnée par les assaillants. Son toit était intact alors que celui des demeures voisines n'avait pas eu cette chance. À droite, le chaume était légèrement brûlé et à gauche, à moitié calciné.

Fidelma frappa la porte du poing.

Après un instant de silence, ils perçurent un pas traînant.

La porte s'ouvrit sur Nion, le *bó-aire*, toujours enveloppé dans sa cape retenue par une broche en argent, un soleil à cinq branches dont trois incrustées de grenats. Il fronça les sourcils en voyant Fidelma.

— Que puis-je faire pour vous, lady ?

Il s'appuyait au chambranle de la porte à cause de sa jambe blessée.

Fidelma lui adressa un sourire chaleureux.

— Allez vous asseoir, vous serez plus à l'aise, Nion. Et nous pourrons parler plus tranquillement.

Nion recula tandis que Fidelma avançait et qu'Eadulf refermait la porte. Nion boitilla jusqu'à un tabouret, s'assit, et leva des yeux interrogateurs sur sa visiteuse.

— Donc vous vivez ici ? dit-elle en regardant autour d'elle.

Ils se trouvaient dans une grande pièce où brûlait un feu. À l'autre extrémité de la salle, une échelle donnait accès à un grenier où on se retirait pour la nuit.

— Oui, et je travaille à la forge, répondit Nion.

— N'aviez-vous pas dit que vous dormiez sur place ? s'étonna Eadulf.

— J'y dormais au moment de l'attaque. Cela m'arrive quand je travaille tard. Ce logis me revient de droit, en tant que *bó-aire*.

— Bien sûr, acquiesça Fidelma. Encore une chance qu'il n'ait pas été touché. Comme ça, vous ne connaîtrez pas l'indignité de rester à la rue pendant qu'on reconstruit votre forge.

Nion eut un geste brusque de la main.

— Je suppose que vous n'êtes pas venue jusqu'ici pour me complimenter sur mon foyer, lady.

— Justement. Tout à l'heure, je n'ai pas pu m'empêcher de remarquer que mon cousin et ses guerriers sortaient d'ici.

— J'avais certaines affaires à régler avec votre cousin. N'oubliez pas que je suis son *bó-aire*.

— J'entends bien.

Elle marqua une pause.

— Mais que venait faire frère Bardán dans cette réunion ? Avait-il besoin de vos conseils… en tant que *bó-aire*, bien sûr ?

Nion ne sembla pas remarquer le ton inquisiteur de Fidelma.

— Oui, il m'a sollicité.

— Et à quel sujet ? À moins qu'il ne s'agisse d'un entretien confidentiel…

— Nullement. Mais je ne pense pas que cela présente un grand intérêt pour vous. Bardán m'a demandé si j'acceptais que le corps du guerrier tué la nuit dernière soit enterré ici. Je lui ai donné l'autorisation de le faire inhumer près des tombes de nos gens, voilà tout.

Cela semblait plausible. Pourtant, quelque chose troublait Fidelma.

— Savez-vous où est frère Bardán ?

Nion ouvrit les bras, comme s'il invitait sa visiteuse à fouiller la pièce.

— Je n'en ai aucune idée. Il est parti quand ce juriste sournois est apparu pour évaluer les dommages que nous avaient infligés ses congénères.

— Vous n'avez pas remarqué où il se dirigeait ? insista Fidelma.

— Non. Je vous ai suivie pour me renseigner sur les raisons de ce tintamarre.

— Vous êtes arrivé bon dernier, lui rappela Eadulf.

Nion montra sa jambe blessée.

— Il m'est difficile de courir, lança-t-il sur un ton sarcastique.

Eadulf rougit.

— Mon compagnon n'a pas voulu se montrer désobligeant, dit Fidelma avec un sourire d'excuse. Plus sérieusement, vous n'avez aucune idée de l'endroit où frère Bardán a pu se rendre ?

— Vous avez regardé au cimetière ?

— Nous en venons, dit Eadulf.

— Alors essayez l'abbaye.

Fidelma se dirigea vers la porte et se retourna avant de sortir.

— Pendant que Solam séjourne ici, traitez-le avec le respect qui est dû à un *dálaigh* en visite. Nous n'avons aucune preuve contre lui. Si jamais il lui arrive malheur, le coupable devra en répondre devant la loi.

Comme Nion restait muet, elle souleva le loquet et Eadulf la suivit dans la rue.

— Vous donniez l'impression d'avoir quelque chose à lui reprocher, lui fit remarquer Eadulf.

— Ah bon ?

Ils reprirent le chemin du monastère en silence, Eadulf estimant plus sage de ne pas interrompre la méditation de Fidelma, qui marchait la tête baissée.

Ils arrivèrent quand la cloche sonnait l'angélus de midi.

Sans se consulter, Fidelma et Eadulf se rendirent à l'église. Les fidèles psalmodiaient un psaume sous la direction de l'abbé Ségdae, qui semblait avoir retrouvé un peu d'allant. Sa voix puissante dominait l'assemblée.

— *Oculi omnium in Te aspiciunt et in Te sperant !*

Ces paroles frappèrent Fidelma. « Les yeux de tous te regardent et mettent en toi leur espoir[1]. » Elle eut le sentiment que Ségdae la rappelait à ses responsabilités. Or, pour la première fois de sa vie, elle ne parvenait pas à dominer son désarroi. Au cours de ses investigations, elle avait toujours poursuivi sa route avec obstination, mais aujourd'hui, elle ne savait plus où diriger ses pas. Les mystères s'accumulaient sans jamais se recouper et elle était perdue.

Quand la congrégation entonna le psaume final, elle avait l'impression que l'office venait à peine de commencer. Les religieux se levèrent et se rendirent au réfectoire pour l'*etar-suth* ou collation de la mi-journée. À l'entrée de la salle, tout le monde ôta ses sandales, selon la coutume. L'esprit ailleurs, Fidelma se déchaussa, entra et s'assit à une des longues tables en bois. L'abbé Ségdae dit les grâces en latin, un doux murmure lui répondit et les frères et sœurs entamèrent leur repas.

Toujours assez léger à midi, il consistait en un morceau de pain, du fromage et des fruits, le tout arrosé d'eau ou de bière, selon les goûts. Absorbée par les énigmes torturantes qui accaparaient son esprit, Fidelma mangeait avec des gestes machinaux quand on s'adressa à elle.

1. Psaume 145, v. 15. (*N. d. T.*)

Elle leva les yeux sur un frère Madagan un peu pâle, la tête toujours entourée d'un bandage, mais qui semblait d'excellente humeur. Elle réalisa alors que, à l'exception de quelques-uns, les moines et les nonnes avaient disparu et le réfectoire était pratiquement désert. Eadulf attendait, assis près d'elle. Quant à Madagan, il s'était glissé sur le banc de l'autre côté de la table.

— Je voulais vous remercier, vous et frère Eadulf, pour m'avoir ramené à l'intérieur de la cour pendant le raid, déclara-t-il. Je ne me souviens pas très bien de ce qui s'est passé, mais frère Tomar m'a tout raconté. Cette pauvre pécheresse, Cred, et ce malheureux frère Daig, tous deux sauvagement assassinés… Quant à vous, vous avez risqué votre vie pour me sauver.

— Votre blessure vous fait-elle encore souffrir ? grommela Fidelma.

L'intendant avait beau déployer ses charmes, il lui déplaisait toujours autant. Ses yeux étaient distants et il dégageait une froideur implacable.

— Ça va beaucoup mieux. Le guerrier m'a frappé avec le plat de son épée. Le sang battait dans ma tête comme un marteau de forgeron. Mais j'en ai été quitte pour une bosse de la taille d'une balle de *camán*.

La balle de *cáman* ou *liathróid* mesurait quatre pouces de diamètre. Fabriquée avec un matériau souple et léger, par exemple du fil de laine roulé en pelote, on la recouvrait de cuir et on s'en servait pour jouer au *hurling*[1].

— Nous avons bien cru que vous aviez rendu votre dernier soupir, dit Eadulf.

— Les mécréants n'emporteront pas si facilement la victoire, entonna Madagan d'un ton recueilli.

Mais il perçait dans sa voix une inflexion de haine glacée.

1. Sport irlandais ressemblant au hockey sur gazon. (*N. d. T.*)

— Ils ne se sont pourtant pas privés d'infliger la mort et la destruction, fit observer Fidelma.

— Sœur Scothnat m'a tout raconté. Hélas, je n'aurais pas dû tenter d'arrêter cet assaillant en invoquant le droit d'asile. Il ne connaissait même pas ce terme. Seul le mot « fer » avait du sens à ses yeux.

— Donc vous repreniez déjà conscience quand nous vous avons porté à l'intérieur de l'abbaye ?

— Oui, mais mon esprit demeurait brumeux. Je me souviens d'avoir été envahi d'un sentiment de gratitude en entendant les portes se refermer. Plus tard, je suis revenu à moi avec les acclamations. D'après sœur Scothnat, cela correspondait à l'arrivée du prince de Cnoc Áine, qui a repoussé les assaillants.

Fidelma parut pensive.

— Vous rappelez-vous l'instant où on vous transportait dans votre cellule ?

Madagan hocha la tête, ce qui réveilla sa douleur et il tressaillit.

— Et avant cela, avez-vous gardé quelque scène en mémoire ?

L'intendant réfléchit.

— Oui, les frères qui se lamentaient sur le corps du pauvre Daig, un garçon âgé d'à peine dix-sept ans.

— Par chance, nous avions capturé l'assaillant, qui gisait solidement ficelé non loin de là.

Les prunelles de Madagan s'allumèrent d'un feu vite éteint.

— Sœur Scothnat m'a narré qu'il avait été fait prisonnier mais qu'on ne l'avait pas tué alors. Si j'avais su ce que je sais maintenant, je me serais levé pour aller l'exécuter moi-même.

Il hésita et se détendit.

— Vous me condamnez pour cette pensée ? Un frère de la foi ne devrait pas exprimer des sentiments d'exécration et de colère ? Daig à l'âme si pure… il n'abritait aucune violence et cet animal l'a assassiné. Je refuse de prier pour le repos de son âme, ma sœur.

Il y eut un bref silence.

— Loin de moi l'idée de vous infliger une telle pénitence, répliqua Fidelma d'une voix grave. Cependant, excusez-moi d'insister, vous rappelez-vous avoir été emmené dans votre cellule ?

Frère Madagan se frotta le menton.

— Vaguement. Je crois que l'apothicaire s'est penché sur chacun de nous. Je luttais alors pour recouvrer mes esprits. Il a constaté que, si j'avais reçu un coup à la tête, il ne s'agissait pas d'une plaie ouverte. Il a alors sommé deux jeunes frères de m'aider à regagner ma chambre, de laver ma blessure et de me bander la tête.

— Vous voulez parler de frère Bardán ? dit Eadulf en se penchant vers le moine.

— Oui, nous n'avons qu'un apothicaire.

— Et alors ?

— Alors les deux frères ont obéi à ses recommandations.

— Il vous a examiné avant les autres ? s'enquit Fidelma.

— Non, je crois qu'il a commencé par frère Daig. Il était bouleversé par sa mort car ils étaient très proches. C'est seulement quand frère Tomar a insisté pour qu'il s'occupe des vivants... oui, il est venu vers moi à l'instant où on emportait les corps de Cred et de Daig.

Il fit la grimace.

— La dernière scène que je me rappelle, c'est ce marchand pleurnichard qui se querellait avec frère Bardán.

— Vous voulez parler de Samradán ? Je croyais qu'il était allé se cacher dans les cryptes avec les femmes de la communauté ?

— Non, il se trouvait dans la cour où il a eu une altercation avec l'apothicaire. Il exigeait qu'on le protège ou quelque chose d'approchant, et frère Bardán a crié : « Débrouillez-vous tout seul, ne voyez-vous pas que des gens ici sont morts ou à l'agonie ? » Je crains que ce négociant ne soit un fieffé égoïste.

— Ce sont bien les paroles de Bardán ? « Débrouillez-vous tout seul, ne voyez-vous pas que des gens ici sont morts ou à l'agonie » ?

— Oui. Vous avez réussi à ranimer ma mémoire, Fidelma.

— Donc vous avez été le dernier à être emmené ?

— Oui, il ne restait que l'assaillant.

— En tout cas, nous sommes ravis de voir que vous êtes rétabli.

Sœur Fidelma se leva et Madagan l'imita après un temps d'hésitation.

— Sœur Scothnat affirme que le raid a été perpétré par les Uí Fidgente. Est-ce exact ?

— Nous l'ignorons. Dans ce domaine, nous n'avons que des soupçons et aucune certitude.

Frère Madagan soupira.

— Il faut se méfier de nos ennemis. C'est notre seule défense contre la traîtrise.

— La suspicion nourrit la suspicion, frère Madagan, et si elle entre dans votre cœur, elle fera fuir la confiance.

— Sans doute… mais rien ne nous empêche de placer notre confiance en Dieu tout en nous assurant que notre cheval est bien attaché la nuit. Si je vous dis cela, c'est qu'un Uí Fidgente vient d'arriver. Il ne me plaît pas. Il dit qu'il est un *dálaigh*.

— C'est tout à fait exact, frère Madagan. Il s'appelle Solam et se rend à Cashel où il défendra son prince devant les brehons. Je plaiderai contre lui.

— Vraiment ?

Il faillit ajouter un commentaire, se ravisa, sourit et s'en alla.

Eadulf se tourna vers Fidelma.

— Samradán et frère Bardán étaient tous deux dans la cour avec ce guerrier et ils peuvent très bien l'avoir tué. Mais je parie sur Bardán car il avait un excellent mobile : venger la mort de son ami Daig.

Fidelma pesa le pour et le contre.

— Peut-être. Néanmoins, un doute subsiste. On a très bien pu exécuter le guerrier pour l'empêcher de révéler le nom de son commanditaire. Et puis vous oubliez la disparition du contenu du sac de selle. Pourquoi frère Bardán l'aurait-il fait disparaître s'il avait tué cet homme uniquement par vengeance ?

Eadulf poussa une exclamation de dépit. Il avait oublié la raison initiale qui les avait mis sur la piste de frère Bardán.

— Au fait, je ne l'ai vu ni à la messe ni au réfectoire, dit-il brusquement. Nous ferions bien de partir à sa recherche.

— Inutile de l'interroger pour l'instant, répondit Fidelma à sa grande surprise. Nous savons où il se trouvait quand le guerrier a été poignardé, et aussi qu'il avait l'opportunité et la motivation pour le tuer. Mais comment rattacher un tel geste à tout ce qui s'est passé par ailleurs ? Êtes-vous certain que frère Bardán n'a pas mangé ici ?

— Oui, j'ai bien regardé.

— Nous le surveillerons en prenant garde à ne pas éveiller ses soupçons.

— Personne n'a jamais fait allusion à la disparition du charretier de Samradán, ajouta Eadulf, qui ne put réprimer un frisson.

Fidelma fronça le nez d'un air dégoûté.

— Parfois, ceux que les loups attrapent ne sont jamais retrouvés. Je dirai une prière pour le repos de l'âme de ce pauvre homme.

Ils s'apprêtaient à traverser la cour principale pour rejoindre l'hôtellerie des invités quand, brusquement, Eadulf attira Fidelma dans l'ombre.

Elle voulut protester mais Eadulf posa un doigt sur ses lèvres. Puis le moine saxon désigna la galerie à l'opposé de la leur.

Solam, le petit homme au visage pâle, *dálaigh* de son état, agitait les bras en discutant avec animation. Il semblait très énervé. À cette distance, difficile de reconnaître son interlocuteur, qui se tenait derrière une colonne mais dont l'habit révélait l'état de religieux.

— Notre ami juriste semble très excité, murmura Eadulf.

— Essayons de nous rapprocher sans qu'il nous voie.

— Cela ne va pas être facile.

Ils firent le tour du cloître sur la pointe des pieds en passant par les galeries couvertes. À un moment donné, Solam haussa le ton sans qu'ils parviennent à saisir ce qu'il racontait. Puis il s'interrompit au milieu d'une phrase.

— Je crois qu'il nous a repérés, chuchota Eadulf.

— Poursuivons notre chemin comme si nous ne les avions pas remarqués...

Elle accéléra le pas.

Le temps qu'ils rejoignent le coin de la cour d'où partait un corridor, les deux hommes s'étaient éclipsés. Solam était à l'évidence passé par une des portes toutes proches donnant accès à l'hôtellerie. Quant à son acolyte, ses sandales résonnèrent sur le sol pavé tandis qu'il se pressait de disparaître. Eadulf courut et scruta les arches voûtées qui conduisaient à l'endroit où il se tenait tout à l'heure avec Fidelma. Une porte claqua.

À cet instant, Ségdae apparut par une porte latérale. Il s'arrêta devant Eadulf, un peu essoufflé par sa course.

— J'ai entendu une porte claquer, annonça Ségdae d'un ton désapprobateur.

— Oui, j'ai aperçu un frère qui se hâtait dans cette direction.

— Honte à lui. Un religieux ne doit jamais agir dans la précipitation, cela dérange la paix de Dieu dans ce saint édifice.

Fidelma, qui s'avançait vers eux, entendit la remarque de Ségdae.

— Parfois, dans son désir de se débarrasser d'une tâche, un religieux oublie la règle, murmura-t-elle.

— Si je découvre le coupable, je lui infligerai une pénitence qu'il n'oubliera pas de sitôt, grommela l'abbé en s'éloignant à grands pas.

Fidelma se tourna vers Eadulf, l'air songeur.

— N'est-ce pas le jeune Daig qui avait affirmé s'être réveillé en sursaut à cause d'une porte claquée ? Je m'étais déjà fait la réflexion qu'il s'agissait là d'un comportement inhabituel chez un moine. Peut-être la même personne a-t-elle répété le même geste ? Dommage que ce moine nous ait échappé.

Eadulf sourit d'un air suffisant.

— Moi, je sais qui c'est.

Fidelma faillit s'étrangler d'émotion.

— Vous l'avez reconnu ?

— Il s'est à moitié retourné en fermant la porte et je l'ai vu en pleine lumière. C'était frère Bardán.

CHAPITRE XV

Fidelma avait envoyé Eadulf chez Ségdae. Il était chargé de réunir toutes les informations que l'abbé pourrait lui fournir sur les origines et le parcours de Bardán. Bien entendu, Bardán devait rester dans l'ignorance des investigations dont il était l'objet. Quant à Fidelma, elle se mit en quête du bouillant *dálaigh* des Uí Fidgente.

Elle finit par le trouver à la *tech screpta*, la bibliothèque de l'abbaye. Avec plus de deux cents manuscrits, Imleach possédait une des plus belles bibliothèques du royaume. La plupart des livres n'étaient pas conservés sur des étagères mais dans des sacoches en cuir, accrochées à des patères ou à des râteliers fixés aux murs. Chaque sacoche contenait un manuscrit. Une section de la grande salle était consacrée à des volumes magnifiquement illustrés et calligraphiés, à la couverture reliée de cuir avec des incrustations en argent. Quelques-uns étaient conservés dans des *labor-chomet*, des casiers en métal destinés à préserver les ouvrages de grande valeur. Par exemple, les *Confessions de Patrick*, les premières *Annales d'Imleach* et une *Vie d'Ailbe*.

Dans la partie de l'immense salle où les scribes travaillaient et étudiaient, Fidelma trouva plusieurs membres de la communauté penchés sur leur ouvrage. Ils recopiaient des textes. Le vélin, fabriqué à partir de peau de mouton, de chèvre ou de veau, était étiré sur des planchettes en bois de forme rectangulaire. Les scribes utilisaient de l'encre composée de charbon que l'on gardait dans des cornes de vache, et ils écrivaient avec des plumes d'oie, de cygne ou même de corbeau.

Quelques moines déchiffraient des *flesc filidh* ou bâtons de poète, des baguettes en if ou en pommier où étaient gravés des textes en ogham, l'ancien alphabet.

Fidelma s'arrêta pour mieux se pénétrer de l'atmosphère des lieux. Une bibliothèque lui procurait toujours une douce ivresse. Elle avait le sentiment que, là, les connaissances du passé étaient transmises aux scribes du futur. Le temps était aboli et cela lui procurait un émerveillement enfantin, d'autant plus intense que la bibliothèque d'Imleach était considérée comme une des plus précieuses d'Éireann.

Elle repéra aussitôt Solam, assis dans un coin, à l'écart des autres, et elle le rejoignit sur la pointe des pieds.

— Je constate que vous vous êtes reposé et que votre désagréable expérience ne vous a pas trop affecté, Solam, lui murmura-t-elle avec une pointe de sarcasme tout en s'asseyant en face de lui.

Il lui jeta un regard d'autant plus irrité qu'elle l'interrompait dans sa lecture.

— J'ai eu de la chance, ma sœur, de ne pas avoir été blessé, répliqua-t-il à mi-voix. Mais je vais faire enregistrer une plainte auprès du chef brehon des cinq royaumes. N'espérez pas m'en dissuader.

Il releva le menton en un geste de défi.

— Je m'en garderai bien. Cependant, en tant que *dálaigh* jouissant d'une certaine réputation…

Elle marqua une pause.

— … je sais que vous tiendrez compte du trouble où étaient plongés les habitants de cette ville après ce qu'ils ont subi la nuit dernière.

Ces propos lénifiants ne furent d'aucun effet sur l'avocat.

— Il n'en demeure pas moins que ces gens ont tenté de me tuer, bien que je me sois présenté avec toute la courtoisie requise.

— Puis-je vous faire remarquer que vous vous en êtes tiré sain et sauf, ce qui apparemment ne vous dissuadera pas de déposer votre plainte, souligna Fidelma.

Solam renifla d'un air suffisant.

— Nul ne me fera revenir sur ma décision.

— Bien sûr, des compensations ne vous seront accordées que dans la mesure où elles seront justifiées. Cela impliquerait que ces gens n'avaient aucun motif valable pour se méfier de vous. S'ils ont prétendu avoir été attaqués par les Uí Fidgente tout en sachant qu'il n'en était rien, leur colère était feinte. Cependant, s'ils étaient convaincus que les Uí Fidgente avaient incendié leurs maisons et massacré certains des leurs…

Elle sourit.

— Je n'ai pas de leçon de droit à recevoir de vous, s'énerva Solam en haussant le ton.

Plusieurs moines relevèrent la tête et la voix de stentor du bibliothécaire en chef, assis à son bureau central, les rappela à l'ordre.

— Vous connaissez bien frère Bardán ? poursuivit Fidelma d'un air innocent.

— Trouvez-vous convenable, alors que nous serons les conseillers des deux parties adverses, de discuter de sujets se rapportant au procès de Cashel ?

Fidelma contrôla sa colère.

— Je n'avais pas l'impression d'empiéter sur l'audience, dit-elle d'une voix douce. D'ailleurs, si j'en crois vos déclarations, vous avez déjà été informé de tous les détails de cette affaire. Donc il importe peu que nous en parlions en termes généraux.

— En tant que *dálaigh*, je questionne qui je veux. Mon prince, Donennach, a envoyé un messager me demandant de me rendre à Cashel. Ce dernier m'a remis une copie du protocole élaboré par Donndubháin, le *tanist* de Cashel, et je me suis aussitôt mis en route.

Fidelma eut un bref sourire.

— Je suppose que ce messager de Cashel vous a aussi appris que je me rendais à Imleach. Cela n'expliquerait-il pas votre venue ici ?

Solam s'empourpra.

— Si je me suis déplacé…

Il réalisa trop tard qu'il était tombé dans un piège.

— La route qui va de Luimneach à Cashel passant au nord d'Imleach, j'en ai donc déduit que vous aviez eu l'idée de faire un détour. Je me trompe, Solam ?

Le petit homme plissa les paupières.

— Vous êtes une dame très intelligente, Fidelma. Votre réputation n'est pas usurpée.

— Je vous remercie.

Ils s'observèrent dans un silence pesant.

— En tant que *dálaigh*, se justifia Solam, j'ai enquêté pour savoir si le crucifix découvert à Cashel était bien celui d'Ailbe, qui a disparu de la chapelle où il était gardé depuis plus d'un siècle. J'ai cru comprendre que vous l'aviez identifié.

Fidelma ne se démonta point.

— J'ignorais que frère Bardán était aussi bavard, susurra-t-elle.

Solam ne tenta pas de nier que cette information lui venait de l'apothicaire.

— Il est plus coopératif, ici, que la plupart des gens.

— Votre renommée est tout à fait justifiée, Solam.

— J'ai maintenant la preuve que la conjuration n'a pas été inspirée par les Uí Fidgente, comme vous avez essayé de me le faire accroire.

— Vous êtes mal renseigné, Solam, je n'ai rien prétendu de tel. Tout comme vous, mon devoir de *dálaigh* me pousse à examiner les faits. Ne craignez rien, je ne présenterai pas mes conclusions aux brehons avant d'être intimement convaincue de détenir la vérité.

— Elle se trouve bien plus près de Cashel que vous ne l'imaginez, lady.

Le juriste se pencha brusquement vers elle et la fixa avec intensité.

— Je crois que votre frère intrigue pour détruire les Uí Fidgente. Je crois qu'il veut consolider la victoire qu'il a remportée à Cnoc Áine où notre roi Eóganán a perdu la vie, l'année dernière. Il pense y parvenir en affirmant que pour assouvir un désir de vengeance Donennach a fomenté un complot visant à l'assassiner. S'il persuade les gens d'ajouter foi à cette histoire, alors il gagnera leur appui pour détruire mon peuple. Mais moi je révélerai la vérité. C'est Colgú, votre frère, qui se cache derrière tout ça !

Solam se renversa sur son siège et croisa les bras.

Fidelma resta sans réagir, puis elle secoua la tête d'un air mélancolique.

— Je vous félicite pour votre excellente technique d'orateur, Solam. Mais vous feriez mieux de la réserver à la cour. Et n'oubliez pas que les brehons s'intéressent aux faits. Ils n'apprécient guère les éclats passionnels mal maîtrisés.

Solam sauta sur ses pieds. Fidelma avait mis le doigt sur son point faible. Elle nota qu'elle pourrait éventuellement l'utiliser à son avantage quand elle plaiderait devant les brehons. Le visage de son adversaire était cramoisi et elle crut un instant qu'il allait céder au courroux. Mais le petit *dálaigh* parvint à se dominer.

— Nous verrons bien, lâcha-t-il avant de sortir à grands pas de la salle.

Le chef bibliothécaire se leva de son siège et vint trouver Fidelma.

— Le Uí Fidgente n'a pas rendu son livre, fit-il remarquer d'un air réprobateur en désignant l'ouvrage que Solam avait abandonné sur la table. Je suppose qu'il en a terminé ?

Fidelma fit la grimace.

— J'imagine que oui.

Le moine se pencha pour récupérer le petit volume relié de cuir mais Fidelma l'arrêta et s'en saisit.

— Attendez un instant…

C'était une *Vie d'Ailbe*.

Songeuse, elle rendit le livre au bibliothécaire.

Fidelma trouva Eadulf en grande discussion avec Ségdae dans les appartements de l'abbé. Quand elle entra, les deux hommes l'observèrent avec curiosité.

— Comment se fait-il que frère Bardán ait appris que je vous avais montré le dessin du crucifix trouvé sur l'un des assassins de Cashel, identifié par vous comme étant une relique d'Ailbe ? demanda-t-elle à l'abbé sans plus de préambule.

Le vieil homme dont les traits rappelaient une tête de faucon cligna des yeux.

— Personnellement, je ne lui ai rien dit mais tout le monde le sait. Je n'ai pas songé un seul instant que les moines ne devaient pas en être avertis : les reliques nous concernent tous, ne sommes-nous pas la primatie du royaume ? C'est ici que les rois Eóghanacht viennent prêter serment devant l'if sacré.

— Je ne vous reproche rien, le rassura Fidelma. Précisez-moi seulement à qui vous l'avez signalé.

— À frère Madagan, en tant qu'intendant du monastère.

— Et frère Bardán ?

— Dans l'abbaye, les nouvelles vont vite. Vous ne pouvez pas garder de secret chez les frères et les sœurs de la communauté.

Fidelma soupira. L'abbé, visiblement inquiet, l'étudiait avec attention.

— Pourquoi avez-vous mentionné frère Bardán ? Notre entretien, avec frère Eadulf, portait justement sur lui. Vous aurait-il donné des raisons de vous plaindre ?

— J'expliquais au père abbé que nous voulions éclaircir quelques points le concernant, dit très vite Eadulf.

Fidelma hocha la tête.

— Je suppose qu'Eadulf a également exigé de vous une absolue discrétion. Pour découvrir la vérité, nous sommes souvent dans l'obligation de poser des questions afin de vérifier certains faits. À partir de là, nous ne préjugeons de rien, mais nous apprécierions cependant que vous n'en parliez à personne, et surtout pas à frère Bardán.

L'abbé semblait perplexe mais acquiesça volontiers à la requête de Fidelma.

— J'ai dit personne, pas même votre intendant Madagan.

— J'entends bien. Je vous assure cependant que j'ai toute confiance en frère Bardán, qui est avec nous depuis dix ans et travaille ici comme apothicaire et ordonnateur des rites funéraires.

— L'abbé m'a appris qu'il était originaire de ce pays, précisa Eadulf. Auparavant, il travaillait comme herboriste, puis il est allé étudier à l'école médicale du monastère de Tír dhá Ghlas. Ensuite, il a exercé le métier d'apothicaire et d'embaumeur avant de rejoindre la communauté.

— A-t-il été guerrier ?

— Jamais, répliqua l'abbé. Qu'est-ce qui vous a donné une idée pareille ?

— Juste une pensée qui m'a traversé l'esprit. Savez-vous s'il était particulièrement lié à frère Mochta ?

— Dans cette communauté, nous sommes tous frères et sœurs, Fidelma. La cellule de frère Bardán jouxtait celles de frère Mochta et de frère Daig, et tous trois étaient certainement amis. Pauvre Daig ! Frère Bardán m'avait récemment demandé l'autorisation de le prendre comme assistant afin de le former à la science de l'herboristerie.

— Donc, pour autant que vous le sachiez, frère Bardán n'entretenait pas de rapports très étroits avec le moine qui a disparu ? insista Fidelma.

L'abbé Ségdae secoua la tête.

— Comment le saurais-je ? Ici, nous sommes tous un même corps sous le regard de Dieu.

Fidelma hocha la tête d'un air absent.

— Très bien.

Elle ouvrit la porte.

— Merci, Ségdae.

— Approchez-vous de la résolution de ces mystères ? demanda l'abbé dont le visage reflétait une grande anxiété.

— Je vous le ferai savoir dès que j'entreverrai une solution, lui promit Fidelma.

Une fois dehors, elle entraîna Eadulf vers le couloir le plus proche.

— Je vous propose d'aller faire un tour dans la cellule de Mochta.

— Il vous est venu une idée ?

Sa voix trahissait une note d'espoir qui lui valut une exclamation sardonique de la part de sa compagne.

— Cher Eadulf, cette affaire me plonge dans des abîmes de perplexité. Chaque fois que je crois saisir le fil conducteur de tous ces événements disparates, il m'échappe et le désarroi m'envahit. Pour l'instant, avec les éléments que j'ai réunis, je serais bien en peine de susciter la sympathie d'une cour de justice. Il nous reste maintenant moins d'une semaine avant le procès.

— Mais si nous ne sommes pas en mesure d'apporter des preuves, pourquoi l'autre partie réussirait-elle mieux que nous ?

— Malheureusement, cela ne fonctionne pas ainsi. Le prince Donennach était un invité placé sous la protection de mon frère. Dans ce cas de figure, le roi est responsable de la sécurité de son hôte et c'est à lui de démontrer son innocence. Quant au prince Donennach, il lui suffit d'attendre.

— Je ne vous suis pas.

— Pour être absous, Colgú se retrouve dans l'obligation de démontrer qu'il s'agissait d'un complot des Uí Fidgente ou d'une autre faction.

— Drôle de conception de la justice !

— Dans notre pays, il s'agit d'un de ses principes de base.

— Qu'attendez-vous d'un nouvel examen de la cellule de Mochta ?

— Pour tout vous avouer, je l'ignore. Un indice quelconque pour nous sortir de ce bourbier…

Un bruit les fit sursauter. Il venait de la chambre de Mochta.

Fidelma posa un doigt sur ses lèvres et chercha la poignée de la porte qu'elle ouvrit brusquement.

Finguine, le prince de Cnoc Áine, était agenouillé sur le sol et les regardait avec de grands yeux.

Il y eut un instant de silence gêné, puis le prince se releva et épousseta ses vêtements.

— Fidelma, tu m'as fait peur, maugréa-t-il.

— Vous aussi, dit Eadulf.

— Eh bien, cousin, qu'est-ce que tu fais ici ? demanda Fidelma en jetant un coup d'œil rapide autour de la pièce.

Finguine fit la grimace.

— L'intendant de l'abbaye…

— Frère Madagan ?

— Lui-même. Comme il me parlait de la disparition de frère Mochta, je lui ai demandé de me montrer sa cellule. Apparemment, ce pauvre moine a été arraché de son lit par la force. Peut-être l'a-t-on obligé à aller chercher les reliques dans la chapelle avant de l'emmener dans les collines où il a été tué ?

Fidelma considéra son cousin d'un air grave.

— Est-ce ainsi que tu vois les choses ?

— Ça tombe sous le sens. N'importe qui tirerait les mêmes conclusions que moi de l'état de cette pièce.

— Mais… commença Eadulf avant de s'interrompre quand il croisa le regard glacial de Fidelma.

— Oui ? dit Finguine en se tournant vers le Saxon qui se racla la gorge.

— Je voulais juste souligner que parfois les apparences sont trompeuses, néanmoins… euh… votre interprétation paraît la plus probable.

— Tu vois, Fidelma, je crains que ce pauvre moine ne soit mort. Après s'être emparés des saintes reliques, les bandits n'avaient aucune raison de le garder en vie.

— Alors pourquoi l'avoir emmené ?

Fidelma se mordit la lèvre. Elle n'avait pas pu s'empêcher de poser la question.

— Peut-être pour l'empêcher de donner l'alarme ?

— Ils auraient pu le laisser ligoté et bâillonné dans sa cellule, fit observer Eadulf.

— Sans doute ont-ils eu peur qu'on le découvre avant qu'ils aient eu le temps de fuir. Ils l'ont traîné dehors pour que la communauté perde du temps à le rechercher, leur laissant ainsi le champ libre.

— Là, je crois que mon cousin marque un point.

Eadulf fixa Fidelma d'un air ahuri. Par son attitude et le ton de sa voix, elle tentait de lui faire passer le message de ne pas contredire Finguine.

— De toute façon, poursuivit-elle sans s'émouvoir, la seule manière de vérifier ta théorie serait de retrouver la dépouille de Mochta dans les collines.

Finguine bomba le torse tout en affichant un sourire douloureux.

— Je crains d'être justement en mesure de prouver son exactitude.

Eadulf en resta bouche bée.

— Vous avez…

— Absolument.

— Et où as-tu découvert les restes de Mochta ? demanda Fidelma, brisant le silence qui avait accueilli cette nouvelle.

— Non loin d'ici, dans un champ, un de mes hommes a repéré… viens, je vais te montrer. Il s'agit d'un membre à moitié dévoré par les loups que mon guerrier a ramené dans un sac. Nous l'avons laissé chez l'apothicaire pour identification.

— Chez frère Bardán ?

— Si l'apothicaire se nomme ainsi, alors c'est lui.

— A-t-il formellement reconnu les restes ?

— Pas encore. En attendant sa réponse, je suis venu dans la chambre de Mochta pour vérifier que ce capharnaüm correspondait à ma version des événements.

Ils suivirent le prince de Cnoc Áine chez frère Bardán. Dans l'officine, un guerrier de Finguine attendait, l'air maussade, assis sur le bord d'une table où reposait un objet qui venait d'être déballé. Frère Bardán était penché dessus.

— Il n'y a aucun doute, déclara-t-il devant le regard interrogateur des trois visiteurs.

— C'est bien lui ? insista Finguine.

Frère Bardán hocha la tête d'un air morose.

— Je vous confirme que c'est l'avant-bras de frère Mochta. Il a été sectionné par des loups. Regardez la marque des canines.

Fidelma serra les dents et alla se rendre compte par elle-même. Il s'agissait bien de la partie inférieure d'un bras gauche : la main pleine de sang y était encore attachée.

— Eh bien, voilà au moins un mystère de résolu, nous connaissons maintenant le triste sort qu'a connu ce pauvre moine, annonça Finguine. Je crois que cela vérifie également ma théorie du vol.

Muette, Fidelma fixait l'objet macabre. Puis elle s'en détourna avec une grimace de dégoût.

— Êtes-vous certain qu'il s'agit de Mochta ? demanda-t-elle à frère Bardán, qui acquiesça aussitôt.

« Je vous remercie.

— Je vais envoyer des hommes fouiller dans les collines où ce membre a été ramassé, dit Finguine. Peut-être retrouverons-nous la trace des voleurs, mais cela m'étonnerait.

— S'ils découvrent quelque chose, préviens-moi, lança Fidelma avant de s'éclipser avec Eadulf.

— Eh bien, dit le Saxon quand il fut certain de ne pas être entendu, il semblerait que nous sachions maintenant ce qui est advenu à Mochta.

— Du tout, s'énerva Fidelma. Maintenant, nous avons la confirmation que frère Bardán est un fieffé menteur.

CHAPITRE XVI

— Frère Bardán serait un fieffé menteur ? s'étonna Eadulf. Mais comment en êtes-vous venue à cette conclusion ?

Fidelma tapa du pied.

— Ne me dites pas que vous vous êtes laissé berner !

Eadulf fronça les sourcils.

— Peut-être subsiste-t-il un doute quant à l'origine de ce reste de corps humain, mais d'où tirez-vous pareille certitude ?

— De quel bras s'agissait-il ?

— Le gauche… ah !

Eadulf s'immobilisa, frappé par l'évidence. D'après la description de l'abbé Ségdae, l'avant-bras gauche de Mochta portait un tatouage – un oiseau –, la réplique exacte de celui du cadavre de Cashel. Frère Bardán était forcément informé de ce détail.

— Donc il nous a délibérément trompés ! s'exclama Fidelma.

— Mais pourquoi ? Et à qui appartenait ce bras ?

— Certainement au pauvre charretier de Samradán… avant qu'il fût déchiqueté par les loups. Mais pourquoi cette mystification ? Viserait-elle à nous empêcher de rechercher frère Mochta ? Mochta serait-il l'assassin de Cashel ? Cette affaire est de plus en plus embrouillée, mais il semblerait que nous tenions une piste. Venez.

Elle pressa le pas et ils se retrouvèrent devant la porte de la cellule où ils avaient surpris Finguine quelques instants auparavant. Au grand étonnement d'Eadulf, Fidelma se dirigea vers la porte voisine, celle de la chambre de frère Bardán. Elle l'ouvrit, entraînant le moine derrière elle.

— Que cherchez-vous ? murmura le Saxon stupéfait.

— Je ne sais pas très bien. Retournez dans le couloir et avertissez-moi si quelqu'un arrive.

La pièce était meublée d'un lit, d'une table, d'une chaise et de patères pour y accrocher des vêtements : en l'occurrence, deux robes de bure, une cape de laine pour l'hiver, un chapeau en cuir pour se garder de la pluie, deux paires de sandales dont l'une cloutée et un peu verdie – les chaussures que l'apothicaire utilisait pour ses expéditions dans les champs où il cueillait les simples. Les deux livres posés sur la table traitaient de l'usage médicinal des plantes. Fidelma constata que le second était en cours d'écriture. La plus grande partie des pages étaient blanches et celles du début bien calligraphiées et rédigées dans un style soigné.

Elle plongea brusquement la main dans son *marsupium* et en sortit une des feuilles qu'elle avait subtilisées dans la cellule de frère Mochta. Des notes tirées des *Annales d'Imleach.* L'écriture était la même que celle du traité sur les plantes. Frère Mochta aurait-il aidé Bardán à composer son ouvrage de médecine ? Auquel cas, les deux hommes étaient très proches, et frère Bardán n'avait pas pu de bonne foi se tromper sur le propriétaire du bras qu'on avait soumis à son examen.

À part cela, la pièce ne présentait pas d'intérêt particulier.

Poussée par son instinct, Fidelma s'agenouilla et regarda sous le lit. Elle tendit la main et retira de l'ombre une corde enroulée, une lanterne remplie d'huile dont la mèche avait été soigneusement taillée, et enfin un *sacullus* de bonne taille rempli de nourriture et d'une petite amphore de vin.

Fidelma demeura un instant immobile et hocha la tête d'un air entendu.

Puis elle remit les objets en place et rejoignit Eadulf qui la suivit sans un mot. Ils enfilèrent le couloir et franchirent une porte qui ouvrait sur les galeries entourant le cloître. À droite se trouvait l'hôtellerie des invités, à gauche la chapelle de l'abbaye et en face d'eux une voûte débouchant sur un jardin.

— C'est là que frère Bardán cultive ses simples, annonça Fidelma. Allons y jeter un coup d'œil.

Ils traversèrent la cour et passèrent sous la voûte.

— Ah !

Fidelma franchit le jardin et se dirigea droit vers un petit portail qu'elle ouvrit après avoir tiré de solides verrous.

— Ça mène où ? chuchota Eadulf qui n'y tenait plus.

Fidelma s'effaça... et Eadulf se retrouva face à un champ verdoyant bordé d'ifs. Cette issue, qui tournait le dos à la ville, donnait directement sur la campagne. Fidelma referma le portail, remit les verrous en place... et se pencha sur un montant avec une exclamation étouffée avant de l'effleurer du doigt.

Eadulf se pencha à son tour.

— On dirait du sang séché, murmura-t-il. Qu'est-ce que cela signifie ?

Elle se redressa.

— Cette nuit, nous allons monter la garde afin d'avoir une idée plus précise sur les activités de notre ami Bardán. Je crois que j'entrevois une lueur d'espoir.

— Daignerez-vous partager votre lumière avec moi ? dit Eadulf, un peu fâché par tout ce mystère.

— Quand le moment sera venu. En attendant, nous ferions bien d'aller nous reposer avant le repas du soir. La nuit risque d'être longue.

Alors qu'ils ressortaient du jardin, Fidelma regarda autour du cloître. Puis elle désigna une petite alcôve.

— D'ici, nous surveillerons très bien les lieux. Dans l'obscurité, personne ne nous verra et il y a même un siège pour attendre plus confortablement.

— Attendre qui ?

— Frère Bardán, qui d'autre ?

La cloche appelait au dernier office de la journée et Eadulf se hâtait vers la chapelle. Fidelma avait décidé de commencer son tour de veille, en insistant pour qu'Eadulf se joigne à la communauté afin que son absence ne semble pas trop suspecte. Si quelqu'un demandait où elle se trouvait, il devait répondre que, recrue de fatigue, elle s'était retirée tôt. Eadulf n'était d'ailleurs pas fâché d'assister à la messe car, depuis son arrivée à l'abbaye, il avait négligé ses devoirs religieux et se sentait coupable.

Il prit place dans la file des frères qui pénétraient dans l'église et alla s'agenouiller sur un prie-Dieu, non loin de l'autel. Mais alors qu'il joignait les mains pour prier, aucun mot ne sortit de sa bouche et il déglutit avec difficulté.

En entrant, il avait noté la présence de frère Bardán, seul dans un renfoncement latéral. Maintenant, il discutait avec animation, soulignant ses propos avec de grands gestes. À un moment donné, il avait bougé et son interlocuteur était apparu en pleine lumière. C'est en le reconnaissant qu'Eadulf était resté sans voix.

Il s'agissait du cousin de Fidelma, Finguine de Cnoc Áine. Et la façon dont les deux hommes se souriaient, comme s'ils se racontaient une bonne plaisanterie, mit le Saxon mal à l'aise.

Frère Bardán, réalisant que le service allait commencer, adressa une dernière remarque à Finguine. Puis il s'éloigna, adoptant une attitude méditative, les mains dans les manches de sa robe de bure et la tête baissée.

Finguine hésita, jeta un coup d'œil autour de lui pour vérifier que personne ne l'observait, et sortit par une petite porte.

L'abbé Ségdae entama l'office.

Eadulf, qui avait failli pousser un juron, se leva, fit une génuflexion et s'agenouilla à nouveau. Si seulement il avait remarqué frère Bardán et Finguine avant de choisir sa place… Maintenant, il était dans l'impossibilité de s'échapper avant la fin du service. Il aurait donné cher pour connaître l'objet de la discussion dont il venait d'être le témoin.

Les rituels de la cérémonie n'en finissaient pas. Dès qu'elle fut terminée, il se précipita dehors. Arrivé devant l'alcôve, il vérifia qu'il n'était pas suivi et se glissa auprès de Fidelma. Là, il lui raconta ce qu'il avait vu.

Elle le prit avec calme.

— C'est la deuxième fois que l'on surprend Bardán et Finguine conversant ensemble. D'abord chez Nion et maintenant ici. Cela n'a rien de particulièrement surprenant, mais enfin leur attitude me dérange. Quand on ajoute à cela le mensonge de Bardán à propos de Mochta, cela excite la curiosité.

— Bon, alors, qu'est-ce qu'on fait ? demanda Eadulf.

— Nous appliquons notre plan. On reste ici et on voit si mes soupçons sont justifiés. Je crois que frère Bardán ne tardera pas à apparaître.

— C'est ridicule, gémit Eadulf pour la énième fois. Maintenant il ne viendra plus, il est trop tard.

Ils étaient toujours assis dans la cour où il faisait un froid glacial. Eadulf avait renoncé à compter les heures qui s'étaient écoulées depuis le carillon de minuit annonçant l'extinction des feux dans le monastère. Et maintenant, la cloche ne tarderait pas à sonner les laudes, qui marquaient le début d'une nouvelle journée.

— Tenez-vous tranquille et prenez votre mal en patience, le morigéna Fidelma.

— Je suis fatigué, je grelotte, je veux dormir et…

Il s'arrêta net en recevant un coup de coude dans les côtes.

Quelqu'un venait. Une ombre se profila dans les galeries et traversa la cour éclairée par la lune. La silhouette portait une lanterne éteinte, un grand *sacullus* et une corde jetée sur l'épaule. L'homme avançait les yeux baissés sur le sol, de crainte de trébucher sur quelque obstacle.

Sans hésiter, il se dirigea droit vers la voûte qui séparait le cloître du jardin. Aussitôt, Fidelma se leva, entraînant Eadulf dans son sillage. Ils virent la silhouette s'arrêter devant le portail qui donnait sur l'extérieur et entendirent les verrous glisser. La porte s'ouvrit avec un léger grincement des gonds en métal.

— Vite, murmura Fidelma quand elle se referma, il ne faut surtout pas le perdre de vue.

Eadulf pesta à mi-voix. Cela ne lui plaisait guère de s'aventurer hors de l'abbaye, surtout qu'il avait oublié son bâton de pèlerin. Depuis son affrontement dramatique avec le loup, il s'était beaucoup attaché à ce gourdin.

— Êtes-vous certaine qu'il s'agit de frère Bardán ? Vous êtes sûre qu'on ne va pas tomber sur des loups ?

Fidelma, obnubilée par la poursuite, traversait déjà le jardin, Eadulf sur les talons. Ils franchirent le portail et se retrouvèrent dans la campagne obscure.

La lune presque pleine répandait sur les champs une lumière crépusculaire. Il n'y avait pas un seul nuage dans le ciel bleu-violet où scintillaient les étoiles. Derrière les collines à l'est, on devinait déjà les premières lueurs de l'aube. Appuyée au mur de l'abbaye avec son compagnon pour rester dans l'ombre, Fidelma repéra frère Bardán et le désigna du doigt.

Il se dirigeait d'un pas rapide vers un endroit désert et elle chercha vainement du regard un endroit où elle pourrait s'abriter avec Eadulf. Bardán, s'éloignant des arbres et des bâtiments, traversa un champ de bruyère.

Après un bref instant de réflexion, le couple de religieux s'élança derrière le moine qui allait bientôt se fondre dans l'obscurité. S'il se retournait, il ne manquerait pas de les voir et Fidelma imaginait mal quelle excuse elle lui donnerait pour justifier leur présence en pleine nuit.

L'apothicaire les mena vers un petit édifice qui se dressait au coin d'un grand pré, au-delà de la rangée d'ifs. Il s'agissait d'un oratoire en pierre d'environ quinze pieds de haut et vingt de long. Dans la pénombre, les murs se confondaient avec le toit.

Frère Bardán disparut à l'intérieur.

Fidelma s'arrêta et observa les alentours à la faveur de la clarté lunaire.

— En ressortant, il va tout de suite nous repérer, chuchota Eadulf.

Fidelma pointa du doigt un bouquet d'arbres à une courte distance.

— C'est l'unique endroit pour se mettre à couvert.

— Vous croyez que frère Bardán a un rendez-vous ? demanda Eadulf quand ils se furent installés à leur nouveau poste de guet.

— Les spéculations qui ne s'appuient pas sur la connaissance sont vaines, répliqua Fidelma.

C'était une de ses maximes favorites.

— Vous le soupçonnez d'être mêlé à quelque affaire louche ?

— Je n'affirme rien de tel.

— Mais vous avez tout de même votre petite idée ? s'énerva le Saxon.

— Publilius Syrus a écrit qu'un jugement hâtif est le premier pas vers la rétractation. Patience et longueur de temps…

Eadulf soupira en s'adossant à un arbre. Le sol était humide de rosée, annonciatrice de l'aube. Il s'assit sur du bois sec. Quant à Fidelma, elle s'était installée sur une souche d'où elle surveillait l'entrée de la chapelle.

Quelques instants plus tard, Eadulf ferma les yeux.

Quand il les rouvrit, l'aube grise se levait, sa bouche pâteuse lui confirma qu'il s'était assoupi et il se sentait courbatu. Il bâilla et cligna des yeux.

Fidelma était toujours assise sur sa souche, les coudes sur les genoux et le menton dans les mains.

— J'ai dormi longtemps ?

— Assez, lui répondit-elle d'un air amusé.

— Il s'est passé quelque chose ?

Fidelma s'étira.

— Non, rien. Frère Bardán n'a pas réapparu.

Maintenant, ils distinguaient clairement la petite chapelle de forme rectangulaire et au toit retombant, qui protégeait les murs de la pluie.

— Cet oratoire est charmant, dit Eadulf.

— Oui, un endroit tout indiqué pour s'y abîmer en prières.

— Mais qu'est-ce que frère Bardán peut bien fabriquer là-dedans ?

— Prenez patience.

Eadulf soupira. Il mourait de soif et son estomac protestait.

— Dommage que nous n'ayons pas emporté une collation.

— Patience, répéta Fidelma, impassible.

Eadulf estima que la frustration avait des limites.

— Quand on s'en sert d'excuse pour son manque d'audace, la patience est un vilain défaut.

Fidelma garda le silence.

Le temps passa et bientôt le soleil apparut à l'horizon. Ses faibles rayons soulignaient les contours des montagnes et éclairaient la plaine en contrebas. La cloche de l'abbaye carillonna pour le premier service du jour.

Fidelma se leva.

— Que faites-vous ? demanda Eadulf.

— Allons chercher frère Bardán. Je suppose qu'il nous a repérés et se terre dans cette chapelle.

Ils traversèrent le champ de bruyère.

L'édifice ne possédait aucune fenêtre, la porte était très étroite et il fallait se baisser pour pénétrer à l'intérieur. Fidelma, qui était entrée la première, avança de quelques pas, suivie par son compagnon. Ils attendirent que leurs yeux s'habituent à l'obscurité tandis que l'aube grise filtrait par l'embrasure de la porte.

L'oratoire était vide.

CHAPITRE XVII

L'endroit ne présentait aucun recoin pour se cacher. Sur le sol pavé, une petite table avec une croix en bois sculpté servait d'autel. De part et d'autre de la croix posée devant une coupe de fleurs fanées se dressaient deux chandelles dans des bougeoirs en métal.

— Il a dû filer sans qu'on s'en aperçoive, dit Eadulf.

— Impossible, répliqua Fidelma en jetant autour d'elle des regards incrédules. Je vous affirme qu'il n'est pas ressorti.

— Nous avons la preuve du contraire.

Un éclair de colère brilla dans les yeux verts de la jeune femme.

— Je ne suis pas comme vous, moi, je n'ai pas dormi un seul instant.

Pour toute réponse, Eadulf sourit d'un petit air supérieur.

Quant à Fidelma, elle était visiblement déroutée. Frère Bardán avait dû passer par une autre issue. . sauf qu'il n'y en avait pas.

Elle renonça en soupirant à déchiffrer l'insondable.

— Retournons au monastère. On pensera mieux avec l'estomac plein, lança Eadulf.

Le soleil commençait à chauffer et une légère brume s'élevait de la campagne environnante. Il ne leur fallut pas longtemps pour traverser le champ de bruyère. La petite porte en bois donnant sur le jardin médicinal était restée ouverte.

Fidelma baissa les yeux sur les verrous.

— Cela prouve au moins une chose, murmura-t-elle.

Son compagnon leva sur elle un regard interrogateur.

— Un élément m'aurait-il échappé ?

— Oui, frère Bardán n'est pas rentré, ou alors pas par là.

— Comment cela ?

— Mais enfin, Eadulf, cette porte qui se ferme de l'intérieur est restée ouverte. Donc il est là-bas…

Elle indiqua l'oratoire d'un mouvement du menton.

— … sauf que je ne comprends pas comment il nous a échappé.

Eadulf aurait été bien en peine de l'aider.

Quand ils regagnèrent la cour et longèrent les galeries, l'abbaye se réveillait, et ils virent l'abbé Ségdae qui venait à leur rencontre.

— Vous n'avez pas assisté aux laudes, leur dit-il sur un ton de reproche.

— Non, nous étions très occupés, s'excusa Fidelma. Auriez-vous une idée de l'endroit où se trouve frère Bardán ? Je voulais lui parler mais il semble qu'il a disparu du monastère.

Ségdae ne manifesta aucune surprise.

— Il est dans ses habitudes de se lever tôt pour aller cueillir des herbes curatives. Sans doute est-il parti dans la campagne ?

— L'autre jour, j'ai aperçu un petit oratoire derrière l'abbaye, dit Fidelma en feignant de changer de sujet. Je ne l'avais jamais remarqué auparavant.

Elle avançait côte à côte avec l'abbé le long des corridors tandis qu'Eadulf, à quelques pas derrière eux, n'avait qu'une idée en tête : gagner le réfectoire pour s'y restaurer.

— Ah ! Vous voulez parler du sanctuaire du bienheureux Ailbe ?

— Une chapelle en pierres sèches…

— … et près du champ de bruyère. Tiens, c'est curieux.

— Qu'est-ce qui est curieux ? s'enquit Eadulf, qui les avait rejoints.

— Le *dálaigh* des Uí Fidgente… comment s'appelle-t-il déjà ? Solam ? Eh bien, Solam m'a interrogé sur cette même chapelle.

— Ah bon ?

Ségdae ne remarqua pas la tension dans la voix de Fidelma.

— Cet endroit s'appelle Gort na Cille, ma fille.

— Le « champ de l'église » ? Un nom tout indiqué. Pourquoi Solam s'y intéresse-t-il ?

— Je l'ignore. Certaines personnes pensent que si on en tire de l'eau avant l'aube et qu'on se la verse sur le corps, on guérit de la maladie dont on souffre.

Eadulf, qui rêvait d'étancher sa soif, poussa une exclamation de dépit. Si seulement il avait su plus tôt qu'un ruisseau coulait dans ce pré…

— Mais où se trouve la source, mon père ? s'étonna-t-il. Je n'ai rien vu.

Ségdae secoua la tête.

— Elle est souterraine. On tire l'eau du *Tobar na Cille* – le puits de l'église. La chapelle a été construite sur ce site et le puits est à l'intérieur.

Fidelma s'arrêta net.

— Sous les dalles ?

Ségdae la regarda d'un air amusé.

— Plus exactement, sous l'une d'elles, montée sur gonds, derrière la table qui sert d'autel.

Ils étaient arrivés devant la porte de ses appartements où plusieurs membres de la communauté l'attendaient pour lui parler.

— Savez-vous où se trouve l'avocat des Uí Fidgente ? demanda Fidelma.

— Je l'ai vu il y a environ un quart d'heure mais j'ignore où il se rendait.

Fidelma remercia l'abbé et le quitta à la hâte, Eadulf sur les talons.

— Mais où allez-vous ? protesta le Saxon. Ce n'est pas le chemin du réfectoire !

Elle le réduisit au silence d'un geste de la main.

— N'avez-vous pas compris ?

— Quoi donc ?

— Nous tenons l'explication du mystère de la disparition de Bardán.

— Vous... vous pensez qu'il se cachait à l'intérieur du puits ?

— Peut-être ce puits a-t-il un autre usage. Nous allons y retourner pour l'examiner de plus près. Que Solam ait posé des questions sur cet oratoire ne me plaît guère.

Soudain, Eadulf s'immobilisa.

— Je ne retournerai pas dans cette chapelle...

Fidelma le foudroya du regard.

— ... avant de m'être restauré.

Fidelma se laissa entraîner à contrecœur vers le réfectoire. Les longues tables étaient presque vides, la plupart des membres de la communauté avaient déjà rompu le jeûne de la nuit et étaient partis vaquer à leurs occupations.

— Nous ferions mieux d'emporter de la nourriture avec nous, dit Fidelma. Nous n'avons pas de temps à perdre, je suis pratiquement certaine que Solam prépare un mauvais coup.

Eadulf attrapa deux miches de pain encore tièdes, de la viande froide, du fromage, des fruits, et fourra le tout dans un *sacullus* accroché à une patère qu'il confisqua sans remords. Fidelma avait trouvé un flacon qu'elle remplit d'eau, reboucha et tendit à Eadulf.

— Et maintenant, on retourne à Gort na Cille, lui dit-elle.

En sortant du réfectoire, Eadulf ne put s'empêcher de saisir au passage une tranche de pain et un morceau de charcuterie qu'il se mit à manger goulûment, avec un intense plaisir.

La température avait grimpé et il faisait chaud. Ils avaient emprunté le même chemin et étaient à peu près sûrs que personne ne les avait suivis. Le temps qu'ils arrivent à bon port, Eadulf avait dévoré la moitié du ravitaillement tandis que Fidelma, qui n'avait pas faim, se contentait de boire un peu d'eau.

L'oratoire était triste et désert.

Eadulf alluma une des chandelles de la table-autel pour repérer la dalle recouvrant le puits. C'était facile, car un petit anneau en fer y avait été scellé. Eadulf se pencha, tira et faillit tomber à la renverse : la pierre avait pivoté sur elle-même sans opposer de résistance.

Devant eux s'ouvrait un grand trou noir.

Eadulf leva sa bougie, qui n'éclairait que les ténèbres.

— Qui peut bien se cacher dans cet antre obscur ? murmura-t-il.

— Regardez votre chandelle, lui conseilla Fidelma.

— Hein ?

— La flamme vacille. À votre avis, qu'est-ce que cela signifie ?

Eadulf examina en silence la flamme qui menaçait de s'éteindre.

— Je comprends, de l'air monte des profondeurs. Vous pensez qu'il y aurait là-dessous autre chose que de l'eau ?

— Oui, d'autant plus qu'une échelle est fixée à la paroi. Étrange, non ? Pour quoi faire, dans un puits ?

Le moine avança le cou d'un air dubitatif.

— Pas très engageant... et si j'allais y faire un tour ?

Il tendit sa chandelle à Fidelma, qui secoua la tête.

— Je suis plus légère que vous et la solidité des barreaux laisse peut-être à désirer.

Avant qu'il ait eu le temps de protester, elle descendait déjà.

— Ça tient ! cria-t-elle avant de disparaître.

— Vous n'y voyez rien ! s'exclama Eadulf.

Aucune réponse.

— Fidelma !

— Tout va bien, le rassura-t-elle. J'ai trouvé une galerie et je distingue même une faible lumière.

— J'arrive.

Eadulf fit glisser le sac sur son dos et entreprit de descendre l'échelle en s'aidant d'une main, tandis que de l'autre il tenait fermement sa bougie.

Dix pieds plus bas, il entrevit l'ouverture signalée par Fidelma, qui était déjà passée de l'autre côté. Eadulf lui tendit la chandelle et la rejoignit.

— C'est tout à fait accessible, annonça-t-elle.

Et effectivement. Le boyau mesurait environ trois pieds de large sur cinq de haut, ce qui obligeait Eadulf à marcher courbé en deux pour ne pas se cogner à la voûte rocheuse. Si on en jugeait par sa forme ovoïde, le tunnel suivait une cavité naturelle creusée par l'eau dans le calcaire. L'atmosphère était fétide et très humide. Comme Fidelma, Eadulf distingua lui aussi une lueur qui ne lui sembla pas naturelle.

— Qu'est-ce que c'est ? murmura-t-il.

— Sauf erreur de ma part, il s'agit d'une substance qui brille dans l'obscurité, une matière cireuse et inflammable. Je crois que les Grecs l'ont nommée d'après l'étoile du matin.

Ils progressaient le long du mystérieux souterrain quand, soudain, Fidelma poussa une exclamation étouffée et se redressa. Elle venait de déboucher dans une caverne de bonnes dimensions, de trente pieds de diamètre environ et haute de dix pieds.

— Il n'y a personne, chuchota Eadulf en regardant autour de lui.

Comme dans la galerie dont ils arrivaient, de l'eau suintait des parois. Au centre, il s'était formé une flaque où tombaient des gouttes d'eau à intervalles réguliers, résonnant à l'infini, et Eadulf se dit qu'entendre ça à longueur de journée devait suffire à vous rendre fou.

— Je n'aimerais pas séjourner ici, dit Fidelma, qui semblait lire dans ses pensées.

Puis elle pointa du doigt le côté opposé de la grotte, où deux orifices marquaient l'entrée d'autres tunnels.

— On choisit lequel ?

— Celui de droite, répondit Eadulf au hasard.

— Une raison particulière ?

— Aucune.

— Alors pourquoi pas.

Ils traversèrent la caverne en faisant attention à ne pas tomber : le sol était glissant à cause du lichen et d'une mousse gluante. Avant longtemps ils débouchaient dans une nouvelle chambre souterraine, sèche et poussiéreuse. Eadulf sentit de fines particules pénétrer dans sa bouche et il fut pris d'une quinte de toux.

Fidelma leva sa chandelle.

— Ici, le roc a été travaillé, fit remarquer Eadulf. Serions-nous tombés sur une mine ?

Fidelma allait rétorquer que ça tombait sous le sens mais elle s'abstint. Pourquoi donc manifester autant d'ironie à l'égard de son compagnon ? Eadulf ne méritait pas d'être ainsi la cible de ses remarques cinglantes. Ces derniers temps, elle s'était montrée particulièrement intolérante. Pourtant, depuis neuf mois ils ne se quittaient plus. Ensemble, ils avaient affronté bien des dangers. Leur amitié ne la satisfaisait pas et elle ne parvenait pas à comprendre les raisons de son attitude. Elle semblait épier ses fautes pour mieux les dénoncer. Cela lui rappelait un vieux proverbe… que disait-il déjà ? Quand on commence à faire les comptes, c'est la fin d'une amitié ?

Elle revint à la réalité présente.

— Ici, la pierre n'a plus la même qualité. C'est du granit, le calcaire a pratiquement disparu. Bizarre. Et regardez ces filons.

— Serions-nous tombés sur une mine d'argent ?

— Oui, et quelqu'un y a travaillé récemment.

Elle désigna un outil brisé sur le sol, le pic d'un côté et le manche de l'autre. Si on en jugeait par la teinte du bois à l'endroit de la brisure, ce manche gisait là depuis quelques jours à peine.

Entre-temps, Eadulf avait ramassé un morceau de minerai qu'il frotta contre son vêtement. À la lumière de la chandelle, il distingua les veines blanches du métal ductile.

— Avançons, peut-être qu'un peu plus loin de nouveaux éléments nous permettront d'en apprendre davantage.

Presque aussitôt, la chambre souterraine se rétrécit en un goulet où ne pouvait passer qu'une seule personne. Bientôt, ils marchaient à quatre pattes. Non loin de là leur parvint le bruissement d'une eau jaillissante.

— Je vois de la lumière, lança Fidelma par-dessus son épaule, et cette fois c'est celle du soleil.

Ils finirent par émerger dans une grotte dont l'ouverture était surélevée. En se redressant, ils avisèrent un bassin alimenté par une cascade dont le fracas emplissait l'espace.

— Une source souterraine ! cria Fidelma.

Ils grimpèrent pour rejoindre l'entrée de la caverne et, brusquement, ils se retrouvèrent dans la campagne. Ils avaient accompli un demi-cercle ; l'oratoire et son puits étaient situés au nord du monastère, or ils venaient d'émerger au sud des bâtiments ecclésiastiques. Fidelma estima qu'ils n'en étaient distants que de quatre cents yards. Les murs de l'abbaye étaient cachés par une rangée d'épicéas qui ne laissaient entrevoir que les tours.

— Pourquoi frère Bardán aurait-il accompli tout ce chemin alors qu'il lui suffisait de traverser un champ ou deux pour venir jusqu'ici ? s'étonna Eadulf. Croyez-vous que le choix de son itinéraire soit lié à cette mine d'argent ?

Fidelma, qui n'aimait pas les spéculations inutiles, ne répondit rien.

C'est Eadulf qui aperçut un morceau de tissu en laine brune maculé de sang frais, juste au-dessous de l'entrée de la grotte.

— Croyez-vous que cela appartienne au charretier de Samradán ? Les loups l'auraient-ils apporté jusqu'ici ?

Dans son esprit surgirent des images sur le sort qu'avait connu le charretier et il frissonna de dégoût. En revivant sa rencontre avec les loups en compagnie de Fidelma, il sentit son sang se glacer et jeta un coup d'œil pour repérer d'éventuelles tanières dans les environs.

À son tour, Fidelma examina le morceau de tissu et secoua la tête avec gravité.

— Le charretier ne portait pas de vêtements taillés dans ce genre d'étoffe : ceci a été arraché à la robe de bure d'un religieux.

Elle se redressa. Ils se trouvaient sur la pente inclinée qui menait à la caverne, où l'herbe rase avait été tondue par les animaux broutant dans les parages.

— Regardez, Eadulf, si on creuse un peu, la terre est meuble et boueuse sous la croûte sèche. Des chevaux sont passés par là récemment et ils traînaient des chariots, les empreintes de roues sont très nettes.

— Vous êtes sûre que ces traces remontent à aussi peu de temps ?

Fidelma frappa du pied, et il fallut un petit moment à Eadulf pour comprendre qu'elle n'était pas en colère.

— Après plus de vingt-quatre heures, toute marque a tendance à s'effacer et…

Elle tomba à genoux.

— Là, une tache où le sang n'est pas encore sec : il a coulé de la même blessure que celui retrouvé sur le morceau de tissu.

Eadulf hocha la tête.

— S'il a été versé il y a quelques heures, il ne peut s'agir de celui du charretier de Samradán.

— Ou d'un pauvre villageois tué pendant le raid. Sans doute que des cavaliers, probablement ceux qui conduisaient les chariots, ont amené un religieux jusqu'à cet endroit. Il n'y a pas de traces de pas, donc il est parti avec eux, mais cela m'étonnerait qu'il les ait suivis de son plein gré.

— Parlons-nous de frère Mochta ?

— Ou de notre ami apothicaire qui a prétendu que frère Mochta était déjà mort ?

Fidelma examina le sol comme si elle espérait y trouver des réponses aux questions qui se bousculaient dans sa tête. Elle n'était sûre que d'une chose : plus d'un chariot et plusieurs chevaux étaient passés par là. Puis elle distingua des empreintes de sabots ferrés avec soin par-dessus les traces de roues. Cela signalait souvent la présence de guerriers car les personnes se déplaçant en groupe avec des bêtes aussi bien soignées étaient rares.

— À mon avis, des cavaliers ont succédé aux chariots, murmura-t-elle.

Eadulf se frotta la joue.

— Donc, nous sommes dans une impasse ?

— Pas nécessairement.

Elle plia soigneusement le morceau de tissu ensanglanté et le glissa dans son *marsupium.*

— Si nous retournions dans ces souterrains ? Je vous propose d'emprunter l'autre tunnel pour voir où il mène.

Devant cette perspective, Eadulf manifesta un enthousiasme modéré.

— Je craignais une proposition de ce genre. Ne croyez-vous pas que c'est une perte de temps ? S'il s'est passé quelque chose, c'est ici même.

Fidelma lui décocha un sourire espiègle.

— Aller à droite n'est pas toujours très adroit. Si nous tentions notre chance avec la galerie de gauche ?

Sans attendre sa réponse, elle se laissa glisser dans la grotte.

Ils regagnèrent assez vite la caverne humide où l'eau s'égouttait dans une flaque. Puis ils prirent la galerie de gauche, qui ressemblait à celle qu'ils avaient empruntée en partant de l'oratoire, mais ils progressèrent plus vite que dans la mine d'argent. Maintenant, le tunnel grimpait, ce qui était assez pénible. Ils s'arrêtèrent d'un commun accord pour souffler un peu, accroupis sur le sol sec recouvert d'une poussière qui semblait provenir d'un mélange de schiste et de polissage de pierre.

— Nous ne cessons de nous élever, s'étonna Eadulf. Pourtant, nous n'étions pas descendus si profond sous terre.

— Je pense que ce passage nous mène dans l'une des collines entourant l'abbaye, sans doute celle du Cairn, qui est la plus proche.

Soudain, elle claqua des doigts.

— Mais oui, j'avais oublié. Qu'est-ce que nous a dit frère Tomar quand l'abbaye a été attaquée ? Qu'il avait entendu parler d'un passage secret menant aux collines environnantes.

Elle fronça les sourcils.

— Il le tenait de l'abbé Ségdae. Et il pensait que ce souterrain pourrait permettre aux femmes de la communauté de s'enfuir.

— Donc nous y sommes ?

— Je le crois. À moins que ces collines ne soient truffées de galeries. Ce ne serait pas le premier site de ce genre dans le pays. J'ai entendu parler de réseaux de tunnels communiquant avec des cours d'eau et des lacs. Cela explique la présence de schiste, qui est composé de coquillages.

— Vous voulez dire que nous nous enfonçons dans la colline ? s'exclama Eadulf, soudain au comble de l'inquiétude. Il ne nous reste presque plus de chandelle ! J'espère de tout cœur que nous allons émerger à la lumière du jour.

Fidelma contempla le morceau de suif qui lui restait dans la main. Il était long d'un pouce tout au plus. Dans son enthousiasme pour aller explorer la galerie, elle avait oublié le problème de l'éclairage.

— Alors on ferait bien de se remettre en route parce que je ne sais pas si vous l'avez remarqué, mais ces lueurs phosphorescentes qui nous guidaient n'existent pas dans cette partie du souterrain.

La pensée qu'ils pourraient rester prisonniers sous terre dans une totale obscurité leur insuffla une nouvelle énergie et ils reprirent l'ascension. Cette galerie au cours capricieux confirmait à Fidelma qu'ils parcouraient l'ancien lit d'une rivière. Elle devait prendre sa source en haut de la colline et couler dans la vallée pour alimenter des puits dont la majorité avaient disparu ou étaient remplis par d'autres rivières souterraines.

Soudain, la flamme vacillante de la bougie crépita, jeta ses derniers feux et s'éteignit.

Eadulf frissonna et demeura immobile, espérant que ses yeux s'habitueraient aux ténèbres mais en vain. L'obscurité demeurait impénétrable.

— Eadulf, donnez-moi la main, dit la voix de Fidelma près de lui.

Il obéit et, bientôt, la main chaude de Fidelma se glissait dans la sienne.

— Bien. Il ne faut pas que nous nous lâchions. Je vais avancer lentement.

— Mais vous ne voyez rien.

— Je progresserai en m'aidant des parois.

Ils avancèrent à tâtons dans la nuit.

— En tout cas, une chose est sûre, dit gaiement Fidelma dont la voix était renvoyée par l'écho.

— Quoi donc ?

— À moins que nous ne trouvions une lanterne à l'autre extrémité de ce tunnel, nous ne pourrons pas rebrousser chemin.

Sa plaisanterie tomba à plat et ils continuèrent leur excursion en silence. Une ou deux fois, Fidelma s'écorcha le bras et Eadulf trébucha sur le sol. Ils se traînaient à une lenteur désespérante. Brusquement, Fidelma s'arrêta.

— Que se passe-t-il ? demanda Eadulf.

— Vous ne voyez rien ? répondit Fidelma d'une voix excitée.

Le moine scruta les ténèbres et entrevit une lueur d'espoir.

— Une lumière... naturelle celle-là, confirma Fidelma.

Tandis qu'ils amorçaient un virage, la lumière grandit, pâle et grise. Et dans le silence ils entendirent les craquements d'un feu.

Fidelma se rapprocha d'Eadulf, effleura sa joue et lui souffla à l'oreille :

— Il y a quelqu'un dans la caverne devant nous.

Puis elle retira sa main de la sienne. Encore quelques pas et ils se retrouvèrent devant une grotte dont l'entrée donnant sur l'extérieur était protégée par une barrière en bois ; ils distinguèrent une bande de ciel bleu. Les rayons du soleil inondaient la grotte spacieuse et sèche, malgré un ruisseau qui coulait sur un côté.

Au centre crépitait un feu et divers objets étaient éparpillés sur le sol. Un vieil homme assez corpulent reposait sur une paillasse près des flammes. Il portait la robe de bure des religieux, son bras et son pied gauche étaient bandés et un bâton à portée de main lui servait visiblement de béquille.

Eadulf et Fidelma fixaient le vieil homme d'un air ahuri.

Ce fut Eadulf qui pénétra le premier dans la caverne. L'habitant des lieux sursauta, se redressa sur son lit improvisé et saisit son gourdin. Puis il s'immobilisa en remarquant le vêtement du visiteur.

— Qui êtes-vous ? s'écria-t-il d'une voix terrorisée.

Eadulf se figea sur place, muet de stupéfaction.

Fidelma l'écarta, luttant pour recouvrer sa voix.

— N'ayez crainte, frère Mochta, parvint-elle enfin à articuler, je suis Fidelma de Cashel.

Le religieux grassouillet se détendit et retomba sur sa paillasse avec un soupir.

Eadulf n'avait pas bougé, pétrifié par la vision de l'homme allongé.

— Mais vous êtes mort ! lâcha-t-il étourdiment.

L'individu au visage rond s'assit. Bien que son visage fût marqué par la souffrance, il parvint à sourire.

— Permettez-moi de vous contredire, frère saxon. Cependant, si vous parvenez à le prouver, j'accepterai volontiers votre jugement. En vérité, je me sens suffisamment proche de la mort pour ne pas argumenter davantage.

Eadulf s'avança et examina avec attention les traits du moine impassible, appuyé sur un coude. Il avait la même figure que la dépouille de l'assassin dans la salle mortuaire de Cashel. Les deux hommes se ressemblaient jusque dans les moindres détails et ils arboraient tous deux le tatouage d'une buse sur l'avant-bras gauche.

CHAPITRE XVIII

Fidelma s'assit sur la paillasse. Elle s'était vite remise du choc qu'elle avait ressenti devant le religieux au visage lunaire, portrait craché du cadavre qu'elle avait examiné dans l'officine de frère Conchobar à Cashel.

— Comment vont vos blessures, frère Mochta ?

— Elles me font encore souffrir mais on m'a assuré qu'elles cicatriseraient.

— Vous faites allusion à frère Bardán ?

— Hmm.

Eadulf ne parvenait pas à s'arracher à la contemplation de ses traits, identiques à ceux du meurtrier. Il existait cependant une différence tangible... mais Eadulf n'arrivait pas à mettre le doigt dessus. Bien sûr, l'homme portait la tonsure irlandaise de saint Jean qui dégageait l'avant du crâne, mais il y avait autre chose.

— Je suppose que frère Bardán vous a soigné pendant que vous vous cachiez ici ? Vous ne pouviez plus faire confiance à personne...

— Difficile de s'appuyer sur quiconque quand vous avez été trahi par celui que vous avez connu toute votre vie, avec qui vous avez été élevé... votre propre frère.

Fidelma fit signe à Eadulf de venir s'asseoir auprès d'elle et il lui obéit à regret.

— Vous vous référez à votre jumeau ?

— Bien sûr.

— Son jumeau ? répéta Eadulf en écho.

Mochta hocha la tête avec tristesse.

— Inutile de tourner autour du pot, ma sœur. Frère Bardán m'a informé que Baoill avait été tué à Cashel. Eh oui, notre apparence était en tout point semblable.

— La gémellité était la seule réponse à cette énigme et j'en étais venue à émettre cette hypothèse, dit Fidelma. Une personne ne peut pas être dans deux endroits à la fois en arborant des tonsures distinctes.

Mochta acquiesça d'un air morose.

— Comment m'avez-vous trouvé ? Je suppose que Bardán vous a révélé ma présence ici ? Hier après le raid, nous avons parlé de vous : votre attitude pendant l'attaque vous avait gagné sa confiance et puis il vous a vue avec le juriste des Uí Fidgente, Solam, que vous traitiez avec certains égards. Solam s'est donné beaucoup de mal pour tenter de retracer mon itinéraire.

— Ce qui expliquerait que Bardán ait identifié des restes humains comme étant les vôtres…

— Je n'aimais pas beaucoup cette idée, mais Bardán estimait que c'était la seule façon de dissuader Solam de poursuivre ses recherches. Ainsi, nous gagnerions du temps pour décider de ce que nous allions entreprendre.

— Si vous nous expliquiez ce qui vous est arrivé ?

Frère Mochta l'observa d'un air pensif.

— Je peux m'en remettre à vous ?

— La réponse vous appartient. Cependant, je vous rappelle qu'en tant que sœur de Colgú je suis loyale à Muman. J'occupe également les fonctions de *dálaigh* et j'ai juré de placer la loi au-dessus de toute autre considération personnelle. Si cela ne vous convainc pas…

Mochta pinça les lèvres.

— Que savez-vous exactement ?

Fidelma haussa les épaules.

— Pas grand-chose. Vous avez mis en scène votre disparition et emporté les reliques, votre frère est parvenu à vous dérober le crucifix d'Ailbe, et c'est probablement au cours d'une bagarre avec lui que vous avez été blessé. Puis, vous défiant de tous, vous vous êtes enfermé ici pendant que frère Bardán vous nourrissait et vous soignait. À ce propos, où est-il passé ?

Frère Mochta parut surpris.

— Bardán ? Je ne l'ai pas vu depuis la nuit dernière. C'est lui qui vous a envoyés ?

Fidelma se pencha en avant, brusquement tendue.

— Il ne vous a pas rendu visite ce matin ?

Mochta secoua la tête.

— Je l'attends d'un moment à l'autre car nous avons décidé d'aller chercher protection ailleurs. Depuis le raid, l'atmosphère ici est irrespirable.

— À qui pensiez-vous vous adresser ?

— Bardán voulait tout raconter au prince de Cnoc Áine. Nous savons que Finguine est un ami de l'abbaye et un fidèle cousin du roi. Et nous avons estimé qu'il lui revenait de risquer ou non de vous mettre dans la confidence. Quand vous êtes arrivés, j'ai cru que Finguine ou Bardán vous envoyait…

Soudain, il parut inquiet.

— Comment m'avez-vous découvert ?

— Nous avons eu de la chance, grommela Eadulf, que toute cette histoire laissait songeur.

— Pourquoi ne pas m'avoir informée que vous étiez sain et sauf dès mon arrivée à l'abbaye ? demanda Fidelma, contrariée par cette perte de temps.

Frère Mochta fit la grimace. Il souffrait et changea de position afin de soulager sa jambe.

— Pour une raison toute simple. Nous ne distinguions plus nos amis de nos ennemis.

— Mais enfin, je suis la sœur du roi ! s'exclama Fidelma.

— Une sœur qui s'était éloignée pendant de longues années du royaume, et puis…

Frère Mochta jeta un coup d'œil en direction d'Eadulf.

— … vous étiez accompagnée par un moine appartenant à l'ordre romain.

Eadulf s'empourpra.

— Cela suffit-il à vous disqualifier dans ce pays ?

— Je vous prie de me pardonner, mais ceux qui suivent la règle de Rome ne se comportent pas toujours en amis avec ceux qui suivent celle de leurs pères.

— Donc, vous et Bardán m'avez soupçonnée de trahison ?

— Le même sang ne prédispose pas obligatoirement à opérer les mêmes choix, répliqua Mochta avec calme. Je l'ai appris à mes dépens.

— Mais pourquoi n'avez-vous pas fait confiance à l'abbé Ségdae, votre recours tout désigné dans une telle situation ?

— Le père abbé est un homme honorable, mais il n'aurait pas approuvé mon dessein de cacher les saintes reliques. Il aurait insisté pour les garder dans la chapelle, invitant ainsi nos ennemis à lancer un raid contre le monastère. Pourquoi croyez-vous qu'ils n'ont pas attaqué l'abbaye ? Parce qu'ils savaient que les reliques n'étaient plus là.

— Connaissez-vous l'identité de ces assaillants ?

— J'ai ma petite idée.

— Très bien. Racontez-moi votre histoire en commençant par le début. Votre frère Baoill participait à un complot visant à détruire la maison royale de Cashel. Comment cette conjuration a-t-elle vu le jour ?

Frère Mochta s'étendit sur sa paillasse pour mieux se concentrer.

— Je suis né avec Baoill dans le territoire du clan Brasil…

— Nous le savons déjà, l'interrompit Eadulf avec impatience, ce qui lui valut un froncement de sourcils réprobateur de la part de Fidelma.

— Poursuivez, Mochta.

— Et donc, je suis un homme du Nord. Mon frère et moi étions si semblables que même notre mère nous confondait parfois. En grandissant, nous sommes devenus des jeunes gens fougueux et rebelles. À l'approche de l'âge du choix, notre père, à bout de patience, demanda à un tatoueur de nous dessiner un emblème sur le corps qui permettrait de nous distinguer. Nous avons payé le tatoueur pour qu'il nous marque du même symbole sur le bras gauche. Un oiseau de proie…

— Une buse, dit Fidelma en souriant. Je l'ai reconnue. Pourquoi une buse ?

Mochta fit la grimace.

— Parce qu'on la trouve uniquement sur la côte nord-est, et le tatoueur la connaissait aussi puisque nous étions originaires de la même région. Cet oiseau n'a pas d'autre signification.

— Continuez.

— Quand notre père a découvert la farce, il était hors de lui. En réalité, cela faisait déjà un certain temps qu'il ne supportait plus notre indiscipline. Quand nous avons atteint l'âge du choix, il nous a annoncé que peu lui importait le chemin que nous allions suivre, pourvu que nous disparaissions et cessions de le persécuter.

— Vous avez donc opté pour la vie religieuse, intervint Eadulf quand le moine marqua une pause. Un choix bien étrange pour des jeunes gens impétueux. N'avez-vous pas songé à une occupation mieux adaptée à votre tempérament ?

— Quand notre père nous a fermé sa porte, notre ardeur a été sérieusement refroidie, frère saxon. Et nous avons décidé d'entrer à l'abbaye d'Armagh, située sur les terres de notre clan, où Patrick…

— Nous connaissons l'histoire d'Armagh, l'interrompit Fidelma.

— Bref, avant de commencer à nous éloigner l'un de l'autre, nous y avons appris le métier de *scriptor*. Mon frère décida de suivre la règle de Rome tandis que je m'en tenais à nos traditions. Et donc je me rebellai contre Armagh et adoptai la tonsure de saint Jean. J'avais acquis une excellente réputation de calligraphe et, muni de ce bagage, je dis adieu à mon frère. Jc fus accueilli à bras ouverts dans plusieurs abbayes et même dans les cours de certains chefs. Voilà comment je suis arrivé dans ce royaume pour me joindre à la communauté d'Imleach. Cela se passait il y a une dizaine d'années.

— Pendant tout ce temps, étiez-vous resté en contact avec votre frère ?

Mochta secoua la tête.

— Je ne l'ai revu qu'une ou deux fois. Il m'a appris que nos parents étaient morts et que notre frère aîné avait repris la ferme, mais nous étions devenus étrangers l'un à l'autre.

— Et ce n'est que récemment qu'il s'est présenté à vous ?

— Oui. Baoill était devenu un partisan fanatique de Rome. Cela se comprend dans la mesure où Ultán, son abbé, également *comarb* de Patrick, favorise l'extension de cette règle dans l'ensemble des cinq royaumes.

Fidelma acquiesça.

— Je connais les ambitions d'Ultán, qui veut unifier toutes les églises des cinq royaumes selon le mode romain, avec une primatie unique. Ici, il n'y parviendra point car cela va contre notre culture.

Elle demeura un instant silencieuse.

— Je suppose que vos positions et celles de votre frère divergeaient radicalement ?

— Oui, car je crois dans nos traditions et non dans ces nouvelles conceptions qui nous sont imposées de l'étranger.

— Comment avez-vous retrouvé Baoill ?

— Eh bien, comme vous l'avez appris, j'avais été élevé à la position de gardien des reliques d'Ailbe. Inutile de vous expliquer ce qu'elles signifient dans ce royaume.

— Je suis bien placée pour connaître leur puissance symbolique.

— Et figurez-vous qu'il y a une ou deux semaines, un homme est venu à l'abbaye et a demandé à me voir. Il avait l'air d'un guerrier professionnel, il était grand avec de longs cheveux blonds…

— Et il était armé d'un arc, intervint Eadulf.

— Oui, et il m'a déclaré qu'il était porteur d'un message de mon frère. Baoill voulait me rencontrer, seul et en secret, pour des raisons importantes dont je n'ai pu obtenir le détail. L'archer demeurait à l'auberge de Cred. Intrigué, je lui ai rendu visite. C'est Cred qui m'a ouvert et, Dieu merci, je n'ai rencontré personne d'autre en ce lieu. Le père abbé n'approuve pas cet établissement et s'il avait eu vent de ma démarche, il se serait mis en colère.

— Poursuivez.

— Cred m'a annoncé que l'archer m'attendait dans une chambre du haut. Il était en compagnie de Baoill. Après nous être embrassés et avoir échangé quelques informations comme deux frères longtemps éloignés l'un de l'autre, nous avons commencé à discuter de politique… abordant les dilemmes auxquels nos Églises sont confrontées. Il m'a fait parler tout en restant lui-même très discret et a détourné la conversation. Mon frère était un homme rusé.

« Il avait appris qu'en tant que scribe je travaillais sur les *Annales d'Imleach*. Il m'a alors demandé quelles dates j'avais inscrites pour la fondation d'Armagh et la mort de Patrick. Je lui ai répondu 444 et 452. Tout le monde les connaît.

« Quand il a abordé les dates de la fondation d'Imleach et de la mort de saint Ailbe, j'ai compris où il voulait en venir. Il m'a rapporté que les scribes du Nord les plaçaient presque un siècle après la création d'Armagh et le décès de Patrick.

— J'ai vu les notes que vous aviez consignées sur le sujet pour les *Annales*, l'informa Fidelma.

Elle sortit une feuille de vélin de son *marsupium* et Mochta y jeta un bref coup d'œil.

— Je confirme ce que j'ai écrit. Et j'ai rétorqué à Baoill que les dates qu'il attribuait à Ailbe étaient absurdes vu qu'Ailbe avait prêché la foi à Muman avant Patrick et baptisé le roi de Muman – votre ancêtre Oenghus mac Nad Froích – avec Patrick à Cashel. Baoill a alors recommencé à me contredire.

— Mais que signifient ces querelles absurdes ? demanda Eadulf, un peu perdu.

— En réalité, mon frère essayait de me persuader de consigner qu'Ailbe était arrivé en Irlande après Patrick. Une telle falsification aurait accrédité qu'Ailbe et ses disciples avaient fondé Imlcach après Armagh. Non seulement Ailbe ne devait plus être considéré comme le patron de Muman, mais il fallait que je rebaptise Cashel le « rocher de Patrick ». Tout cela pour favoriser ceux qui prétendent qu'Armagh a historiquement le droit de se réclamer de la primatie de la foi dans les cinq royaumes.

Le visage de Fidelma reflétait sa contrariété.

— Je connais les ambitions d'Ultán d'Armagh. Il n'est pas le premier *comarb* de Patrick à tenter d'établir la primatie d'Armagh dans les cinq royaumes pour amener toutes les églises dans le giron de Rome. Dans ce but, il cherche à discréditer Imlcach, sa rivale pour représenter la primatie de Muman. Mais vous avez sûrement d'autres informations sur les événements qui nous intéressent ?

— Je suis moi-même assez perplexe, confessa frère Mochta. Tout ce que je sais, c'est que mon frère est revenu encore une fois sur le sujet avant d'aborder celui des reliques d'Ailbe. Là, il s'est montré très malin. Il a joué sur ma vanité. Je lui ai dit qu'une certaine date inscrite sur plusieurs reliques marquait l'intronisation d'Ailbe au rang d'évêque. Il s'est alors écrié : « Je ne le croirai que si je le vois de mes propres yeux ! » Je lui ai proposé de venir à l'abbaye, mais il a refusé en arguant qu'il serait malséant qu'il se présente à Imleach arborant la tonsure de Rome. Cela risquait de me causer du tort. C'était une excuse idiote, mais je n'y ai pas prêté attention. Je lui ai proposé de me rejoindre un soir en secret devant le portail qui donne sur le jardin de Bardán. Là, je lui montrerais les reliques. Il accepta volontiers, se réjouissant de bientôt mettre fin à la querelle qui opposait Imleach et Armagh.

Fidelma l'observa d'un air pensif.

— C'était bien naïf de votre part de le croire.

— Il était mon frère et je n'avais pas pressenti à quel point il était corrompu.

— Et alors, que s'est-il passé ?

— Le lendemain soir, à l'heure dite, j'allai à la chapelle où je pris le coffre des reliques en veillant à ce que personne ne me voie. Puis, me ravisant – sans doute quelque obscur soupçon commençait-il à se faire jour dans mon esprit –, je décidai de n'emporter que le crucifix d'Ailbe comme preuve de ce que j'avançais. La date était inscrite au dos. Arrivé au portail du jardin, je retrouvai mon frère et l'archer… Dieu pardonne à Baoill ! Il m'arracha le crucifix et exigea que je lui remette les autres reliques. Quand il comprit que je ne les avais pas avec moi, il perdit le contrôle de lui-même, me frappa et je tombai contre le portail.

— Cela explique le sang sur les gonds, dit Eadulf.

— Je réalisai alors que j'étais tombé dans un piège.

— Croyez-vous qu'il agissait seul ou bien avait-il reçu des ordres ? demanda Fidelma. Par exemple d'Ultán d'Armagh ? Le projet de discréditer Ailbe et Imleach me semble assez clair.

— Tout ce que je sais, c'est que ma vie était menacée. Si frère Bardán n'était pas arrivé, je suis sûr que Baoill et son sinistre compagnon m'auraient tué. En voyant ce qui se passait, Bardán – il était venu cueillir des simples – utilisa un gourdin pour repousser ces deux brigands. Mais ils avaient eu le temps de me dérober le crucifix. Tandis que Bardán tirait les verrous du portail, mon frère nous a menacés en disant que d'autres viendraient pour prendre ce que je refusais de lui donner.

— Ce qui laisse supposer que Baoill et l'archer n'agissaient pas pour leur propre compte.

Frère Mochta hocha la tête.

— C'est vrai. Sur le moment, j'étais en état de choc et incapable de raisonner. Bardán m'a aidé à regagner ma chambre, je lui ai tout raconté et il m'a conseillé de m'en remettre à l'abbé Ségdae. Je n'ai pu m'y résoudre, car je voulais donner à Baoill le temps de réfléchir à son crime. J'espérais qu'il me restituerait le crucifix, je ne pouvais croire que mon frère était devenu un criminel.

— Mais il n'en a rien fait, soupira Eadulf.

— Quelques jours plus tard, je décidai de partir à sa recherche.

— C'était une démarche périlleuse.

— J'ai demandé à frère Bardán de m'accompagner. Nous nous sommes rendus à l'auberge de Cred. Là, un des charretiers de Cashel m'a regardé avec un drôle d'air.

— Parce qu'il vous avait vu entrer dans cette taverne quelques jours auparavant.

— Moi, je ne l'avais pas remarqué.

— Lui, si.

— Ah bon... Cred est arrivée, je lui ai expliqué que je cherchais l'archer et son compagnon, et elle m'a répondu que l'archer était seul.

— Elle disait vrai, intervint Fidelma. Votre étrange ressemblance empêchait votre frère de se montrer en plein jour car il craignait de se faire remarquer. Il se tenait à distance de l'auberge.

— Cred a précisé que l'archer chassait dans les collines. Avec Bardán, nous avons erré dans la campagne en espérant le retrouver. Puis nous sommes retournés au monastère. Alors que nous longions les ifs et que nous nous apprêtions à traverser le champ de bruyère pour rejoindre le jardin des simples – Bardán avait laissé le portail ouvert –, mon frère est soudain réapparu. Il nous attendait.

« Non seulement il ne voulait pas restituer le crucifix, mais il exigeait que je lui remette le reliquaire. Il m'a menacé. Quand j'ai refusé d'accéder à sa demande, il a ricané et dit que nous n'apprécierions guère les prochains visiteurs d'Imleach.

— Et alors ?

— Je l'ai traité de fou. Il a répondu qu'il était l'émissaire d'un prince puissant et que seul l'aveuglement empêchait d'accepter l'inévitable : une seule primatie et un pouvoir central pour les cinq royaumes.

Le visage de Fidelma s'éclaira.

— Ce sont ses paroles exactes ?

— Oui.

— Je commence à distinguer dans ce complot la main de Mael Dúin, roi d'Ailech. Les *comarbs* de Patrick exigent pour Armagh ce que les rois Uí Néill veulent pour leur dynastie. À l'instar des empereurs de Rome, ils visent à transformer la haute royauté d'Éireann en un pouvoir centralisé. Ce mystère s'éclaircit. Poursuivez, Mochta.

— Abandonnant Baoill à ses délires, je me détournai de lui et, avec Bardán, je m'engageai dans le champ de bruyère…

— Nous connaissons cet endroit, dit Eadulf.

— Mais alors que nous approchions du portail, j'ai entendu un sifflement et ressenti une vive douleur à l'épaule. Je suis tombé et j'ai alors vu près des ifs l'archer qui engageait une nouvelle flèche. Bardán m'a attrapé, m'a relevé et entraîné à sa suite. Devant le portail, j'ai reçu un second trait qui m'a atteint à la jambe.

— Personne dans l'abbaye n'a été le témoin de cette tentative de meurtre ?

— Aucune fenêtre ne donne sur ce pré peu fréquenté. Nous sommes parvenus à rentrer dans le jardin, puis Bardán a tiré les verrous et m'a aidé à regagner ma cellule. Bardán, qui est un excellent médecin, a pu extraire les flèches qui, Dieu merci, n'avaient pas pénétré très profond, et il a soigné mes blessures.

« Nous avons ensuite discuté de la meilleure stratégie à adopter. Il était maintenant clair que mon frère et son affidé appartenaient à un complot visant à discréditer Muman et Imleach. Mais dans quel but ? Quant à moi, ma principale inquiétude allait aux reliques et à ce raid dont on nous avait menacés. De nombreux frères risquaient d'y laisser la vie.

« Nous avons alors décidé qu'il était préférable que je me volatilise avec les reliques. Bardán se chargerait de répandre la rumeur de ma disparition. Il estimait que c'était la meilleure façon de prévenir le danger et de soustraire l'abbaye à un assaut qui n'aurait plus de raison d'être.

« Personne n'avait été témoin de l'agression dont j'avais été l'objet et Bardán avait pansé mes plaies. Je trouvai la force d'aller assister aux vêpres, puis je retournai dans ma cellule. Ce fut une expérience désagréable car je souffrais le martyre et j'étais bouleversé.

« Ensuite, Bardán alla chercher le reliquaire dans la chapelle et me l'apporta. Puis j'ai rassemblé quelques affaires et nous avons soigneusement mis en scène mon enlèvement. J'ai laissé une des flèches sur la table en espérant que quelqu'un devinerait d'où venait mon assaillant.

— Nous avons effectivement identifié sa provenance, confirma Eadulf.

— Enfin, Bardán m'a conduit en ces lieux. Étant originaire de cette région, il connaissait cette grotte peu fréquentée, et estimait préférable que je reste ici en attendant que Baoill et ses complices se manifestent au grand jour. Le lendemain, vous êtes arrivés en annonçant la mort de mon frère et de son compagnon alors qu'ils tentaient d'assassiner Colgú et le prince des Uí Fidgente. Pour Bardán, tout n'était pas aussi simple qu'il y paraissait, car on ignorait toujours qui se dissimulait derrière ce complot. Et nous hésitions sur l'attitude à adopter.

Fidelma poussa un profond soupir.

— Comme je regrette de ne pas avoir été prévenue plus tôt !

— Cela aurait-il épargné à l'abbaye l'assaut dont elle a été la cible ?

— À votre avis, qui sont les instigateurs de cette conjuration ? le pressa Eadulf. Des guerriers du roi d'Ailech qui appuient les ambitions d'Armagh ? Personne n'ignore qu'Armagh veut exercer son contrôle sur Imleach.

— Je pencherais plutôt pour les Uí Fidgente. Il y a quelques mois, le bruit a couru qu'ils cherchaient à s'allier aux rois Uí Néill du Nord contre Cashel. Ils n'ont pas pardonné à Colgú leur défaite à Cnoc Áine et la mort de leur roi. Ils veulent s'unir aux Uí Néill et à Armagh pour affaiblir Cashel. Afin d'anéantir le royaume, la meilleure stratégie est encore de diviser pour mieux régner.

— Peut-être avez-vous raison, concéda Fidelma.

Soudain, une pensée la frappa.

— Êtes-vous très proche de Bardán ?

— C'est un excellent ami.

— En tant que calligraphe, vous l'avez aidé à rédiger son traité sur les propriétés médicinales des plantes.

— Comment l'avez-vous appris ?

— Peu importe. Ne trouvez-vous pas curieux que Bardán ait disparu ?

Elle jeta un coup d'œil à la bande de ciel qui apparaissait à l'entrée de la grotte.

— Il est déjà midi.

Frère Mochta fronça les sourcils.

— J'avoue que son absence m'inquiète. Il devait ce matin aller se confier à Finguine. Je n'en sais pas plus.

Fidelma se leva, enjamba quelques caisses et alla observer le paysage. Au pied de la colline s'étendait une forêt qui se prolongeait jusqu'aux berges de la rivière Ara. Quand elle revint vers les deux hommes, la jeune femme avait pris sa décision.

— Mochta, vous serez un témoin crucial pour le procès et il faut absolument que nous vous emmenions à Cashel, où vous et le reliquaire serez placés sous la protection de mon frère et de ses guerriers.

— Et Bardán ? protesta le moine.

— On s'en occupera plus tard. Êtes-vous en état de monter à cheval ?

— Pas jusqu'à Cashel.

— Alors nous procéderons par petites étapes. Le plus difficile sera de vous sortir d'ici pour vous conduire jusqu'au bois en contrebas.

Elle se tourna vers Eadulf.

— Je vais aller chercher nos chevaux à l'abbaye.

— Bien.

— Et si vous me prêtez cette lampe, Mochta…

Elle désigna la lanterne près de la paillasse.

— … je rejoindrai l'abbaye en passant par les galeries et reviendrai aussi vite que possible par le chemin contournant la colline. N'emportez rien d'autre que le reliquaire et pour le reste, remettez-vous-en à frère Eadulf. Comprenez-moi bien, il faut faire vite, vous courez un grand danger et il n'y a pas une minute à perdre.

CHAPITRE XIX

Fidelma entra dans le jardin des simples en poussant le portail : Bardán n'était pas rentré puisque les verrous n'avaient toujours pas été tirés. Elle se rendit aussitôt dans les appartements de l'abbé. Ségdae, assis dans un fauteuil au dossier sculpté, penchait son profil de faucon vers le feu qui brûlait dans l'âtre. Il fixait les flammes d'un air morne et releva la tête quand Fidelma pénétra dans la pièce.

— Quelles nouvelles ? demanda-t-il, plein d'espoir.

Il répugnait à Fidelma de raconter des mensonges à cet homme qu'elle avait connu toute sa vie et considérait comme un oncle plutôt qu'un directeur de conscience.

— Mes investigations n'ont pas beaucoup avancé, avança-t-elle avec prudence.

La figure de l'abbé s'allongea.

— Cependant, et sauf événements contraires, lors du procès de Cashel je serai en mesure de fournir aux brehons les réponses qu'ils attendent.

Ségdae s'anima.

— Vous pourrez retrouver la trace des saintes reliques d'Ailbe ?

— Cela, je vous le garantis, dit Fidelma d'un ton brusque. Mais personne d'autre que vous ne doit le savoir, vous m'entendez ? Pas même frère Madagan.

Une telle promesse ne plaisait guère à l'abbé.

— C'est un problème qui affecte gravement le moral de l'abbaye, Fidelma. Ne puis-je donner quelque espoir à la communauté ?

Fidelma secoua la tête avec énergie.

— Les forces du mal sont à l'œuvre, ce qui peut entraîner la chute du royaume. J'exige votre parole d'honneur, Ségdae.

— Vous l'avez, naturellement.

— Avec frère Eadulf, je vais retourner à Cashel. Quant à vous, j'aimerais que vous vous mettiez en route pour le Rocher dès demain.

L'abbé parut surpris.

— C'est indispensable ?

— Auriez-vous oublié le protocole ? Vous êtes le *comarb* d'Ailbe et le premier évêque-abbé de Muman. Quand la cour de Cashel se réunit pour juger d'une affaire aussi grave, vous devez assister le roi et prendre place à ses côtés.

Ségdae soupira.

— La perte des reliques et l'attaque que nous avons subie avaient chassé le procès de mon esprit. Et puis il y a le problème de frère Bardán.

— De quoi s'agit-il ? demanda Fidelma d'un air innocent.

— On ne l'a pas vu de toute la matinée. Vous vous souvenez que vous m'avez demandé où il se trouvait ? Eh bien, il semble s'être évanoui dans la nature, tout comme Mochta.

Fidelma pinça les lèvres.

— Je ne pense pas que les circonstances de leur disparition soient similaires. Et j'ai le sentiment que tous ces mystères s'éclairciront à Cashel.

— Dois-je prévenir le prince de Cnoc Áine ? Ses hommes sont toujours en ville en train de réparer les dommages causés par le raid.

— Oui, alertez-le. Si je ne vois pas Finguine avant de partir, nous nous retrouverons à l'audience. Je suis très triste que vous ayez subi toutes ces destructions.

— Le Seigneur nous a tout de même accordé une grâce. Frère Madagan nous a fait une donation en pièces d'argent qui nous permettra de réparer les dégâts plus vite que nous ne l'avions imaginé.

Il désigna un petit sac sur la table.

— Vous permettez ?

Fidelma prit la bourse et fit tomber quelques pièces dans sa main.

— Comment Madagan s'est-il procuré ces richesses ?

— Il m'a parlé d'un parent du Nord... Vous êtes vraiment certaine de résoudre les énigmes qui nous tourmentent ?

Fidelma remit la bourse en place.

— Ségdae, vous me connaissez suffisamment pour savoir que je ne vends jamais la peau de l'ours avant de l'avoir tué. Vous rappelez-vous la Première Épître aux Corinthiens, chapitre dix, verset douze ?

Fidelma savait que l'abbé possédait une mémoire étendue pour tout ce qui touchait aux Écritures.

Il sourit.

— « Ainsi donc, que celui qui se flatte d'être debout prenne garde de tomber. »

— Ainsi donc, je ne promets rien. Je me contenterai d'affirmer que, selon toute probabilité, les choses rentreront dans l'ordre.

— Vous n'avez pas volé votre réputation, Fidelma. Quand partez-vous avec notre frère saxon ?

— Sur-le-champ, et ne vous tourmentez pas trop, Ségdae. Tout finira bien.

— Je vous rejoindrai à Cashel le jour du procès.

— Ah, j'aurai peut-être besoin du témoignage de frère Madagan, amenez-le avec vous.

— Et frère Bardán ?

— Lui aussi, si vous le retrouvez.

Ségdae se leva et tendit la main à la jeune femme.

— Où est passé notre frère saxon ?

— Il m'attend sur le chemin, dit très vite Fidelma. Au revoir, Ségdae, rendez-vous à Cashel.

Sur ces mots, elle regagna l'hôtellerie des invités et mit ses quelques possessions dans ses sacs de selle. Après le départ des pèlerins, Eadulf avait déménagé dans la cellule jouxtant la sienne. Elle emballa ses affaires, sans oublier le bâton auquel il était si attaché. Fidelma se félicita de ne pas avoir croisé sœur Scothnat, ce qui lui évitait de justifier son départ précipité.

Puis, lourdement chargée, elle rejoignit les écuries.

Là, elle rencontra frère Tomar, occupé à nourrir les chevaux.

— Vous nous quittez ? demanda-t-il aussitôt.

— Pour une brève excursion, répondit-elle avec une amabilité enjouée. Pendant que je selle ma jument, occupez-vous de l'étalon de frère Eadulf, je vous prie.

Frère Tomar se détourna de son sac de grain.

— Le Saxon s'en va aussi ?

— Oui.

— Le mystère de la disparition de frère Mochta a-t-il été résolu ?

— Nous en saurons davantage quand les brehons se réuniront à Cashel, d'ici à quelques jours.

Elle prit la bride, la plaça sur la tête de la jument, qu'elle sella en ajustant bien les sangles.

Tomar entreprit à contrecœur de faire de même avec l'alezan d'Eadulf.

— J'ai entendu dire que l'avocat des Uí Fidgente avait déjà pris la route de Cashel.

Fidelma, qui comprenait maintenant pourquoi elle n'avait pas vu Solam ce matin-là, prétendit ne pas s'intéresser outre mesure à cette nouvelle.

— Vraiment ? Je croyais qu'il n'avait pas encore fini ses investigations à Imleach ?

Frère Tomar eut un petit rire amer.

— Sa tâche était difficile si on considère les sentiments que nous inspirent les Uí Fidgente. Il a été obligé de demander la protection du prince de Cnoc Áine pour sortir de notre territoire, et il est parti d'ici en compagnie de Finguine il y a environ une heure.

— Vous voulez dire que Finguine escorte Solam en personne sur la route de Cashel ?

— Si le *dálaigh* s'y était rendu par ses propres moyens, il n'aurait même pas atteint le Puits d'Ara. Finguine doit craindre qu'on agresse Solam.

Fidelma lui jeta un coup d'œil aiguisé.

— Pourquoi dites-vous cela ?

— Finguine et Solam m'ont annoncé qu'ils partaient pour Cashel avant de prendre la route du nord alors que Cashel est situé à l'est. Je crois qu'ils ont fait un détour pour éviter la route principale qui mène au Puits d'Ara.

— Vous êtes certain qu'ils allaient à Cashel ?

— Je le tiens de la bouche de Solam.

Fidelma ne fit aucun commentaire. Solam n'avait pas forcément dit la vérité à Tomar. Mais pourquoi Finguine avait-il accompagné Solam en personne hors du territoire de Cnoc Áine plutôt que de laisser cette tâche à un de ses guerriers ?

Fidelma termina de harnacher sa jument en silence, puis elle s'assura que ses sacs de selle et ceux d'Eadulf étaient bien arrimés. Frère Tomar conduisit l'alezan du moine hors de l'écurie, suivi de Fidelma et de sa monture.

— Où est le Saxon ? demanda le jeune homme en regardant autour de lui.

— Je vais le retrouver en ville, mentit Fidelma sans trop de scrupules.

Minima de malis – entre deux maux, choisissez le moindre – et frère Tomar devait rester dans l'ignorance de ses projets.

Elle sauta en selle, prit les rênes de l'étalon d'Eadulf des mains de Tomar et lui dit adieu. Spectateur intéressé par tout ce qui survenait alentour, il la suivit du regard tandis qu'elle traversait la coui et passait les portes du monastère. Fidelma fut soulagée d'avoir le garçon d'écurie pour seul témoin de son départ.

Une fois sur le pré communal, elle mit les chevaux au trot. Les habitants et les guerriers de Finguine étaient toujours occupés à déblayer les débris.

À la lisière de la ville, elle passa devant la forge. Nion, le *bó-aire*, et son assistant Suibne travaillaient à la reconstruire. Nion releva la tête en la voyant mais elle feignit ne pas l'avoir remarqué. Elle n'aimait pas la façon dont il la surveillait. Du coin de l'œil, elle le vit chuchoter quelque chose à son assistant, qu'il quitta précipitamment. Elle tourna dans une ruelle pour échapper aux regards des curieux puis repassa par la rue principale et, avant l'auberge de Cred ou plutôt ce qu'il en restait, elle prit un nouveau chemin de traverse. Cette venelle débouchait sur les champs. Fidelma avait soigneusement établi son itinéraire afin de rencontrer le moins de monde possible.

Dans un premier temps, elle tourna le dos à la colline du Cairn où elle devait retrouver Eadulf et Mochta. Si quelqu'un l'observait, il supposerait qu'elle allait poursuivre dans cette direction. Elle parcourut les espaces ouverts qui la séparaient de la forêt et se retrouva au milieu des arbres. Sur la piste forestière, elle remit sa jument au trot tandis que l'étalon d'Eadulf suivait sagement derrière elle.

Elle espérait que personne ne l'avait remarquée. Pour rejoindre le Cairn, elle devait parcourir un demi-cercle. Dix minutes plus tard, elle ralentit et jeta un coup d'œil derrière elle. Au milieu de la végétation, elle distinguait encore les lisières de la ville, dominée par l'abbaye au loin. À cette distance, tout semblait désert et rien ne bougeait. Estimant qu'elle avait accompli le plus difficile, Fidelma poussa un soupir de soulagement.

Plus loin, elle changea de direction pour amorcer le demi-cercle qui devait l'amener à la colline. Il faisait froid et humide, Fidelma se demanda si cet endroit n'abritait pas des tanières de loups et elle frissonna.

Les sous-bois étaient agités d'une vie qui ne connaissait pas de repos. Les brindilles craquaient sous les pas des cerfs et le sol bruissait des mille glissements furtifs des petits mammifères. Des myriades d'oiseaux pépiaient et dialoguaient aux plus hautes branches des arbres où ils nichaient.

Traversant ici un ruisseau, là un pré, Fidelma progressait du plus vite qu'elle pouvait en veillant à ne pas mettre sa sécurité en danger. Elle sortait d'un bois quand elle perçut un bruit de sabots. Des chevaux ferrés. Aussitôt, elle chercha un endroit où se mettre à couvert et se décida pour un épais fourré à proximité. Glissant de sa selle, elle prit les rênes des deux chevaux et les attacha à des branchages. Puis elle se dissimula derrière des buissons un peu plus loin.

Six cavaliers apparurent sur un sentier forestier qui croisait le chemin d'où venait Fidelma et s'arrêtèrent à l'intersection.

Elle fixa avec stupéfaction les deux hommes qui menaient la troupe.

L'un était Solam, le *dálaigh* des Uí Fidgente, et l'autre son cousin Finguine.

— Eh bien ? dit Solam de sa voix querelleuse et haut perchée. Aurions-nous perdu leur trace ?

— Ne vous souciez pas de ça, répondit le prince d'un ton agacé. Je connais ce pays par cœur et nous finirons bien par les trouver.

Fidelma sentit son sang se glacer.

À qui se référaient-ils ? Que faisait Finguine avec Solam ? Le prince de Cnoc Áine n'avait cessé de proclamer sa méfiance à l'égard du juriste des Uí Fidgente, dont il estimait qu'ils étaient responsables de l'attaque contre Imleach. Si elle avait croisé Finguine seul avec ses hommes, elle se serait montrée et lui aurait expliqué comment elle avait retrouvé frère Mochta. Mais en la circonstance…

— Plus vite nous retrouverons ce moine – comment s'appelle-t-il, déjà ? Mochta ? –, plus vite nous résoudrons nos problèmes, lança Solam d'un ton cassant. Les saintes reliques sont la clé de toute l'affaire, vous ne me contredirez pas sur ce point.

Fidelma ouvrit de grands yeux.

— Nous allons d'abord explorer les cavernes du sud, répondit le prince. Puis nous terminerons par la grotte de la colline du Cairn, au nord.

D'un geste de la main, il lança la petite troupe au trot.

Fidelma était tellement saisie qu'elle demeura pétrifiée, comme frappée de paralysie.

Puis elle recouvra ses esprits, se leva d'un bond et retourna aux chevaux. Pour une raison qu'elle n'était pas sûre de comprendre, son cousin recherchait frère Mochta. Pourvu qu'Eadulf ait déjà amené le moine jusqu'à la forêt en bas de la colline ! Il fallait à tout prix empêcher que Solam et Finguine arrivent les premiers au Cairn. Dieu merci, ils iraient d'abord explorer ces cavernes du sud dont elle ignorait la localisation exacte. Cela lui laissait le temps de leur damer le pion.

Enfonçant les talons dans les flancs de sa monture, Fidelma longea une prairie en lisière de la forêt. Elle songeait à Finguine, à Mochta trahi de façon ignoble par son frère. Qu'avait-il dit ? *Le même sang ne prédispose pas obligatoirement à opérer les mêmes choix.* Elle contourna la colline vers l'est, où une nouvelle forêt qui s'étendait jusqu'au Puits d'Ara recouvrait la vallée.

Bientôt, elle aperçut les silhouettes d'Eadulf et de Mochta sur la pente au-dessus d'elle. Eadulf portait le reliquaire sous un bras tout en soutenant frère Mochta de l'autre. Appuyé au Saxon, le moine s'efforçait de garder son équilibre.

Fidelma les héla. Tous deux s'immobilisèrent, la saluèrent de la main et reprirent leur descente périlleuse.

— Ouf, je n'en peux plus, haleta Eadulf quand elle fut à portée de voix. On va se reposer un peu.

Il s'apprêtait à asseoir frère Mochta sur l'herbe quand Fidelma l'arrêta.

— Pas ici. Nous devons sans tarder aller nous réfugier dans les bois.

— Que se passe-t-il ? demanda aussitôt Eadulf.

— Des cavaliers en quête des reliques et de frère Mochta vont arriver d'un moment à l'autre.

Mochta cligna des yeux.

— Des Uí Fidgente ?

— Solam… accompagné de mon cousin.

Sans laisser à ses compagnons le temps de la questionner davantage, Fidelma se remit en selle.

— Eadulf, vous allez me donner le reliquaire et frère Mochta montera avec vous sur l'alezan. Nous continuerons cette conversation plus tard. Ici, nous sommes exposés à tous les dangers.

Sans un mot, Eadulf tendit le coffre contenant les reliques à Fidelma, puis il aida frère Mochta à se hisser sur l'étalon et grimpa avec maladresse derrière lui. Il n'avait fait aucun progrès dans l'art de l'équitation, mais le jeune alezan était d'une patience à toute épreuve : il descendit bravement la pente de la colline avec son chargement et suivit au petit trot la jument de Fidelma jusqu'à la forêt où courait la rivière Ara.

Fidelma entraîna ses deux compagnons dans une clairière près du cours d'eau. Là, elle laissa sa jument se désaltérer, et aida Eadulf à faire descendre frère Mochta de l'alezan afin qu'il puisse se reposer un peu.

Le moine s'assit dans l'herbe avec un soupir de gratitude.

— Croyez-vous que le prince fait partie du complot ? dit-il aussitôt en se massant la jambe.

— Je l'ignore, répondit Fidelma sans se départir de son calme. Mais en compagnie de Solam et de quelques-uns de ses guerriers, il fouille toutes les cavernes de la région pour vous retrouver.

Eadulf eut un geste d'impatience.

— Cela signifie qu'il est de mèche avec les Uí Fidgente, Armagh et les Uí Néill ! Votre propre cousin a trahi son roi !

— Abstenez-vous de juger tant que vous ne possédez pas de preuves. N'avez-vous donc rien retenu des principes que je vous ai enseignés ? répliqua Fidelma avec humeur.

Eadulf l'affronta du regard.

— Vous refusez l'évidence, votre cousin est un parjure, quelle autre interprétation proposez-vous de son comportement ?

— Les interprétations possibles sont multiples, mais à quoi bon des spéculations inutiles ? Faute d'informations plus précises, vous risquez de déformer les faits pour qu'ils coïncident avec votre théorie.

Eadulf haussa les épaules et s'enferma dans un silence hostile.

Frère Mochta bougea doucement les bras et les jambes pour soulager les contractures dont il souffrait et jeta un coup d'œil gêné à Fidelma.

— Et maintenant, que décidez-vous ?

Elle fixa le moine un bref instant.

— Dans votre condition, vous ne pourrez pas voyager beaucoup plus loin. Je vous propose donc de rejoindre le Puits d'Ara où nous nous reposerons. J'ai toute confiance dans l'aubergiste. Puis nous rallierons Cashel par petites étapes.

Quand ils atteignirent l'auberge d'Aona au crépuscule, Fidelma choisit de passer par-derrière. À la vue des visiteurs, les chiens, qui n'avaient pas encore été lâchés pour la nuit, tirèrent sur leurs attaches en aboyant. Aussitôt, la porte s'ouvrit et une voix cria :

— Qui êtes-vous ? Quelles intentions vous animent pour vous approcher de chez moi de façon aussi furtive ?

Fidelma se détendit en reconnaissant la voix de son vieil ami.

— Aona ? C'est Fidelma.

— Lady ? s'exclama Aona, surpris d'entendre la religieuse parler si doucement.

Elle sauta à terre et il s'avança pour tenir les rênes de son cheval. Puis il fit taire les chiens qui se détournèrent en gémissant.

— Aona, avez-vous des hôtes à l'auberge ce soir ? demanda aussitôt la jeune femme.

— Oui, un marchand et ses charretiers qui sont en train de dîner.

Il scruta l'obscurité.

— Vous êtes accompagnée du frère saxon ?

— Écoutez, Aona, il nous faut des chambres pour la nuit, mais personne ne doit savoir que nous sommes ici. Vous m'avez bien comprise ?

— Oui, lady. Il en sera fait comme vous le désirez.

— Vos invités nous ont-ils entendus arriver ?

— Cela m'étonnerait. Ils font un boucan du diable et la bière coule à flots.

— Parfait. Y aurait-il un moyen de gagner nos chambres sans être vus ?

Aona hocha la tête.

— Il y a un grenier juste au-dessus des écuries, que nous utilisons quand l'auberge est pleine… autant dire rarement. Il n'est pas très confortable, mais personne ne viendra vous déranger.

— C'est l'essentiel.

Quand Eadulf aida frère Mochta à descendre de cheval, Aona comprit que le moine était blessé et il s'avança pour l'assister.

Fidelma posa la main sur son bras.

— Ne posez pas de question, Aona. Il y va de la sécurité du roi de Muman. Ne révélez à personne que nous sommes ici et surtout pas à vos visiteurs.

— Comptez sur moi, lady. Maintenant, menez les chevaux à l'écurie pendant que j'aide le Saxon à porter son ami. Suivez-moi.

Deux lourds chariots se trouvaient dans la cour. Dans la semi-obscurité, ils attendirent qu'Aona allume une lanterne puis ils pénétrèrent dans les écuries, où Fidelma mit les chevaux dans des stalles séparées.

— Je m'occuperai d'eux tout à l'heure, dit Aona, mais je veux d'abord vous montrer où vous passerez la nuit.

Il aida frère Mochta à grimper un escalier étroit qui menait dans une soupente meublée d'une table, de quelques chaises et de quatre lits poussiéreux.

— Je vous avais prévenus, s'excusa l'aubergiste en tirant des rideaux en toile de sac devant la fenêtre. Cette pièce est rarement utilisée.

— Cela nous suffira amplement, le rassura Fidelma.

— Voulez-vous que j'aille chercher un médecin discret pour votre compagnon ?

— Inutile, le frère saxon a étudié dans une école de médecine.

Soudain, Aona leva sa lampe et dévisagea frère Mochta avec une curiosité non dissimulée.

— Mais je vous connais ! s'écria-t-il. Vous êtes l'homme que recherchait sœur Fidelma, elle m'a posé plein de questions à votre sujet… sauf que quand vous vous êtes arrêté ici la semaine dernière, vous arboriez la tonsure de saint Pierre. J'en mettrais ma main au feu.

Frère Mochta poussa une plainte étouffée.

— Ce n'était pas moi.

— Mais enfin, je vous jure que…

Fidelma l'interrompit d'un sourire amusé.

— C'est une longue histoire, Aona.

— Et je ne suis pas censé m'y intéresser, je sais.

Il ouvrit une armoire et en sortit des couvertures.

— Elles sont un peu rêches…

— C'est toujours mieux que de dormir à la belle étoile, dit Eadulf.

Fidelma prit l'aubergiste à part pour lui donner des instructions.

— Quand vous aurez nourri et étrillé les chevaux, nous vous serions reconnaissants de penser à nous. On meurt de faim. Vous pouvez nous arranger ça ? En prenant garde de ne donner l'alerte à personne.

— Volontiers, mais il faut tout de même que je prévienne Adag, un bon garçon qui ne vous trahira point. À l'auberge, son aide m'est très précieuse. Vous comprenez, mon épouse est morte la même année que ma belle-fille, pendant l'épidémie de peste jaune. Quant à mon fils, il a péri dans les guerres contre les Uí Fidgente. Maintenant, nous sommes tous les deux seuls.

— Lors de mon dernier passage, Adag m'a fait une excellente impression et je ne vois pas d'inconvénient à ce que vous le mettiez dans la confidence. Ce marchand dont vous m'avez parlé, il est accompagné de combien de charretiers ?

— Deux. Leurs fourgons sont à l'extérieur. Maintenant que j'y pense… peut-être connaissez-vous ce négociant ? Il est de Cashel.

— Vous voulez parler de Samradán ? s'exclama Eadulf qui les avait rejoints.

Surpris, Aona se tourna vers le Saxon.

— Lui-même.

— Alors ne mentionnez surtout pas notre présence.

— Devrais-je savoir quelque chose sur lui ? demanda Aona, qui avait du mal à maîtriser sa curiosité.

— Rien de particulier, intervint Fidelma.

— Cela concernerait-il l'attaque dont l'abbaye a été l'objet l'autre nuit ? Ici, les nouvelles vont vite.

— J'ai dit aucune question, Aona, et vous m'avez donné votre parole.

L'ancien guerrier afficha un air contrit.

— Je vous demande pardon, lady, c'est que tout à l'heure, Samradán parlait justement du raid.

— Ah bon, et qu'en disait-il ? lança Fidelma d'un air faussement distrait tout en ajustant le rideau.

— Il en faisait porter la responsabilité aux Uí Fidgente. Ces gens ne croient en rien. Se livrer à de tels actes alors que leur prince est l'invité de votre frère à Cashel !

— Rien ne prouve qu'il s'agit des Uí Fidgente. Quand Samradán est-il arrivé ?

— Il vous a précédée d'une heure ou deux, lady.

Fidelma fixa Eadulf d'un air pensif.

— Donc ils n'ont pas poursuivi leur chemin dans la direction du nord. Intéressant.

Eadulf ne voyait pas en quoi. Quant à Aona, il ouvrit la bouche, puis la referma d'un air chagrin.

— Filez, Aona. Nous avons faim et soif et nous comptons sur vous pour nous restaurer.

L'aubergiste se dirigea vers l'escalier.

— Et souvenez-vous, pas un mot sur notre présence, votre petit-fils doit être le seul à savoir.

— Je le jure sur la sainte Croix, lady.

Quand il fut parti, Eadulf entreprit d'examiner la jambe et l'épaule de Mochta. Depuis qu'il avait étudié la médecine, Eadulf transportait toujours des remèdes dans son sac de selle.

— Les blessures cicatrisent bien, annonça-t-il. Frère Bardán a bien travaillé et, pour l'instant, il n'est pas nécessaire de refaire les bandages. Vous souffrirez pendant encore quelques jours et puis les douleurs s'apaiseront.

Frère Mochta se força à sourire.

— Le voyage n'a rien arrangé, ami saxon. J'ai l'impression d'avoir été traîné sur un terrain caillouteux.

Fidelma, qui avait découvert un bout de chandelle, l'alluma à la lanterne qu'Aona leur avait laissée.

— Où allez-vous ? lui demanda Eadulf en la voyant se diriger vers l'escalier.

— Je vais jeter un coup d'œil à ces chariots car je meurs d'impatience de découvrir ce que transporte Samradán.

— Ce n'est pas très sage, grommela Eadulf, qui n'approuvait pas ce projet.

— La curiosité est parfois une force plus puissante que la sagesse. Veillez sur frère Mochta jusqu'à mon retour.

Eadulf secoua la tête en soupirant.

Dans l'écurie, les chevaux n'avaient pas encore été dessellés, et Fidelma en déduisit qu'Aona était allé donner des instructions à Adag.

Le ciel nuageux avait précipité la tombée de la nuit et la cour n'était éclairée que par la lanterne réglementaire signalant les auberges. Fidelma se dirigea vers les chariots recouverts de bâches destinées à les protéger de la pluie. Elle abrita la flamme vacillante de sa bougie derrière sa main, fit le tour des fourgons, et posa sa chandelle sur une roue en priant pour qu'elle ne soit pas soufflée par un coup de vent. Puis elle défit une des languettes qui fixaient les bâches et souleva un coin de toile.

Tout d'abord, elle vit des outils : des bêches, des pics et des pelles. Le sac en cuir à côté était rempli de pierres. Elle en examina quelques-unes mais, à la lumière de la chandelle, elle n'en distingua que le relief. Puis elle plongea la main dans un second sac. Celui-là contenait des pépites d'un métal brillant qu'elle reconnut aussitôt comme de l'argent.

Donc Samradán et ses hommes n'étaient pas seulement des marchands. Fidelma pinça les lèvres. Elle se doutait bien qu'ils se livraient à quelque trafic illégal.

— Que faites-vous ?

Fidelma se retourna vivement, le cœur battant la chamade.

Un petit garçon l'observait, une lanterne à la main. Fidelma se détendit en le reconnaissant.

— Bonsoir, Adag. Tu te souviens de moi ?

L'enfant hocha la tête avec gravité.

Fidelma remit la bâche en place, assujettit la languette et s'éloigna du chariot.

— Vous avez pas répondu, insista l'enfant.

— Tu as raison.

— Vous cherchiez quelque chose ?

Le garçon renifla pour marquer sa désapprobation.

— C'est vilain de fouiller dans les affaires des gens.

— Et encore plus vilain de voler les affaires des autres. J'examinais le contenu de ces chariots pour m'assurer que leurs chargements appartenaient bien à leurs propriétaires. Ton grand-père m'a assuré que tu pouvais garder un secret. Est-ce que c'est vrai ?

Le garçon la fixa avec hauteur.

— Sûr que c'est vrai.

— Il t'a recommandé de ne pas révéler ma présence à quiconque, et surtout pas à ces hommes dans la salle ?

L'enfant acquiesça d'un air solennel.

— Vous m'avez toujours pas expliqué ce que vous cherchiez dans les fourgons, ma sœur.

Fidelma baissa la voix.

— Ces hommes dans l'auberge de ton grand-père sont des brigands et je suis en quête de preuves pour les faire condamner. Ton grand-père te confirmera que je suis non seulement une sœur de la foi mais aussi un *dálaigh*.

L'enfant ouvrit de grands yeux. Comme l'avait prévu Fidelma, le traiter en adulte était plus profitable que de le rembarrer.

— Vous voulez que je les surveille ?

— Je crois que tu es la personne la mieux placée pour cette tâche. Mais ils ne doivent pas se douter un seul instant que tu les tiens à l'œil.

— Bien sûr.

— Je te confie la mission de me rapporter à quelle heure ils sont partis et quelle direction ils ont prise.

Le garçon était ravi.

— Vous pouvez compter sur moi, ma sœur. Et maintenant, il faut que je desselle les chevaux. Mon grand-père prépare un repas pour vous et vos amis

Quand Fidelma conta son expédition à frère Mochta et à Eadulf, ce dernier manifesta son scepticisme.

— Est-ce bien sage d'impliquer un enfant dans une telle aventure ?

— Êtes-vous certaine qu'il ne va pas se trahir ? ajouta frère Mochta.

— Non, c'est un garçon futé. Et j'ai besoin de savoir quand Samradán partira avec son chargement.

— Pourquoi avez-vous dit à cet enfant qu'ils étaient des voleurs ? demanda Eadulf.

— Parce que c'est la vérité. Des outils et des sacs de cailloux, ça ne vous dit rien ?

Perplexe, le Saxon haussa les sourcils.

— Des pierres… du minerai… des mines ! explosa Fidelma, et chacune de ses paroles claquait comme un coup de fouet.

— Vous voulez dire qu'ils exploitaient les mines d'argent dans les grottes ?

— Exactement. J'avais déjà entendu parler de gisements plus au sud mais, avant que nous ne les découvrions, j'ignorais tout des mines d'argent dans ces collines. Et je suis certaine que ces filons n'appartiennent pas à Samradán. Si on en juge par les lois du *Senchus Mór*, il s'est approprié ces cavernes en toute illégalité.

Frère Mochta émit un sifflement admiratif devant le raisonnement de Fidelma.

— Samradán a-t-il quelque chose à voir avec le reste de ces mystères ?

— Cela reste à prouver. Pour l'instant, nous allons d'abord nous restaurer et nous réfléchirons plus tard aux décisions à prendre. J'espère qu'Aona ne va pas tarder.

L'aube venait de se lever quand Fidelma fut secouée vigoureusement par l'épaule. Elle cligna des yeux d'un air ahuri et vit le jeune Adag penché sur elle.

— Que se passe-t-il ? marmonna-t-elle d'une voix endormie.

— Les voleurs ! dit le jeune garçon. Ils sont partis.

— Les voleurs ?

— Les hommes avec les chariots !

Fidelma se redressa.

— Quand cela ?

— Il y a environ dix minutes. Le bruit des roues sur les pavés m'a réveillé.

Fidelma jeta un coup d'œil à ses compagnons qui dormaient paisiblement.

— Dieu merci, tu étais là, murmura-t-elle en lui souriant. Nous n'avons rien entendu. Ils ont pris quel chemin ?

— Celui qui mène à Cashel.

— Parfait. Je te remercie du fond du cœur, Adag, et…

Un bruit de sabots résonna sur les pavés.

— Seraient-ils revenus ?

Eadulf poussa un grognement et se retourna sur sa paillasse. En tendant l'oreille, Fidelma ne perçut pas le grondement sourd des roues de fourgon mais le tintement de sabots ferrés.

Elle se leva vivement, alla à la fenêtre et écarta un coin du rideau en toile de sac.

Dans la cour se profilaient les silhouettes de sept cavaliers. La lanterne de l'auberge qui avait brûlé toute la nuit projetait une lumière vacillante sur la scène et

Fidelma retint son souffle en reconnaissant la tête de furet de Solam et le beau visage de son cousin Finguine. Ils étaient accompagnés par quatre guerriers, mais elle ne parvenait pas à distinguer les traits du septième homme. La dernière fois qu'elle avait croisé Finguine, ils n'étaient que six.

— Adag, chuchota-t-elle, tu ferais bien de descendre pour demander à ces hommes ce qu'ils veulent. Réponds à leurs questions sans leur révéler notre présence. Tu jures de garder le secret ?

L'enfant hocha la tête et disparut.

Alors qu'elle continuait de surveiller la cour, elle entendit son cousin Finguine qui disait :

— Il est clair qu'ils ne sont pas ici, Solam. Inutile de réveiller l'aubergiste.

— Une hypothèse mérite d'être vérifiée, même si elle peut toujours se révéler fausse, répliqua le juriste des Uí Fidgente.

— Très bien.

Finguine se tourna vers un de ses hommes.

— Allez chercher le tavernier, non, attendez, il vient quelqu'un.

— Je peux vous aider, messeigneurs ? demanda Adag de sa voix flûtée en sortant des écuries.

— Qui es-tu, garçon ? demanda Solam.

— Adag, le petit-fils de l'aubergiste.

Eadulf s'agita et Fidelma se retourna à l'instant où il s'asseyait sur son lit.

— Qu'est-ce que…

Fidelma posa un doigt sur ses lèvres.

Quand elle revint à la fenêtre, le garçon pointait du doigt la route de Cashel.

— Petit, tu m'as été d'un grand secours, dit Finguine. Tiens, voilà pour toi.

Une pièce tournoya dans les airs, qu'Adag attrapa avec dextérité, puis Finguine enfonça les talons dans les flancs de sa monture et la petite troupe s'ébranla.

Quand le septième cavalier passa près de la lanterne, Fidelma sursauta. C'était Nion, le *bó-aire* d'Imleach.

Fidelma laissa retomber le rideau et poussa un profond soupir.

— Que se passe-t-il ? lui demanda Eadulf.

Elle jeta un coup d'œil à frère Mochta qui dormait toujours tandis qu'Adag montait l'escalier quatre à quatre.

L'enfant entra dans le grenier, le sourire aux lèvres.

— Ils se dirigent vers Cashel, ma sœur, lança-t-il, essoufflé.

— Que voulaient-ils ?

— Savoir si quelqu'un avait pris une chambre à l'auberge cette nuit. J'ai répondu que oui, des hommes avec des chariots qui étaient partis pour le Rocher. Mais je n'ai rien dit sur vous et vos amis. Les seigneurs m'ont remercié et ils ont fiché le camp. Ils semblaient très intéressés par les fourgons.

Eadulf fixa Fidelma d'un air interrogateur.

— Les cavaliers étaient Finguine et Solam, lui expliqua Fidelma, accompagnés de Nion et de quatre guerriers.

CHAPITRE XX

Le voyage de retour vers Cashel depuis le Puits d'Ara fut sans surprise. Au pont enjambant la Suir, à la fourche de Gabhailín où Fidelma et Eadulf avaient été empêchés de traverser quelques jours auparavant, les guerriers avaient disparu. En y réfléchissant, Fidelma se dit que c'était assez logique : Gionga avait rappelé ses hommes en apprenant que Fidelma avait atteint Imleach.

C'est Eadulf qui exprima à haute voix le problème qui la tourmentait depuis qu'ils avaient quitté l'auberge d'Aona.

— Est-ce bien raisonnable de ramener frère Mochta au château ? Le procès devant les brehons n'aura pas lieu avant plusieurs jours et il ne sera pas en sécurité à la forteresse.

Après une bonne nuit de repos, frère Mochta se sentait mieux et ses blessures le faisaient moins souffrir.

— Il ne peut rien m'arriver si je demeure avec les religieux de Cashel, protesta-t-il.

— Je serais plus rassurée si on ignorait jusqu'au dernier moment votre présence et celle du reliquaire à Cashel, dit Fidelma. Une de mes amies vit sur une route peu fréquentée qui contourne la ville. Vous pourriez y rester jusqu'à l'audience.

— N'est-ce pas risqué ? objecta Eadulf. Ne craignez-vous pas que la nouvelle se répande ?

Les gens avaient pour habitude de ne pas fermer leur porte et passaient librement d'une maison à l'autre. En général, les villes regroupaient des familles élargies et on ne craignait pas les étrangers.

— Ne vous inquiétez pas, Eadulf. Mon amie ne reçoit personne.

— Je crois que vous prenez beaucoup de précautions pour rien, maugréa Mochta. Qui pourrait me vouloir du mal à l'intérieur du palais ?

Fidelma fit la moue.

— Voilà ce qu'il nous faut découvrir. Mon frère s'est posé la même question.

Arrivés à Cashel, ils empruntèrent la route dont Fidelma avait parlé et, à un moment donné, la jeune femme abandonna Eadulf et frère Mochta dans un taillis. Mochta parut contrarié de la voir revenir quelques minutes plus tard sans le reliquaire, qu'elle gardait avec elle depuis qu'ils avaient quitté Imleach. Elle surprit son regard anxieux et le rassura aussitôt : elle avait laissé le précieux chargement auprès de son amie, chez qui elle allait les conduire.

La maison et ses dépendances, à la lisière de la ville, n'avaient pas de voisins. Fidelma emmena les deux hommes dans la grange qui servait d'écurie. Eadulf aida frère Mochta à descendre de l'étalon pendant que Fidelma attachait les chevaux.

Ils se dirigèrent vers la maison, frère Mochta appuyé à Eadulf. La porte s'ouvrit et ils pénétrèrent à l'intérieur. Avant de refermer la porte, Fidelma s'assura qu'ils n'avaient pas été suivis.

Ils se retrouvèrent devant une petite femme d'une quarantaine d'années. La maturité n'avait pas éteint la jeunesse de son visage et ses magnifiques cheveux blonds tombaient sur ses épaules. Par-dessus sa robe, elle portait un tablier qui soulignait sa jolie silhouette et sa taille fine.

— Je vous présente mon amie Della, annonça Fidelma. Della, voici frère Eadulf, et frère Mochta qui va rester chez vous.

Le Saxon sourit à la séduisante hôtesse.

— Comment se fait-il que je ne vous aie jamais rencontrée à la cour de Colgú ? lui demanda-t-il.

Il réalisa aussitôt qu'il avait commis un impair.

— Je m'aventure rarement hors de cette maison, mon frère, répliqua Della d'une voix grave et bien timbrée. Je vis en recluse et les gens de Cashel respectent mon choix.

Fidelma ajouta aussitôt :

— Et voilà pourquoi frère Mochta sera en sécurité en ces lieux jusqu'au procès.

— N'est-ce pas difficile de vivre en ermite dans une ville ? s'étonna Eadulf.

— On peut se sentir isolé dans la foule, répondit Della avec calme.

— Vous me promettez de prendre soin de frère Mochta ? intervint Fidelma en faisant les gros yeux à Eadulf.

Della sourit à son amie.

— Vous avez ma parole, Fidelma.

Elle s'était empressée de faire asseoir Mochta dans un fauteuil, non loin du reliquaire d'Ailbe, ce qui avait rassuré le moine.

De crainte qu'Eadulf ne se lance dans de nouveaux discours sur la solitude, Fidelma le prit par le bras et l'entraîna vers la porte.

— Nous reviendrons vous chercher pour l'audience, frère Mochta. En attendant, prenez bien soin de vous.

Elle leva la main en signe de salut et adressa un sourire affectueux à Della.

— Vous avez là une bien curieuse amie, dit Eadulf tandis qu'ils se remettaient en selle.

— Della ? Non, elle est juste un peu triste.

— Qu'est-ce qui justifie une telle mélancolie ? Elle a une maison agréable, elle est jolie et en bonne santé…

— Je vais vous faire une confidence que vous vous empresserez ensuite d'oublier. Della était une « femme aux secrets ».

Elle avait utilisé le terme de *bé-táide*.

— Une femme aux secrets ? répéta Eadulf. Ah, vous voulez dire une prostituée.

Il avait utilisé le mot *echlach*, qui lui était brusquement revenu en mémoire.

Fidelma eut un bref hochement de tête.

— Voilà pourquoi je vous ai empêché de parler davantage. C'est un sujet sensible.

Ils prirent la rue principale de Cashel et passèrent devant une taverne, au coin d'une venelle. Un homme se tenait sur le seuil de l'établissement, une corne à boire à la main. À peine le regard de l'homme s'était-il posé sur eux qu'il retournait à l'intérieur. Eadulf parut ne pas l'avoir remarqué mais dès qu'ils se furent éloignés, il prévint Fidelma :

— Nion se tenait dans l'embrasure de la porte de cette taverne. Quand il nous a reconnus, il s'est aussitôt éclipsé.

— En l'apercevant ce matin devant l'auberge d'Aona, j'ai bien pensé que je le retrouverais à Cashel, dit-elle sans se départir de sa placidité.

Eadulf revint à Della.

— Comment vous êtes-vous liée d'amitié avec elle ?

— Je représentais ses intérêts quand elle a été violée.

Eadulf faillit s'étouffer.

— Une prostituée *violée* ?

Fidelma se fâcha.

— Une femme ne pourrait-elle être violée uniquement parce qu'elle est prostituée ? Dans un cas comme celui-là, nous accordons des compensations à une femme, même si elle est une *bé-táide*. D'ailleurs, je vous signale qu'elle a reçu la moitié de son prix de l'honneur.

Surpris par la véhémence de sa compagne, Eadulf s'agita sur sa selle.

— Excusez-moi, mais j'ignorais qu'une prostituée était autorisée à présenter ce genre de requête et à acquérir une propriété.

— Elle a droit à sa part d'héritage à la mort de ses parents, reprit Fidelma sur un ton plus posé. Mais d'une manière générale, elle n'est pas autorisée à agrandir son bien par le mariage ou la cohabitation, et même si son travail lui rapporte des gains durant une telle union, elle n'est pas autorisée à en recevoir une part.

Eadulf sourit d'un air satisfait.

— Donc j'avais raison.

— Vous avez juste oublié qu'une prostituée peut renoncer à son mode de vie et qu'elle est alors rétablie dans ses droits.

— C'est ce qui est arrivé à Della ?

— Jusqu'à un certain point. Après le viol, elle a renoncé à faire commerce de son corps. Quand elle a gagné son procès, il y a quelques années de cela, elle s'est retirée dans la maison qu'elle avait héritée de son père. Malheureusement, beaucoup de gens la traitent avec mépris et elle se protège en vivant en recluse.

— Cela ne la protégera pas, répliqua Eadulf. La solitude est une auberge où on ne trouve que ce qu'on apporte.

Fidelma lui jeta un coup d'œil admiratif. De temps à autre, la pertinence des remarques d'Eadulf la laissait sans voix. Cela expliquait les sentiments qu'elle portait au moine saxon et la confiance sans limites qu'il lui inspirait. Mais par ailleurs, il lui arrivait de se montrer distrait. C'était un homme paradoxal, brillant et intuitif, mais aussi lent et maladroit. Son tempérament se situait à l'opposé du sien, tourné vers l'analyse et la synthèse mais enclin aux sautes d'humeur et à l'agressivité.

Ils chevauchèrent en silence dans Cashel. Les gens qui reconnaissaient Fidelma la saluaient en souriant ou la suivaient des yeux avec curiosité avant de discuter à mi-voix, par petits groupes. Bientôt ils se présentèrent devant les portes du palais royal dominant la plaine.

Capa, le capitaine des guerriers, montait la garde.

— Bienvenue, lady ! lança-t-il en les voyant. Le prince de Cnoc Áine est arrivé ce matin et nous savions que vous ne tarderiez pas.

Fidelma et Eadulf échangèrent un regard perplexe.

Avant que Fidelma ait eu le temps de répondre, son cousin Donndubháin, l'héritier présomptif de Colgú, sortit d'un des bâtiments le sourire aux lèvres.

— Fidelma ! Dieu merci, tu es de retour saine et sauve. Nous étions très inquiets en apprenant le raid qu'a subi Imleach. Bien entendu, le prince Donennach nie toute implication des Uí Fidgente dans cette attaque… mais il n'allait pas dire le contraire, hein ?

Fidelma sauta à terre et embrassa son cousin. Puis elle détacha les lanières retenant ses sacs de selle tandis qu'Eadulf faisait de même avec les siens.

— Je meurs d'impatience que tu nous contes le détail de tes aventures, poursuivit Donndubháin. Quand nous avons été informés de ce raid, j'ai dû peser de tout mon poids pour empêcher ton frère de prendre la tête d'une troupe. Il voulait se rendre à Imleach sur-le-champ mais…

Il jeta un coup d'œil méfiant autour de lui.

— … cela aurait laissé Cashel sans défense, or, avec Gionga et ses guerriers dans la place…

Fidelma se tourna vers Capa et lui demanda de s'assurer qu'on prendrait soin des chevaux. Puis elle revint à son cousin.

— Des informations dont je n'ai pas été informée auraient-elles transpiré jusqu'ici ?

Donndubháin secoua la tête.

— Je crains que non. Et nous espérions que tu avais résolu les mystères qui nous préoccupent.

Fidelma se força à sourire.

— Les choses ne sont jamais aussi simples.

Elle avait l'air épuisée.

— Le roi aimerait te voir tout de suite. Mais peut-être préférerais-tu te restaurer et te rafraîchir ?

— Non, je me rends de ce pas chez Colgú.

— Inutile que frère Eadulf t'accompagne, ajouta très vite Donndubháin en l'entraînant à sa suite.

— Très bien, je vous retrouverai plus tard, dit Fidelma par-dessus son épaule à son compagnon, en lui adressant un sourire d'excuse.

Colgú attendait sa sœur dans ses appartements privés. Ils échangèrent des salutations affectueuses et Fidelma s'enquit de la blessure de son frère.

— Grâce à notre ami saxon, elle cicatrise très bien. Regarde.

Joignant le geste à la parole, il leva le bras et le bougea dans tous les sens.

— Il me reste une petite gêne mais Eadulf m'en avait averti, et il m'a promis que cela ne durerait pas.

Le roi marqua une pause.

— Il ne t'a pas accompagnée ?

— J'ai cru comprendre que tu voulais me voir seule.

Colgú parut surpris.

— Ah. Oui, sans doute. Merci, Donndubháin.

Dès que le *tanist* eut disparu, Colgú invita Fidelma à s'asseoir près de lui.

— Figure-toi que Donndubháin est devenu un fervent partisan de la théorie du complot, il voit des ennemis partout. J'espère qu'Eadulf ne s'est pas senti insulté car j'ai toute confiance en lui.

Fidelma lui sourit.

— Et je crois que ta confiance est bien placée.

— Alors, quelles informations rapportes-tu d'Imleach ? Notre cousin Finguine, le prince de Cnoc Áine, qui est arrivé un peu avant toi, nous a donné des détails sur le raid.

— Je n'aurai pas grand-chose à ajouter. L'abbé Ségdae et des témoins d'Imleach doivent arriver sous peu.

— Des témoins ?

La voix du roi était pleine d'espoir.

— D'après moi, Colgú, la disparition des saintes reliques, l'attaque d'Imleach et les tentatives d'assassinat sur le prince et ta personne sont liées. À ce propos, comment se porte Donennach ?

— Il boite un peu, mais sa blessure est pratiquement guérie. Par contre, son caractère ne s'est guère amélioré. Il est toujours persuadé que nous intriguons contre lui et Gionga, le chef de ses gardes, le suit comme son ombre.

— Tu savais qu'il avait placé des guerriers sur le pont de la Suir pour m'empêcher de quitter Cashel ?

Colgú parut troublé.

— Je l'ai découvert par la suite. Gionga, ou son seigneur, s'est montré très rusé. Dès qu'on a su que tu avais atteint Imleach sans encombre, Donennach est venu me trouver. Il m'a assuré que, dans un excès de zèle, Gionga avait placé là-bas des guerriers pour empêcher d'éventuels complices de la tentative d'assassinat de s'échapper. Ses hommes auraient mal interprété ses ordres en tentant de te retenir ici. Le prince s'est abondamment excusé et m'a dit qu'il avait fait disperser ses hommes.

Fidelma se mit à rire.

— On rêve... En réalité, ils avaient reçu des ordres bien précis pour me barrer la route d'Imleach et ils se sont montrés très clairs sur le sujet.

— Oui, mais comment le prouver ? C'est comme la théorie du complot de Donndubháin... Le neuvième jour approche et le brehon Rumann de Fearna doit arriver dès demain avec sa suite. Les brehons Dathal et Fachtna sont déjà là, et les nobles du royaume se rassemblent. Ah, notre cousin Finguine est venu accompagné de Solam, le *dálaigh* des Uí Fidgente.

Colgú ne dissimula point son anxiété.

— Je t'avoue que je suis très inquiet. Où en es-tu de tes investigations ?

Fidelma était déchirée entre le désir de paraître optimiste et celui de lui révéler la vérité dans toute sa brutalité.

— J'envisage plusieurs pistes mais je n'ai pas fini de les explorer, mon frère. Cela signifie, hélas, que je n'ai pas encore résolu tous ces mystères.

— Bien sûr, sinon tu m'en aurais aussitôt averti. Il faudra nous en remettre à tes talents de plaideur et prier pour que la vérité surgisse au cours de l'audience.

Fidelma regrettait de ne pouvoir rassurer son frère.

— Donennach des Uí Fidgente est décidé à maintenir ses exigences ? Il est toujours convaincu qu'on l'a attiré dans un piège ?

— D'après ce qu'on m'a rapporté, Solam va soutenir que j'étais impliqué dans une conjuration destinée à tuer Donennach. Les nobles de Muman refusent d'ajouter foi à une telle hypothèse. Ils croient en moi, me reconnaissent comme leur roi, et affirment que je ne suis pas coupable…

— Ce qui est vrai.

— Encore faut-il le prouver. Si je suis condamné ainsi que les Eóghanacht devant un tribunal, les nobles hurleront à la conspiration, imitant en cela Donndubháin. Ils voudront prendre les choses en main et punir les Uí Fidgente. Donndubháin maîtrise mal sa fureur devant le comportement de ceux-ci. Il ne doute pas une seconde que ce sont eux qui ont attaqué Imleach. Je crains que Donndubháin ne veuille prendre la tête des nobles pour attaquer tous les clans des Dál gCais.

Le royaume serait alors ravagé par la guerre et risquerait d'être coupé en deux. Au lieu de la paix que j'espérais, nous entrerions dans un nouveau cycle de conflits.

— Les nobles de Muman t'obéiront si tu leur ordonnes…

— Leurs menaces et leurs récriminations contre les Uí Fidgente se multiplient, Fidelma. Ils affirment que toute cette affaire se résume à une tentative délibérée de détruire les Eóghanacht et le trône de Cashel. Et en ce qui concerne l'attaque d'Imleach, je ne sais que penser.

— Nous ne savons pas si ce raid a été inspiré par les Uí Fidgente. Il faut absolument que tu contrôles les nobles de Muman, car s'il se passe quoi que ce soit avant l'audience, nous serons condamnés devant les cinq royaumes d'Éireann.

Colgú semblait malheureux.

— J'ai fait beaucoup d'efforts dans ce sens, mais je suis très inquiet. Tu connais ces jeunes aristocrates qui rêvent d'en découdre : des têtes brûlées capables d'aller rendre la justice à la pointe de l'épée dans les territoires des Uí Fidgente. La destruction du grand if d'Imleach a attisé leur colère.

— Tout ce que je peux te dire, c'est que cette affaire va plus loin qu'une simple querelle entre les Eóghanacht et les Uí Fidgente. Pendant les années que j'ai passées loin de Cashel, as-tu connu des désaccords avec Finguine ?

Colgú la regarda d'un air surpris.

— Pourquoi cette question ?

— Réponds-moi.

— Non, pas que je me souvienne.

— Quand le *derbfhine* de notre famille s'est réuni pour désigner le *tanist* de son père, Cathal Cú cen Máthair, avez-vous eu des dissensions ?

Cathal avait été roi de Cashel avant Colgú.

Le roi fronça les sourcils.

— Je ne pense pas.

— Cathal avait deux fils, Finguine, maintenant prince de Cnoc Áine, et Ailill, le prince de Glendamnach. À l'époque, Finguine était en âge d'être élu *tanist*. N'a-t-il pas été blessé que tu sois choisi pour succéder à son père ?

— Les prétendants étaient nombreux, Fidelma. Et la loi de succession a été appliquée dans les règles établies par notre ancêtre Eber Fionn quand il s'est installé dans ce pays avec les enfants des Gaels. Il en sera ainsi tant que les nobles familles gaéliques régneront. S'il ne s'était désintéressé de la politique, notre jeune frère Fogartach aurait pu être désigné comme *tanist*. Avec l'élection de Donndubháin, pas mal de nos cousins ont été déçus, mais c'est au *derbfhine* de décider.

Fidelma connaissait par cœur les règles de succession des royaumes d'Éireann. Aucun héritier mâle n'avait de prérogatives. La famille du roi constituait un collège électoral et l'héritier présomptif était choisi en fonction des qualités requises pour exercer le pouvoir. Il pouvait être un fils, un frère, un oncle, un neveu ou un cousin à divers degrés de parenté. Il arrivait que l'on élise une femme, mais ses enfants ne pouvaient prétendre à sa succession car ils appartenaient au clan de leur père.

— Mais pourquoi ces questions sur Finguine ? s'étonna Colgú.

— Ça n'est pas très important, juste une idée.

— En tout cas, je n'ai aucun souvenir d'une quelconque hostilité entre moi et Finguine quand on m'a élu *tanist* de Cathal. Bien que…

Fidelma se raidit.

— Quoi donc ?

— Je me rappelle une querelle entre Finguine et Donndubháin quand ce dernier a été élu mon *tanist*. On pensait que Finguine l'emporterait mais c'est Donndubháin qui a finalement été désigné. Finguine était assez vexé, mais tout cela n'a pas grande importance. Finguine et moi avons à peu près le même âge et j'ai l'intention de vivre longtemps. De toute façon, ses chances de devenir roi auraient été très minces.

Colgú adressa un large sourire à sa sœur.

— J'ai l'intention de vivre vieux malgré les conspirations et les tentatives d'assassinat.

— Alors il me reste encore beaucoup de travail pour m'assurer que ce procès ne desservira pas nos intérêts.

Fidelma rejoignit Eadulf après le repas de midi et ils allèrent se promener autour des remparts, enveloppés de capes de laine pour se protéger du froid. Le vent soufflait du sud.

— Apparemment, Cashel est devenue très animée, fit remarquer Eadulf tandis qu'ils regardaient la ville au-dessous d'eux. Des gens sont venus de loin pour le procès. Le ressentiment s'accroît depuis que les nouvelles de l'abattage de l'if sacré et du raid contre l'abbaye se sont répandues.

Fidelma parut troublée.

— Avez-vous déjà joué au *tomus* ?

Eadulf secoua la tête.

— C'est un mot qui signifie « évaluer les situations ». On vous donne plein de petites pièces en bois et il faut trouver comment elles s'emboîtent pour former une image.

— Le *tomus*, dites-vous ?

— J'ai l'impression que toutes les pièces sont posées devant moi. Je suis déjà parvenue à reconstituer certaines parties du tableau, mais il me manque la pièce centrale, celle qui me permettrait d'ordonner les autres et de contempler l'image dans son entier.

— Donc vous approchez de la résolution de ce mystère ?

Fidelma poussa un profond soupir.

— Je brûle… et pourtant…

— Fidelma !

Ils se retournèrent d'un même mouvement et se retrouvèrent face à Finguine. Lui aussi s'était chaudement vêtu. Son épaisse cape de laine aux tons automnaux était attachée sur l'épaule par sa broche ronde, le symbole solaire incrusté de grenats.

— Je suis heureux que tu sois rentrée sans encombre. Si j'avais su que tu quittais Imleach, je t'aurais proposé mon escorte.

Fidelma étudia le visage de son beau cousin, essayant vainement de découvrir ce que cachait son amabilité.

— Excuse-moi, mais je pense que j'aurais eu du mal à supporter Solam.

L'autre éclata d'un rire désarmant.

— Si je ne l'avais pas pris sous ma protection, ce petit homme à la tête de furet ne serait jamais arrivé jusqu'ici. Je ne sais pas si tu t'en es rendu compte, mais la colère contre les Uí Fidgente commence à prendre des proportions inquiétantes. Les gens ne sont pas près de pardonner le raid et la destruction de l'if sacré.

— Décidément, tout le monde s'accorde à faire porter le blâme de ces actions aux Uí Fidgente. Nion, le *bó-aire* d'Imleach, est fermement convaincu de leur culpabilité.

— Nion ? Il est de ceux qui ajoutent foi à la théorie d'un complot… ici à Cashel.

— Ah. Cela explique qu'il t'ait accompagné.

— Tu l'as rencontré au palais ? Oui, je l'ai prié de venir témoigner. Quand il déposera devant la cour, ceux qui s'apprêtent à trahir Cashel pour les Uí Fidgente tomberont de haut.

Fidelma cligna des yeux. Les sous-entendus de cette étrange déclaration lui échappaient.

— Et toi, tu partages le point de vue de Nion ?

— Oui, et je ne suis pas le seul. En tant que *dálaigh* de Cashel, on attend de toi que tu pousses le prince des Uí Fidgente dans ses derniers retranchements lors du procès. Tu seras le point de mire de toute l'aristocratie de Muman. Des réparations très importantes seront exigées et ces compensations placeront pour toujours les Uí Fidgente sous notre dépendance. Cela leur passera l'envie de se soulever.

— Ces compensations que toi et tes amis pensez être en position d'exiger ressemblent fort à une punition.

— Exactement, rétorqua Finguine d'une voix implacable. Il faut planter maintenant les graines de la destruction chez les Uí Fidgente. Cela fait trop longtemps qu'ils s'opposent aux Eóghanacht de Muman. Si nos enfants veulent vivre en paix, nous devons mettre un terme à leur jalousie irraisonnée envers Cashel.

— N'est-il pas écrit dans l'Épître aux Galates : « Tu récolteras ce que tu as semé » ?

— Bêtises que tout cela ! Aurais-tu par hasard l'intention de plaider la cause des Uí Fidgente ? Souviens-toi de tes devoirs envers Cashel et ton frère !

Fidelma s'empourpra.

— Tu n'as pas à me rappeler mes devoirs, prince de Cnoc Áine, répliqua-t-elle sur un ton glacial.

— Puisque tu apprécies les citations, souviens-toi d'Euripide. « En temps et heure, les dieux donnent à chacun son dû. » Les Uí Fidgente ne vont pas tarder à recevoir ce qu'ils méritent.

Sur ces mots, le prince de Cnoc Áine tourna les talons et s'éloigna à grandes enjambées.

Eadulf secoua la tête d'un air dubitatif.

— Voilà un jeune homme plein de feu.

— Si je ne l'en empêche pas, il va planter des épines en espérant récolter des roses, soupira Fidelma.

Ils s'avancèrent jusqu'à un créneau abrité du vent. En se penchant, ils virent que malgré l'heure tardive la ville bourdonnait d'activité. Les rues étaient remplies de chevaux, d'hommes et de chariots.

— Le public est arrivé et le spectacle va bientôt commencer, fit observer Eadulf. La ville est aussi animée que les jours de marché.

Fidelma ne répondit pas. Elle avait conscience que Finguine parlait au nom de tous ces gens qui se rassemblaient sous leurs yeux. Mais s'il était aussi en colère qu'il le prétendait contre les Uí Fidgente, que faisait-il avec Solam ? L'avait-il escorté jusque-là par simple sens du devoir ? Quel but poursuivait ce couple étrange quand il recherchait Mochta et les saintes reliques avec autant d'acharnement ? Que savaient les deux hommes qu'elle ignorait ? Décidément, quelque chose ne tournait pas rond.

Son regard tomba sur le toit de la remise, de l'autre côté de la place, et elle cligna des yeux.

— Le hangar de Samradán, réfléchit-elle à haute voix. Je pense qu'il ne nous a pas encore livré tous ses secrets.

— Je ne suis pas sûr de comprendre, grommela Eadulf.

— Aucune importance. Ce soir, nous nous rendrons là-bas. C'est là que tout a commencé et j'ai soudain l'intuition que la solution nous y attend.

CHAPITRE XXI

La nuit était tombée. Pour ne pas éveiller la curiosité des sentinelles, Fidelma et son compagnon se glissèrent hors du château en passant par une porte latérale percée dans les remparts. Un ciel bas dissimulait la lune et le sommet des collines. Tel un linceul, les ténèbres recouvraient la ville.

De temps à autre, la pleine lune apparaissait entre deux nuages, baignant le paysage d'une lumière éthérée à peine moins limpide que celle du jour. Dans les maisons dansaient les flammes des lanternes et des chandelles. Une fumée à l'odeur âcre s'échappait des cheminées : la froidure de la mauvaise saison avait commencé. La plupart des visiteurs qui remplissaient les rues quelques heures auparavant s'étaient retirés dans les auberges et les tavernes, d'où s'échappaient les échos de leurs réjouissances. De temps à autre, un chien aboyait et des chats s'affrontaient avec des miaulements stridents pour sauvegarder ou conquérir leur territoire.

Fidelma et Eadulf rejoignirent la ville sans que personne les ait repérés.

— L'entrepôt de Samradán, murmura Fidelma.

Elle désigna un bâtiment noyé dans l'obscurité.

Ils traversèrent la place et Fidelma se dirigea droit vers la porte latérale du hangar qui semblait désert. Elle était fermée.

— Elle est bloquée par des barres intérieures ? s'enquit Eadulf.

— Non, simplement verrouillée.

Fidelma avait utilisé le mot *glas*. Les serruriers irlandais étaient célèbres pour leurs clés, leurs verrous et même leurs chaînettes de sécurité. Ces systèmes étaient parfois très complexes. À Tuaim Brecain, au cours de sa vie d'étudiant, Eadulf avait appris l'art de forcer une serrure, ou *poll-eochrach*, en y introduisant une tige de fer. Il sortit de sa bourse le bout de métal qu'il transportait partout avec lui, et sourit dans l'obscurité.

— Écartez-vous, Fidelma, pour ce type de travail, c'est moi le plus qualifié.

Il lui fallut plus longtemps qu'il ne l'imaginait et l'impatience grandissante de Fidelma ne l'aidait pas beaucoup. Il commençait à regretter ses vantardises quand il entendit le « clic » imperceptible qu'il espérait.

Fidelma pénétra sans un mot à l'intérieur et il la suivit en refermant soigneusement la porte derrière lui.

Dans l'entrepôt, il faisait noir comme dans un four.

— Dans mon sac, j'ai de l'amadou, du silex et un morceau de chandelle, murmura Eadulf.

— Au cas où on nous repérerait, mieux vaut ne pas l'allumer. Attendons que nos yeux s'habituent à la pénombre.

À cet instant la lune apparut, et ses rayons pénétrèrent par les fenêtres surélevées du bâtiment qui se présentait comme une coquille vide. Il n'y avait pas d'étage supérieur, juste le toit plat que les assassins avaient choisi pour mener à bien leur sinistre tâche. Au fond, des balles de foin s'entassaient, en face des stalles que Samradán utilisait pour ses chevaux de trait. Deux chariots occupaient la plus grande partie de l'espace, ceux-là mêmes qu'ils avaient vus à l'auberge d'Aona.

Les bâches recouvrant les fourgons avaient été retirées.

— Les outils sont toujours là mais Samradán a emporté le sac d'argent et celui de minerai, nota Fidelma en regardant autour d'elle.

— Il fallait s'y attendre. Il a certainement déposé ce dernier chez celui qui se charge de l'extraction.

Fidelma poussa un grognement.

— Vous vous sentez mal ? demanda Eadulf, brusquement inquiet.

— Juste ma bêtise qui me fait souffrir, soupira Fidelma. J'avais oublié que le minerai doit être chauffé avant qu'on puisse en retirer le métal.

— À vous aussi il arrive d'être distraite !

— La nuit dernière, quand j'ai fouillé les chariots, j'ai vu un plein sac d'argent pur. Donc, avant de se mettre en route pour Cashel, Samradán avait déjà fait appel à un forgeron à Imleach.

— Et quand il nous a dit qu'il prenait la direction du nord, c'était pour nous égarer.

— Je suis d'accord avec vous. Mais pourquoi le forgeron n'a-t-il pas traité tout le minerai ?

La lune disparut derrière un nuage, plongeant l'entrepôt dans l'obscurité.

Fidelma réfléchissait. Eadulf avait marqué un point. Et elle sourit, car elle connaissait maintenant la réponse à sa question. La lune réapparut, et sa clarté se répandit dans le hangar par les fenêtres haut perchées.

— On s'en va ? dit Eadulf.

— Attendez un instant.

Elle fit le tour de la remise, examinant au passage une ou deux caisses avant de se retrouver devant les stalles. Près des balles de fourrage, elle s'agenouilla.

— Eadulf, venez m'aider. Je crois que j'ai trouvé une trappe qui donne dans une cave. Je ne parviens pas à l'ouvrir.

Eadulf la rejoignit. La trappe était effectivement entravée par deux verrous en métal. Il les actionna et souleva le panneau de bois. Mais la faible luminosité qui baignait l'entrepôt ne pénétrait pas dans les ténèbres au-dessous d'eux.

Eadulf allait parler quand Fidelma lui fit signe de se taire.

Quelque chose bougeait dans le caveau.

— Il y a quelqu'un ? lança Fidelma.

Un bruissement leur répondit.

— Allumez votre bougie, souffla Fidelma à son ami, mais abritez-la derrière votre main jusqu'à ce que nous voyions ce que recèle cette cave.

Eadulf fouilla dans son sac en cuir, trouva le morceau de chandelle et frotta l'amadou contre le silex. Bientôt, une étincelle mit le feu à l'amadou qui enflamma la mèche.

En se penchant, il vit des marches qui menaient dans une petite pièce aux murs de pierre. Elle mesurait huit pieds sur huit environ et était juste assez haute pour qu'un homme s'y tienne debout. Et sur une paillasse posée dans un coin… frère Bardán les fixait, pieds et poings liés, les yeux exorbités au-dessus d'un bâillon.

Avec une exclamation de surprise, Eadulf descendit précipitamment l'escalier, suivi par Fidelma.

Il leva sa chandelle tandis que sa compagne prenait un couteau dans son *marsupium* pour couper les liens entravant le moine. Puis elle lui ôta son bâillon.

— Eh bien, frère Bardán, que faites-vous ici ? lança Fidelma d'un ton plein d'entrain.

Bardán prit quelques profondes inspirations, toussa et recouvra sa voix.

— Samradán, cet affreux personnage…

Il s'interrompit et fronça les sourcils.

— Que savez-vous exactement ?

— Nous avons vu frère Mochta, qui nous a parlé de votre implication dans sa… disparition. Je suppose que vous étiez dans la galerie secrète quand vous êtes tombé sur Samradán ?

Frère Bardán hocha la tête.

— J'allais chercher frère Mochta pour l'amener au prince de Cnoc Áine, qui m'avait promis sa protection.

— Donc vous aviez informé mon cousin de l'endroit où se cachait Mochta avec les reliques ?

— Pas exactement. J'ai rencontré Finguine à la chapelle pour l'angélus de minuit. Je lui ai confié que je savais où frère Mochta, qui craignait pour sa vie, s'était retiré avec les saintes reliques.

— Avez-vous mentionné qu'il se terrait dans une grotte ?

— Oui, mais sans préciser laquelle. J'ai promis à Finguine d'aller chercher Mochta et de le conduire jusqu'à lui dès le lendemain matin, dans un endroit dont nous étions convenus.

— Je vous ai vu parler à Finguine cette nuit-là dans la chapelle, dit Eadulf.

— Quel était votre plan ?

— J'avais demandé au prince de prendre les reliques sous sa responsabilité et d'escorter Mochta jusqu'à Cashel.

Fidelma s'expliquait maintenant pourquoi elle avait surpris Finguine et ses hommes dans la forêt, mais que diable son cousin faisait-il en compagnie de Solam ?

— Finguine vous a-t-il averti qu'il avait mis Solam dans la confidence ?

— Le *dálaigh* des Uí Fidgente ? J'ai tout fait pour me débarrasser de lui et cela n'a pas été facile.

— Mais vous lui avez parlé du crucifix ?

— Ce n'était pas un secret, il aurait de toute façon appris son existence.

— Et vous avez prétendu reconnaître l'avant-bras de frère Mochta pour nous tromper ?

— Je savais que vous et Solam recherchiez Mochta, or nous avions besoin d'un peu de temps pour décider d'une stratégie. À qui pouvions-nous faire confiance ? Quand j'ai exposé mon dilemme à Finguine, il l'a très bien compris.

— Et vous avez préféré vous ouvrir de vos tour ments à Finguine plutôt qu'à moi ?

Frère Bardán parut gêné.

— Détendez-vous, Bardán. Mochta m'a raconté pourquoi vous vous méfiiez de moi. Cela m'a paru assez stupide, mais néanmoins compréhensible. Et maintenant, avez-vous changé d'avis sur mon compte ?

— Samradán et ses hommes en ont assez dit pour que je révise mon jugement.

— Samradán ! Expliquez-nous un peu comment il vous a fait prisonnier, lui demanda Eadulf.

— Pour tenir ma promesse au prince, je me suis levé tôt. Alors que dans le tunnel je me hâtais d'aller rejoindre Mochta afin de le conduire au rendez-vous avec Finguine, je suis arrivé dans la caverne où débouchent deux galeries…

— Nous la connaissons, continuez, le pressa Fidelma.

Frère Bardán parut surpris.

— Ah bon ? Mais…

Puis il se reprit, estimant que ses questions pouvaient attendre.

— Quand je suis arrivé au boyau qui menait à la grotte où frère Mochta s'était réfugié, j'ai entendu un bruit. Craignant pour la sécurité de Mochta, je me suis dirigé vers l'endroit d'où il venait. C'est alors que j'ai reçu un coup sur la tête et je me suis évanoui. D'ailleurs, mon crâne me fait encore beaucoup souffrir.

— Vous avez mentionné Samradán.

— Oui. Je me suis réveillé ligoté et bâillonné sous une bâche, à l'arrière d'un chariot qui tanguait et cahotait. Je me souviens d'avoir entendu la voix de Samradán. Je l'ai très bien reconnue car le marchand est souvent venu à l'abbaye.

— Poursuivez.

— Je suis retombé dans un état de semi-inconscience, puis j'ai repris mes esprits. Quand les charretiers se sont arrêtés pour se restaurer, il devait être environ midi. C'est alors que je les ai entendus vous maudire parce que, avec le frère saxon, vous aviez bouleversé leurs plans. Et il s'est passé une chose étrange.

— Étrange ?

— Des cavaliers sont arrivés. L'un d'eux, leur chef, a salué Samradán par son nom mais je n'ai pas reconnu sa voix. J'ai cependant la certitude qu'il ne s'agissait pas d'un homme de Muman. Il s'exprimait avec un léger accent du Nord.

« Après les échanges de salutations, quelqu'un a soulevé la bâche. Je me suis rejeté en arrière et j'ai fermé les yeux. Un homme m'a secoué et j'ai continué à respirer normalement. Il s'est alors exclamé : "Il est toujours inconscient ! Nous pouvons parler sans crainte." La bâche est retombée.

— Qu'ont-ils dit ?

— Samradán a commencé à gémir qu'au cours de l'attaque la forge avait été détruite et qu'il devrait trouver un nouveau moyen de réduire le minerai en argent. Moi, je tombais des nues. L'interlocuteur du marchand s'est alors mis à rire en disant que ce n'était pas son problème. Il n'était pas concerné par les activités illégales de Samradán et le *comarb* pas davantage. Samradán a protesté, affirmant que le *rígdomna* était parfaitement informé de son trafic et qu'il travaillait sous sa protection. L'autre a rétorqué que, pour lui, Samradán n'était qu'un messager entre le *rígdomna* et le *comarb*.

Fidelma se pencha en avant.

— Les deux hommes se sont référés à un *rígdomna* ?

— Oui. L'interlocuteur de Samradán lui a assené qu'il ne s'intéressait pas du tout à son commerce. Il avait reçu des ordres et ne répondait de ses actions que devant le *comarb*… puis ils se sont éloignés. Je ne percevais plus qu'un vague murmure.

Fidelma poussa une exclamation de dépit.

— Et vous êtes certain qu'un *comarb* a été évoqué ?

— Vous croyez vraiment que je pourrais me tromper ? lui répondit frère Bardán d'une voix douce. Il n'y a que deux *comarbs* dans les cinq royaumes : celui d'Ailbe et celui de Patrick.

Eadulf émit un sifflement de surprise. Il comprenait maintenant pourquoi Fidelma était aussi tendue.

— Et ensuite, que s'est-il passé ? demanda-t-elle.

— Les cavaliers sont partis. Il s'est écoulé quelques minutes et la bâche a été brusquement rabattue. Je n'ai pas eu le temps de feindre le sommeil. Samradán m'a averti de ne pas prononcer un seul mot. Puis il m'a ôté mon bâillon, m'a donné à manger et à boire et m'a à nouveau bâillonné avant de remettre la bâche en place. Il croyait que je venais de me réveiller et n'a pas soupçonné que j'avais surpris leur conversation. Du temps a passé et nous sommes repartis.

« Ce fut un voyage très éprouvant. La nuit est tombée et, soudain, les chariots se sont arrêtés. Je sortais de temps à autre de ma torpeur en entendant des voix. C'est curieux, à un moment, j'ai cru reconnaître la vôtre, sœur Fidelma.

Elle fit la grimace.

— Et vous ne vous trompiez point. Vous vous êtes arrêtés à l'auberge du Puits d'Ara dont vous n'êtes repartis qu'à l'aube. La nuit dernière, nous n'étions distants que de quelques yards.

— Mais comment m'avez-vous retrouvé ici ? s'étonna Bardán.

— Plus tard. Terminez d'abord votre histoire, le pressa la jeune femme.

— Eh bien, quand les fourgons se sont à nouveau immobilisés, nous nous trouvions dans un grand hangar. On m'a alors descendu dans ce trou où je suis demeuré dans les ténèbres jusqu'à votre arrivée.

Fidelma réfléchit rapidement.

— Il faut se dépêcher de vous sortir de là et de vous mettre en sécurité.

— Pensez-vous que je sois vraiment en danger, ma sœur ?

— Vous êtes menacé de mort. Si Samradán avait mentionné votre présence aux cavaliers qu'il a rencontrés, vous ne seriez plus de ce monde. Heureusement pour vous, de même que les auteurs du raid ne s'intéressaient pas à l'exploitation illégale des mines d'argent, Samradán rendait la pareille aux conjurés quant à leurs activités politiques. Il vous a fait prisonnier parce que vous étiez tombé sur sa mine secrète. Mais du même coup, vous êtes devenu le témoin capital d'une conspiration. Nous allons vous emmener chez une amie où vous resterez jusqu'à demain soir.

— Pourquoi demain soir ?

— Parce que l'heure aura sonné pour venir vous chercher et vous faire pénétrer dans le château par une porte dérobée. Personne ne doit savoir que vous êtes à Cashel.

— Samradán le sait, et il ne manquera pas de constater que je me suis échappé.

— Il a raison, grommela le Saxon.

— Ne craignez rien, Eadulf. Une fois frère Bardán en sécurité, j'aurai un petit entretien avec Samradán.

— Mais où sont passés frère Mochta et les reliques saintes ? protesta Bardán. Et Finguine, ne s'est-il pas occupé de protéger Mochta ?

Fidelma eut un sourire crispé.

— Pour le moment, vous êtes sous la protection de Cashel et vous allez rejoindre frère Mochta et les reliques. Venez.

Ils sortirent de la cave, Eadulf remit en place les verrous de la trappe et souffla sa chandelle. Les nuages s'étant dissipés, la lune brillait de tous ses feux. Ils traversèrent l'entrepôt et se glissèrent dehors en passant par la porte de derrière.

Eadulf soutenait un frère Bardán vacillant, dont les membres étaient engourdis par les liens qui l'avaient si longtemps entravé. Ils parcoururent le plus vite possible la distance qui les séparait des confins de la ville, en essayant de ne pas se faire remarquer des chiens de garde qui aboyaient de loin en loin.

— Dieu merci, un loup ou un charognard a dû s'aventurer jusqu'à la lisière des habitations, ce qui a distrait leur attention, murmura Fidelma alors qu'ils se reposaient un instant pour permettre à frère Bardán de soulager une crampe.

Puis Fidelma les guida jusqu'à la demeure de Della la recluse.

Elle frappa à la porte selon le code qu'elle avait établi avec son amie.

Quand Della apparut à la lumière de la lanterne accrochée au mur, elle était pâle et effrayée.

— Fidelma ! Dieu merci, vous voilà.

— Que se passe-t-il ?

— Cet homme que vous m'aviez confié… frère Mochta…

Fidelma entraîna le petit groupe à l'intérieur de la maison. Della tremblait de tous ses membres.

— Où est-il ? demanda Fidelma avant de constater que la pièce où ils se tenaient avait été saccagée.

— Il a été enlevé ! Et ils ont aussi emporté le reliquaire qu'il gardait toujours auprès de lui. Je n'ai rien pu faire.

Fidelma saisit la femme par les épaules.

— Reprenez-vous, Della. Vous êtes saine et sauve, quant aux dommages infligés à votre demeure, je ne vois rien là qui ne puisse être facilement réparé.

— Vous m'aviez confié cet homme et il lui est arrivé malheur.

— Mais qui l'a enlevé ?

— Votre cousin Finguine, le prince de Cnoc Áine.

Fidelma relâcha brusquement son amie. Son visage exprimait la plus grande détresse, tandis que frère Bardán affichait un air joyeux.

— Donc vous aviez amené Mochta ici avec son précieux chargement ? Dieu merci, Finguine l'a pris sous sa protection. Maintenant on peut enfin respirer.

Fidelma fit volte-face dans sa direction, comme pour le réprimander, puis elle se ravisa.

— Vraiment ? susurra-t-elle.

Puis elle se tourna à nouveau vers Della.

— Qui accompagnait Finguine ? Est-ce le prince qui a détruit vos possessions ?

— Non, un guerrier que Finguine a vertement tancé. Cet homme accompagnait le prince des Uí Fidgente lorsqu'il est arrivé à Cashel. Je l'ai reconnu, il se tenait près de Donennach quand il chevauchait dans la ville.

— Gionga ? s'écria Eadulf avec stupéfaction. Le capitaine de la garde de Donennach ?

Della haussa les épaules.

— Je ne connais pas son nom, mais oui, il menait la garde du prince.

Fidelma était pétrifiée.

— Je crois que nous avons un problème, articula-t-elle avec un calme annonciateur de tempête.

Frère Bardán les fixait sans comprendre.

— Mais que se passe-t-il ?

Fidelma l'ignora et grimaça un sourire à Della.

— J'ai à nouveau besoin de vos services. Je dois repartir avec Eadulf et j'aimerais que vous vous occupiez de frère Bardán jusqu'à ce que moi ou mon compagnon venions le chercher demain soir.

— C'est impossible ! s'écria Della. Regardez ce qu'ils ont fait !

— La foudre ne frappe jamais deux fois au même endroit. Maintenant qu'ils ont Mochta et le reliquaire, ils ne reviendront certainement pas pour frère Bardán.

Bardán commençait à s'agiter.

— Je ne comprends rien du tout. Pourquoi voulez-vous que je me terre ici ? Finguine veille sur Mochta et les reliques sont en sécurité !

Fidelma ne lui prêta aucune attention.

— Della, il faut que vous m'aidiez.

La femme détourna le regard en soupirant.

— Très bien. Mais moi aussi j'aimerais comprendre.

— La prospérité du royaume de Muman dépend de votre obéissance à mes recommandations, oubliez le reste.

En les raccompagnant à la porte, Della se força à sourire.

— La solitude est la meilleure des compagnes et ce court intermède me fait languir de son retour.

Fidelma éprouvait de la compassion pour cette femme dont la vie avait été remplie d'épreuves et de malheurs.

— Nous sommes tous condamnés à la solitude, Della, dit-elle en posant la main sur son bras. Mais les murs derrière lesquels nous nous abritons ne nous protègent pas davantage que notre propre peau. Dans la vie, il n'y a pas d'issue pour se fuir soi-même.

Ils quittèrent le foyer de l'ancienne prostituée qui vivait maintenant en recluse et reprirent le chemin du château en passant par les ruelles sombres.

— Comment Finguine a-t-il découvert où logeait Mochta ? demanda Eadulf.

— Vous vous souvenez quand vous avez surpris Nion devant la taverne, non loin d'ici ? Il a aussitôt rapporté à Finguine qu'il nous avait vus sortir à cheval de la rue latérale. Après une brève enquête, Finguine a appris que j'avais une amie dans ce quartier : Della. Il a alors compris qu'en retrouvant Mochta et le reliquaire, j'avais réussi là où il avait échoué.

— Oui, mais pourquoi amener Gionga avec lui ? Finguine proclame qu'il déteste les Uí Fidgente et je vous avoue que je suis aussi perdu que Bardán.

— Vous rappelez-vous ce jeu de *tomus* dont je vous ai parlé ? Eh bien, plusieurs éléments viennent de s'emboîter, mais il me manque toujours la pièce centrale. Et c'est Samradán qui me la fournira. D'ailleurs, nous allons de ce pas rendre visite à ce marchand cupide.

— Vous savez où il vit ?

— Oui. Donndubháin m'a montré sa maison quand nous explorions le toit de l'entrepôt la semaine dernière.

Ils empruntèrent un chemin écarté s'éloignant de la rue principale, et Fidelma s'arrêta devant une belle demeure en bois de deux étages. Aucune lumière ne brillait à l'intérieur. Fidelma s'apprêtait à traverser la cour pour rejoindre la porte de derrière quand elle entendit des bruits feutrés et une plainte. Eadulf, qui scrutait les ténèbres, attrapa Fidelma par le bras en distinguant une forme sombre sur le sol.

— Le chien de garde de Samradán ! murmura-t-il.

Il était étendu près d'un poteau et son attache en cuir frottait sur le sol tandis qu'il bougeait dans son sommeil en gémissant.

— Tu parles d'un chien de garde ! ironisa Eadulf. Tant mieux pour nous s'il est attaché et s'il dort.

— Cependant, mieux vaut passer par la porte de devant.

Ils longèrent la maison. Le chien ne bronchait toujours pas mais, quand ils arrivèrent au coin, Eadulf tira Fidelma en arrière, l'entraînant dans l'ombre.

— J'ai aperçu un cavalier, murmura-t-il.

Fidelma s'avança avec précaution.

Un homme à cheval, légèrement penché en avant sur sa selle, fixait la façade de la demeure de Samradán avec une attention soutenue. Il était seul.

La lune qui brillait avait dissipé les ombres.

Mais même dans l'obscurité, Fidelma aurait reconnu son cousin Finguine, *rígdomna* de Cnoc Áine.

CHAPITRE XXII

Finguine se redressa sur sa selle, tourna bride et lança son cheval au trot en direction de la rue principale et de la forteresse qui dominait la ville. Fidelma et Eadulf attendirent qu'il ait disparu avant de sortir de l'ombre.

— Pourquoi Finguine traîne-t-il autour de la maison de Samradán ? murmura Eadulf. Il semble fréquenter de drôles de gens. D'abord Solam, puis Gionga, et maintenant le marchand.

— Espérons que nous pourrons persuader Samradán de répondre avec franchise à nos questions.

Eadulf jeta un coup d'œil à la maison.

— La façade est aussi obscure que l'arrière. Peut-être est-il absent ?

— Avec son chien attaché ?

Fidelma s'avança vers la porte, qui n'était pas fermée à clé. Elle pénétra à l'intérieur et fit signe à Eadulf de la suivre.

Ils se trouvaient maintenant dans l'unique pièce du rez-de-chaussée où l'on se tenait pendant la journée, et qui servait aussi de cuisine et de garde-manger. Un petit escalier menait à l'étage réservé à la vie nocturne. Le feu qui s'éteignait doucement dans l'âtre éclairait une salle déserte.

— Qu'est-ce que je vous disais ? chuchota Eadulf. Il est absent.

Fidelma lui jeta un regard irrité.

— Il ne peut pas être loin, le feu a été alimenté récemment. Allumez-y votre chandelle.

Eadulf s'exécuta pendant que Fidelma se lançait déjà dans l'exploration de la pièce.

— Qu'est-ce que vous espérez trouver ? grommela Eadulf en jetant des coups d'œil inquiets en direction de la porte. Samradán peut revenir d'un moment à l'autre, et s'il nous surprend, on aura l'air malin.

Fidelma ne répondit rien. Quand elle eut terminé d'examiner les lieux, elle ouvrit la porte de derrière, qui n'était pas verrouillée. Le chien, toujours allongé près du poteau, continuait de gémir. Fidelma réalisa alors que son comportement n'était pas normal. La nuit, les chiens de Muman étaient très actifs : on les relâchait pour qu'ils montent la garde et protègent les habitants des voleurs et des prédateurs. Or cette bête émettait des plaintes peu compatibles avec le sommeil.

Ignorant les protestations d'Eadulf, elle alla y regarder de plus près.

Le Saxon la rejoignit et leva sa chandelle. L'animal ne bougeait pas. Une écume blanche lui sortait de la gueule.

Fidelma releva la tête.

— Il a été endormi.

Elle se redressa si brusquement qu'elle faillit heurter son compagnon.

— Pourquoi a-t-il été endormi ?

Jugeant que la question était de pure rhétorique, le moine se tint coi.

Fidelma contempla la maison aux fenêtres obscures.

Puis elle y retourna en hâtant le pas. Eadulf se précipita derrière elle en se demandant quelle mouche l'avait piquée.

Elle s'immobilisa au milieu de la pièce principale, regarda rapidement autour d'elle, grommela quelque chose d'incompréhensible et s'avança vers l'escalier.

Eadulf haussa les épaules comme s'il prenait à partie une tierce personne imaginaire… et la suivit en soupirant.

À l'étage, Fidelma s'arrêta devant un lit.

Derrière elle, Eadulf lui donna de la lumière.

Samradán, un couteau planté dans le cœur, était étendu sur le lit, les yeux vitreux et grands ouverts.

— Trop tard, murmura Fidelma. Quelqu'un a décidé d'empêcher Samradán de nous mener à la vérité.

— Quelle vérité ? s'énerva le moine.

La façon qu'elle avait de ne jamais répondre aux questions l'exaspérait au plus haut point. Fidelma avait l'esprit ailleurs. Elle se pencha et examina le couteau, qui ne portait aucune marque distinctive. Rien ici ne pouvait fournir d'indices sur l'identité du meurtrier.

— Finguine ! trancha Eadulf. Il partait quand nous sommes arrivés. Il était de mèche avec Solam et Gionga. Mon Dieu ! Maintenant je comprends votre émotion quand vous avez appris que votre cousin avait enlevé Mochta et le reliquaire.

Elle hocha la tête d'un air absent. Puis quelque chose attira son attention. Samradán avait dû s'accrocher au vêtement de son assaillant car, dans ses doigts crispés, il tenait un morceau de tissu arraché à une chemise en lin. Avec tout ce sang, l'assassin n'avait sûrement pas manqué d'être éclaboussé. Elle arracha le bout de tissu au cadavre et réalisa que quelque chose y était attaché.

C'était un petit emblème solaire en argent incrusté de grenats. Chacune des cinq branches était sertie de pierres précieuses. Elle montra l'objet à Eadulf avant de l'enfouir dans son *marsupium*.

— N'avez-vous pas déjà vu cette broche auparavant ?

— Si, elle me semble familière, admit le Saxon.

— C'est la pièce centrale de notre *tomus*.

Elle sourit avant de revenir au corps.

Brusquement, la main de son compagnon lui pressa l'épaule et elle sursauta. Ne remarquant rien de particulier autour d'elle, elle s'apprêtait à réprimander Eadulf pour lui avoir causé une telle frayeur quand il posa un doigt sur ses lèvres et désigna l'escalier.

Quelqu'un grimpait les marches. Ils virent d'abord la pointe d'une épée… suivie de la tête de Donndubháin et de toute sa personne.

Le jeune héritier présomptif de Cashel les regarda d'un air ahuri.

— Qu'est-ce que vous faites là ? demanda-t-il.

Il rengaina son épée et s'avança vers eux.

— Il me semblait avoir entendu…

Il avisa alors le corps de Samradán et se figea.

— Que s'est-il passé ?

Fidelma tarda à répondre.

— Et toi, que fais-tu ici ? dit-elle enfin.

— Je chevauchais dans les rues de la ville. Avec tout ce monde qui est arrivé pour le procès, je voulais m'assurer que les tours de veille se déroulaient normalement. En passant par la venelle, derrière la maison, j'ai vu de la lumière et remarqué que la porte était ouverte. J'ai alors distingué des ombres qui se déplaçaient dans la demeure de Samradán. Le chien semblait dormir et je me suis un peu inquiété. Je suis entré, j'ai entendu du bruit en haut… et me voilà.

Il jeta un coup d'œil indifférent au cadavre du marchand.

— Vous l'avez tué ?

— Bien sûr que non ! s'écria Eadulf. Cependant, nous avons vu…

— … tout comme toi le chien et la porte ouverte, l'interrompit Fidelma, qui mentait avec une aisance déconcertante. Nous venons d'arriver.

— Des voleurs ?

Fidelma désigna la bourse en cuir attachée à la ceinture de Samradán.

Donndubháin la récupéra et l'ouvrit. Elle était pleine de pièces d'argent.

— Non, le coupable n'est pas un voleur, conclut le *tanist.* Cet acte serait-il lié à la tentative d'assassinat contre le roi et le prince ? J'imagine mal Samradán mêlé à une histoire pareille.

— Rien ici ne pourra nous éclairer sur les raisons de ce meurtre, dit Fidelma.

Eadulf s'étonna de la brièveté des commentaires de la jeune femme qui s'était déjà engagée dans l'escalier, les deux hommes sur les talons.

— Le mieux serait que tu t'occupes de cette affaire pendant que je rentre au palais avec Eadulf, lança Fidelma à son cousin.

— Très bien, je vais alerter la garde.

Donndubháin, qui avait laissé son cheval dans la cour, se dirigea vers la porte de derrière et s'arrêta sur le seuil comme si une pensée venait de le frapper.

— Avez-vous fouillé l'écurie de Samradán ? Peut-être en voulait-on à ses marchandises ?

— Je croyais qu'elles étaient entreposées dans le hangar qui donne sur la place du marché ? dit Fidelma.

— C'est possible. Mais il possède aussi ce bâtiment, de l'autre côté du ruisseau.

Il pointa du doigt une masse sombre, à l'arrière de la maison.

— Peut-être y trouverons-nous une piste ? concéda la religieuse. On ne sait jamais. Mieux vaut vérifier.

Donndubháin prit une lanterne qu'il alluma avec un tison.

Il avait attaché son cheval au portail de la cour. Quand ils passèrent devant le chien, l'animal n'avait toujours pas recouvré ses esprits. Puis ils sautèrent le ruisseau qui fournissait de l'eau à la maison.

— J'ignorais que cette grange appartenait à Samradán, dit Fidelma tandis que Donndubháin les précédait et ouvrait la porte.

À l'intérieur, il y avait deux stalles occupées par des juments.

— Ce marchand possédait beaucoup de chevaux, grommela Donndubháin. Et ceux-là ne sont pas des chevaux de trait, mais des pur-sang.

En dehors des deux coursiers, les écuries ne contenaient que du matériel pour les soigner et les monter. Ça sentait bon le cuir, le foin et l'orge.

Fidelma se dirigea vers la jument baie. Elle portait de vieilles cicatrices sur un flanc et une épaule, et avait donc connu les champs de bataille. Fidelma lui caressa le museau et pénétra dans la stalle. La jument laissa la religieuse caresser sa robe chaude et humide de sueur. Puis Fidelma examina ses sabots.

— Un négociant s'embarrasse rarement de ce genre de bête, fit remarquer Donndubháin.

— Celui-là est un cheval de guerre.

Elle tourna son attention vers l'autre monture, de bonne race, mais pas pour un guerrier.

— Celui-ci est un cheval de selle.

Quand elle se retourna, elle constata que Donndubháin examinait une selle et une bride, jetées dans un coin.

— Regarde, Fidelma, s'écria-t-il, un équipement de guerrier !

Eadulf avait déjà commencé à examiner la selle, richement ornementée.

— Le prince a raison, murmura-t-il. Et…

Attachée à la selle pendait une longue poche de la longueur d'un carquois, sans doute destinée à une réserve de flèches. Eadulf, qui en avait défait les cordelettes, en tira deux flèches.

— Si je ne me trompe pas…

Fidelma les lui prit des mains.

— Elles portent la marque de Cnoc Áine. L'archer exécuté lors de la tentative d'assassinat contre Colgú avait les mêmes. Et elles sortaient de la forge de Nion

À cet instant, Donndubháin désigna un emblème en argent qui décorait la selle.

— Mais c'est un sanglier, l'insigne du prince des Uí Fidgente ! s'écria Eadulf.

— Alors nous avions raison, dit le *tanist*, très excité. Vous vous souvenez que nous nous interrogions sur l'endroit où les assassins avaient laissé leurs montures ? Nous en avons longtemps recherché la trace, derrière l'entrepôt de Samradán. Nous en sommes même venus à la conclusion qu'une troisième personne, voyant le sort réservé à ses deux acolytes, était repartie avec les chevaux. Eh bien, ces chevaux, les voici. Samradán était impliqué dans le complot.

— Pourtant, ce jour-là il se trouvait à Imleach depuis une semaine, objecta Fidelma.

Son cousin parut déçu.

— Peut-être a-t-il donné l'ordre à un complice d'amener les bêtes ici ?

— Il faudrait analyser cela plus en détail, admit Fidelma. Cependant, ce matériel représente un indice non négligeable. Que contient ce sac attaché à la selle ?

Donndubháin en défit les lanières et en sortit des vêtements.

— Je ne vois rien là de très intéressant… mais l'emblème des Uí Fidgente est très parlant et cela devrait nous suffire.

Fidelma passa la main à l'intérieur du sac pour vérifier qu'ils n'avaient rien oublié.

Puis ils quittèrent l'écurie et retournèrent à pas lents vers le cheval de Donndubháin.

— Je vais prévenir la garde de ce meurtre, annonça le *tanist*. Si vous voulez, vous pouvez m'attendre ici et je vous escorterai jusqu'au palais, cela m'ennuie que vous rentriez à pied.

— Inutile, répondit Fidelma. Ce n'est pas loin, ne t'inquiète pas pour nous, il ne nous arrivera rien.

Il monta en selle et s'éloigna dans la nuit. Puis les deux religieux se dirigèrent vers la maison, la traversèrent et retrouvèrent la rue principale. Ils croisèrent quelques silhouettes isolées, des gens qui avaient traîné dans les tavernes et rentraient chez eux. Personne ne les importuna tandis qu'ils poursuivaient leur chemin vers les hauts murs du château.

— Les chevaux prouvent que Samradán était impliqué dans la tentative d'assassinat, non ? hasarda Eadulf.

— Sauf qu'ils étaient à l'écurie depuis moins d'une demi-heure, objecta Fidelma avec une tranquille assurance. Leur robe était mouillée de sueur et on les avait amenés là-bas pour nous tromper.

Eadulf écarquilla les yeux et, quand Fidelma se mit à rire, son étonnement grandit. Elle s'arrêta près des lumières d'une taverne et ouvrit la main.

Une petite pièce d'argent brillait sur sa paume.

— Elle était coincée au fond du sac.

— Et alors ?

— C'est une pièce de monnaie d'Ailech, la capitale des rois Uí Néill du Nord. On l'appelle un *píss*.

Qu'est ce que cela signifie ?

— Mon cher Eadulf – cela faisait plusieurs jours que sa voix n'avait pas exprimé un tel contentement –, ce soir j'ai eu la révélation de la vérité. Mon mentor, le brehon Morann, disait : « Si vous éliminez l'impossible, ce qui reste est la réponse, même si elle vous semble invraisemblable. » Malgré de nombreuses tentatives pour m'égarer et laisser de fausses pistes auxquelles je me suis laissé prendre jusqu'à cette nuit, je sais maintenant qui se dissimule derrière le complot et l'assassinat de Samradán. J'ai repéré le renard.

CHAPITRE XXIII

Le grand hall de Cashel bruissait de monde quand Fidelma y fit son entrée avec Eadulf. Pour la circonstance, chacun avait revêtu ses plus beaux atours. Même Eadulf avait fait un effort mais il avait gardé son bâton de pèlerin, dont il ne se séparait plus car il estimait que cela lui donnait une certaine prestance. Une excentricité de sa part…

Eadulf sourit à Fidelma et rejoignit les membres de la cour qui n'étaient présents qu'en tant que spectateurs. Dans les tribunaux irlandais, on attachait une grande importance aux formalités et au cérémonial. Maintenant, Eadulf était un expert de ce rituel qui, à son arrivée, lui était apparu comme un mystère impénétrable.

Au centre du hall, Fidelma se plaça aux côtés de Solam, le *dálaigh* des Uí Fidgente, assis près de Donennach, son souverain. Les deux parties côtoyaient toujours leurs avocats dans ce qu'on appelait l'*airecht airnaide*, la cour en attente.

En face d'eux, les trois chaises derrière une longue table où s'empilaient divers textes de lois étaient destinées aux brehons. Cette partie constituait l'*airecht*, le tribunal proprement dit. Derrière les juges, à la tête du hall, présidait Colgú, sur une estrade. Il était assis dans son fauteuil en bois sculpté, symbole de sa fonction.

Près de lui, à sa droite, siégeait Ségdae, abbé d'Imleach et surtout évêque et *comarb* d'Ailbe, premier apôtre de la foi à Muman. À la gauche du roi se tenait son *ollamh,* Cerball, barde et conseiller officiel. Ces trois éminents personnages composaient la *cúl-airecht*, la cour arrière, qui veillait à ce que justice soit rendue.

À la droite du roi, sur les bancs délimitant la *táeb-airecht*, la cour latérale, se pressaient les scribes et les chroniqueurs qui consignaient les événements, les petits rois, les nobles menés entre autres par Donn-dubháin, le *tanist*, et Finguine de Cnoc Áine. Ils étaient chargés de s'assurer que le royaume s'acquittait correctement de ses devoirs en se conformant aux règles du droit.

À gauche, dans l'*airecht fo leithe*, la cour à part, étaient rassemblés tous les témoins susceptibles d'être appelés devant la cour, dont frère Mochta. À la grande surprise d'Eadulf, frère Mochta avait été cité à comparaître comme témoin principal par Solam. Et le reliquaire d'Ailbe, placé sous bonne garde, avait réapparu. Frère Madagan était là, lui aussi, ainsi que frère Bardán, Nion le *bó-aire* d'Imleach, Gionga et Capa.

Eadulf constata que la présence de Mochta et son reliquaire laissait Fidelma indifférente. Elle avait tranquillement rejoint son siège et croisé les mains sur ses genoux, le regard fixé au loin. Après avoir révélé à Eadulf qu'elle connaissait la réponse à toutes les énigmes, elle s'était obstinément refusée à s'expliquer davantage et le Saxon en avait conçu de l'amertume. Ces dernières semaines, il avait le sentiment que Fidelma, plus que jamais sujette aux sautes d'humeur, se confiait moins à lui. Avec le temps, il en était venu à la considérer comme son *anam-chara*, son « âme sœur », l'amie privilégiée avec laquelle tout religieux d'Éireann est censé s'entretenir de ses problèmes spirituels et temporels. Qu'elle le tienne ainsi à l'écart de son enquête le rendait malheureux.

L'huissier de Colgú s'avança et frappa trois coups sur le sol avec son bâton, ce qui tira Eadulf de ses tristes pensées.

Le procès se tenant au château, Dathal, le brehon de Cashel, entra le premier. Dathal, qui méritait bien son surnom d'« esprit agile », était célèbre pour la rapidité de son esprit, formé aux arcanes juridiques. Ses cheveux n'étaient pas encore gris et rien n'échappait à ses yeux sombres. Son regard donnait l'impression de vous transpercer. Il était mince, svelte, et avait un teint cireux. Il s'emportait facilement et ne supportait pas que les avocats étirent la procédure ou cherchent à le tromper. Il se dirigea à grands pas vers le banc des juges et s'installa à droite.

Il fut rejoint par Fachtna, le brehon des Uí Fidgente, qui s'assit à l'autre extrémité du banc, à gauche. Grand, maigre, pâle et émacié, il était à peine plus vieux que Dathal. Deux taches rouges rehaussaient ses pommettes saillantes et la peau de son visage, tendue et parcheminée, laissait deviner les os. L'œil gris semblait un peu éteint et la bouche, marquée par une simple fente violacée, ajoutait à la sévérité de sa physionomie. Ses cheveux grisonnants, séparés par une raie au milieu, étaient rassemblés par un ruban sur la nuque. On aurait juré qu'il n'avait pas mangé correctement depuis des mois.

Le brehon Rumann de Fearna fit son entrée en dernier et s'installa au milieu du banc. C'est à lui qu'il reviendrait de prendre les décisions. Les personnes présentes dans le grand hall savaient que les brehons de Cashel et des Uí Fidgente étaient placés dans une situation qui les privait d'objectivité : ils se feraient immanquablement les hérauts des désirs de leurs princes.

Le brehon Rumann n'avait pas du tout l'air d'un juge. Il était petit, rond de figure et de tour de taille, et portait ses cheveux argentés sur les épaules. Son visage était aussi frais et rose que celui d'un bébé sortant du bain, et sa bouche pleine et rouge. Sans doute cédait-il à la coquetterie d'en rehausser la couleur avec du jus de baies. Les yeux noisette brillaient d'un tel éclat qu'à première vue on les croyait clairs. Tout chez lui respirait la jovialité. Et à côté de ses deux confrères, Rumann dominait la scène. Il dégageait une autorité tranquille qui imposait le silence.

D'ailleurs, tout le monde s'était tu. L'huissier frappa un dernier coup. L'abbé Ségdae se leva et bénit l'assemblée avec l'index, le majeur et l'auriculaire, qui représentaient la sainte Trinité. Eadulf avait fini par s'habituer à ce symbolisme, même si dans l'Église de Rome on usait du pouce, de l'index et du majeur.

— *Benedictio benedicatur per Jesum Christum Dominum nostrum. Surgite !*

Cette sommation à la cour de « se lever » marquait l'ouverture des débats.

Avant de parler, le brehon Rumann martela la table devant lui avec un petit maillet en bois. Sa voix était douce et claire.

— L'audience a été fixée à ce jour selon la procédure et nous allons emprunter les cinq voies du jugement. Les cautions pour le bon déroulement de l'audience ont été fournies par le roi de Muman et le prince des Uí Fidgente. Avant que nous en venions aux *tacrae*, les déclarations préliminaires des avocats, je dois demander aux deux *dálaigh* s'ils sont prêts. S'ils l'estiment nécessaire, ils peuvent exiger que l'on reporte le procès.

Le magistrat fixa Fidelma, puis Solam.

— Je vous rappelle que tout report doit être motivé par une raison valable : la célébration d'une fête religieuse, une maladie, un deuil ou un motif d'une égale importance.

Solam sourit avec empressement.

— Je suis prêt à poursuivre mon action.

— Et je suis prête à y répondre, dit Fidelma.

— Parfait. Aujourd'hui, je serai la voix des trois juges et c'est à moi que vous adresserez vos remarques. Comme aucun de vous deux n'a plaidé dans une cour que je présidais, je me permettrai de préciser le comportement que j'attends d'un avocat. Je ne tolère pas les discours indigents et je respecte à la lettre les *Cóic Conara Fugill.*

Il s'agissait du principal traité de droit pénal, connu sous le nom des « cinq voies du jugement ».

— Tout avocat qui parlera de façon inintelligible devra payer une amende. Il en sera de même s'il tente de provoquer la cour, perd le contrôle de lui-même, insulte un tiers, s'emporte au cours des débats, nie un fait bien connu ou se livre à l'autocélébration. L'amende pour une telle offense s'élèvera à un *séd*, comme le prévoit la loi.

Un *séd* équivalait à une vache laitière et il s'agissait d'une amende conséquente. Eadulf se dit que le brehon Rumann n'était pas un client facile quand on devait plaider devant lui.

Une atmosphère pesante régnait maintenant dans la salle.

— Que les *tacrae* commencent.

Solam sauta sur ses pieds.

— Avant d'entamer ma plaidoirie, j'aimerais émettre une objection.

Le silence qui régnait dans la salle était annonciateur de tempête.

— Une objection ? dit le brehon Rumann d'une voix glaciale.

— Selon les procédures gouvernant un tribunal, il est expressément indiqué que les deux parties doivent se tenir à côté de leurs avocats. Près de moi se trouve le prince des Uí Fidgente, qui est le plaignant dans ce procès.

Le visage de chérubin du brehon se crispa.

— Où voulez-vous en venir ? lança-t-il d'un ton peu amène.

— Derrière vous se tient le principal intéressé de la partie adverse, le roi de Muman.

Eadulf vit Colgú changer de position dans son fauteuil. Sauf circonstances exceptionnelles, le roi n'était pas autorisé à parler durant un procès.

Quant au brehon Rumann, il ouvrit de grands yeux. Puis le juge des Uí Fidgente, avec un sourire d'approbation sardonique à l'adresse de Solam, se pencha vers Rumann.

— L'avocat soulève là un point intéressant. La partie en litige doit se tenir auprès de son avocat et aucune exception n'a été spécifiée dans les textes. En tant que défendeur, le roi devrait être assis auprès de son *dálaigh*.

— Pourtant, ces mêmes textes fixent avec précision la place d'un roi, intervint Dathal. Nous nous trouvons dans son royaume, dans sa capitale, et il occupe le siège qui lui a été assigné.

— Cependant, en tant que défendeur, il devrait rejoindre son *dálaigh*, insista Fachtna avec un sourire mielleux. On attend du roi qu'il se conforme à la loi au même titre que n'importe lequel de ses sujets.

Rumann leva la main.

— D'un autre côté, personne ne peut imposer la loi au roi. Afin d'illustrer mon propos, je pourrais me référer à de nombreuses triades des anciens livres, qui stipulent que nul ne peut se porter caution pour le roi, car si jamais il n'honorait pas ses engagements, la personne s'étant portée garante n'aurait aucun recours pour assurer des compensations. L'honneur du roi est par définition inestimable.

— Entendriez-vous par là que le prince des Uí Fidgente n'est pas autorisé à déposer une plainte contre le roi de Muman ? répliqua Fachtna d'un ton ironique.

Dans ce cas, nous perdons notre temps. Non, je ne peux me ranger à vos arguments.

Fidelma se leva.

— Vous voulez ajouter quelque chose, Fidelma de Cashel ? demanda le brehon Rumann, brusquement intéressé.

— Honorables juges…

Fidelma s'inclina devant la cour.

— … Le brehon Rumann a raison quand il affirme que nul ne peut se porter caution pour le roi. Mais la loi ne l'interdit pas pour autant.

Fachtna sourit.

— Dois-je en déduire que l'avocate de Cashel se range à mon avis ? Auquel cas le roi devrait s'assumer comme une des deux parties, à savoir celle du défendeur dans cette affaire, et prendre place devant les juges et non derrière eux ?

— Vous posez là trois questions différentes, Fachtna. Si vous appuyez la réclamation de Solam, je ne vous suivrai pas sur ce point, et votre dernière question ne découle pas de la première.

Fachtna hésita, n'étant pas sûr de comprendre où Fidelma voulait en venir.

Quant à Rumann, son attitude démontrait clairement que ces arguties l'agaçaient.

— L'avocate de Cashel serait-elle assez aimable pour éclaircir son propos ? grommela-t-il.

— Puis-je me permettre de vous rappeler, éminents brehons, que les textes nous enseignent de quelle façon concilier l'honneur d'un roi avec son obligation de rendre des comptes ?

Les yeux de Rumann se plissèrent dans son visage enfantin.

— Nous vous permettons de nous le rappeler, dit-il d'une voix où pointait une menace.

— Ce texte traite des quatre divisions de la saisie. Dans un cadre juridique, le roi peut être représenté par un substitut, l'*aithech fortha*, ce qui permet d'entreprendre une action contre le roi sans que le souverain supporte le déshonneur de quitter momentanément son rôle, ou de souffrir une contrainte physique.

Fidelma adressa un sourire serein aux brehons.

— Plutôt que d'émettre une objection devant cette cour, il me semble que l'honorable Solam aurait dû, au nom du plaignant, s'assurer préalablement que le roi était ainsi représenté. Un homme aurait pu alors être désigné pour s'asseoir sur cette chaise…

Elle désigna le siège vide auprès d'elle.

— … en tant que suppléant symbolique du roi.

Un murmura amusé parcourut le grand hall.

Solam, rouge de colère, voulut se lever, mais le brehon Rumann lui fit signe de rester assis, pour le plus grand plaisir du brehon Dathal.

— Quelqu'un s'oppose-t-il à la désignation d'un représentant physique du roi qui occuperait la chaise du défendeur ? demanda Dathal.

Le brehon Rumann émit un reniflement irrité car Fidelma s'était souvenue d'un article que lui-même avait oublié. Eadulf se dit que cela la mettait dans une mauvaise position face au chef brehon dont le visage exprimait un dépit évident.

— Ne voyant aucune raison de placer un corps sur cette chaise, je déclare que ce siège vide représentera la royauté de Muman. Et maintenant, voyez-vous quelque objection à ce que nous en venions aux faits ?

Solam s'éclaircit la voix et se leva.

— Je partage votre point de vue, noble brehon. Si j'ai abordé ce problème, c'est que, comme vous, je pense que les modalités d'un procès doivent être prises très au sérieux.

— Nous sommes flattés que les procédures régissant le fonctionnement de notre justice vous agréent, ironisa Dathal.

Le visage du brehon Rumann demeurait impénétrable, et il n'était pas sûr que la tentative de Solam pour l'amadouer ait rencontré un quelconque succès.

Le silence se fit et, comme Rumann demeurait silencieux, Solam enchaîna :

— Honorables juges, les motifs de la plainte que je vais vous exposer sont d'une extrême gravité. Le chef d'accusation est une tentative de *duinetháide*, d'assassinat contre le prince des Uí Fidgente. Les accusés sont le roi de Muman, ainsi que ceux agissant en son nom et à sa demande. Et nous prétendons démontrer que Colgú de Cashel a conspiré avec d'autres pour tuer le prince Donennach.

Solam marqua une pause, mais il n'y eut aucune réaction à sa déclaration d'intention.

— Nous attendons les faits, maugréa le brehon Rumann en feuilletant ses papiers.

Solam se racla la gorge et reprit un ton plus bas :

— Éminents juges, c'est le jour de la Saint-Ailbe, patron de ce royaume, que mon prince, Donennach, est arrivé avec une petite escorte à Cashel pour y discuter de la meilleure façon de cimenter l'amitié entre la dynastie des Dál gCais et celle des Eóghanacht de Cashel. Colgú s'était avancé à la rencontre de ses hôtes au Puits d'Ara avec quelques gardes, et tous ont pris la route de Cashel. Donennach était venu dans un esprit de paix, d'amitié, et en toute innocence

Solam, dont la voix ne cessait de s'enfler, ouvrit les bras en un geste théâtral.

— L'escorte du prince s'est engagée sur la place du marché de la ville dominée par les murs du château. Inconscient des dangers qu'il courait, mon prince chevauchait en tête du cortège quand, soudain, un trait le frappa. Dieu merci, la main de l'archer avait failli… à moins que l'haleine de Dieu ou Son œil tout-puissant n'ait dévié le cours de la flèche de l'assassin…

Le brehon Rumann releva la tête.

— Je suggère que l'avocat s'abstienne ici de spéculer sur les actions de Dieu et se concentre sur celles des hommes.

Solam, coupé dans son élan, avala sa salive et sa pomme d'Adam monta et descendit sur son cou maigre.

Fidelma baissa les yeux et se mordit la lèvre pour garder son sérieux.

— Euh... justement, j'y venais. La flèche n'a pas atteint sa cible car Donennach fut touché à la cuisse. Une mauvaise blessure, certes, mais qui ne menaçait pas sa vie, car comme vous le voyez...

Il désigna Donennach qui s'agitait avec impatience sur sa chaise.

— ... mon prince est tout à fait rétabli.

— Visiblement, il n'est pas mort, dit le brehon Dathal, provoquant un éclat de rire général dans le grand hall.

Désarçonné, Solam cligna des yeux puis il reprit le fil de son discours :

— Il s'ensuivit un désordre indescriptible. Donennach étant tombé de cheval, il empêcha ainsi l'assassin d'ajuster un nouveau trait. Gionga, le capitaine de la garde du prince qui avait vu de quelle direction la flèche avait été tirée, éperonna sa monture et traversa la place du marché. Il découvrit deux hommes grimpés sur le toit d'un entrepôt qui s'apprêtaient à rejoindre leurs chevaux. Gionga, confronté à deux ennemis implacables, fut forcé de les exécuter à la pointe de son épée.

« Les deux corps furent amenés devant mon prince et d'autres témoins. La vérité sur l'identité des assassins se lisait sur leurs cadavres car l'un d'eux portait autour du cou la chaîne de l'ordre du Collier d'or, qui comme chacun sait signale l'élite des gardes du roi de Cashel...

Solam s'aménagea une nouvelle pause dramatique mais, là encore, son discours fut accueilli par un silence ennuyé car tout le monde connaissait les faits.

— Le deuxième homme s'est révélé être le frère d'un moine de l'abbaye d'Ailbe, primatie de ce royaume. Il portait une des saintes reliques, le crucifix pour être plus précis. J'affirme ici que le gardien des reliques saintes le lui avait remis, prouvant par là même que le projet d'assassinat avait la bénédiction du *comarb* d'Ailbe. Je démontrerai que si le meurtrier avait conservé le crucifix sur lui au cours de sa sinistre expédition, c'est qu'il lui servait de talisman. Cette relique n'a pu quitter l'abbaye d'Imleach qu'avec l'approbation du *comarb*. D'où j'en déduis que le roi et son chef religieux étaient impliqués dans une tentative de meurtre sur le prince des Uí Fidgente.

Cette fois, un murmure de colère et de surprise parcourut l'assemblée. L'abbé Ségdae laissa échapper une exclamation d'indignation et voulut se lever de son siège, mais la main de Colgú se posa sur son bras et le roi secoua la tête pour lui signifier de ne pas interrompre les débats.

Le brehon Rumann frappa sur la table avec son maillet.

— Continuez, dit-il à Solam.

— J'ai peu de choses à ajouter à cette déclaration préliminaire. Je préciserai simplement que Muman n'a jamais voulu la paix avec les Uí Fidgente et a cherché à éliminer le prince. Profitant des désordres qu'un tel acte n'aurait pas manqué de provoquer, le roi préméditait sans doute d'envoyer une armée au pays des Dál gCais. Ainsi, Muman prendrait le contrôle des Uí Fidgente, au nom des droits abusifs que ses monarques exercent sur nous depuis des siècles, en se prétendant souverains de notre peuple.

Il se rassit et le brehon Rumann se tourna alors vers Fidelma.

— Sœur Fidelma, êtes-vous prête pour votre contre-plaidoirie d'ouverture ?

Fidelma se leva

— Je suis prête. Éminents juges, non seulement j'ai l'intention de rejeter les accusations des Uí Fidgente, mais aussi de révéler qui sont les vrais responsables de cette tragédie.

— Niez-vous les faits que Solam nous a exposés ? demanda Rumann d'un ton monocorde.

— Je dirais plutôt que Solam ne vous a présenté qu'un seul versant de la vérité. Quand le roi de Muman et son invité, le prince des Uí Fidgente, se sont engagés sur la place du marché de Cashel, la première flèche tirée par les assaillants a touché le roi de Muman. Et il l'aurait reçue en plein cœur s'il ne s'était penché vers moi pour me saluer. Grâce à ce geste imprévisible, la flèche l'a atteint au bras et sérieusement blessé. Pourquoi Solam a-t-il oublié de mentionner un élément aussi capital ?

Solam sauta sur ses pieds.

— Je suis ici pour représenter le prince des Uí Fidgente et je laisse à Fidelma le soin de défendre son frère, se justifia-t-il.

— Donc vous aviez connaissance de cet événement et l'avez volontairement passé sous silence ? demanda le brehon Rumann d'un ton désapprobateur.

— Je savais que Fidelma se chargerait de le conter. Il ne m'incombe en aucun cas de présenter ses arguments à sa place.

La nervosité et l'agressivité de Solam n'eurent pas l'heur de plaire au brehon Rumann, qui fronça les sourcils.

— Il arrive qu'une demi-vérité ne se distingue pas d'un mensonge, Solam. À l'avenir, gardez-vous d'user de tels artifices.

Solam baissa la tête d'un air contrit.

Quant à Fidelma, elle surprit tout le monde.

— Honorables juges, dit-elle, je ne blâme pas Solam de tenter d'écarter ce qu'il estime inutile à sa démonstration. Et je regrette que nous ne puissions découvrir la vérité aussi facilement que nous dénonçons le mensonge.

« Cependant, il n'en demeure pas moins que le roi, qui servit de première cible, fut blessé lui aussi. L'affolement qui s'ensuivit a peut-être empêché l'archer de décocher un coup mortel au prince des Uí Fidgente… à moins qu'il n'ait pas eu l'intention de le tuer ?

— Voilà une conjecture pour le moins hasardeuse ! s'écria Solam. C'est une insulte doublée d'une accusation injustifiée à l'égard des Uí Fidgente !

— Disons que mon interprétation vaut celle de Solam, et que toutes deux ne sont pas démontrables pour l'instant, répliqua Fidelma sans se départir de son calme. D'autre part, s'il est exact que Gionga, le capitaine de la garde de Donennach, s'est lancé à la poursuite des assassins, Donndubháin, le *tanist* de Muman, a fait de même. Et les deux hommes sont impliqués à parts égales dans l'exécution des deux malfaiteurs.

« Ma conclusion est qu'il n'y a pas eu de complot ourdi par le roi de Muman dans le but d'assassiner le prince des Uí Fidgente. Ce que je suis en mesure de prouver.

— Cela ne manquera pas d'être passionnant, ricana Solam. Je vous rappelle que l'un des assassins était membre de la garde d'élite du roi de Cashel…

— Comment osez-vous présenter cela comme une évidence ? Depuis quand porter la chaîne de l'ordre du Collier d'or fait-elle de vous un membre de cet ordre ?

— Nous jugerons de cela à la lumière des témoignages et des pièces à conviction, déclara le brehon Rumann.

— Les témoignages et les pièces à conviction ne feront que renforcer ma version des événements, s'obstina Solam avec insolence. J'ai déjà dévoilé que l'un des meurtriers était le frère du gardien des reliques d'Ailbe. Le soir précédant la tentative d'assassinat, ce même gardien a disparu d'Imleach avec les reliques. Il a prétendu vouloir les protéger en mettant en scène son enlèvement par des ennemis imaginaires. En réalité, il a agi ainsi afin de faire porter la responsabilité de ce soi-disant vol aux Uí Fidgente. Honorables juges, je suis parvenu à neutraliser frère Mochta, ce religieux complice dont le jumeau Baoill était l'assassin auquel je me réfère. Il attend ici d'être appelé comme témoin. Et j'ai le très grand plaisir de vous apprendre que Gionga des Uí Fidgente a retrouvé le reliquaire d'Ailbe, caché à Cashel même. Un vol qui devait être attribué aux Uí Fidgente.

Rouge de colère, Fidelma bondit sur ses pieds.

— Honorables juges, ceci est un travestissement de la vérité.

— Vraiment ? Le *dálaigh* de Cashel, expert en vérités, peut-il alors nous expliquer pourquoi il a ramené d'Imleach Mochta et les saintes reliques afin de les abriter dans la maison d'une célèbre prostituée de la ville, et tout cela dans le plus grand secret ?

Les cris de surprise et de colère de l'assistance confirmèrent à Solam qu'il tenait enfin son effet dramatique.

— Cela est-il vrai, Fidelma ? demanda le brehon Rumann après avoir réclamé le silence.

Eadulf fut saisi par l'angoisse car il savait que Fidelma ne pouvait se dérober.

— Les faits sont exacts mais…

Elle fut interrompue par une nouvelle explosion de commentaires qui noyèrent sa réponse dans un vacarme assourdissant.

— De plus, s'écria Solam, plus rapide que Fidelma quand le tumulte s'apaisa, le but poursuivi était de discréditer les Uí Fidgente afin d'avoir une excuse pour les détruire ! J'affirme que tous les Eóghanacht sont impliqués dans ce complot, du roi à sa sœur, qui prétend être une avocate objective, et des princes de Muman au *comarb* d'Ailbe lui-même.

Il se rassit sous les huées.

Le brehon Rumann attendit que le calme revienne avant de se tourner vers Fidelma.

— Voici des accusations d'une extrême gravité, si graves qu'aucun *dálaigh* ne les porterait à moins d'être sûr qu'elles sont fondées. Avant de passer aux éléments de preuve que Solam a à nous offrir, je vous demanderai de présenter votre défense, Fidelma. Je note cependant que vous avez vous-même reconnu les faits. Voulez-vous parler ?

Fidelma se leva dans un profond silence. Tout le monde était suspendu à ses lèvres.

— J'ai bien entendu l'intention de répondre à mon éminent confrère. Je reconnais les faits mais non l'interprétation que Solam leur a donnée.

Le brehon Rumann fronça les sourcils.

— Ils semblent pourtant parler d'eux-mêmes. Les faits sont incontournables et ne peuvent être corrigés.

— Avec tout le respect que je vous dois, un fait se modifie selon l'angle sous lequel il est observé. Un sac de grain se tient-il debout quand il est vide ? Non, pour cela, il faut d'abord le remplir. Eh bien, à l'image du grain dans le sac de blé, un fait doit être considéré au cœur des raisons qui l'ont amené à se produire.

— Je vois. Et je suppose que vous avez l'intention de remplir ce sac pour nous ?

— Oui, honorable juge.

— Sans doute prétendrez-vous que le royaume de Cashel n'est coupable d'aucune conspiration visant à discréditer les Uí Fidgente, et qu'au contraire ce sont les Uí Fidgente qui complotent contre le royaume de Muman et les Eóghanacht ?

— Non, honorable juge. Vous vous trompez.

L'assistance frémit et se figea. Quant au brehon Rumann, il fixait Fidelma comme s'il avait mal entendu. De leur côté, ses confrères Dathal et Fachtna partageaient son ébahissement.

— Peut-être me suis-je mal fait comprendre. Vos arguments contre Solam vont tenter d'établir que les Eóghanacht sont innocents et les Uí Fidgente coupables, c'est bien cela ?

— Face à la cour, dit Fidelma d'une voix claire et posée, j'affirme que les Uí Fidgente ne sont responsables d'aucune conspiration contre Cashel.

L'assistance retenait son souffle.

— De plus, je ne peux absoudre les Eóghanacht de toute responsabilité dans un complot visant à provoquer des dissensions dans le royaume.

— Fidelma !

Colgú avait bondi et sa voix claqua comme un coup de fouet dans le silence horrifié qui régnait dans le grand hall.

— Fidelma, tu m'as trahi !

CHAPITRE XXIV

Un vacarme indescriptible envahit le grand hall après le silence stupéfait qui avait accueilli l'explosion de colère du roi. Les cris de rage des nobles de Muman se mêlaient à ceux du peuple outragé. De tous côtés, des menaces furent proférées à l'encontre du *dálaigh* tandis qu'il se tenait immobile et impassible devant les juges.

Le brehon Rumann semblait déconcerté. Le protocole interdisait formellement qu'un roi interrompe la cérémonie d'un procès, et encore moins par un accès de fureur. Il était également impensable que l'avocat d'une des deux parties se retourne contre le camp qu'il était censé défendre. Le tohu-bohu dans la salle était assourdissant et le maillet de Rumann impuissant à ramener l'ordre. Mais l'huissier vint à l'aide du chef brehon en frappant le sol de façon répétée avec son bâton, le vacarme décrut, et on n'entendit plus que des murmures irrités.

— Colgú de Cashel…

Rumann s'était tourné vers le roi.

— … je vous prie de regagner votre siège.

Colgú, l'air égaré et le visage gris, hésitait. Cerball, son barde conseiller, parvint à le convaincre de se rasseoir. Pâle et choqué, l'abbé Ségdae n'avait pas bronché.

Le prince des Uí Fidgente et Solam échangèrent un regard de triomphe, et le brehon Rumann s'adressa alors à Fidelma avec un froncement de sourcils qui n'augurait rien de bon.

— Fidelma de Cashel, je vous ai accordé une grande liberté au cours de cette audience, mais je me vois maintenant dans l'obligation de vous contraindre à davantage de discipline. À l'ouverture de cette séance, je vous avais avertie que j'exigeais rigueur et probité de la part des *dálaigh*. Aucun avocat ne peut chemin faisant changer le sens de sa plaidoirie, trahissant ainsi les intérêts de son client. Je vous déclare coupable d'avoir offensé le tribunal au cours du déroulement de ce procès et je vous condamne à une amende de…

— Brehon Rumann !

Le ton de Fidelma était si impérieux que le juge s'arrêta net.

— Je n'ai ni réorienté ma plaidoirie, ni trahi les intérêts du roi de Muman. Laissez-moi poursuivre.

Rumann la fixa d'un air ahuri.

— Excusez-moi, mais dans votre discours d'ouverture vous avez déclaré devant tous…

Il prit le papier qu'un de ses scribes lui tendait.

— … qu'il n'y avait pas eu de complot ourdi par le roi de Muman dans le but d'assassiner le prince des Uí Fidgente. Vous avez ajouté que vous étiez en mesure de le prouver. Maintenant, vous affirmez qu'au contraire il y a bien eu conspiration de la part du roi.

Fidelma secoua la tête.

— Certainement pas. Je m'exprime toujours avec la plus grande précision et la cour doit résister à la tentation d'extrapoler à partir de mes déclarations. J'ai dit que je ne pouvais absoudre les Eóghanacht de toute responsabilité dans un complot visant à provoquer des dissensions dans le royaume. Je n'ai jamais prétendu que Colgú en était le commanditaire. Honorables juges, laissez-moi terminer la démonstration que j'ai entreprise, et cela selon mes termes.

Les brehons Dathal et Fachtna se penchèrent vers Rumann et les trois hommes tinrent un bref conciliabule. Puis Rumann prit la parole.

— Votre demande est inhabituelle. Cependant, comme le sujet qui nous préoccupe touche à la paix de ce royaume, nous vous accordons la liberté que vous réclamez dans la présentation de vos arguments.

Fidelma poussa un soupir de soulagement.

— L'affaire à laquelle j'ai été confrontée n'était pas ordinaire. J'ai longtemps été détournée de l'essentiel par une deuxième énigme que j'estimais liée à la résolution de la première. En réalité, il s'agissait d'une série d'événements qui ne concernaient en rien un complot des plus abominables destiné à broyer le royaume de Muman.

Le chahut reprit dans la salle et, d'une voix de stentor, Rumann intima à l'assemblée l'ordre de se taire.

Puis Solam se leva.

— Insinuerait-elle maintenant que nous en sommes responsables ? Je suis vraiment perdu car ma consœur ne cesse de changer d'avis !

Fidelma leva des mains implorantes vers la cour.

— Honorables juges, je ne connais pas de raccourci pour atteindre la vérité, et je vous prie de me laisser le temps de développer mes arguments.

— Je vous confirme que ce temps vous est imparti, dit Rumann, et je demande que l'on cesse d'interrompre la conseillère de Muman.

Solam se rassit à contrecœur.

— Je vous remercie. Je n'ai pas besoin de rappeler les tensions qui ont toujours présidé aux relations entre Muman et le royaume d'Ulaidh. Les Uí Néill et les Eóghanacht sont en désaccord depuis qu'ils se sont partagé cette terre, à l'époque lointaine où Eremon régnait sur le Nord et Eber Fionn sur le Sud. Les descendants d'Eremon, les Uí Néill, croient comme leur ancêtre que la totalité d'Éireann leur revient. Cela explique les dissensions qui n'ont cessé de déchirer ce pays. Même aujourd'hui, alors que nous avons laissé notre passé païen derrière nous, les chefs de la foi se sont divisés selon les mêmes lignes de fracture politiques. À Armagh, le *comarb* de Patrick soutient les Uí Néill, tandis qu'à Muman le *comarb* d'Ailbe prête allégeance aux Eóghanacht.

— L'instant est-il bien choisi pour nous donner une leçon d'histoire qui ne fait qu'obscurcir nos débats ? ricana Solam avec morgue.

Fidelma se tourna vers lui.

— Sans l'histoire, nous serions condamnés à demeurer des enfants qui ne savent ni qui ils sont ni d'où ils viennent. Supprimez la connaissance du passé et vous ne comprendrez pas le présent, ni ne serez capables de forger l'avenir.

Elle revint à la cour.

— Honorables juges, rappelez-vous ces tensions car elles sont primordiales.

Elle marqua une pause.

Chacun dans l'assistance ne se rappelait que trop bien les jalousies et les frictions qu'elle venait d'évoquer. Et les Uí Fidgente avaient de nombreuses fois reçu l'appui des ambitieux monarques Uí Néill dans leurs tentatives de renverser Cashel.

— Revenons maintenant au sujet qui nous intéresse. Il y a ici un jeune prince qui est travaillé par une brûlante ambition. Il recherche le pouvoir à tout prix et ne s'embarrasse ni de la loi ni de la moralité.

— Son nom ! s'écrièrent plusieurs voix dans l'assistance.

— Je le donnerai en temps et heure. Ce jeune homme, obsédé par la quête du pouvoir, a décidé de faire tomber Muman afin de profiter du vide créé par cet effondrement. Muman est un grand royaume, fort et assuré de son bon droit. Mais il a un point faible. Quel est son talon d'Achille ?

Elle se tourna vers Donennach, qui rougit et fronça les sourcils.

— Nous savons tous que les Uí Fidgente ont pendant longtemps aspiré à monter sur le trône de Cashel.

— Je ne le nie pas, répliqua Donennach. Mais comme vous l'avez souligné avec éloquence, tout cela est de l'histoire ancienne.

— Exactement, reconnut Fidelma en souriant Au cours des siècles, les Eóghanacht ont livré de nombreuses batailles aux Uí Fidgente. Cashel a toujours gagné. Et maintenant ce jeune homme, dont je précise qu'il est un prince de ce royaume, a conçu un plan diabolique pour créer des dissensions à Muman. Il a imaginé de faire assassiner le roi de Cashel. La tentative de meurtre contre le prince des Uí Fidgente était une diversion pour masquer le véritable but de cette entreprise...

Elle dut s'interrompre car le tumulte reprenait. Solam et Donennach hurlaient tandis que les guerriers des Uí Fidgente, menés par Gionga, trépignaient pour marquer leur désapprobation. Durant les festivités ou les procès, tout le monde devait déposer ses armes à la porte. Eadulf, qui suivait avec attention le drame se déroulant sous ses yeux, bénit le ciel pour cette coutume. Sans ces précautions, Gionga et ses hommes auraient été tentés de faire usage de leurs épées.

Le brehon Rumann, jetant tout le poids de son autorité dans la balance, parvint à ramener le calme et Fidelma reprit son récit.

— Ce prince, une fois que fut arrêtée la date de la visite de Donennach à Cashel, envoya un messager de confiance au roi des Uí Néill d'Ailech pour lui révéler son plan et lui demander assistance. La complicité de ce souverain ambitieux fut vite acquise au traître. À Armagh demeurait un moine, un certain frère Baoill, fervent partisan de la domination des cinq royaumes par Armagh et les Uí Néill. Il se trouve également que, par une curieuse coïncidence, Baoill était le jumeau de frère Mochta, le gardien des saintes reliques d'Ailbe.

« Les desseins de ces hommes étaient aussi méprisables qu'audacieux. Il s'agissait d'assassiner Colgú et de plonger Muman dans le chaos en volant les reliques. Comme vous le savez tous, elles ont une valeur inestimable, tant sur le plan religieux que politique, car Ailbe est notre gardien spirituel. Leur disparition causerait nécessairement une grande affliction dans notre peuple. Imaginez l'effet désastreux qu'auraient causé la mort du roi et la perte des reliques !

« Comme si cela ne suffisait pas et pour mieux assurer leur succès, les Uí Néill d'Ailech envoyèrent une bande de mercenaires dans notre royaume, qui attaquèrent Imleach et coupèrent l'if sacré.

Le brehon Dathal se pencha vers Fidelma.

— Pourtant, le sanglier rampant, symbole des Uí Fidgente, a été gravé sur cet arbre par les assaillants.

— Oui, afin de faire porter le blâme de leurs actions sur les Uí Fidgente. Le mercenaire que nous avions capturé lors du raid, et qui fut malheureusement tué par la suite, portait une épée dont j'avais vu le modèle au cours de mes voyages dans le Nord. C'était une *claideb dét*, une épée gravée de dents d'animaux. Il m'a fallu un certain temps pour me rappeler que ces armes étaient fabriquées sur le territoire du clan Brasil, où Armagh est située. Or Baoill était armé d'une épée portant les mêmes ornementations et c'est ce qui a éveillé ma suspicion.

Quand Solam comprit où elle voulait en venir, il la fixa d'un air stupéfait.

— Vous affirmez donc que les Uí Fidgente n'ont aucune responsabilité dans cette affaire et vous lavez Donennach de tout soupçon ?

Fidelma lui adressa un bref sourire.

— Oui, et il n'a pas été facile de vous innocenter. Avouez que quand les hommes de Gionga m'ont refusé l'accès au pont sur la Suir, ils n'ont pas vraiment plaidé en leur faveur. Mais ce faux pas n'a pas été le seul élément qui m'ait égarée. Mon aveuglement venait aussi d'événements indépendants, qui ont perturbé mes investigations.

— Lesquels ? demanda Solam en se renversant sur son siège, visiblement soulagé.

— Par exemple, l'implication accidentelle de Samradán dans cette affaire. Revenons à ce jeune prince tourmenté par une ambition sans bornes. Le messager qu'il envoya à Ailech était celui que nous appelons le *Saigteóir*, l'archer. Au *comarb* de Patrick à Armagh, il dépêcha Samradán. C'est cet archer qui tenta d'assassiner Colgú. J'ignore son nom, connu du seul chef conspirateur, ce jeune *rígdomna* qui remit à l'archer l'emblème du Collier d'or avec pour instructions de l'abandonner sur les lieux de son crime.

« Le *Saigteóir* était revenu à Muman avec frère Baoill, que le *comarb* de Patrick d'Armagh avait désigné comme exécuteur de ses basses œuvres. Il avait été choisi en raison de son lien de parenté avec Mochta, dont il était le jumeau. Baoill se laissa pousser les cheveux pour essayer de dissimuler sa tonsure de saint Pierre, mais il n'eut pas le temps de l'effacer complètement. Tout d'abord, il reprit contact avec Mochta à Imleach, et sonda son frère pour tenter de le convaincre de s'allier aux conjurés. Comme il n'obtenait aucun résultat, il voulut lui extorquer les reliques par la ruse, puis par la force, mais ne parvint qu'à lui soustraire le crucifix d'Ailbe.

« Au cours de cette aventure, Mochta fut blessé et il conta son histoire à son compagnon Bardán. Les deux hommes réalisèrent qu'une conspiration se tramait. Ils décidèrent alors de faire disparaître frère Mochta qui emporterait les reliques dans sa retraite, en attendant que frère Bardán trouve une personne de confiance à qui demander protection.

— Pourquoi ne s'est-il pas ouvert de ce drame à son abbé ? s'étonna le brehon Dathal.

— L'abbé était un honnête homme qui aurait insisté pour que les reliques soient restituées à la chapelle. Or, grâce aux menaces de Baoill, Mochta et Bardán avaient compris que des guerriers allaient prendre l'abbaye d'assaut pour s'emparer de ces reliques. Mais si Mochta et son précieux fardeau se volatilisaient, l'attaque n'aurait plus lieu d'être.

— Elle s'est pourtant produite, objecta le brehon Rumann.

— Oui, mais pas contre l'abbaye. Baoill et l'archer avaient déjà mis au point un nouveau plan. N'oubliez pas que leur objectif principal était de démoraliser le peuple de Muman afin de permettre la division du royaume. Si à la rumeur de la disparition de Mochta et des reliques s'ajoutait la destruction de l'if sacré, la déroute de l'ennemi était quasiment assurée.

— Voilà une histoire fascinante, Fidelma de Cashel, dit alors le brehon Fachtna, et nous vous remercions d'avoir exonéré le prince des Uí Fidgente de tout soupçon. Cependant, nous serions davantage intéressés par vos hypothèses si vous nous révéliez le nom du chef conspirateur.

— C'est un charretier de Samradán qui le premier m'a mise sur la voie.

Le brehon Dathal haussa les sourcils.

— Samradán le marchand ? Mais vous affirmiez qu'il était un messager envoyé à Armagh au *comarb* de Patrick !

— Alors que je l'interrogeais, il m'a simplement dit qu'au cours des deux derniers mois il s'était rendu par deux fois à Armagh. Il l'a avoué avec tant de candeur que, par la suite, j'ai compris qu'il ignorait la teneur de ses messages. En réalité, il ne s'intéressait qu'à ses activités illégales.

— De quoi s'agit-il ? demanda Rumann. Cet homme est-il présent ?

— Non. Craignant qu'il ne me conduise au chef conspirateur, quelqu'un l'a assassiné avant-hier au cours de la nuit.

Des murmures consternés accueillirent cette déclaration.

— Samradán était engagé dans un commerce illicite : lui et ses hommes avaient découvert une petite mine d'argent près d'Imleach. Or ces terres appartenaient à l'abbaye. Comme le marchand était un protégé de notre chef conspirateur – un noble influent –, il fut autorisé à extraire l'argent en échange d'un pourcentage des bénéfices. Une autre personne était impliquée dans cette affaire…

C'est alors que Fidelma avisa le *bó-aire* d'Imleach, qui tentait de s'éclipser sans se faire remarquer.

— Capa ! s'écria-t-elle en pointant du doigt le forgeron.

Mais le robuste capitaine de la garde avait déjà empoigné le fuyard.

— Qu'on l'amène devant la cour ! ordonna Rumann.

Nion était très pâle.

— Je n'ai rien à voir avec la conspiration visant à renverser Cashel, déclara-t-il d'une voix altérée.

— Mais vous admettez que vous traitiez avec ce négociant ?

— Je ne le nie point. Il m'apportait du minerai afin que j'en extraie l'argent, qu'il m'arrivait parfois de ciseler.

Fidelma hocha la tête.

— Vous fabriquiez de très jolies broches en forme de soleil. Malheureusement, les assaillants ayant détruit votre forge, Samradán dut quitter la mine le lendemain du raid en emportant un sac d'argent et un autre de minerai non traité.

— Cela est exact. Je n'avais pas eu le temps de terminer ma besogne.

— Avez-vous jamais rencontré le protecteur de Samradán ?

— Non, et je n'avais pas connaissance du complot dont vous avez parlé.

Fidelma se tourna vers les juges.

— Voilà d'où est venue ma confusion. Pendant quelque temps, j'ai cru que Samradán et l'exploitation de sa mine illégale étaient la clé du problème. Surtout quand j'ai découvert que la mine se trouvait dans le réseau de galeries où se terrait frère Mochta. Par le plus grand des hasards et alors qu'il allait retrouver Mochta, frère Bardán tomba sur Samradán en plein travail qui le fit prisonnier et l'amena à Cashel. Samradán ne voulant pas assumer la responsabilité de l'assassinat d'un moine, il le retint dans une cave sous son entrepôt, attendant que son protecteur prenne une décision. Craignant que ces hommes ne me mènent jusqu'à lui, ce prince jugea que Samradán et frère Bardán devaient être tous deux exécutés. Quand j'arrivai chez Samradán, il était mort. Par chance, j'avais déjà délivré de sa geôle frère Bardán, qui est ici, prêt à témoigner.

— Cependant, vous avez dit que c'était Samradán qui vous avait mise sur la voie. Comment un mort peut-il parler ? s'étonna le brehon Rumann.

— Je n'ai pas mentionné Samradán mais son charretier, qui est venu à moi pour me fournir des informations sur l'archer et Baoill. Cet homme, dont je n'ai jamais connu le nom, ignorait tout de l'implication de son maître dans l'affaire et de l'existence d'un protecteur. Mais Samradán a cru qu'il allait le trahir en révélant l'exploitation illégale de la mine. C'est ma faute, car j'avais involontairement signifié au marchand que je le soupçonnais d'être impliqué dans une telle activité : je lui avais demandé s'il faisait le commerce de l'argent et il avait nié. Samradán blessa mortellement le charretier. Avant de mourir, l'homme trouva la force de me révéler certaines choses devant frère Eadulf…

Elle désigna le moine saxon.

— … qui m'ont conduite à frère Mochta. Plus important, il m'a raconté que l'archer – ils demeuraient dans la même auberge – avait rencontré un jeune homme qu'il n'avait pas pu identifier. Il portait une cape et cela se passait pendant la nuit.

— S'il ne pouvait l'identifier, comment êtes-vous parvenue à orienter votre enquête dans la bonne direction ? s'enquit le brehon Fachtna.

— L'archer s'était adressé au jeune homme instigateur de la conjuration en lui donnant le titre de *rígdomna*. Frère Bardán, qui avait entendu des assaillants d'Imleach parler à Samradán, m'a rapporté qu'ils s'étaient eux aussi référés à un *rígdomna* conspirant avec un *comarb*.

Fidelma regarda en direction de Nion, qui attendait auprès d'un Capa vigilant. Puis elle pivota sur elle-même. Non loin d'elle se tenait Finguine, le prince de Cnoc Áine.

-- Je demande à Finguine de venir témoigner devant la cour.

La salle se mit à bourdonner de murmures et de chuchotements.

— Avancez-vous, Finguine, dit le brehon Rumann d'un ton bougon.

Le jeune prince de Cnoc Áine obéit à contrecœur.

— Tu es bien arrivé à Imleach juste après l'assaut ? lui demanda Fidelma.

— Oui.

— À ce moment-là, tu étais convaincu qu'il s'agissait d'une attaque fomentée par les Uí Fidgente ?

— Oui, de même que Nion. Le sanglier gravé sur l'arbre, les assaillants qui étaient repartis vers le nord après le raid, pour nous, tout désignait les Uí Fidgente.

— En réalité, tout avait été organisé pour nous le faire croire. Ce qui n'avait pas été prévu, c'est le mercenaire que nous avons capturé.

— Oui, mais on l'a tué avant que nous puissions le faire parler.

— La veille de ton départ d'Imleach, frère Bardán t'a approché dans la chapelle et t'a révélé qu'il savait où se cachait frère Mochta.

Finguine indiqua les témoins.

— Oui, et frère Bardán, ici présent, te le confirmera.

— Il a pris rendez-vous avec toi pour t'amener Mochta et les saintes reliques ?

— Oui.

— Donc je présume que c'est par pure coïncidence que Solam t'a rejoint ce matin-là ?

— Comme je te l'ai déjà expliqué, j'ai été contraint de lui fournir une escorte jusqu'à Cashel. Et nous avons été retardés car j'avais donné ma parole à frère Bardán de lui venir en aide, et j'ai dû l'attendre. Plus tard, j'ai appris qu'on t'avait vue partir en direction du Puits d'Ara avec le Saxon et frère Mochta. On nous a également indiqué que tu portais un objet qui ne pouvait qu'être le reliquaire. Quant à Bardán, eh bien, il avait disparu.

— Comment as-tu découvert où je cachais Mochta et les reliques ?

— Nion t'a vue sortir de chez Della. Il ne m'a pas fallu longtemps pour découvrir que tu étais en excellents termes avec elle.

— Et voilà pourquoi tu es allé chez Della, où tu as enlevé Mochta et son précieux fardeau. Pourtant, une chose m'étonne. Tu as proclamé à qui voulait l'entendre que tu étais persuadé de la culpabilité des Uí Fidgente.

Alors pourquoi avoir emmené Gionga pour mettre à sac la maison de Della ?

Finguine jeta un regard inquiet aux juges.

— Il fallait prendre des mesures rapides. Quand Nion m'a fait son rapport, j'étais en compagnie de Solam, qui a insisté pour que Gionga m'accompagne. Craignant un piège, il exigeait qu'un Uí Fidgente soit témoin des événements. Comme je n'avais pas le temps d'envoyer chercher mes guerriers, j'ai donc choisi de faire confiance à Gionga.

Solam hocha la tête.

— Je confirme que cela s'est passé ainsi, Fidelma.

— Finguine, quand tu as découvert que j'avais amené frère Mochta et le reliquaire à Cashel, pourquoi as-tu éprouvé le besoin de les soustraire à ma vigilance ?

Finguine parut mal à l'aise mais soutint son regard.

— Je croyais que c'était toi qui te dissimulais derrière la conspiration contre Cashel.

Fidelma, pourtant peu susceptible de se laisser surprendre devant un tribunal, en resta bouche bée.

Son silence encouragea Finguine à poursuivre.

— Tu venais de rentrer à Cashel après des années passées loin de ce royaume. Toute jeune, tu es partie étudier avec le brehon Morann à Tara. Puis tu t'es rendue à l'abbaye de Cill Dara où tu es restée de longues années. Ensuite, tu es partie à l'étranger, dans le royaume d'Oswy, chez les Angles, et enfin à Rome. Pourquoi voulais-tu que je te fasse confiance ?

— Je ne vois toujours pas ce qui t'a amené à me soupçonner, dit Fidelma d'une voix outragée.

Nion prit la défense de Finguine.

— J'ai rapporté au prince ce que j'avais appris de la bouche de Samradán. Une fois, il s'était vanté que son protecteur était très puissant et un proche du roi de Cashel. Il n'a jamais précisé s'il s'agissait d'un homme ou une femme, et il le désignait par le titre de *rígdomna*.

— *Rígdomna* est pourtant du masculin, s'esclaffa Fidelma.

— Il n'y a pas là matière à rire, la coupa le brehon Rumann, alors que vous vous êtes presque placée dans la position du principal suspect.

Fidelma redevint sérieuse.

— Dans ce cas, autant que j'en vienne sans plus tarder à la conclusion de mon raisonnement, honorable juge. Sinon vous risqueriez de m'arrêter pour conspiration. Oh, une dernière question, Finguine. Que faisais-tu devant chez Samradán l'autre nuit ?

Finguine haussa les épaules.

— Avant-hier ? Je cherchais le marchand, à qui je désirais poser quelques questions. J'ai chevauché jusqu'à sa maison, mais personne ne m'a répondu quand j'ai tapé à la porte.

— Tu n'es pas entré ?

— Je ne suis même pas descendu de mon cheval pour frapper et je suis aussitôt reparti. Le lendemain, j'ai appris qu'il avait été assassiné.

— Dans la mort, c'est encore Samradán qui détient les réponses, fit observer Fidelma.

Un silence glacé était descendu sur l'assistance.

— J'ai mentionné que, sans penser à mal, je lui avais demandé s'il faisait commerce de l'argent, comme on me l'avait rapporté. Il a nié parce que son commerce était illégal. En dehors de Nion et des hommes qui travaillaient avec lui, seul son protecteur connaissait l'existence de la mine. Ce *rígdomna* qui voulait renverser le trône de Muman.

« Le matin du drame, ce jeune prince, quand il pénétra dans Cashel avec le cortège, fut celui qui leva la main pour donner le signal aux assassins de tirer sur Colgú. Par chance, Colgú se pencha vers moi et l'archer manqua sa cible. La deuxième flèche atteignit le but qu'elle visait, infligeant à Donennach une blessure qui ne mettait pas sa vie en danger. Puis Gionga, ayant repéré les malfaiteurs, lança son cheval au galop pour les attraper.

« Le chef conspirateur ne voulait surtout pas que ses complices soient pris vivants. S'ils étaient tués, son plan pouvait encore fonctionner vu que l'un d'eux arborait la chaîne de l'ordre du Collier d'or. Il n'avait pas réalisé que l'autre assassin, Baoill, portait sur lui le crucifix d'Ailbe qui serait le premier indice menant sur la piste des conjurés.

— Êtes-vous en train de nous dire que Gionga a mal agi en exécutant les assassins ? intervint Solam.

— Il a fait ce qu'il pensait être juste. Il a occis ces hommes en croyant qu'ils représentaient un danger. Mais s'il avait hésité, sans doute que le chef des conspirateurs, qui chevauchait derrière lui, les aurait supprimés sous un quelconque prétexte pour les empêcher de parler.

En entendant cela, Gionga fronça les sourcils. À la lumière de ce qu'il venait d'apprendre, il se rappelait la scène avec davantage de précision.

Fidelma lui adressa un regard d'encouragement.

— Gionga, l'homme qui vous a suivi jusqu'à l'entrepôt de Samradán et s'est assuré que les deux assassins n'en réchapperaient pas, n'est-il pas celui-là même qui vous a suggéré que j'étais déterminée à forger des preuves pour incriminer le prince Donennach ? Ne vous a-t-il pas glissé à l'oreille qu'il serait plus sage d'envoyer des guerriers sur le pont de la Suir pour m'empêcher de me rendre à Imleach ?

Le visage de Gionga s'éclaira.

— C'est exact, mais il…

— Vous n'avez pas compris que vous tombiez dans un piège. En dépêchant vos hommes sur ce pont, vous avez aussitôt renforcé les suspicions qui pesaient déjà sur votre prince. Votre comportement semblait confirmer la culpabilité des Uí Fidgente.

Gionga porta une main à son front et s'exclama :

— Je n'avais pas songé à cela !

— Donnez-nous son nom ! tonna le brehon Rumann au comble de la frustration. Assez de sous-entendus.

— Qui est l'homme qui a levé la main quand le cortège mené par le roi Colgú est entré sur la place du marché ce matin-là ? demanda Fidelma. Nous avons tous pensé qu'il s'adressait aux cavaliers mais il s'agissait d'un signal pour les assassins. Qui est l'homme qui s'est élancé derrière Gionga, puis lui a suggéré de bloquer le pont de la Suir ? Qui m'a confié, dans un moment de distraction, qu'il avait obtenu une certaine broche en argent de Samradán alors que le négociant gardait ce commerce secret ? En dehors de Nion, seul le partenaire et protecteur du marchand était informé de ce trafic.

Donndubháin s'était lentement levé puis il s'avança pour faire face à Fidelma devant la cour. Pendant tout le procès, il était demeuré silencieux et n'avait pas réagi à ce qui se passait autour de lui. Il fixait un point au loin et son visage était de marbre. Maintenant que le moment était venu de répondre aux accusations de Fidelma, le *tanist* s'arrêta à quelques pieds de la religieuse, affichant une attitude bon enfant.

— Mais qu'est-ce que c'est que cette histoire, cousine ?

La voix était plaisante mais le regard dur.

— Cette histoire raconte que tu es l'architecte d'une conspiration diabolique, cousin. Quand Colgú a été élu *tanist* avant de monter sur le trône de Muman, ta jalousie n'a plus connu de bornes. Tu considérais que cette charge te revenait de droit. Avoir été choisi comme *tanist* de Colgú ne t'a pas suffi. Le roi était jeune et, à moins d'un malencontreux accident, tu n'avais aucun espoir de ceindre la couronne. Tu as donc décidé de précipiter les choses.

« Colgú assassiné, les Uí Fidgente considérés comme responsables de cet acte abominable, les désordres ne manqueraient pas de survenir, mettant Muman à feu et à sang, et toi, mon cher cousin, appellerais avec l'appui de tous les nobles du royaume à réunifier notre terre et à déclarer la guerre aux Uí Fidgente. Sur les cendres de leur pays, tu aurais prêté allégeance aux Uí Néill, autorisant une fois de plus la main sanglante de Mael Dúin d'Ailech à s'emparer du royaume.

De nombreux spectateurs commencèrent à s'avancer vers la scène du drame qui se jouait. Eadulf, contraint de se lever de son siège, fut poussé au premier rang. Dans la foule, il s'accrochait de toutes ses forces à son bâton pour ne pas perdre l'équilibre.

Il se retrouva à deux pas de Fidelma et de Donndubháin. Le visage avenant du *tanist* avait cédé la place à un masque de haine incontrôlée. Il était clair que les paroles de Fidelma avaient atteint leur but.

— De vagues soupçons ne suffisent pas aux brehons, lança-t-il d'une voix grinçante. Quelles preuves viennent étayer ces divagations outrageantes ?

— Je n'en manque pas. Tout d'abord, nous avons Gionga. Il nous racontera comment tu l'as persuadé d'envoyer des guerriers...

— Et alors ? Cela ne sera guère suffisant. Baoill et Fedach sont morts...

Devant le sourire de Fidelma, il s'interrompit.

— Quel nom as-tu dit ? demanda-t-elle d'une voix douce.

— Baoill et...

Il s'arrêta brusquement en comprenant sa bévue.

— Je suis heureuse d'apprendre que le nom de l'archer était Fedach. Personne ici ne connaissait son identité à l'exception de...

— Quelqu'un me l'aura soufflé, tu te perds dans des détails sans importance.

— L'autre nuit quand tu as décidé de tuer Samradán, tu as commis une faute fatale. Sans ce meurtre, notre *tomus*, semblable à ceux auxquels nous jouions quand nous étions enfants, aurait été incomplet.

— Mais c'est moi qui t'ai menée aux chevaux des assassins, cachés dans l'écurie de Samradán, protesta Donndubháin. Un coupable se comporterait-il ainsi ?

— Oui. C'est toi qui y as mené ces juments. Au moment du drame, Samradán se trouvait à Imleach et ces bêtes séjournaient ailleurs. Peut-être dans tes écuries. Puis tu les as conduites chez Samradán juste après l'avoir assassiné. Ainsi, le cercle se refermait et tous les soupçons se reportaient sur le marchand. Tu as commis une erreur en me montrant ces chevaux afin de m'aiguiller sur une fausse piste. Après le trajet qu'ils venaient de parcourir, leur robe était encore chaude et couverte de sueur. Nous allons certainement découvrir lesquels de tes serviteurs les ont cachés. En tout cas, de ta propre bouche nous avons appris le nom de l'archer – Fedach.

— Ce nom ne prouve strictement rien.

— Tu as ôté tout ce qui pourrait permettre d'identifier la provenance de ces chevaux, à l'exception du symbole des Uí Fidgente gravé sur la selle. Mais tu as oublié une pièce de monnaie dans le sac de l'archer. Un *píss* d'Ailech, le pays des Uí Néill.

Elle le montra à l'assistance.

— J'en ai déduit que l'archer s'était récemment rendu à Ailech.

— Mais cela ne démontre ni ma culpabilité ni que j'étais payé par Ailech.

— Non. Mais la mort de Samradán, je peux te l'attribuer. Où est la broche en argent dont tu m'as dit que tu la tenais de Samradán, et qui provenait de vos activités minières illégales ? Celle dont il avait passé commande à Nion le forgeron pour son protecteur, un soleil à cinq branches incrustées de grenats ?

Donndubháin pâlit en portant la main à son épaule.

Fidelma tenait la broche qu'elle avait soustraite à l'emprise du cadavre et elle tendit le bras pour que tout le monde la voie.

— Samradán a arraché ce bijou à Donndubháin au cours de la lutte mortelle qui les a opposés. De l'étoffe appartenant à la cape du *tanist* y est encore attachée.

— Je ne le reconnais pas. Les soleils en argent avec incrustations de grenats sont légion, ricana Donndubháin. Regardez !

Il pointa Nion du doigt qui en portait un. Puis il désigna Finguine.

— Et le prince de Cnoc Áine arbore le même !

Fidelma secoua la tête.

— Oui, celui de Finguine a aussi été ciselé par Nion, mais tandis que ceux du forgeron et de Finguine ne comportent que trois branches incrustées de grenats, le tien, réalisé selon tes désirs, en possède cinq. Et tu le portais le jour de la tentative d'assassinat. Peut-être une façon de symboliser les cinq royaumes d'Éireann ? Ton ambition monte-t-elle si haut, *tanist* ?

Donndubháin passa à l'action avec une telle promptitude que personne n'eut le temps de réagir. D'une main qu'il avait glissée sous sa chemise il sortit une dague dissimulée dans sa ceinture. De l'autre, il attrapa Fidelma et posa la lame sur sa gorge.

— Donndubháin ! hurla Colgú en se précipitant vers lui. Espèce de fou, tu n'as aucune chance de t'échapper !

Des cris jaillirent de l'assistance.

— Si tu t'opposes à ma fuite, ta précieuse sœur mourra avec moi !

Le *tanist* pressa sa lame sur le cou de Fidelma et du sang commença à perler sur la peau blanche.

— Dis à Capa de me seller un étalon et n'essaye pas de me jouer un mauvais tour car Fidelma m'accompagne…

Tous les yeux étaient braqués sur lui. Il commença à s'éloigner à reculons devant les juges pétrifiés, puis il y eut un bruit sourd.

Le couteau trembla dans la main de Donndubháin, tomba en tintant sur le sol et le *tanist* de Cashel s'effondra sans connaissance.

Fidelma se retourna, haletante, les pupilles dilatées par la peur.

Eadulf se tenait devant elle, brandissant son bâton de pèlerin, et il sourit quand leurs regards se croisèrent.

— Ce qui peut arrêter un *canis lupus* est aussi très efficace sur un loup humain.

Fidelma éclata de rire et se jeta dans les bras de son compagnon qu'elle tint longuement embrassé.

ÉPILOGUE

Fidelma et Eadulf s'étaient arrêtés au coin sud-ouest des remparts d'où ils contemplaient les montagnes. L'heure du repas du soir ne tarderait pas à sonner et l'enceinte de la forteresse était pratiquement déserte. En bas, il régnait un grand calme tandis que la ville se vidait de ses visiteurs. Le spectacle du procès auquel ils avaient assisté ne les avait pas déçus. La guerre avait été évitée, le coupable puni, le lendemain matin les brehons s'en retourneraient dans leurs terres et, d'ici à quelques jours, le prince des Uí Fidgente, après avoir signé un traité de paix avec Cashel, regagnerait son château.

Le premier mois d'automne tirait à sa fin et une magnifique journée avait réchauffé le pays. Le soleil déclinait rapidement, boule de feu doré brillant au-dessus des montagnes, dans un ciel éclaboussé de rouge et d'orange où s'étiraient quelques nuages roses.

— Demain il fera beau, murmura Fidelma d'une voix ensommeillée.

Eadulf hocha la tête.

— Vous avez l'air morose, lui fit observer son amie.

— Il y a un dernier mystère dont je ne parviens pas à trouver la solution, grommela-t-il.

— Qu'est-ce qui vous tourmente ?

— Qui a tué le mercenaire à Imleach ? Samradán ? Cela me semble peu crédible.

— Non. La mort de ce soudard était accidentelle ou presque. Il a été tué pour un motif des plus communs : la loi du talion.

— Vous voulez dire que frère Bardán, après l'assassinat de Daig…

— Non. Le coupable est frère Madagan, dont les yeux trahissent la nature rancunière qui ignore le pardon. Il s'est tout simplement vengé d'avoir été frappé par l'assaillant en dehors des portes de l'abbaye. Le lendemain, Madagan a pris la bourse du mercenaire, remplie des pièces du roi d'Ailech, et les a données au monastère en compensation. Ségdae m'a montré cette bourse avant que je quitte Imleach. Elle contenait des pièces semblables à celle que j'ai trouvée dans le sac de l'assassin, à l'écurie de Samradán.

— L'abbé Ségdae a-t-il été informé des faits ?

— Oui. C'est lui qui décidera des suites à donner à cette affaire. Quant à Madagan, il devra trouver des arrangements avec sa conscience. Enfin, je suppose que la somme d'argent remise à Ségdae permettra du moins de réparer certains dommages. Mais si Madagan veut sauver son âme, il n'est pas au bout de ses peines.

Ils restèrent un instant silencieux.

— Quand je pense que vous avez failli mourir tuée de la main de votre propre cousin, soupira Eadulf.

— Vous avez brillamment démontré qu'un bâton de pèlerin a de multiples usages, dit Fidelma en souriant. Vous avez visé avec beaucoup d'adresse.

— Et si j'avais raté mon coup ?

— Pas de spéculations inutiles, vous avez réussi et, ce soir, nous voilà tous deux réunis en ces lieux.

— Demain, les brehons seront partis, mais peut-on considérer que Muman est en sécurité ?

— Les Uí Fidgente se sont accordés sur les conditions d'un pacte avec mon frère et les brehons feront parvenir leur jugement à Mael Dúin des Uí Néill, roi d'Ailech. Il sera sommé d'arrêter de comploter contre Muman. Il en ira de même pour Ultán, le *comarb* de

Patrick. Les luttes fratricides ont été évitées de justesse. Colgú m'a également annoncé qu'il proposerait mon cousin Finguine comme *tanist* au prochain *derbfhine* de notre famille.

— Ces investigations se sont révélées particulièrement épuisantes. Jamais de ma vie je ne me suis senti aussi perdu. À votre avis, seriez-vous parvenue à prouver la culpabilité de Donndubháin s'il ne s'était condamné lui-même ?

Fidelma lui adressa un regard de reproche.

— Eadulf, vous me connaissez mieux que ça. Je nc crois pas au hasard. Cependant, cela m'aurait pris pas mal de temps d'interroger tous les témoins et de rassembler des éléments de preuves suffisamment convaincants. Mais pour finir, j'aurais remporté la partie.

— Et maintenant, qu'avez-vous en tête ? Cet air rêveur sur votre visage… je ne le connais que trop bien. Méditeriez-vous quelque projet ?

Fidelma eut un sourire triste. Son ami avait raison et ce qu'elle avait à lui annoncer était difficile.

— Savez-vous ce qu'écrivent nos scribes à la fin d'un manuscrit ?

Eadulf secoua la tête.

— *Nunc scripsi totum pro Christo, da mihi potum !*

Eadulf se mit à rire.

— Maintenant que j'ai bien travaillé au service de Dieu, servez-moi à boire ?

— Exactement. Et en ce qui me concerne, maintenant que j'ai tant donné à mon frère et au royaume de Cashel, accordez-moi un peu de repos.

— Vous, vous prétendez vous reposer ? Vous m'étonnez.

— C'est pourtant la vérité. Vous vous rappelez ce groupe de pèlerins que nous avons croisé en arrivant à Imleach ?

— Oui, il s'apprêtait à rejoindre la côte.

— Et à s'embarquer pour se rendre sur la tombe de saint Jacques du Champ des Étoiles.

— Où cela se trouve-t-il ?

— Chez les Ibères, dans un de leurs royaumes du Nord. Moi aussi, j'aimerais m'y rendre, en Éireann c'est un pèlerinage très populaire. On prend le bateau au port de Saint-Declan à Árd Mór, plus au sud.

Eadulf se sentit très malheureux à l'idée qu'ils allaient se séparer. Cela lui rappelait avec une soudaine brutalité qu'il s'était attardé trop longtemps à Muman, où l'archevêque Théodore de Cantorbéry l'avait envoyé en mission. Le temps des adieux était venu.

— Croyez-vous raisonnable de quitter Cashel en ce moment ? s'enquit-il d'une voix hésitante.

Fidelma était décidée. Cela faisait déjà un certain temps qu'elle ressentait une sourde insatisfaction. Lorsqu'elle était rentrée en Irlande en laissant Eadulf à Rome, elle avait été envahie par une étrange mélancolie, un sentiment de solitude, comme un prolongement du mal du pays alors qu'elle avait retrouvé Cashel et son peuple. Ses discussions et ses disputes avec Eadulf lui manquaient. Elle adorait le taquiner sur leurs philosophies et leurs opinions divergentes. Il mordait aux hameçons qu'elle lui tendait avec une bonne humeur confondante, et sans jamais lui en tenir rigueur. Entre eux, l'inimitié ne durait jamais longtemps.

Eadulf était le seul homme de son âge dont la compagnie lui agréait. Avec lui, elle se sentait libre d'être elle-même sans se cacher derrière son rang et le rôle qui lui était imparti dans la vie : souvent, il lui pesait d'être obligée de jouer un personnage.

Loin de lui, elle se languissait de sa présence, et elle avait du mal à s'expliquer les raisons de cet attachement. Cela faisait maintenant dix mois qu'Eadulf résidait à Cashel. Dix mois au cours desquels ils avaient partagé de grands dangers. Cela les avait rapprochés, et ils étaient aussi complices qu'un frère et une sœur.

Voilà où se situait le problème. Eadulf s'était toujours conduit avec la plus grande correction à son égard. Peut-être aurait-elle souhaité qu'il se comportât différemment ? Les religieux cohabitaient, se mariaient, et la plupart vivaient dans des *conhospitae* ou maisons doubles. Le désirait-elle ? Autrefois, son vieux mentor, le brehon Morann, avait dit à ses jeunes élèves que le mariage était une fête où la grâce était accordée en abondance, et l'amour aussi important que la nourriture.

Incapable de prendre une décision, elle s'en était remise à Eadulf. Elle attendait une suggestion de sa part mais il était resté muet. S'il désirait l'épouser, il en aurait parlé depuis longtemps. Dans le Livre d'Amos, il était dit que deux personnes ne pouvaient avancer ensemble si elles n'étaient pas accordées. À l'évidence, un tel partenariat ne tentait guère Eadulf. Il n'avait jamais fait la moindre allusion à une telle association, et pourquoi s'en chargerait-elle s'il n'était pas intéressé ? Une fois, elle lui avait demandé s'il connaissait le vieux proverbe qui dit qu'« une couverture est plus chaude quand on la partage ». Il n'avait pas compris où elle voulait en venir.

— Est-ce vraiment raisonnable de quitter Cashel ? répéta-t-il.

Cette question la tira de ses réflexions.

— Oui, j'ai besoin de me reposer. Que pensez-vous du dicton : « Pour délasser les yeux et l'esprit, le mieux est encore de changer la crête de la montagne à l'horizon » ?

Elle le regarda droit dans les yeux.

— Voilà bien longtemps que vous avez quitté Seaxmund's Ham, Eadulf. Ne ressentez-vous pas la nécessité de retourner auprès de votre peuple ? Vous avez des devoirs envers l'archevêque Théodore.

Eadulf secoua la tête.

— Jamais je ne me fatiguerai de ce pays, et surtout…

Désorienté, il rougit et ne termina pas sa phrase. Chez lui, on disait : « N'apporte pas ta faucille dans le champ d'un autre. » Il était clair que Fidelma ne partageait pas ses sentiments, sinon elle ne lui aurait pas suggéré de retourner à Cantorbéry. Apparemment, elle n'avait même pas remarqué ses hésitations.

— Votre archevêque doit avoir besoin de vous. Vous ne pouvez pas retarder plus longtemps votre retour. Le moment de quitter Cashel est bien choisi pour tous les deux : vous retournerez dans le pays de vos pères, et moi, je chercherai de nouvelles montagnes à l'horizon.

— Vous êtes sûre ? insista Eadulf.

— Il y a toujours un moment où il faut partir, même si on ne sait pas où l'on va.

— Pourtant, j'ai ici le sentiment d'une certaine permanence, protesta Eadulf. J'en suis venu à considérer cet endroit comme mon foyer. Malgré les exigences de Cantorbéry, les prétextes pour rester ici ne manquent pas. Moi, je ne me lasse pas de ces montagnes, ni de la rivière coulant dans la plaine, aux berges si tranquilles et où j'aime tant me baigner.

Fidelma attendit qu'il lui confie ce qu'elle espérait mais il n'en fut rien, et elle eut un sourire triste.

— Selon Héraclite, et je partage sa philosophie, on ne se baigne jamais deux fois dans le même fleuve, dont le cours jamais ne s'arrête. La seule permanence sur cette terre, Eadulf, c'est le changement.

Elle s'étira, tournée vers le soleil couchant qui se tint un bref instant au-dessus des montagnes avant de disparaître, plongeant le paysage dans l'obscurité. Elle frissonna tandis qu'une vague de froid submergeait le rocher de Cashel.

— *Incidis in Scyllam cupiens vitare Charybdim*, murmura Eadulf. En essayant d'éviter Charybde, vous risquez de tomber en Scylla.

Fidelma haussa les sourcils.

— Vous croyez qu'il va m'arriver malheur parce que je tente de fuir quelque chose qui m'effraie ? Non,

non, j'ai juste besoin d'un peu de changement. Je m'ennuie.

Une cloche sonna, mélancolique et solennelle.

— Le repas du soir, Eadulf. Je suis gelée. Venez, allons nous réchauffer auprès d'un bon feu.

C. L. Grace

Les enquêtes de Kathryn Swinbrooke

À la fin du XVe siècle, la guerre des Deux-Roses déchire l'Angleterre. C'est dans ce décor chaotique et périlleux que Kathryn Swinbrooke, médecin et apothicaire, officie. Révoltée par l'injustice et l'oppression, la jeune femme n'hésite pas à quitter ses fioles et ses grimoires pour mettre au service des plus démunis sa formidable science et son profond sens de l'observation. Entre meurtres étranges et complots occultes, C. L. Grace reconstitue à merveille les arcanes d'un siècle mystérieux.

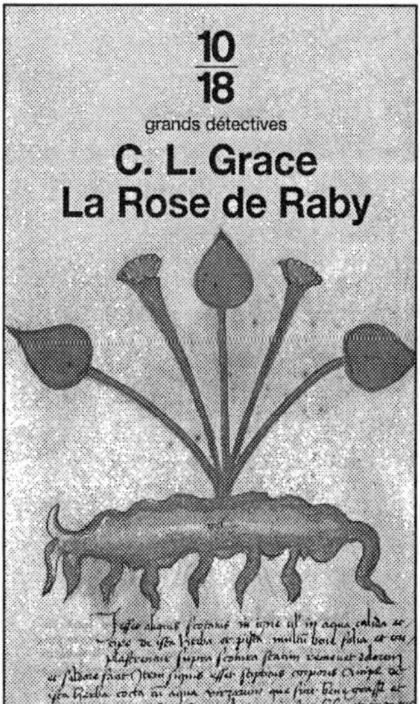

n° 3406 – 7,30 €

GRANDS DÉTECTIVES, DES POLARS HORS LA LOI DU GENRE

Roberta Gellis

Les enquêtes de Magdalaine la Bâtarde

À Londres au XIIe siècle, le péché de chair est puni d'opprobre. Pour Magdalaine la Bâtarde, propriétaire d'une maison close de renom, c'est un moyen honnête de gagner sa vie et l'occasion de s'immiscer dans l'intimité des puissants. Mais en ces temps troublés, les confidences d'alcôve renferment des secrets qu'il est préférable de ne pas connaître. Prise dans les luttes implacables du pouvoir, Magdalaine devra jouer pleinement de ses atours et de sa ruse pour échapper aux pièges que ses ennemis lui tendent.

n° 3868 – 7,80 €

GRANDS DÉTECTIVES, DES POLARS HORS LA LOI DU GENRE

Cet ouvrage a été réalisé par

BUSSIÈRE

GROUPE CPI

à Saint-Amand-Montrond (Cher)
pour le compte des Éditions 10/18
en novembre 2006

Imprimé en France
Dépôt légal : décembre 2006.
N° d'édition : 3900. – N° d'impression : 063605/1.